LA

TOUR SAINT - JACQUES

DE PARIS

DOCTEUR BRIOIS

LA TOUR

SAINT-JACQUES

DE PARIS

TURRIS JACOBICA,
TURRIS HISTORICA,
TURRIS DRAMATICA.

Tome II.

PARIS

DUBUISSON & Cᴵᴱ, IMPRIMEURS-LIBRAIRES

5, RUE COQ-HÉRON. 5.

1864

LIVRE CINQUIÈME

I

LA VIEILLE HAUDRIETTE

I

LA VIEILLE HAUDRIETTE

Le lendemain de la mémorable journée pendant laquelle avait eu lieu la Consécration de l'Église Saint-Jacques, était un dimanche, et se trouvait réunir, ainsi que nous l'avons dit au premier chapitre de cette histoire, la double solennité de la Passion de Notre-Seigneur et de l'Annonciation de la Vierge.

Mais, autant la matinée de ce gracieux samedi de printemps s'était montrée clémente et digne de la nouvelle saison dans laquelle on venait d'entrer, autant celle du dimanche rappelait, par le changement subit qui avait eu lieu dans l'état de l'atmosphère, le rude et âpre hiver qui avait si cruellement

sévi sur Paris durant les deux premiers mois de cette
année 1414.

En effet, durant les dernières heures de la nuit
qui venait de s'écouler, le ciel, naguère si pur et si
limpide, s'était chargé tout à coup de petits nuages
blancs à zébrures multipliées, courant follement sur
un fond gris, et qui n'avaient pas tardé à donner naissance à l'un de ces ouragans furieux connus depuis
des siècles sous la dénomination expressive et proverbiale de *Giboulées de Mars*. Un vent du nord, qui
soufflait à *décorner les bœufs,* suivant un autre dicton également connu à cette époque, faisait pétil-
ler le grésil blanc sur les toits d'ardoise de l'Hôtel
de la Cour-Pavée et sur les terrasses en plomb de
notre église; et ses rafales capricieuses éparpillaient
dans l'air de larges flocons de neige qui semblaient
remonter vers le ciel, tandis que les dragées de la
sortie de l'hiver se précipitaient sur les passants aussi
dru et aussi menu que les *confetti*, ou dragées de
plâtre, que les voitures de masques, à Rome, échan-
gent entre elles sur le *Corso* et dans les rues voisines,
durant tout le temps du Carnaval.

Au plus fort de cette bourrasque, et au moment où
sept heures sonnaient à Saint-Jacques-de-la-Boucherie, une petite vieille, à la taille légèrement voûtée,
et portant le costume « des bonnes femmes de la
Chapelle de maître Haudri, » déboucha, par la rue
des Écrivains, dans le Carrefour de la Pierre-au-Lait,
et vint pieusement se mettre à genoux devant l'image
de la Notre-Dame-du-Tétin.

C'était cette même vieille que nous avons vue, le
jour précédent, déposer une maille tournois dans

l'aumônière de Mlle de Champ-Rosé (libéralité qui lui avait valu, on s'en souvient, une verte semonce de la part d'un de ses voisins), et à qui la jolie quêteuse, on ne l'a pas oublié davantage, avait recommandé, à sa sortie de l'Église, de venir la trouver le lendemain matin, sur les sept heures, à l'Hôtel du Presbytère.

Exacte au rendez-vous qui lui avait été donné, la vieille Haudriette s'était empressée de quitter, au jour levant, la maison hospitalière fondée, en 1306, par Étienne Haudri, panetier de Philippe le Bel, asile qui était situé tout près de la Place de Grève, à l'angle de la première rue qui débouchait à droite dans celle de la Mortellerie, et dans lequel trente-deux veuves infirmes et incapables de tout travail étaient recueillies et entretenues leur vie durant.

L'histoire nous apprend que cette pieuse fondation avait été imposée à la femme de maître Haudri, par le pape Clément V, pour la relever d'un vœu de chasteté qu'elle avait fait pendant une longue absence de son mari, qui avait longtemps passé pour être mort, vœu qui, au retour inespéré de celui-ci, avait paru si lourd aux deux époux, qu'ils n'avaient pas hésité à faire le sacrifice de la plus grande partie de leur fortune, pour se débarrasser de l'obstacle mis à l'expression de leur mutuelle tendresse.

Le costume de la vieille pauvresse, qui était le même pour toutes les bonnes femmes de cet asile, se composait d'un couvre-chef de forme basse, en camelin noir, sorte d'étoffe grossière et pelucheuse qui était faite en poil de chèvre ; d'une cotte de tiretaine grise à larges manches, et d'une ceinture en ruban

de fil violet, à laquelle pendaient, sur la gauche, des
patenôtres à gros grains de bois noir, avec crucifix et
figurines de cuivre.

On se souvient que nous avons dit ailleurs que cette
malheureuse créature, qui avait le visage horrible-
ment couturé par les cicatrices d'anciennes brûlures,
ne devait certainement pas être aussi âgée qu'elle
le paraissait, et que dans ses yeux, encore fort beaux,
et dont les iris étaient de la couleur de la per-
venche, se lisait l'expression d'une haute intelligence
et d'une âme à la fois tendre et passionnée. En ce
moment surtout, que la vieille Haudriette, agenouillée devant la Notre-Dame-du-Tétin, tenait ses regards attachés sur la sainte protectrice des enfants
au berceau, ses yeux rayonnaient de l'amour le plus
vif et de la plus expressive reconnaissance. Sa ferveur à prier Madame la Vierge était si grande, qu'elle
ne paraissait nullement s'apercevoir, bien loin de
s'en inquiéter, que des centaines de grains glacés
venaient se nicher, plus pressés les uns que les
autres, dans les plis de sa cotte et de son couvre-
chef, tandis que la neige fondue glissait sur la peau
ridée et violette de ses deux mains jointes, comme
la rosée du matin sur les feuilles déchiquetées du chou
rouge de nos potagers.

La Commère Margot, qui, depuis quelques instants, avait quitté son banc de la Pierre-au-Lait
pour aller chercher un abri contre les giboulées sous
l'auvent de la Taverne du Père l'Entonnoir, eut pitié
de la pauvre vieille veuve, qu'elle connaissait au
reste depuis longtemps.

— Venez donc ici, près de moi, la mère Haudriette,

lui dit-elle avec bonté. Vous allez attraper la coque-
luche, ma bonne femme ; et, à votre âge, les dragées
qui tombent là ne sont pas si bonnes à recevoir que
des pignolats au sucre candi.

— Par la bataille de Rosebec ! lui dit à son tour le
Compère Boyrond, qui venait de s'avancer sur le
seuil de sa porte, y a-t-il l'ombre du bon sens à vous,
mon ancienne, de vous laisser ainsi morfondre comme
une recrue en faction, sous cette grenaille de verglas !
Allons, la mère, par le flanc gauche, venez prendre
un air de feu à la bûche et un gobelet de vin herbé,
ça vous fera du bien.

Pour toute réponse, la vieille Haudriette inclina
par deux fois et profondément la tête, en signe de
refus et de remercîment ; après quoi, elle parut de
nouveau, et sans se soucier davantage de l'inclémence
du temps, s'absorber dans sa prière et dans sa méditation, avec ce stoïcisme religieux que la foi devait
donner jadis aux pieux solitaires de la Thébaïde.

Comme elle achevait pour la troisième fois de réciter la salutation angélique, le bruit d'une verrière, que l'on ouvrait vivement dans la direction du
Porche de Saint-Jacques, lui fit tourner aussitôt la
tête de ce côté. Elle aperçut alors, à travers le voile
mobile du grésil qui tombait, comme au travers d'un
grand rideau de guipure, une jeune fille en « déshabillé » du matin, qui, le haut du corps penché en dehors de l'une des fenêtres du logis situé sur ce même
porche, d'une main soutenait les tresses flottantes
de ses cheveux, et de l'autre lui faisait le signe de
venir la joindre.

C'était (est-il besoin de le dire ?) Mlle de Champ-

Rosé qui, éveillée dès le matin (avait-elle bien po-
sitivement dormi durant cette nuit-là, c'est ce que
nous ne voudrions pas prendre sur nous d'affirmer),
était occupée à natter les longs et soyeux écheveaux
d'ébène de sa chevelure devant son miroir, dans
lequel, nous devons l'avouer, la charmante fille se
regardait, ce jour-là, avec plus de complaisance que
jamais, et qui ayant machinalement tourné les yeux
du côté de la Pierre-au-Lait, avait reconnu la vieille
Haudriette à genoux devant la Madone, et s'était
empressée de lui faire signe de monter à son petit
logis.

La bonne vieille femme, tout émue à cette apparition, se releva du plus vite qu'elle put, fit un pieux
signe de croix, adressa une profonde révérence à
Madame la Vierge, et s'en alla en toute hâte soulever le heurtoir de la porte romane de l'Hôtel Curial.
Ce fut la vénérable et discrète Brigitte La Voirin qui
vint lui ouvrir, non sans toutefois s'être quelque peu
fait attendre, ce qui donnerait à penser que le *malen-
contreux* rhumatisme de la gouvernante ne devait
que très mal s'accommoder du brusque changement
de temps survenu depuis la veille.

Quelques minutes plus tard, la bonne femme de la
chapelle de maître Haudri pénétrait, non sans un
vif battement de cœur, dans l'appartement de sa jolie
quêteuse.

Mlle de Champ-Rosé l'accueillit avec ce bon et angélique sourire qui part d'un cœur joyeux. Elle la fit
asseoir devant le foyer allumé, la força de tendre ses
pieds et ses mains vers le feu, et, à la grande confusion de la pauvresse, elle se mit à chiquenauder, les

uns après les autres, du bout de son joli doigt blanc,
tous les grains de glace qui étaient restés attachés
aux longs poils de ses habits de camelin.

— Réchauffez-vous bien, ma bonne Haudriette, lui
dit-elle d'un ton affectueux et tout en prenant ces
soins attentifs. Si j'avais pu prévoir hier que la matinée d'aujourd'hui dût être aussi maussade, je me
serais bien donné de garde de vous faire venir à pareille heure.

La vieille femme, très visiblement émue, jetait
des regards de reconnaissance et d'admiration sur
Sabine, tout en gardant un digne et respectueux
silence.

Sans plus tarder, la nièce de dom Pierre alla
prendre, sur le bahut qui occupait l'entré-deux des
fenêtres, un de ces quatre grands pots à aumônes
qu'on se souvient d'avoir vus figurer, la veille, sur la
table d'honneur de la Galerie aux Pampres et Roisins. Elle le plaça sur une petite table en chêne
sculpté qui était à la portée de la vieille, et, s'asseyant
de l'autre côté de cette table, sur un escabeau placé
dans l'angle droit de la cheminée :

— Tenez, ma bonne Haudriette, lui dit-elle avec
un son de voix si doux et si engageant, que le présent qu'elle offrait en paraissait doublé de valeur,
voilà la dîme que j'ai prélevée à votre intention, au
banquet de Monseigneur l'Évêque de Paris, et pour
vous remercier de la belle piécette que vous avez
mise hier, avec tant de bonté, dans mon aumônière.

Nous ne saurions donner une idée de l'expression
à la fois pleine de tendresse et d'amour qui vint il-
luminer, en ce moment, le visage mutilé de la pauvre

vieille veuve, et qui lui mit en même temps, ainsi que cela avait eu lieu la veille dans l'église Saint-Jacques, un sourire sur les lèvres et une larme dans les yeux.

Joignant alors ses deux mains flétries qu'elle étendit vers la jeune fille, et couvrant d'un indicible regard cette adorable figure de vierge et d'ange, elle lui dit d'une voix qui tremblait plus encore par l'effet de l'émotion que par celui du froid :

— Ma chère fille, je vois que Dieu vous a créée aussi bonne qu'il vous a faite belle. Ah ! soyez sûre qu'il vous récompensera, quelque jour, de ce que vous faites en ce moment pour moi.

— Allons ! allons ! dit Sabine en faisant le geste d'un enfant gâté qui prétend qu'on obéisse de suite à sa volonté, ne perdez pas votre temps en vaines paroles. Mangez, là, devant moi, quelques-uns de ces reliefs du banquet, que j'ai tant de plaisir à vous offrir, et, ajouta-t-elle, avec un sentiment de compassion bien marqué, qui vous feront oublier, pour aujourd'hui, le pain grossier qui est, hélas ! votre nourriture de chaque jour, à vous autres pauvres gens du peuple que la dure misère accable.

La vieille Haudriette, plutôt pour obéir au désir de la jeune fille que pour satisfaire sa faim, prit, au hasard, dans le grand pot en argent qui était placé devant elle, une croûte de talmouse à la gelée moulue, qu'elle porta à ses lèvres.

Pendant ce temps, Sabine, tout en étendant vers la foyère ardente ses jolis pieds chaussés des mêmes mules qu'elle avait la veille au soir sur la Terrasse aux Chapelles, se remit à natter les longues tresses de sa chevelure.

Mais la bonne femme, que cette gracieuse occupation paraissait intéresser bien autrement que la
tranche de talmouse qu'elle tenait à la main, était
tombée en admiration devant cette cascade de cheveux noirs, fins, soyeux, brillants surtout, qui des-
cendaient si moelleusement de la tête penchée de Sabine, et qui, sous ses doigts agiles, ne tardèrent pas
à former quatre plantureuses nattes, serrées et fermes,
ondulant, avec toute sorte de grâces, sur l'élégante
tunique de satin blanc, qui était le vêtement du matin adopté par les dames élégantes de cette époque.

— Oh! les beaux cheveux! les beaux cheveux!
dit tout à coup la vieille Haudrietttte, en étendant
brusquement le bras, et, comme par un geste dont
elle n'aurait pu se rendre maîtresse. Puis, saisissant une des nattes qu'elle porta à ses lèvres, elle la
baisa longuement et avec les mêmes marques de
respect et de vénération que si elle eût eu affaire à la
propre chevelure de sainte Geneviève de Nanterre,
la bienheureuse patronne de Paris.

— Mais pourquoi donc ne mangez-vous pas plus
tranquillement? dit Sabine, que cette admiration ex-
cessive de la pauvresse mettait évidemment mal à
son aise.

— Ah! chère Damoiselle, est-ce que je n'ai pas
cent fois plus de plaisir à vous regarder qu'à manger?

— A propos, dit tout à coup la jeune fille, à l'esprit de qui un souvenir, sans doute fort intéressant,
parut être revenu , et comme si elle eût eu hâte
d'en parler, afin qu'il ne lui échappât plus, pourquoi
donc, ma bonne Haudriette, depuis tant d'années, depuis mon enfance, si j'ai bonne mémoire, avez-vous

toujours paru si heureuse, si contente de me voir,
de me regarder et de me parler surtout?

Une légère rougeur passa sur les traits de la vieille
femme, mais grâce à son couvre-chef à demi rabattu,
ce signe d'émotion demeura inaperçu de Sabine.

— Pourquoi? chère Damoiselle, dit-elle avec un
attendrissement croissant et qu'elle s'efforçait en vain
de surmonter.

— Oui, pourquoi?

— Je vais vous le dire : c'est que, voyez-vous, par
une permission de la toute-puissance de Dieu, vous
avez apporté, en naissant, la figure, les traits, le sourire, la grâce, l'adorable expression d'une blanche,
rose et mignonne petite fille que j'ai eue autrefois, et
que le ciel ne m'a permis de presser sur mon cœur,
pendant quelques mois, que pour mieux me faire sentir, ensuite, la douleur d'en être à jamais séparée.

— Elle est morte? dit Sabine avec émotion.

— Je l'ai perdue, répondit la vieille femme, dont
les larmes se mirent à couler abondamment.

— Pauvre mère ! reprit la jeune fille en tendant sa
main à la malheureuse Haudriette. Ah ! je comprends
maintenant tout ce que ma vue devait vous faire
éprouver; je comprends vos sourires et vos pleurs;
votre bonheur à la fois et votre tristesse. Ma rencontre, n'est-ce pas, vous faisait du bien et du mal
en même temps?

Pour toute réponse, la pauvresse saisit la main qui
lui était tendue, et elle se mit à la couvrir de ses
larmes amères et de ses frénétiques baisers.

— Ah ! que n'ai-je su plus tôt, ma bonne Haudriette, ce que vous me confiez aujourd'hui ! Je me

souviens qu'autrefois, il y a bien longtemps de cela
il est vrai, j'avais je ne sais quelle frayeur d'enfant
en vous voyant approcher de moi.

— Je suis si affreuse à voir, dit la vieille.

— Ah! j'ai dû, à mon insu, vous faire bien du
mal, n'est-ce pas? Pardonnez-le-moi, je ne savais
pas ce que je faisais alors. Mais maintenant que je
connais, que je comprends, que je respecte l'intérêt
tout maternel que vous prenez à moi, je vous promets
de vous aimer, de vous sourire et de vous parler du
mieux que je le pourrai, afin de vous rappeler ainsi
le souvenir de l'enfant que vous avez perdue.

Et Sabine, qui allait retirer sa main de celles de
la pauvre vieille, non-seulement la lui laissa presser
tout à son aise, mais, à son tour, elle lui serra tendrement ses mains mutilées, dont la peau noire et
flétrie formait un contraste si frappant avec les doigts
roses et blancs de la jeune fille.

Enhardie, sans doute, par cette confiance et cet
abandon, l'Haudriette se mit à retrousser doucement
la manche de la tunique en satin, d'où le bras de Sabine
sortait ferme et rond, et, tout en prodiguant les mots
élogieux aux formes élégantes et à l'éclatante blancheur de ce joli bras, elle arriva à mettre à découvert,
un peu au-dessous de la saillie intérieure du coude,
une façon de petite cicatrice, qui, par sa forme bi-
zarre et la disposition des lignes qui la composaient,
n'aurait pu mieux se comparer qu'à la figure rabbi-
nique du Samech (1), qui est la quinzième des vingt-

_____

(1) Voici la lettre dont il est ici question : **ס**.

deux lettres de l'alphabet hébreu, et qui correspond à l'S du nôtre.

— Qu'est-ce que cela? demanda-t-elle à la nièce de dom Pierre, et en se rapprochant davantage de la jeune fille, comme pour mieux examiner ce dont elle parlait.

— Je ne sais! sans doute quelque bobo d'enfant qui me sera survenu autrefois et qui aura laissé là la trace de son passage.

— Pauvre cher petit ange, dit la vieille avec une émotion extraordinaire, comme cela a dû lui faire mal, et quelles grosses larmes elle aura versées.

Et, penchant son visage vers la petite et singulière cicatrice dont nous parlons, elle la baisa; après quoi elle rabattit la manche de la tunique.

Puis, sans abandonner la jolie main qu'elle tenait, elle l'ouvrit, et se mit à examiner attentivement les lignes d'un rose vif qui en parcouraient la surface palmaire.

Cette inspection donna de suite à penser à Mlle de Champ-Rosé que la bonne femme de la chapelle de Maître Haudri était sans doute familiarisée avec la divination fondée sur la connaissance des lignes de la main, science cabalistique en très grand honneur à ces époques de superstition, et que pratiquaient alors, avec un très grand succès, les Bohémiens et les Juifs lombards.

Aussitôt, avec cette curiosité bien naturelle chez une jeune fille de son âge :

— Vous connaîtriez-vous en chiromance, ma bonne mère? lui dit-elle.

— Quelque peu, vraiment, répondit celle-ci.

— Oh! en ce cas, vous allez me dire ma bonne aventure, le voulez-vous bien, ma bonne Haudriette? dit Sabine toute joyeuse.

— De tout mon cœur, chère Damoiselle.

Les deux femmes se rapprochèrent alors fort près l'une de l'autre, et pendant quelques instants la vieille se mit à étudier en silence les trois grandes lignes de la main, à savoir : la *Mensale*, la *Vitale* et la *Naturelle*, ainsi que les éminences qui les séparent et qui sont consacrées aux sept planètes : *Jupiter*, *Saturne*, le *Soleil*, *Mercure*, la *Lune*, *Mars* et *Vénus*. Après quoi vint le tour des lignes secondaires, qui peuvent modifier, par leurs conjonctions différentes, le sens et l'expression des lignes principales.

— Eh bien! dit Sabine, quelque peu impatiente, que voyez-vous de curieux dans ma main?

— J'y vois, dit la vieille en fixant sur les yeux de la jeune fille son regard profond et pénétrant, que vous serez aimée, avec passion, par un homme à la fois jeune, beau et spirituel.

— Et de quelle couleur? brun ou blond?

La vieille femme, avant de répondre, regarda attentivement un des points voisins de la ligne naturelle et dit ensuite :

— Blond pâle, blond cendré peut-être.

— Oh! l'admirable science, s'écria la jeune fille en rougissant jusqu'au blanc des yeux.

— N'est-il pas vrai, ma chère enfant?

— Et ses yeux, comment les a-t-il?

— Noirs, dit l'autre sans hésiter.

— Des cheveux blonds cendrés avec des yeux noirs; mais savez-vous que cela est ce qu'il y a de

plus charmant, de plus original ! Et où lisez-vous
donc tout cela, ma bonne Haudriette ?

— Ici, dans cette petite ligne courbe qui s'étend depuis l'intervalle qui existe entre le doigt enseigneur
(l'index) et le mitoyen, jusqu'à cet autre intervalle
compris entre l'annelier et le grat'oreille (l'annulaire
et le petit doigt).

— Et comment se nomme cette ligne, s'il vous
plaît ?

— La Ceinture de Vénus.

— Oh ! le joli nom ! Et cette ligne dit-elle si
l'homme qui m'aimera me sera fidèle ?

— Elle n'en dit rien ; mais voici, au Mont de Mercure, la quatrième lettre divine, le D, qui indique
que celui qui vous aimera sera un homme d'un cœur
loyal et sincère.

— Oh ! quel bonheur ! Et moi, dois-je l'aimer
aussi tendrement qu'il m'aimera ?

— Vous l'aimerez, dit la bonne femme en continuant l'étude des signes de la main de Sabine, avec
d'autant plus de tendresse, qu'il sera persécuté à
cause de vous par un homme plus puissant que lui,
mais à la vengeance duquel il échappera par son génie inventif et par le secours de vos industrieuses
mains.

— De telle sorte, dit vivement la nièce de dom
Pierre, qu'un jour viendra où nous pourrons être
unis et vivre heureux l'un et l'autre ? Est-ce bien ainsi
que l'annoncent toutes ces lignes si bizarrement tra-
cées dans ma main, et au travers desquelles, cependant, vous lisez aussi couramment que moi dans
mon missel ?

Mais, en ce moment, la vieille Haudriette, dont l'attention venait de se fixer sur la ligne vitale, qui est cette ligne légèrement courbe qui semble limiter la base du pouce dans la main, où elle forme le premier jambage de l'M majuscule qui y est tracée, la vieille Haudriette, disons-nous, fit un geste d'effroi, et devint au même instant aussi pâle que le marbre. Puis, comme se parlant à elle-même :

— Brisée entre le premier et le second quartier. Oh ! mon Dieu, cela n'est pas possible !

— Qu'est-ce donc que vous découvrez là de si fâcheux, dit subitement la jeune fille, qui s'aperçut du trouble que la pauvresse voulait en vain lui cacher. Est-ce que nous serions menacés de quelque malheur dans nos amours? Oh ! dites, dites, je vous en prie, j'aurai le courage de tout entendre.

Mais la vieille chiromancienne, qui n'avait pas été maîtresse de son premier mouvement, se remit aussitôt de son émotion, et du ton le plus naturel qu'elle put prendre, dit en abandonnant la main de Sabine :

— Mon enfant, toutes ces pratiques de cabale et de chiromance sont choses extrêmement détestables aux yeux de Dieu, et c'est en me remémorant que nous allions commencer, vous et moi, cette sainte journée de l'Annonciation de Madame la Vierge par offenser son Divin Fils, que j'ai fait ce mouvement que vous avez remarqué. Et puis, d'ailleurs, ne savez-vous pas que toute cette prétendue science de divination n'est que mensonge et fallace? Il ne faut donc ajouter aucune foi à tout ce que vous annonceront jamais les diseurs de bonne aventure.

— Oui, vous avez raison, ma bonne Haudriette, se

hâta de dire la jeune fille en partie rassurée, et dont
la piété sincère ne pouvait que trouver justes les pré-
tendus scrupules de la nécromancienne. Et cependant, ajouta-t-elle avec cette crédulité tenace que
nous éprouvons tous à l'endroit des présages heureux
dont nous sommes l'objet, je vous assure que tout ce
que vous m'avez dit jusqu'ici ne ressemble en rien à
de la tromperie, et la preuve... je vais vous la donner, si toutefois vous me promettez bien d'être discrète.

— Je le jure sur ce qu'il y a de plus sacré, dit la
vieille avec un vif mouvement de curiosité.

— Eh bien ! donc, cette preuve en est que j'aime
quelqu'un de toute mon âme, et que ce quelqu'un,
qui est jeune, beau et spirituel, qui a les yeux noirs
et les cheveux d'un blond cendré, m'aime à son tour
avec une tendresse inimaginable.

— Et ce tendre amant, dit vivement la pauvresse,
doit-il bientôt vous épouser, ma chère fille ?

— Voici encore en quoi je reconnais que toutes les
choses que vous m'avez dites ne sont point des paroles
en l'air : c'est que bien des obstacles que nous pré-
voyons s'opposeront à notre mariage ; mais j'accepte
l'heureux présage que vous m'avez donné tout à
l'heure, que tous ces obstacles, nous parviendrons à
les surmonter, et qu'un jour viendra où je pourrai
être l'heureuse compagne de l'homme que j'aime
plus que tout au monde.

— Ah ! puissiez-vous, s'écria la vieille Haudriette
avec un geste plein de tendresse et de passion, puissiez-vous être heureuse, ma chère fille ! c'est là le
vœu le plus ardent de mon cœur, et vous ne pourrez

manquer de l'être si Dieu exauce les ardentes prières
que je vais lui adresser chaque jour à cette intention.

— Oh! merci, merci! ma bonne vieille amie, dit
Sabine en regardant la pauvresse avec des yeux brillants d'espérance et de foi.

Elle ajouta, en lui ouvrant ses deux bras :

— Et, pour vous récompenser du tendre intérêt
que vous prenez à moi, voulez-vous bien que je vous
embrasse comme si j'étais véritablement votre fille?

— Elle me le demande! s'écria la vieille Haudriette en levant au ciel des yeux remplis de la plus
ineffable reconnaissance, et aussitôt elle s'élança
dans les bras de Sabine.

Quelques instants plus tard, la bonne femme de la
Chapelle de Maître Haudri, après avoir pris congé de
la nièce de dom Pierre, quittait l'Hôtel du Presbytère, comblée des aumônes de sa jolie quêteuse, et,
avant de s'éloigner du carrefour de la Pierre-au-Lait,
elle tourna plus d'une fois la tête vers la lucarne,
du haut de laquelle Sabine lui adressait encore un
beau sourire et un gracieux salut d'adieu.

II

LA MAISON

DE LA RUE DES ÉCRIVAINS

A L'ENSEIGNE DE LA FLEUR DE LYS

LA MAISON DE LA RUE DES ÉCRIVAINS

A L'ENSEIGNE DE LA FLEUR DE LYS

Sur le soir du même jour, un vieillard, qu'à son bonnet d'astracan, en forme de cône tronqué, et à sa robe de camelot violet, fourrée d'agneau noir, nos lecteurs reconnaîtront aisément pour le Marchand de patenôtres de la Taverne du *Verre-Luisant*, s'arrêta devant la porte d'une maison située à l'angle occidental formé par la rencontre de la rue des Écrivains et de la rue de Marivaux.

Bien qu'il fît nuit déjà close et que la lune fût engagée, en ce moment, dans une débâcle de grands nuages blancs, au milieu desquels elle ressemblait à une nef d'argent voguant dans les glaces de la Mer Polaire, on pouvait néanmoins distinguer très facilement l'enseigne de cette maison, qui consistait

en une svelte fleur de lis en étain doré, laquelle était
suspendue à une tringle de fer horizontale, qui, à
l'endroit où elle se détachait de la muraille, était
supportée par une grande S en ferronnerie très artis-
tement ouvragée.

Cette maison, qui faisait face au petit portail laté-
ral de l'Église Saint-Jacques-de-la-Boucherie, était
chargée, dans toute la hauteur de son pignon, d'inscriptions et de figures gravées, ou, pour employer le
style naïf du vieux Sauval, *d'égratignures sur la pierre*.
Ses deux jambes étrières étaient ornées de sculptures
en bas-relief, et un autre groupe sculpté, qui représentait le Christ en croix entre la Vierge et saint
Jean, surmontait une corniche très saillante, qui
courait dans toute la largeur de la façade, corniche
au-dessous de laquelle on lisait ces mots tracés en
lettres dorées :

Nicolas Flamel Escrivain-libraire juré en l'Université de Paris.

C'était, en effet, la maison du célèbre alchimiste,
dont l'image en ronde-bosse se voyait encore au
siècle dernier sur le pilier à droite de la porte d'entrée de cette même maison, image dans laquelle
il était représenté, à ce que nous rapporte l'abbé
Villain, *ayant une longue robe, un manteau long et
retroussé sur l'épaule droite, un chaperon à demi abattu
autour du col, avec la cornette longue et pendante très
bas*. A sa ceinture était passée l'écritoire accompa-
gnée de son cornet, comme étant le signe distinctif
de la profession à laquelle notre écrivain tenait en

très grand honneur d'appartenir, et, de chaque côté
de cette image, se voyaient, chacune dans un car-
touche, l'N et l'F majuscules qui se faisaient constamment remarquer, avec la figure de Flamel, sur
tous les édifices où il s'était fait peindre ou sculpter.

Après avoir, durant quelques instants, examiné
cette élégante demeure, dont la construction paraissait remonter à la fin du siècle précédent, et, en apportant dans cet examen plutôt les allures d'un homme
qui cherche à rappeler ses souvenirs, que celles d'un
étranger dont cette maison frapperait les regards
pour la première fois, le Marchand de patenôtres saisit le heurtoir de la porte et frappa.

Un bruit de mules à semelles de bois retentit dans
l'intérieur du logis, et tout aussitôt le panneau supérieur de cette porte, qui n'était fermé qu'au loquet,
s'ouvrit. L'étranger aperçut alors, dans le cadre lumineux qui résulta de cette ouverture, la tête et le
buste d'une femme d'une quarantaine d'années environ, fort belle encore, mais dont les traits fortement accentués, la plantureuse chevelure noire et
les grands yeux bruns, dénotaient, au premier abord,
une personne d'une certaine rudesse de caractère. Le
timbre sonore et quelque peu masculin de sa voix
confirma bientôt notre visiteur dans cette impression.

— Qu'est-ce que vous demandez? dit-elle.

— Je demande à parler à Maître Nicolas Flamel, le
docte et habile écrivain, que Dieu tienne en sa sainte
garde, lui et les siens, répondit le Marchand gondarien d'une voix ferme, mais pleine de politesse.

— Et qu'est-ce que vous lui voulez à une pareille
heure? dit l'autre encore plus rudement.

Avant que l'étranger eût eu le temps de répondre à cette question, une voix, qui paraissait être celle d'un vieillard, se fit entendre.

— Laisse entrer, Margot, laisse entrer, dit cette voix sur un ton calme et plein de bienveillance, qui formait un contraste parfait avec l'accent bourru et l'air impératif de la chambrière.

Cette personne, en effet, qui était venue ouvrir la porte du logis, et dont l'histoire nous a conservé le nom, n'était autre que la veuve de Jean Quesnel, surnommée Marguerite La Quesnelle, chambrière de maître Nicolas Flamel depuis seize ou dix-sept ans environ. Elle était entrée au service de notre alchimiste quelque temps après la mort de dame Pernelle, arrivée le 11 septembre 1397, et, depuis lors, elle occupait dans la maison de l'alchimiste l'emploi de servante-maîtresse, qui lui convenait à tous égards.

La Quesnelle, sans répondre une seule parole, mais avec tous les gestes de la plus maussade humeur, se mit en devoir d'ouvrir le panneau inférieur de la porte, et l'étranger pénétra dans l'intérieur du logis.

Ses regards se portèrent tout d'abord, en face de lui, sur' une large et haute cheminée dans laquelle était un feu bien nourri. Au centre de l'épaisse corniche de cette cheminée était encastrée une pierre qui, autrefois blanche comme l'albâtre, était quelque peu enfumée aujourd'hui, mais sur laquelle on lisait encore très facilement les sentences suivantes, qui étaient gravées en creux dans la pierre, avec les lettres minuscules peintes en noir et les majuscules enluminées au vermillon :

CIL QVI T'OBLIGE EST TON MAITRE.
CIL QVE TV OBLIGES EST TON SERF.
CIL QVI SE PASSE DE TOI EST TON ÉGAL.

Au-dessous étaient ces deux vers en caractères plus petits :

CHASCVN SOIT CONTENT DE SON BIEN,
QVI N'A SVFFISANCE IL N'A RIEN.

Dans l'angle de gauche, sous le vaste manteau de cette cheminée, d'où pendait une bande de serge verte découpée en lambrequins, un vieillard était assis devant une table, occupé à écrire à la lumière d'une petite lampe de cuivre fort propre, mais dépourvue de tout ornement.

C'était Nicolas Flamel.

De sa figure, qu'il tenait penchée en ce moment sur les feuilles de son vélin, on n'apercevait qu'un front large et bombé, auquel faisait suite un crâne élevé, dépouillé de tous ses cheveux dans sa partie supérieure (à l'exception, toutefois, d'une petite houppe argentée située tout au haut du front), et dont la lumière de la lampe faisait reluire la puissante voussure, comme un vieil ivoire qui aurait été poli et jauni par le temps.

Dans le coin opposé, dormait, assise sur un escabeau de bois très bas, et la tête mollement abandonnée dans l'angle rentrant formé par la muraille, une mignonne jeune fille de seize ou dix-sept ans environ, dont les traits charmants et le teint des plus

frais ressortaient gracieusement sur les pierres enfumées qui servaient d'oreiller à cette jolie dor-
meuse.

Avec un peu d'attention, il n'était pas possible de
méconnaître qu'un air de parenté des plus marqués
existait entre la figure de cette jeune fille et celle du
vieil écrivain, bien qu'une énorme différence d'âge
existât cependant entre l'un et l'autre. Mais nous
donnons ici, comme étant de remarque certaine, que
c'est surtout au moment de la mort, dans le cours
des longues maladies et durant le temps du sommeil,
ces trois étapes successives par lesquelles l'homme
passe de l'état complet de la santé à la destruction
finale, que la ressemblance des enfants à leurs pères
se fait le plus distinctement apercevoir.

Un des bras de cette jeune fille endormie pendait
tout droit jusqu'à terre, avec cette incomparable
gaucherie que donne le sommeil, tandis que l'autre,
dans une très gracieuse attitude, était arrondi autour
du cou d'un grand chat gris, qui était pelotonné sur
les genoux de sa jeune maîtresse, et qui, lui aussi,
dormait sans doute l'instant d'auparavant, mais qui,
à l'arrivée de l'étranger, avait subitement sorti son
museau rose de sa fourrure, et montrait ses deux
grands yeux verts tout effarouchés.

Au bruit des paroles que prononça le nouveau
venu en lui souhaitant le bonsoir d'usage, Flamel
releva lentement la tête, et, se faisant un garde-vue
de sa main gauche, il jeta les yeux sur l'étranger, en
même temps qu'il lui rendait son salut avec une
grave politesse.

— Que désirez-vous de moi, Messire? lui dit-il en

lui indiquant du doigt le siége que venait de quitter Marguerite La Quesnelle.

— Si c'était un effet de votre complaisance, mon Maître, répondit le Marchand de patenôtres en s'asseyant à la place qu'on lui désignait, je désirerais, pour affaire d'importance, vous entretenir seul à seul pendant quelques instants.

La chambrière, qui était restée debout derrière le nouveau venu, et qui ne pouvait être aperçue par lui, en entendant cette réponse, fit à l'adresse de son maître un certain mouvement dédaigneux des lèvres et un geste expressif de la main, qui semblaient lui dire bien évidemment :

— En vérité, la demande est par trop impertinente, et j'espère bien que vous allez me mettre à la porte cet intrus ; d'ailleurs, il se fait tard, il ne serait donc pas prudent à vous de rester seul avec un étranger.

Devant cette éloquente protestation de sa chambrière, maître Nicolas Flamel parut hésiter un instant ; mais, rassuré sans doute par l'honnête visage de son visiteur, il se tourna vers La Quesnelle, et, lui montrant de la main la jeune fille endormie dans le coin opposé de la cheminée, il lui dit du même ton calme que tout à l'heure, et qui paraissait devoir rarement l'abandonner :

— Margot, il est l'heure d'aller coucher cette enfant. Réveillez-la donc et montez avec elle.

Certes, il ne s'en fallut que de bien peu de chose si la chambrière n'éclata pas ! Mais, devant le regard ferme et froid de son maître, elle parvint à se contenir. Elle alla prendre dans un coin de la salle une

lampe d'étain, qu'elle alluma au foyer à l'aide d'une
longue chénevotte, qui était garnie de soufre à l'une
de ses extrémités et qui tenait lieu d'allumette à cette
époque, et, secouant sans pitié le bras pendant de la
jeune fille endormie :

— Collette, Collette, lui dit-elle de son ton le
plus bourru, allons-nous-en coucher, et plus vite
que ça !

L'enfant, réveillée en sursaut, se leva machinalement de son escabelle, et, toute trébuchante, alla,
sans même s'apercevoir de la présence d'un étranger,
tendre sa jolie joue au vieillard, en lui disant d'une
voix étouffée par ses bâillements :

— Bonsoir, mon parrain.

— Bonsoir, ma mie, lui répondit Flamel en l'embrassant tendrement.

Et les deux femmes sortirent par une porte du
fond de la salle, que La Quesnelle ferma derrière elles
avec une telle violence, que les vitraux en losanges
des verrières en frémirent dans leurs châssis de plomb.

Pendant que le bruit de leurs pas se faisait entendre dans l'escalier qui conduisait à l'étage supérieur, Nicolas Flamel, se levant encore très allégre-
ment pour un homme qui était dans le voisinage de
ses quatre-vingts ans, alla pousser les verroux de la
porte d'entrée et revint s'asseoir près de son visiteur.

— Nous voici seuls, lui dit-il en faisant décrire
un quart de cercle au siége sur lequel il était assis,
afin de se trouver mieux en face de l'étranger : je vous
écoute, Messire.

— Révérend maître, dit le nouveau venu, après
avoir examiné les traits de l'alchimiste avec une très

grande attention, dans laquelle on voyait, au reste, que l'intérêt avait plus de part encore que la curiosité, j'admire à quel point vous avez, depuis vingt ans, supporté vertement le fardeau des années. A part ce givre blanc, dont l'hiver de la vie a poudré vos cheveux, je vous retrouve encore aujourd'hui tel que je vous ai connu autrefois, c'est-à-dire avec ce même regard vif, cette démarche ferme, cette parole assurée, et, ajouta-t-il en se penchant vers les feuilles de vélin comme pour en admirer l'écriture, avec cette main toujours aussi habile à manier la merveilleuse plume, de laquelle sont sortis tous ces beaux livres qui immortaliseront votre renommée de grand scribe.

— Mais, qui donc êtes-vous, Messire, demanda Flamel très étonné de ce langage, et en regardant à son tour l'étranger, avec une attention dans laquelle on aurait pu démêler une légère nuance d'inquiétude?

— Je conçois aisément que vous ne me reconnaissiez point, maître Nicolas; car, pour moi, ce n'est pas seulement le fardeau des années, c'est le poids, plus lourd encore à porter, des malheurs et des peines d'une vie misérable, qui a dû altérer mes traits au point de les rendre méconnaissables, même aux yeux d'un vieil ami.

— Un vieil ami, dites-vous! mais, attendez donc, le son de votre voix ne m'est pas inconnu, ce regard profond sous ce sourcil si fort arqué, ce nez aquilin, ce large front.... Oh! parlez-moi de nouveau, dites encore quelques mots, je vous prie!

— *Maranatha! Maranatha!* se contenta d'articuler l'étranger, avec une intonation grave et vibrante de la voix, qui donnait à sa parole quelque chose de solennel.

— Grands dieux! s'écria Flamel, en se levant de son siége! Est-ce possible; est-ce croyable? Les morts sortent–ils donc maintenant du tombeau, pour qu'il soit vrai que j'aie, en ce moment, le Juif Isaac Lévy devant mes yeux?

— Oui, c'est bien moi, dit l'étranger en se levant à son tour de dessus l'escabeau qu'il occupait, et en tendant les bras à l'Alchimiste; embrassons–nous, mon cher Flamel.

Et les deux vieillards, s'étreignant vivement l'un l'autre, s'embrassèrent avec une cordialité et une abondance de cœur qui semblaient les avoir rajeunis de plusieurs lustres chacun.

— Par saint Jacques de Compostelle! dit l'écrivain, lorsque les deux amis se furent rassis, c'est à crier au miracle, en vérité! Car, savez-vous, Compère Isaac, qu'il y aura tantôt vingt ans bien comptés, que je porte votre deuil, sinon sur mes habits, du moins au fond de mon cœur; deuil d'autant plus cruel, d'autant plus douloureux, que je croyais vous avoir vu, de mes propres yeux vu, massacrer par la populace, là même, à ma porte, devant le petit huis de Saint-Jacques, dans la matinée du 18 octobre 94.

— Oui, n'est-ce pas? le lendemain de ce jour fatal avec lequel expirait le délai d'un mois, qui nous avait été accordé, à nous autres Juifs, par l'ordonnance du Roi, à la date du 17 septembre précédent, pour quitter Paris, et dans la soirée duquel jour j'étais venu remettre entre vos mains, tant en mon nom qu'au nom de mes coreligionnaires, les nombreux titres des créances dont le remboursement n'avait pu être effectué par nous dans ce délai de grâce qui nous avait été donné.

— Je me souviens encore de tout cela, mon cher Isaac, comme si c'était arrivé d'hier seulement, et je me rappelle aussi, qu'étant décidé à vous mettre en route pendant la nuit suivante, celle du samedi au dimanche par conséquent, vous deviez venir me confier, vers le milieu de cette même nuit, un coffret de fer contenant divers objets précieux que vous ne jugiez pas prudent, m'aviez-vous dit, d'emporter avec vous, et que je devais, plus tard, vous faire secrètement passer en Lombardie.

— C'était, en effet, mon dessein; mais vous allez voir que Dieu en avait décidé autrement. Vous savez, cher Flamel, qu'à cette époque, un mois tout au plus devait s'écouler avant la délivrance de ma chère Thamar, et qu'un accident, qui lui était survenu au cours de sa grossesse, était le seul motif qui nous eût empêché de sortir plus tôt de Paris, en compagnie de nos coreligionnaires. Après vous avoir quitté dans la soirée de ce fatal samedi, je rentrai donc en toute hâte au logis que nous occupions dans la demeure d'Hugonnet Charnailles, le fossoyeur des Saint-Innocents, afin d'y terminer les préparatifs de notre départ. Notre projet était de nous mettre en route vers la minuit, et nous devions, à notre sortie du Cul-de-sac du Chat-Blanc, nous diriger vers notre demeure par le carrefour de la Pierre-au-Lait, afin que je pusse vous remettre, en passant, le précieux coffret dont vous vouliez bien accepter le dépôt.

— Je vous ai guetté, en effet, dans cette même salle et par le volet entrebâillé de cette fenêtre, jusque vers les quatre heures du matin, mais ce fut en vain que je vous attendis.

— Vous allez savoir quel fut le motif qui m'empêcha de venir. A peine arrivé dans notre petit logis, j'y trouvai ma chère Thamar en proie aux premières douleurs de l'enfantement, et ayant le désespoir peint sur tous ses traits, moins encore par l'appréhension des cruelles souffrances qu'elle allait endurer, que par la crainte des suites affreuses que cet événement imprévu pouvait avoir, tant pour nous-mêmes que pour notre enfant nouveau-né. Avec le jour qui allait bientôt reparaître, le délai de grâce serait expiré, et il y avait, vous ne l'ignorez pas, danger de mort, pour nous, à rester dans Paris quelques heures seulement après le lever du soleil.

— Ah oui! danger de mort, mon pauvre Isaac, et quel genre de mort surtout! Vous auriez été, à n'en pas douter, massacrés, mis en lambeaux, brûlés vifs, comme tant d'autres de votre religion, qu'une populace fanatisée et ivre du sang des Juifs, extermina sans pitié dans cette matinée, et sans même faire grâce de la vie aux pauvres petits enfants qui étaient encore à la mamelle. Mais comment fîtes-vous, je vous le demande, pour échapper à ce péril qui vous menaçait?

— En présence d'une si affreuse perspective, je compris de suite qu'une suprême énergie était la seule chance de salut qui nous restât désormais. Je relevai donc, au nom même de cet enfant qu'elle allait mettre au monde, le courage si fort abattu de ma

pauvre compagne ; je lui fis voir que la fuite nous
était encore possible, si sa délivrance avait lieu avant
l'arrivée du jour ; je l'assistai, de mes propres mains,
dans ce douloureux drame de la maternité, et, avec
l'aide de Dieu, en qui nous avions placé notre dernière espérance, nous pûmes, quand l'aurore parut,
déposer, chacun, un premier baiser sur le front de
notre enfant nouveau-né.

— Quelle nuit avez-vous dû passer ! quelles an-
goisses avez-vous dû subir, Seigneur, mon Dieu !

— Oui ; mais aussi quelle joie fut la nôtre, cher
Flamel ! Cet enfant, ce gage précieux de notre tendresse, c'était une fille ; c'était une blanche, une rose,
une adorable petite fille, avec de petits cheveux
noirs, qui étaient déjà brillants comme le jais, et de
beaux grands yeux qui avaient la couleur bleu foncé
du saphir. Elle était à peine née que nous lui don-
nâmes le gracieux prénom de Siona, en souvenir de
la patrie perdue ; après quoi il nous fallut songer à
quitter cette cité inhospitalière de Paris et ce plai-
sant pays de France, d'où notre race était bannie à
perpétuité, pour aller chercher, dans des contrées
moins barbares, une place où nous pussions reposer
notre tête et y dresser, en sûreté, la bercerole de
notre enfant.

— Comment ! la malheureuse mère eut assez de
forces pour pouvoir quitter son lit de douleur dans
un pareil moment ?

— Oui, mon cher Flamel, oui, la pauvre Thamar,
avec un courage digne des temps bibliques, s'arracha elle-même à sa couche ensanglantée, se vêtit à
la hâte, prit son enfant endormi dans ses bras, et

avec cette sublime abnégation de soi-même, que
peut seul donner à une femme le sentiment de l'a-
mour maternel, elle s'écria : Mon cher Isaac, je suis
prête à vous suivre partout, Mais, au moment où
nous allions franchir le seuil du logis, la malheureuse mère, qui avait trop présumé de ses forces, se
sentit tout à coup défaillir, et tomba presque inani-
mée dans mes bras.

— Quel funeste contre-temps, mon Dieu !

— D'autant plus funeste, en effet, que quelque
diligence que nous eussions faite, le jour commençait à grandir, et qu'on entendait déjà retentir,
dans le Cul-de-sac du Chat-Blanc, le bruit des pas
des garçons étaliers de la Grande-Boucherie. Pendant
qu'à demi-mort de frayeur moi-même je prodiguais
à ma pauvre Thamar les soins nécessaires pour lui
rendre l'usage de ses sens, la porte de notre logis
s'ouvrit brusquement, et le vieux fossoyeur Hugonnet Charneilles parut. Vous n'avez pas un instant à
perdre, nous dit-il de l'air du monde le plus effrayé ;
quelques mots, que je viens d'entendre dans une des
tavernes du voisinage, ne m'ont que trop fait comprendre le sort affreux qu'on vous réserve, à vous et
à vos pareils, si, au premier coup de l'angélus de six
heures, vous n'avez point encore quitté ce quartier.
Ainsi donc, hâtez-vous de fuir, car il n'en est que
temps. Et, comme d'un geste désespéré, je lui mon-
trai dans quel état de faiblesse se trouvait la mère de
mon enfant.

— J'ai tout prévu, me répondit le digne vieillard
en me mettant à la main une sorte de cornet d'apothicairerie rempli d'une liqueur vermeille, faites ava-

ler à cette pauvre femme quelques gouttes seulement
de ce précieux cordial, et les forces lui seront rendues aussitôt.

— Et c'est ce que vous fîtes, bien entendu? dit Flamel, que ce récit paraissait émotionner vivement.

— Oui, et l'effet produit par ce breuvage fut si
prompt et si décisif, qu'après avoir remercié notre
bienfaiteur, nous pûmes nous mettre en route, ma
chère Thamar et moi, elle, tenant dans ses bras son
enfant toujours endormie, et moi, portant à la main
le précieux coffret que je n'avais pu venir vous remettre pendant la nuit. Nous sortîmes assez heureusement de la maison du fossoyeur, et nous franchîmes
sans malencontre toute la longueur du Cul-de-sac
du Chat-Blanc; mais, au moment où nous quittions
la rue de la Vennerie pour entrer dans celle de
la Savonnerie, un jeune garçon, de la pire espèce,
qui nous rencontra et qui, par malheur pour nous,
nous connaissait depuis longtemps, se mit à crier
tout à coup :

— A mort! à mort les Juifs! tue, tue les chiens
d'Israélites!

Et, courant aussi vite que cela lui était possible du
côté de la Grande-Boucherie, il se mit à appeler de
toutes ses forces les écorcheurs de bêtes des trente-
deux étaux, qui, sortant de leurs tueries, s'élancè-
rent à notre poursuite, leurs longs coutelas tout san-
glants à la main.

En ce moment, le premier coup de l'angélus sonna
à la Tour de l'Eglise Saint-Jacques. Le fatal délai
était expiré. Nous nous sentions perdus sans retour.

— Ah! quelle horrible situation!

— Oh! oui, bien horrible, allez, mon cher Flamel,
et dont le souvenir est venu bien des fois depuis
lors me glacer d'épouvante durant les heures de mon
sommeil.

— Et comment êtes-vous parvenus, l'un et l'autre,
à échapper à la fureur de ces cannibales?

— En entendant les cris d'appel poussés par le
jeune garçon dont il s'agit, nous nous étions mis à
fuir en courant, Thamar et moi, le long de la rue de
la Savonnerie, et, de là, nous nous élançâmes dans
celle de la Heaumerie pour gagner le carrefour de la
Pierre-au-Lait. Mais le précieux fardeau dont chacun de nous était chargé, joint à l'état de souffrance
de la pauvre mère, ralentissait forcément notre
course, et nous entendions, de seconde en seconde,
se rapprocher les épouvantables clameurs de la
meute assassine qui était à nos troussès. Quand nous
arrivâmes près du banc de la Pierre-au-Lait, ma
pauvre Thamar, folle de désespoir en se sentant incapable de sauver, même au prix de sa pauvre vie,
les jours de la chère petite créature qu'elle venait de
mettre au monde, eut une soudaine inspiration, que
sans doute le ciel, qui nous prit en pitié, lui envoya:
elle se jeta à genoux devant l'image de la Notre-
Dame-du-Tétin, et lui présentant l'enfant qu'elle tenait entre ses bras:

— Sainte protectrice des nouveau-nés, lui dit-
elle, avec je ne sais quel sublime sentiment de foi et
d'espérance, dont son visage me parut être comme
transfiguré, ayez pitié de nous, sauvez ma fille, et désormais je croirai au Dieu des Chrétiens!

— En ce moment, une femme de la campagne sortait de la Taverne du Verre-Luisant, où elle venait d'entrer. C'était la laitière de la Pierre-au-Lait. Elle vit l'action de Thamar et entendit ses paroles. Émue de pitié à ce spectacle attendrissant, et devinant à la fois, et qui nous étions, et le sort funeste qui nous attendait, elle s'avança vers la pauvre mère, lui prit son enfant des bras, l'enveloppa à la hâte dans un grand coqueluchon de futaine brune, et le cacha derrière ses pots au lait, en nous disant :

— Je suis Jacqueline la Camuse du bourg Saint-Marceau; songez à mettre d'abord vos jours en sûreté; vous retrouverez, plus tard, chez moi, votre enfant, dont je prendrai soin.

— Oh! le beau, l'admirable trait de la part de cette femme! s'écria Flamel.

— Oh! oui, dit le vieux Juif, dont les paupières étaient humides de larmes, au souvenir de cette scène pathétique, d'autant plus beau, d'autant plus admirable, que cette noble créature, vous ne l'ignorez pas, s'exposait à payer de sa vie ce sublime dévouement.

— En effet, reprit l'écrivain, la déclaration portée par le Roi était formelle : quiconque, à partir du 18 octobre, et une fois le soleil levé, aurait donné asile à quelqu'un d'entre les Juifs, sans distinction de sexe, ni d'âge, devait être puni par le supplice de la corde.

— Une fois rassurés sur les jours de notre enfant, reprit Isaac Lévy, il nous restait encore à pourvoir à notre propre salut. Il n'y avait pas un instant à perdre, car les vociférations de la populace furieuse se rapprochaient de plus en plus.

— Nous allons être massacrés tous les deux, dis-je à la pauvre Thamar, et alors que deviendra notre Siona, restée orpheline ? Les soins d'une mère lui sont, en ce moment, plus nécessaires et plus précieux que ceux d'un père, c'est donc à moi de me dévouer. Adieu, chère épouse, adieu, ma bien-aimée, séparons-nous vite ; hâte-toi, pendant qu'il en est temps encore, de fuir par la rue du Porche, d'où tu pourras gagner la rivière ; je saurai attirer sur mes pas, pour protéger ta retraite, la meute assassine qui nous poursuit. Thamar, tout en larmes, s'éloigna après m'avoir pressé une dernière fois dans ses bras. J'adressai un suprême remercîment à la digne et courageuse laitière qui venait de sauver notre enfant, et je m'élançai en courant dans la rue des Écrivains. En ce moment, la bande des écorcheurs de bêtes débouchait tout entière dans la rue de la Heaumerie. Elle m'aperçut fuyant par votre rue et elle se mit à ma poursuite en redoublant ses imprécations et ses cris de mort. Arrivé devant votre échoppe d'écrivain, je tournai la tête en arrière pour m'assurer si aucun de nos massacreurs ne s'était mis sur les pas de Thamar ; je vis, avec un bonheur mêlé d'épouvante, que pas un d'eux n'avait éventé sa piste, et je fis mentalement à Dieu le sacrifice de ma vie, en pensant qu'il avait sauvé celle de la mère de mon enfant.

— Mais, pour sauver la vôtre, cher Isaac, il n'a rien moins fallu qu'un miracle, sans doute ?

— Je serais bien ingrat envers le ciel, répondit le vieux Juif d'une voix émue, si je considérais autrement la protection qu'il daigna m'accorder dans cette circonstance. Au moment où je passais devant le pe-

tit Portail de Saint-Jacques, que vous avez fait construire de vos deniers, on en ouvrait la porte. Aussitôt, je me précipitai dans l'église, et sans reconnaître
d'abord quelle était la personne qui venait d'en faire
l'ouverture, je lui arrachai la clef des mains, et refermai sur moi le petit huis à double tour. Puis,
m'apercevant que celui que j'avais pris pour le porte-
clefs de l'église, était dom Pierre Candrin, que j'a-
vais connu dans des circonstances assez récentes, et
à qui je n'hésitai pas à me confier :

— Sauvez-moi, lui dis-je, des mains de ces force-
nés, ou sans votre secours je vais être mis à mort
dans cette sainte demeure, à laquelle la religion que
je professe ne me donne point le droit de demander
asile. Il vous est facile de me cacher dans le souterrain le plus profond de votre église, et mes assas-
sins croiront sans peine que je me suis échappé par
une autre porte.

L'Archiprêtre me fit descendre, alors, dans les caveaux de la Tour, où je restai deux jours enfermés.

Puis, au bout de ce temps, vêtu d'un habit de pèlerin qu'il me procura, je pus sortir de l'Église d'a-
bord, et de Paris ensuite, sans être le moindrement
du monde inquiété. Avant de nous séparer, dom
Pierre m'apprit que le hasard avait voulu que, pendant les premières heures de ma captivité dans les
souterrains de la Tour Saint-Jacques, un malheureux
Israélite, qui s'était, comme moi, réfugié dans son
Église, y avait été mis à mort par les tueurs de bêtes de la Grande-Boucherie, lesquels, en l'égorgeant,
crurent avoir versé le sang du même Juif, à la poursuite duquel ils s'étaient mis dès le matin.

— Voilà qui m'explique clairement, mon cher Isaac, comment, pendant vingt années, j'ai cru avoir été le témoin de votre supplice. Le malheureux dont vous parlez, et qui fut pris pour vous, s'était caché derrière l'autel de Saint-Fiacre ; il en fut tiré par les mauvais garçons de la Grande-Boucherie, qui le saignèrent, comme si c'eût été un veau (1), sur les dalles mêmes de la chapelle où il s'était réfugié. Puis, son corps tout mutilé fut traîné hors de l'Église et brûlé au devant du petit Portail, c'est-à-dire là, à ma porte et sous mes yeux. Et, ce qui était de nature à me confirmer dans la croyance où j'étais que j'assistais bien réellement au supplice de mon meilleur ami, c'est que, durant cet auto-da-fé, votre nom fut mille fois répété par ces cannibales, mêlé aux plus horribles imprécations.

— Heureusement qu'il n'en était rien, dit Isaac Lévy, et que deux jours après je prenais, dans mon maigre équipage de pèlerin, le chemin du midi de la France.

— Et le coffret dont vous étiez porteur en quittant le Cul-de-sac du Chat-Blanc, qu'était-il devenu ?

— Ne pouvant, sans danger, l'emporter avec moi, je le laissai entre les mains de dom Pierre, qui le cacha dans un des caveaux de la Tour Saint-Jacques, et qui me donna un bon et valable reçu de ce dépôt que je fis entre ses mains.

— Et une fois sorti de Paris, mon vieil ami, que que vous est-il arrivé ?

(1) Historique.

— A la faveur de l'habit de pèlerin que je portais,
je pus, sans mauvaise aventure, gagner les frontières
de France et passer en Lombardie, où mes coreligionnaires m'attendaient. Il fut décidé alors, entre
nous, que nous ferions la pêche des perles et du corail pour nous enrichir. Il est vrai que cette pêche, qui
a lieu sur les rives occidentales de la mer Rouge, offrait alors d'assez grands dangers; mais nous n'en
tînmes aucun compte, et nous nous mîmes aussitôt
en route pour notre expédition. Arrivés à Suez, nous
équipâmes un petit bâtiment à frais communs, et
nous commençâmes à exploiter, avec un succès inespéré, le littoral du Golfe arabique; mais, dix mois
plus tard, comme l'impunité avec laquelle nous avions
pu faire, jusque-là, la pêche des perles dans les pa-
rages d'Arkiko, nous avait rendus plus téméraires
que jamais, notre bâtiment fut capturé, un jour, par
les soldats du Grand Négus, le souverain catholique
de ce pays, et nous fûmes tous amenés prisonniers à
Gondar, la capitale de l'Abyssinie. C'est là, mon cher
Flamel, que, pendant dix-neuf ans, j'ai gémi et lan-
gui dans une obscure prison, chargé de fers, dans la
compagnie, il est vrai, de mes malheureux amis,
mais, ayant eu la douleur de les perdre les uns après
les autres, et ne leur ayant survécu sans doute que
parce que j'étais soutenu par cette consolante pensée,
que je reverrais un jour et Thamar, ma femme, et
Siona, ma fille, si je parvenais à recouvrer ma liberté.

— Et comment vous fut-elle rendue, cette liberté
tant souhaitée?

— Par un événement des plus naturels. Le Roi de
ce pays étant mort sans enfants, ce fut son neveu qui

lui succéda. Ce Prince, qui était tout jeune encore, résolut, en montant sur le trône, de se concilier les bonnes grâces de ses sujets. Il diminua les impôts, abolit les peines corporelles et fit ouvrir les prisons. Ayant eu connaissance de mes malheurs et de ma longue captivité, il me fit remettre quelqu'argent sur les sommes considérables qui nous avaient été confisquées. A quelques mois de là, je m'embarquai pour l'Europe, sur un vaisseau portugais qui faisait le commerce des dents d'éléphant. Sur ce même vaisseau avait pris passage, pour retourner à Rome, le premier Camérier du Pape Jean XXIII°, Monsignor Othon Colonna, qui avait été envoyé par le Souverain Pontife en Abyssinie pour complimenter le nouveau monarque. Durant la traversée, j'eus le bonheur de gagner les bonnes grâces de ce Prélat, sans, toutefois, lui laisser soupçonner à quelle religion j'appartenais; et quand nous débarquâmes à Cadix, je le suivis à Rome, où il m'avait proposé de l'accompagner. Comme j'avais formé le projet, pour me rendre en France, de me faire passer pour un Marchand de patenôtres, dont j'avais fait une ample provision en Abyssinie, où le culte de la Vierge est en grand honneur, le Camérier de Sa Sainteté se chargea de faire bénir, par le Pape lui-même, tous les bijoux dont j'étais porteur, et il m'en délivra une attestation en règle. C'est alors que je pus me mettre en route pour la France, m'arrêtant de ville en ville pour y exercer mon négoce, et que j'ai pu, sans avoir éveillé encore aucun soupçon, arriver jusqu'à Paris, où j'ai, en ce moment, la joie et la consolation de serrer la main d'un bon et véritable ami.

Et le vieux Juif, en cet endroit de son récit, tendit à Nicolas Flamel sa main, que celui-ci serra très affectueusement dans les siennes.

— Mais, lui dit alors le célèbre écrivain, ne craignez-vous pas, mon cher Isaac, d'être reconnu par quelqu'un dans une ville où vous avez vécu pendant si longtemps? Je ne dois point vous le laisser ignorer, la loi qui frappe de proscription vos pareils n'a rien perdu de sa barbare rigueur, et, s'il faut vous l'avouer en toute franchise, le fanatisme religieux des hommes de notre époque n'est pas moins intolérant que celui des Chrétiens qui, au siècle dernier, voulaient vous mettre à mort.

— Aussi, mon intention, répliqua Isaac Lévy, est-elle de ne séjourner à Paris que le moins de temps qu'il me sera possible. J'évite d'ailleurs de me montrer en public durant le jour, et, aussitôt que l'objet de mes recherches sera atteint, je quitterai la France avec ma femme et ma fille, si toutefois le Dieu d'Israël est assez miséricordieux pour les rendre l'une et l'autre à ma tendresse.

— Et par quels moyens espérez-vous retrouver leurs traces?

— Dieu est grand, dit le Juif, et si jamais j'avais pu, un instant, douter de sa puissance, j'en aurais, hier encore, acquis une preuve des plus éclatantes. Quoiqu'à peine arrivé depuis trois jours dans cette ville, il a permis que je rencontrasse une jeune fille qui, demain au soir, doit m'apprendre ce qu'est devenue cette courageuse et noble laitière, Jacqueline la Camuse, qui a sauvé la vie de l'enfant de Thamar, dans cette terrible matinée du 18 octobre 1394. A l'aide des renseignements que me donnera cette excellente femme, j'espère bientôt retrouver la trace de tout ce que j'ai de plus cher au monde, et le ciel en disposât-il autrement, que je regarderais encore comme un devoir des plus sacrés d'aller récompenser généreusement la belle action faite par cette noble créature, bien qu'à vrai dire mon escarcelle soit bien peu garnie en ce moment.

— A propos d'argent, mon cher Isaac, dit Flamel en faisant un mouvement comme pour quitter son siége, nous avons un fort long compte à régler tous les deux, et si vous voulez bien le permettre?...

— Plus tard, plus tard, dit Isaac Lévy en retenant vivement l'écrivain par la manche de sa robe. Je viens de vous raconter en détail tout ce qui m'est arrivé depuis notre séparation : croyez-vous donc que je ne sois pas aussi désireux que vous de savoir quels sont les événements heureux ou malheureux qui vous sont advenus dans ce long espace de temps pendant lequel nous avons été séparés ?

— Cette curiosité est trop légitime, en effet, pour que je ne m'empresse pas de la satisfaire, dit Nicolas Flamel ; mais auparavant, mon vieil ami, permettez-moi d'aller chercher dans la salle du fond un certain élixir, que je tiens en réserve pour les grandes occasions. Votre retour inespéré m'a rajeuni de trente ans, et je veux que nous trinquions, vous et moi, à nos belles années du temps passé.

— Oui, dit chaleureusement le vieux Lombard, et à l'espoir que j'ai d'être bientôt réuni à ma chère Thamar, ainsi qu'à ma bien-aimée Siona, qui doit être aujourd'hui une fille accomplie, aussi bien par le corps que par le cœur, pour peu qu'elle ait hérité de la beauté et des vertus de sa mère.

III

NICOLAS FLAMEL

NICOLAS FLAMEL

Après une absence de quelques instants, le vieil écrivain reparut, tenant à la main une façon de petit matras ou vase d'alchimie, dont la panse était légèrement renflée, dont le col était long et étroit, et qui était soigneusement scellé à la cire d'Espagne. Ce matras contenait une liqueur d'une limpidité parfaite, et qui, par ses reflets écarlates, rappelait les tons les plus chauds du rubis oriental.

Flamel le déboucha avec toutes sortes de précautions, et il versa une partie de son contenu dans deux gobelets à pieds, qui étaient de verre commun et sans ornements. A mesure que le liquide coulait dans les verres, il s'en dégageait une suave odeur de musc et d'ambre qui, en moins de quelques minutes, eut parfumé la salle tout entière.

— Maître, dit le Juif Lombard en examinant la liqueur d'un air à la fois surpris et émerveillé, quel est cet élixir de couleur pourpre que vous m'offrez là? Auriez-vous donc aussi découvert la non pareille quintessence, à l'aide de laquelle on peut reculer indéfiniment le terme de la vie, et serait-ce à l'usage de cette teinture des philosophes que vous seriez redevable de cette verte vieillesse que je ne saurais trop admirer dans un homme de votre âge?

— Nenni, vraiment, mon cher Isaac, répondit Flamel avec un profond soupir, qui trahissait à coup sûr le secret déplaisir d'un homme qui a été déçu dans l'une de ses plus chères espérances ; cet élixir que je vous offre est l'Alkermès, un des plus puissants cordiaux qui aient été composés depuis que notre grand souffleur et maître, Arnauld de Villeneuve, est parvenu, par la distillation, à séparer l'esprit du vin.

— Et c'est vous, sans doute, mon vieil ami, qui avez imaginé la savante composition de cet Alkermès ?

— Pas davantage, mon cher Isaac ; je tiens cet élixir d'un très révérend moine Florentin, le Père Pasquale, du couvent de Santa Maria Novella, qui, ayant fait tout exprès le voyage de Paris pour s'aider de mes faibles lumières touchant la composition de la pierre philosophale, me fit présent de quelques « phioles » de ce délicieux breuvage, et m'enseigna, en même temps, le secret de le préparer moi-même (1). Quant à cette non pareille quintessence

(1) Cette liqueur, justement estimée dans toute l'Italie au moyen âge, et de nos jours encore, a dû son nom au kermès végétal, dont

dont vous parlez, et à l'aide de laquelle on peut indéfiniment reculer le terme de la vie, je puis vous
assurer que personne, jusqu'ici, n'en a fait la découverte, pas plus moi que tous les adeptes qui ont passé
et qui passent encore pour être consommés dans la
pratique du Grand OEuvre.

— Et comment ne l'ai-je pas deviné de prime
saut? dit le vieux Juif. Si, en effet, vous aviez été assez heureux pour découvrir un pareil secret, est-ce
que le premier usage que vous en auriez fait n'eût
pas été d'empêcher d'aller de vie à trépas votre bonne
Pernelle, cette laborieuse et fidèle compagne des plus
belles années de votre vie?

— Vous pouvez croire, certainement, reprit Flamel, que je l'eusse fait ainsi que vous le dites; mais
je vous répète, mon vieil ami, que ce merveilleux
secret reste encore à découvrir.

— Et à quelle époque votre bonne et digne femme
a-t-elle donc cessé de vivre?

— En septembre 97; il y a eu tout juste, mercredi
dernier, seize années et six mois révolus.

— Sa mort a dû vous porter un coup bien terrible?

---

les graines lui donnent sa belle couleur rouge. L'auteur en a bu
lui-même, il y a quelque vingt ans, au couvent de Sainte-Marie-
Nouvelle, à Florence, et il se fait un plaisir d'en donner la recette
à ses lecteurs. — Mettez infuser pendant six semaines, dans sept litres
d'alcool à 18°, 250 grammes de feuilles de laurier, 15 grammes de
cannelle, 15 grammes de muscade, 15 grammes de macis, 5 grammes de girofle et 1 gramme d'ambre gris; filtrez, distillez pour en
tirer six litres, ajoutez-y 500 grammes de sucre et colorez avec
suffisante quantité de kermès. A défaut de graines de kermès, on
peut colorer avec la cochenille.

— Que voulez-vous, mon cher Isaac, répondit Flamel, en choquant fort stoïquement son gobelet à celui du vieux Juif, nous sommes tous mortels, vous le savez comme moi !

— Sans doute ! mais cela ne saurait empêcher que le moment d'une pareille séparation ne doive être bien douloureux au cœur de l'époux qui perd une telle compagne.

— Il faut pourtant s'y résigner, ainsi que je l'ai fait, dit l'Alchimiste, en mirant complaisamment son verre d'Alkermès à la lumière de la lampe.

— Se résigner ! Cela vous a-t-il donc été aussi facile à faire qu'à dire ?

— Là où l'homme ne peut rien, n'est-ce pas le parti le plus sage qu'il ait à prendre ? Aussi ai-je dit, comme il est écrit au livre de Job : Dieu me l'a donnée, Dieu me l'a ôtée, que son saint nom soit béni (1) !

Et notre Alchimiste ajouta du ton dégagé d'un homme qui se sent radicalement consolé :

— A votre santé, Compère Isaac !

— A la vôtre, mon Maître !

Et tous les deux portèrent leurs gobelets à leurs lèvres.

Quand ils eurent savouré quelques gorgées du précieux Alkermès, le maître du logis dit à son hôte :

— Comment trouvez-vous l'élixir des bons Pères de Santa Maria Novella ?

— Pas mauvais, vraiment, dit le Juif du ton d'un homme visiblement préoccupé.

---

(1) Job, ch. I, vers. 21. — Deus dedit, Deus abstulit, sit nomen Domini benedictum !

— Pas mauvais, dites-vous? Mais, savez-vous bien que je le trouve excellent, quant à moi.

— C'est ce que je voulais dire.

— Quelle finesse, quel arôme, quelle chaleur surtout! Est-ce aussi votre avis, mon cher Isaac?

— Certainement, certainement!

— Or çà, mon vieil ami, qu'avez-vous donc présentement, que je vous trouve ainsi tout à coup devenu comme un songe creux?

— Ce que j'ai?

— Mais oui, qu'avez-vous?

— Ah! vous me demandez ce que j'ai, maître Flamel, dit le vieux Juif résolûment: eh bien! je vais vous le dire, et vous le dire en toute franchise, moi!

— Ce sera m'obliger que d'agir ainsi.

— J'ai, mon cher Nicolas, que je trouve pour le moins très étonnant, qu'un homme que j'ai toujours connu comme étant le modèle des bons maris, parle, ainsi que vous venez de le faire, de la perte d'une femme à laquelle il paraissait être si fortement attaché. Et, encore bien que cet événement date de plus de seize années, j'aurais cru, je vous l'avoue, vous voir beaucoup plus affecté que vous ne paraissez l'être de la mort de cette bonne Pernelle, qui a dû vous donner, jusqu'à son dernier soupir, les preuves les moins équivoques de l'extrême tendresse qu'elle avait conçue pour vous.

— Il m'en coûte de vous désabuser sur ce dernier point, dit Flamel, en posant son gobelet sur la table et en regardant bien en face son interlocuteur; mais, il faut que vous sachiez, mon cher Isaac, que cette bonne harmonie, dont vous avez été autrefois le té-

moin, non-seulement a été troublée, mais encore
qu'elle a tout à fait cessé de régner entre nous durant les dernières années de la vie de Pernelle.

— Que m'apprenez-vous là, mon vieil ami ! dit le
Juif Lombard, en donnant toutes les marques de la
plus vive surprise.

— La vérité, la triste vérité, dit le vieux scribe.

— Et quel sujet de discorde a donc pu ainsi se
glisser entre deux époux jusque-là si bien unis?

— La jalousie, mon cher Isaac, l'affreuse jalousie
de Pernelle, qui n'a pas seulement empoisonné ses
dernières années, mais qui a dû encore avancer de
beaucoup le terme de son existence.

— Pernelle jalouse, dites-vous, une femme à son
âge devenir jalouse ; mais, en vérité, savez-vous que
je serais tenté de révoquer en doute ce que vous me
dites là !

— Mon vieux compagnon, dit Flamel, en prenant
familièrement la main de son visiteur entre les siennes,
et en la lui serrant avec une affectueuse vivacité, pardonnez-moi, si, dans nos épanchements d'autrefois,
je vous ai toujours caché que Pernelle, qui avait, je
le reconnais avec vous, de très solides qualités,
jointes à une vertu inattaquable, a, dès les premiers
jours de notre union, détruit pour toujours la con-
corde et la paix de notre ménage par l'ombrageuse
jalousie dont son esprit était obsédé. Or, vous
ne savez pas, vous ne saurez jamais, mon cher Isaac,
quelle affreuse passion c'est que la jalousie dans une
femme légitime, passion qui s'alimente de tout et que
rien ne guérit; qui, ingénieuse à se tourmenter,
s'alarme des moindres choses, met l'apparence à la

place de la réalité, voit dans les actes les plus indifférents des indices certains du malheur qu'elle redoute, vit constamment de soupçons et de méfiances,
et, le plus souvent, ne fait que hâter le mal qu'elle
appréhende.

— Mais ne dit-on pas communément que la jalousie est une preuve d'amour?

— Je ne sais jusqu'à quel point la jalousie prouve
l'amour chez celui qui en est atteint, mais ce que
j'affirme, c'est qu'elle détruit tôt ou tard l'amour de
celui qui en est l'objet. Je la crois plutôt, quant à
moi, engendrée par l'amour-propre et par la vanité,
et je la regarde comme étant le signe le plus certain
d'un esprit étroit, par la défiance qu'elle marque du
mérite de celui qui l'éprouve, et par l'aveu qu'elle
fait de la supériorité qu'elle redoute dans un rival.
Un amant délicat doit toujours craindre d'avouer
qu'il est jaloux; un mari prudent doit rougir à la seule
pensée qu'on le soupçonne de l'être : car, la jalousie
ne fait pas que le malheur d'un seul des époux, elle
est l'instrument destructeur de toute félicité conjugale.

— Il faut bien véritablement, dit Isaac Lévy, que
cette passion cruelle et basse se repaisse de vaines
chimères, ainsi que vous le dites, car qui mérita jamais mieux que vous, mon cher Flamel, d'être cité
comme étant le modèle des maris à tous les chefs, et
à celui de la fidélité surtout.

— Aussi, est-ce à ce soin constant que j'ai apporté
de ne jamais donner à Pernelle le moindre sujet
d'ombrage, que j'ai dû d'avoir (en apparence, du
moins), cette tranquillité domestique dont vous avez
été jadis le témoin.

— Et de qui donc votre femme s'est-elle avisée de devenir jalouse dans les dernières années de sa vie ?

— De cette même chambrière que vous venez de voir ici tout à l'heure, et que, deux ans avant la mort de Pernelle, j'avais dotée de mes propres deniers et mariée à un compagnon haubergier de la rue Bertaut-qui-dort, attendu que cette fille, qui était orpheline de père et de mère, étant ma filleule, j'avais regardé comme un devoir pour moi de lui faire un sort. Malheureusement, après dix-huit mois de mariage, Jean Quesnel, qui l'avait épousée, mourut, et elle resta veuve avec un enfant, qui est cette même jeune fille que vous avez vue endormie là, sur cet escabeau.

— Et c'est d'après cette généreuse protection, accordée par vous à cette jeune femme, que Pernelle prit de la jalousie à son endroit ?

— Je dois vous dire encore que la grande beauté de Margot avait toujours porté un certain ombrage à Pernelle, qui lui avait, à plusieurs reprises, défendu, et cela pour le seul motif qu'elle était belle, la porte de notre logis. Mais, du jour où elle sut que j'allais doter cette fille et que je lui avais trouvé un mari, sa jalousie ne connut plus de bornes : elle se répandit contre elle en un torrent d'invectives, la traita comme si elle eût été la plus méprisable des créatures, prétendit que je ne lui faisais épouser Jean Quesnel que pour mieux assurer mon commerce doublement adultère avec elle, et, au besoin, pour être à même d'en légitimer les fruits. Et comme toute cette grande colère de la part de Pernelle ne changea rien à la ferme résolution que j'avais prise, c'est alors qu'elle commença à me menacer d'annuler le Don mutuel que nous nous étions fait depuis longtemps (1) et de léguer l'universalité de ses biens, par testament, à sa propre sœur, Isabeau La Perrière, qu'elle n'avait jamais, du reste, ni pu voir, ni pu sentir.

— Vaines menaces, après tout! dit Isaac Lévy avec un sourire d'incrédulité.

— Ah! vaines menaces? Vous croyez cela, mon vieil ami? Eh bien! si peu vaines, au contraire, qu'à la date du 25 août 1397, ma tendre et bien-aimée Pernelle, à mon insu et en très grand secret, mit son projet de vengeance à exécution, et, par devant Guillaume Delaporte et Jehan Béguinot, clercs, « notaires-jurés du Roy, establis en son Chastelet de Paris, » légua à sa sœur, Isabeau La Perrière, ainsi qu'aux trois enfants que celle-ci avait eus de Guillaume Lucas, son premier mari, tout ce qu'elle possédait, à l'exception, toutefois, d'un assez grand nombre de legs pieux, qu'elle fit tant aux pauvres qu'aux Églises. Quant à moi, pas la plus petite maille tournois ne me fut attribuée, vous l'avez deviné?

— Comment! vous n'avez point hérité de la for-

---

(1) Ce don mutuel, fait entre Flamel et Pernelle, est daté de *l'an de grâce mil trois cent soixante-douze, le mercredi, sept jour du mois d'avril, devant Pasques Fleuries.*

Il fut renouvelé le lundi, 10 septembre 1386.

Le fut, de nouveau, le vendredi 18 septembre 1388.

Et ratifié, enfin, le samedi 5 août 1396.

Ces trois actes, le codicille dont il va être parlé et le Testament de Pernelle sont rapportés, tout au long, dans l'ouvrage de l'abbé Villain.

tune de Pernelle, mon pauvre ami ? Ah ! par Jéhovah, voilà qui me confond d'étonnement.

— Rassurez-vous, mon cher Isaac ; dès le soir même du jour où ce testament fut fait, j'en fus secrètement informé par la bouche de Maître Jehan François, « tabellion apostolique et impérial, » qui était au nombre des quatre témoins choisis par Pernelle et qui avait toujours été fort dévoué à mes intérêts. Il s'agissait de parer promptement à ce coup fâcheux, et connaissant mieux que personne la dévotion quelque peu superstitieuse de ma vindicative épouse, je ne trouvai rien de mieux à faire que de m'adresser sans retard à Messire Jehan Adam, un des quatre grands Chapelains de l'Église Saint-Jacques, qui était le confesseur de Pernelle et que je sus mettre adroitement dans mes intérêts.

— Et par quel moyen, je vous prie ?

— Mon cher Isaac, dit Flamel avec un sourire de dédain et en faisant glisser rapidement et à plusieurs reprises son pouce contre son index, à la façon de quelqu'un qui compterait de l'argent : avec Messieurs les clercs, sachez-le bien, le plus court chemin qu'on ait à prendre pour arriver de *ce qui est* à *ce qu'on veut qui soit*, c'est une pile d'écus.

— Ah ! très bien ; il paraît alors qu'il faut à ces Messieurs des raisons d'un certain poids?

— Oui, dit Flamel en riant, des raisons au Poids-le-Roi, et au titre légal qui plus est, c'est-à-dire à douze deniers pour la Lune et à vingt-quatre carats pour le Soleil (1).

_____

(1) Dans la langue symbolique des alchimistes, *l'argent* était re-

— Et le tout, bien entendu, pour se conformer aux préceptes de l'Évangile de *Cinq Marcs*, où deux gros emportent cinq scrupules (1).

— Tous les scrupules de Messire Jehan Adam, en effet, ne purent tenir contre la somme des plus rondes, il faut le dire, que je laissai tomber dans son escarcelle cléricale; aussi, grâce aux sollicitations et aux remontrances que son pathétique confesseur lui fit, grâce surtout aux menaces de la damnation éternelle qu'il sut habilement suspendre sur sa tête, Pernelle, dix jours après celui où elle avait testé, c'est-à-dire le 4 septembre suivant, rétablit, par devant Jean Maugier et Mile Dubreuil, deux notaires qui étaient à ma dévotion, le Don mutuel qui avait été consenti jadis entre nous, en faisant néanmoins l'abandon de trois cents livres tournois, une fois payées, à Isabeau La Perrière, sa sœur, comme fiche de consolation. Jugez, mon cher Isaac, si j'avais eu raison de faire mes diligences. Sept jours après le libellé de ce précieux codicille, ma pauvre Pernelle allait de vie à trépassement, et me laissait ainsi la douloureuse tâche de lui survivre.

Et Flamel, en souvenir sans doute de cet heureux événement (c'est du rétablissement du Don mutuel que nous parlons, car on pourrait aisément s'y trom-

présenté par la LUNE et l'*or* par le SOLEIL. L'argent fin était dit de l'argent à douze deniers, et l'or le plus pur était appelé de l'or à vingt-quatre carats.

(1) Le *marc* était la moitié de la *livre* ancienne, qui se divisait en seize *onces*. L'once se divisait en huit *gros*, et le gros, à son tour, se divisait en trois *scrupules*.

per), porta de nouveau son gobelet à ses lèvres, et
aspira, avec une ardeur toute sensuelle, le précieux
Alkermès, dont les reflets pourpres, tremblant sous
le rayonnement de la lampe, teignaient de la plus
belle nuance écarlate les traits de son visage, à la fois
pleins de finesse et d'énergie.

Quant au vieux Juif Lombard, il avait paru, tandis
que Flamel parlait, être devenu beaucoup plus préoccupé encore que tout à l'heure. L'Alchimiste, qui ne
tarda pas à s'en apercevoir, lui dit alors avec une
bonhomie légèrement grondeuse :

— Eh bien ! ne voilà-t-il pas que je vous trouve de
nouveau tout songeur ! A quoi pensez-vous donc,
mon Compère ?

— A quoi je pense ? dit l'autre.

— Oui, à quoi pensez-vous ?

— Je pense, ou plutôt il me vient à l'esprit, en ce
moment, une très simple réflexion, que je suis vraiment étonné de n'avoir pas faite plus tôt.

— Et cette réflexion, quelle est-elle ?

— La voici. En quoi, je vous le demande, la perte
de la succession de Pernelle, à quelque chiffre im-
portant qu'elle ait pu se monter d'ailleurs, pouvait-
elle si fort vous affecter, puisque, grâce à la merveilleuse connaissance que vous avez acquise du Grand
OEuvre, vous possédez, depuis longtemps, le pouvoir
de transformer les métaux vils en or de tous les
titres, en or aussi fin, si ce n'est davantage, que celui
des plus riches minières, et qui ne craint, dit-on, de
passer ni par l'épreuve de la fonte, ni par celle de la
pierre de touche ?

— Et qui a pu vous conter de pareilles choses,

mon vieil ami? dit Flamel en poussant un nouveau
soupir qui indiquait assez clairement qu'Isaac Lévy
venait de toucher là à l'une des cordes les plus sen-
sibles de son passé d'alchimiste.

— Qui ?

— Oui, qui ?

— Mais tout le monde, mon cher Flamel, les
grands comme les petits, les vieux comme les jeunes,
la noblesse comme la roture ; et cela aussi bien à
Paris que dans les provinces, aussi bien en France
qu'à l'étranger, car il faut que vous sachiez qu'il n'est
bruit partout que de la surprenante découverte que
vous avez opérée, et qui fera passer votre nom à la
postérité la plus lointaine.

— Ainsi donc, mon cher Isaac, dit tristement Flamel, vous aussi, vous êtes convaincu que j'ai découvert
la fameuse poudre de projection à l'aide de laquelle
on peut à volonté faire de l'or avec le plus vil métal ?

— Comment donc! mais me nierez-vous, à moi,
que, grâce à ce merveilleux livre que le hasard vous
mit autrefois entre les mains, pour le prix de deux
florins, livre écrit sur des écorces d'arbre très déliées
en guise de parchemin, et dont le texte en langue
hébraïque vous fut expliqué par moi, vous ne soyiez
arrivé, tant par le secours de ce texte qu'à l'aide des
figures cabalistiques que le livre renfermait, à découvrir la composition du premier agent de la pierre
philosophale ?

— Hélas! mon vieil ami, dit Flamel qui leva
assez piteusement ses regards vers les solives enfumées de sa demeure, en le niant je ne ferai que
rendre simplement hommage à la vérité.

— Ah! Flamel, Flamel, c'est bien mal en agir avec un ami d'aussi vieille date que moi, que de persister à lui nier ce qui est acquis à la notoriété publique; car enfin, quoi que vous en disiez, vous avez bel et bien fait de l'or, et cela en présence des personnes les plus dignes de foi, en présence des hommes du métier, c'est-à-dire des souffleurs les plus capables de contrôler vos opérations, et qui, tous, à la vue du précieux métal apparaissant tout à coup dans votre creuset, où vous n'aviez mis que du mercure et votre poudre de projection, n'ont pas hésité à reconnaître que vous aviez enfin découvert le secret de la transmutation des métaux.

— Vous souvient-il, Compère Lévy, dit Flamel en appuyant ses deux coudes sur la table et en mettant son menton dans l'une de ses mains, de ce qui est écrit au sixième verset du Psaume cent quinzième du saint roi David?

— Parfaitement, dit le Marchand de patenôtres, qui, en sa qualité de Juif, familiarisé depuis l'enfance avec la connaissance des Saintes Écritures, n'avait eu besoin que d'un instant de réflexion pour se rappeler le verset indiqué : *Oculos habent et non videbunt*.

— Ce qui veut dire, n'est-il pas vrai: *Ils ont aes yeux, mais c'est pour ne pas voir?* Eh bien! mon vieil ami, prenez ces paroles du Psalmiste pour la réponse qu'il convient de faire au sujet de ces témoignages que vous opposez à l'aveu sincère et franc de mon impuissance.

— Mais cependant, objecta encore Isaac Lévy qui disputait le terrain pied à pied, ces médailles en argent, ces figurines en plomb, ces lames de couteaux en acier et ces clous en fer, qui, ayant été trempés par vous dans un bain alchimique, c'est-à-dire dans une dissolution de votre précieuse poudre, se sont, au même instant, transformés en or pur, et cela dans la partie seulement qui avait baigné dans votre teinture philosophale, ne sont-ils donc pas encore actuellement entre les mains de tous ceux qui ont été les témoins de ce prodige? Et l'or, en quoi cette moitié de l'objet, ainsi trempée dans votre liqueur hermétique, a été changée, n'a-t-il pas été reconnu, par tous les maîtres orfèvres du Pont-aux-Changeurs, comme étant de l'or à vingt-trois et même à vingt-quatre carats, c'est-à-dire l'or le plus pur qu'on puisse rencontrer?

— Quant au titre de l'or, je vous l'accorde ; mais, relativement à tous les autres points, je vous atteste, encore une fois, mon cher Isaac, que tous ceux qui ont été les témoins de cette prétendue transmutation métallique, ont été dupes du témoignage de leurs propres sens ; et je vous jure qu'il n'y a, en tout ceci, rien que de très ordinaire et de très naturel.

— En ce cas, mon vieil ami, donnez-moi, je vous en prie, le mot de cette énigme, car je vous avouerai que tout cela pique au plus haut point ma curiosité.

Avant de se rendre à l'invitation du vieux Lombard, Nicolas Flamel se leva une seconde fois, et, se dirigeant vers la porte par laquelle étaient sorties la gouvernante Margot et sa fille Collette, il ouvrit cette porte avec précaution, allongea sa tête chenue dans la pénombre du corridor, pour s'assurer *de visu* et *de*

auditu qu'il n'avait à craindre aucune indiscrétion
de la part de qui que ce fût, et, cette exploration
étant faite, il referma l'huis et revint prendre place
sur le siége qu'il avait quitté.

— Certaines chambrières de notre époque, dit-il
en reprenant la parole, mais sur un ton sensiblement
plus bas que tout à l'heure, sont si fort affriandées
de surprendre les secrets de leurs maîtres, qu'il est
toujours prudent de se tenir en garde contre leur in-
discrète curiosité.

— Est-ce que par hasard, répondit Isaac Lévy, avec
un sourire légèrement ironique, la veuve de ce brave
haubergier de la rue Bertaud-qui-dort, devrait être
mise au nombre de ces chambrières-là ?

— Ne m'en parlez pas, Compère, reprit Flamel en
haussant les épaules avec l'éloquente mimique d'un
maître dont la patience a dû être cent fois poussée
à bout par le fait de son valet, Argus lui-même, cet
espion crétois de Mme Juno l'olympienne, dont il n'est
pas que vous n'ayez ouï parler, aurait eu besoin d'a-
jouter, aux cent yeux que la Fable lui donne, cinquante paires de grandes et bonnes oreilles pour
lutter à armes égcles avec ma chambrière Margot.

— Pour cette fois, du moins, vous êtes assuré
qu'elle ne saurait vous entendre : parlez-moi donc en
toute liberté et en toute confiance surtout.

— C'est ce que je vais faire, dit l'Alchimiste en approchant son siége tout près de celui du Marchand de
patenôtres. Mais, avant de vous confier les étranges
choses que j'ai à vous dire, j'exige de vous, mon cher
Isaac, que vous me fassiez, à l'instant même et sur ce
que vous avez de plus sacré, le serment de ne jamais

révéler, à qui que ce soit, rien de ce que vous aurez vu ou entendu ce soir en mon logis.

— Je le jure par le Talmud (1) et sur cet anneau ! dit le vieux Juif Lombard en étendant sur la table sa main gauche, au petit doigt de laquelle était passée une bague en or, dont le chaton était formé par un diamant noir, ou *carbonado*, ainsi qu'on nommait déjà, à cette époque, dans le langage des Lapidaires, cette très curieuse et très singulière variété du diamant.

— Et d'où vous vient-il, ce précieux anneau-là ? demanda Nicolas Flamel en examinant le diamant noir avec l'attention d'un véritable connaisseur ?

— C'est, répondit Isaac Lévy avec un douloureux soupir, le seul souvenir matériel qui me reste de ma tendre et bien-aimée Thamar, et que j'ai eu l'adresse de conserver au milieu des dangers et des maux de toutes sortes qui ont signalé ma longue et cruelle captivité.

---

(1) C'est le Livre qui renferme tout le corps du droit civil et religieux des Juifs, les règlements de toutes les cérémonies de leur culte, les préceptes qu'ils doivent suivre et leurs usages particuliers. Son nom lui vient d'un mot hébreu qui signifie *rituel* ou *cérémonial*. On distingue deux Talmuds : celui de Jérusalem, qui ne fut octroyé que treize siècles après J.-C., et celui de Babylone, qui le fut dans le sixième siècle. C'est le Livre sacré par excellence pour tous ceux qui professent la religion mosaïque.

IV

CONFESSIONS D'UN ALCHIMISTE

IV

CONFESSIONS D'UN ALCHIMISTE

Le vieux Juif Lombard ayant fait le serment exigé par Flamel, celui-ci reprit aussitôt l'entretien.

— Avant toute révélation, mon cher Isaac, lui dit-il gravement, et en arrêtant, sur les yeux de son visiteur, ses regards, au fond desquels la flamme du génie brillait vive et ardente, bien que tempérée par une sorte de grâce à la fois austère et ingénue, il faut que je vous fasse un aveu qui ne va pas médiocrement vous surprendre.

— Et quel est cet aveu, mon Maître?

— C'est que la découverte de la Pierre philosophale n'est qu'une chimère, et que tout homme qui prétend l'avoir faite n'est qu'un imposteur.

— Par le Temple de Salomon, dit le Juif tout stu-

péfait d'entendre une pareille profession de foi sortir
de la bouche du premier des Alchimistes de l'époque,
est-ce bien vous, maître Nicolas Flamel, qui en êtes
arrivé à renier ainsi l'alchimie, cette science des
sciences, cette sophie des sophies !

— Je ne renie l'alchimie, dit vivement Flamel,
qu'en ce sens, qu'elle a été, qu'elle est et qu'elle sera
toujours impuissante à nous faire transformer aucun
des *métaux vils*, qui sont le fer, le plomb, l'étain, le
cuivre et le mercure, *en métaux nobles*, c'est-à-dire,
en or ou en argent. Mais, au contraire, j'ai une foi
robuste en elle comme science d'expérimentation,
que l'avenir devra féconder, et qui est appelée, je
n'en doute pas, à prendre rang quelque jour parmi
les plus brillantes et les plus solides conquêtes de
l'esprit humain.

— Telle n'était pas, il y a vingt ans, votre opinion
touchant la Pierre philosophale, que vous proclamiez,
alors, comme étant l'une des plus grandes et des plus
sublimes vérités de la philosophie hermétique.

— Je vous confesse mon erreur en toute humilité.
Oui, pendant de longues années, j'ai cru, et j'ai cru
de bonne foi, à la possibilité de sa découverte, et
vous-même avez été le témoin de mes travaux et de
mes recherches pour y parvenir. Après notre séparation, mon cher Isaac, je continuai seul, et avec plus
d'ardeur que jamais, cette étude qui, il faut bien que
j'en convienne, était devenue chez moi une passion
dominante. Et, à cet effet, je me mis à relire plus attentivement et à méditer plus profondément que je
ne l'avais fait encore, ce précieux livre dont vous par-
liez tout à l'heure, et que, suivant le titre qu'il por-

lait, « Abraham le Juif, Prince, Prestre, Lévite, Astrologue et Philosophe, » avait adressé « à la gent des Juifs par l'ire de Dieu dispersée aux Gaules. »

— Je me souviens, en effet, que tel était le titre de ce curieux livre, et vous avez eu la preuve, dès le début de notre entretien, que je n'ai pas davantage oublié qu'à la suite du mot SALVT, qui terminait ce même titre, était tracé par trois fois, en grandes majuscules couleur de feu, cet autre mot :

MARANATHA,

qui est la formule par excellence employée en Israël pour l'exécration et la malédiction, formule adressée par l'auteur du livre à tout profane qui n'aurait pas craint d'y jeter les yeux sans être ou scribe ou sacrificateur.

— Je vois, mon cher Isaac, que votre mémoire n'est pas restée moins fidèle que votre amitié. Pendant l'espace de deux ou trois années au moins, je cherchai donc, par tous les moyens possibles, à pénétrer le sens qui se tenait si obstinément caché sous le langage métaphorique employé par l'auteur, et à deviner le mot de l'énigme qui était proposée par ce nouveau sphinx hermétique ; mais, vains efforts, je ne pus, par aucun moyen, atteindre le but désiré, et je fus, au contraire, amené à reconnaître enfin que tout ce grimoire alchimique n'était qu'un leurre habilement offert à la curiosité des ignorants dans la pratique du Grand-OEvre, et que les continuelles allégories de la forme de cet écrit n'avaient d'autre

but que de masquer aux yeux des lecteurs la complète
et désespérante stérilité du fond. Et voulez-vous,
mon vieil ami, ajouta Flamel en s'animant par degrés, que je vous fasse connaître d'un mot ma pensée tout entière ; eh bien ! j'en dirai autant de *l'A-
brégé du Parfait Magister*, composé par Géber ; de
l'Apocalypse chimique, de Basile Valentin ; du *Miroir
de l'Alchimiste*, de Roger Bacon ; de *la Clavicule*, de
Raymond Lulle ; ainsi que de *la Fleur des Fleurs* et du
Rosaire philosophique, d'Arnauld de Villeneuve, qui
sont cependant, vous ne l'ignorez point, les écrits les
plus estimés de tous les adeptes dans la science du
Grand-OEuvre.

— Ainsi donc, Maître Nicolas, dit Isaac Lévy, dont
l'étonnement allait croissant à ces discours de l'Alchimiste, vous faites table rase de ce que les philosophes hermétiques de tous les temps ont écrit de
plus savant touchant la transmutation possible des
métaux?

— Mensonge que tout cela, vous dis-je, mensonge !
La science de faire de l'or, je vous le répète, n'est
qu'une chimère, et tel qui a passé autrefois, comme
moi aujourd'hui, pour avoir découvert la poudre de
projection et avoir changé, à l'aide de cette poudre,
les métaux vils ou imparfaits en métaux nobles ou
parfaits, n'a jamais, soyez-en convaincu, possédé autre
chose que l'art de faire croire à son prétendu secret,
et cela à la faveur d'adroites manœuvres, sinon en
tous points semblables, du moins équivalentes à celles
que je me suis vu contraint d'employer moi-même.

— De quelle sorte de contrainte voulez-vous parler, mon Maître ?

— En quelques mots vous allez le comprendre, mon cher Isaac. On ne passe pas, ainsi que je l'avais fait, des années entières, quand surtout on y emploie les jours et les nuits, dans l'étude et dans la pratique de l'alchimie, sans y user à la fois son temps, sa patience et son argent. Le Grand-OEuvre, dont je poursuivais ainsi la réalisation, avait, vous le devinerez facilement, porté à ma librairie un dommage considérable.

— Cela devait être, en effet, dit le Marchand gondarien.

— Pendant qu'incessamment occupé à souffler sur mes fourneaux, à distiller les menstrues, à cohober et à recohober les essences, je voyais chaque jour, de mes alambics, de mes matras et de mes pélicans s'échapper et s'évaporer en vaine fumée mon épargne de plus de trente ans, les autres scribes, mes concurrents, plus jeunes pourtant, mais plus sages que moi, exécutaient, en toute diligence, les travaux lucratifs auxquels je n'avais plus désormais le loisir de me livrer. Aussi, ma vieille renommée de « souverain écrivain » commençait-elle à pâlir, et, vous le dirai-je, ceux-là qui lui avaient porté les plus funestes coups étaient deux de mes anciens disciples, à savoir : Maître Gobert, qui a composé « l'Art d'escripre et de taillier plumes, » et un autre scribe qui, ayant comme moi le nom de Flamel (1), me fit encore plus de mal que le premier.

(1) Cet écrivain, qu'on désignait alors sous le nom de Flamel le Jeune, et dont Guillebert de Metz parle dans sa *Description de la ville de Paris au quinzième siècle*, devint le calligraphe du duc

— Mais, interrompit le Juif Lombard, votre Pernelle que j'ai connue si économe et si laborieuse, que disait-elle de vous voir ainsi négliger vos travaux d'écrivain et dissiper en vaine fumée le pécule commun si péniblement amassé?

— Je vous ai dit, mon cher Isaac, que Pernelle était la jalousie incarnée : cela doit vous expliquer pourquoi je ne lui vis jamais l'esprit plus tranquille que lorsqu'elle me savait enfermé dans le fond de ma cave, suant et soufflant sur mes fourneaux.

— C'est juste : pendant que vous étiez occupé dans votre laboratoire à décanter ou à sublimer vos teintures et vos magistères, vous ne pouviez être dans votre échoppe pour y recevoir et y coucher par écrit les confidences amoureuses des « femmes de légière vie » ou autres « galloises » du quartier.

— Ajoutez à cela que l'espoir que Pernelle avait conçu, aussi bien que moi, de posséder un jour le secret de faire de l'or, lui avait complétement tourné la tête, si bien que, grâce à ses nombreuses intempérances de langue, notre voisinage d'abord, et bientôt la ville tout entière, ne tardèrent pas à savoir que je m'étais livré corps et âme à la recherche de la Pierre philosophale. De ce moment, chacun, ami ou ennemi, demeura, au vis-à-vis de moi, dans une apparente neutralité, dont je ne tardai pas à comprendre quel était le danger. En effet, du succès ou de l'insuccès de mon entreprise, allait dépendre dé-

de Berri, et le cabinet des manuscrits de la Bibliothèque impériale possède encore actuellement une Bible très remarquable, qui a été écrite par lui.

sormais ou la fortune ou la ruine de ma maison. Il
n'y avait donc plus à hésiter ; il fallait frapper un
grand coup, et quoique de jour en jour j'acquisse la
preuve de la stérilité de mes opérations alchimiques,
j'annonçai enfin, en le criant bien haut et jusque
par-dessus les toits, comme on le dit, que je venais
de découvrir la fameuse poudre de projection, et que,
dès le lendemain, j'allais publiquement faire de l'or
sous les yeux des adeptes les plus consommés dans
la pratique du Grand-OEuvre.

— Je reconnais bien là votre habile tactique, mon
cher Flamel ; mais par quels si subtils moyens, dites-
moi, avez-vous pu parvenir à faire prendre le change
aux personnages témoins de votre transmutation métallique ? Car il ne faut pas douter que, parmi eux,
il ne se trouvât bon nombre de vos concurrents désireux, autant que capables, de déjouer les manœuvres à l'aide desquelles vous espériez arriver au but
si pompeusement annoncé par vous.

— Depuis longtemps déjà, dans le cours de mes
expériences cabalistiques, auxquelles je dois vous
dire que je procédais seul et avec la plus minutieuse
observation, certaines particularités, qui, jusque-là,
avaient passé inaperçues des autres alchimistes,
avaient, au contraire, très vivement frappé mon
attention. Comme simple jeu de l'esprit, j'avais calculé alors qu'avec une certaine habileté manuelle,
il eût été on ne peut plus facile d'en tirer parti pour
simuler la transmutation des métaux vils en métaux
nobles, et c'est ce qui m'avait empêché de communiquer à personne les remarques que j'avais faites,
de peur que quelqu'un n'en abusât et ne se fît passer

aux yeux des ignorants pour avoir découvert la poudre de projection. C'est vous dire assez, mon cher Isaac, avec quelle bonne foi sincère et quelle aveugle confiance je marchais, en ce temps-là, à la conquête du grand magister. Mais, quand une pratique de plusieurs années m'eut surabondamment prouvé l'inutilité de mes efforts, et que je me trouvai dans l'absolue nécessité de faire croire au succès de mes opérations hermétiques, je mis de côté toute espèce de scrupules, et ce fut naturellement à l'emploi de ces moyens dont je vous parlais, que j'eus recours pour persuader au public que j'avais trouvé la Pierre philosophale. Il va sans dire que je m'assurai d'abord, par un certain nombre d'essais préliminaires, du succès de cette supercherie, bien innocente de ma part, comme vous l'allez voir, et, quand je jugeai que l'instant d'agir était venu, je fis appel à tous les alchimistes de Paris pour qu'ils fussent les témoins de ma première transmutation métallique.

— J'ai hâte de savoir, dit Isaac Lévy, qui paraissait très vivement intéressé par le récit de Flamel, comment vous vous êtes tiré de ce pas délicat?

— Quand tous les juges de cette grande épreuve furent rassemblés, je commençai par soumettre à leur examen plusieurs creusets d'alchimie, qui étaient entièrement neufs, en les priant de les visiter très attentivement l'un après l'autre, afin qu'ils s'assurassent que ces creusets n'offraient rien de suspect. Ces vases ayant été reconnus pour être en tous points semblables à ceux dont mes concurrents se servaient eux-mêmes, je pris celui qui me fut désigné, je le plaçai sur le fourneau, et je versai dedans une demi-

livre de mercure coulant, reconnu préalablement,
par les assistants, pour être de la plus grande pureté.
Quand le liquide, suffisamment tourné et remué par
moi, fut arrivé au degré de chaleur convenable,
j'annonçai que l'instant décisif de ma projection était
venu. Je jetai donc solennellement dans le creuset,
et cela aux yeux de tous les assistants, gros comme
un grain de chenevis de ma poudre de projection,
qui n'était autre chose, faut-il vous l'avouer, que de
la poudre de safran et de la limaille d'argent, mé-
langées avec de la résine de copal indien, poudre
qui, par son aspect, offrait tous les caractères de la
prétendue Pierre philosophale, dont parle l'alchimiste
arabe Géber, qui affirme l'avoir vue et l'avoir maniée
autrefois. Je me mis ensuite à réciter le *Miserere* à
haute voix, tandis que je continuais avec ma baguette
d'agiter la liqueur, et, ma prière étant terminée,
j'annonçai hardiment que la transmutation d'une
partie du mercure en or était accomplie. On sublima
aussitôt le mélange, et lorsque tout le mercure se fut
échappé en vapeurs, les assistants purent, avec des
cris de surprise et d'admiration, apercevoir au fond
de mon creuset un brillant culot d'or d'une demi-
once environ, qui ayant été refroidi et examiné,
séance tenante, par les propres essayeurs des mon-
naies du Roi, qui étaient présents à ma projection,
fut reconnu, par eux, pour être de l'or à vingt-quatre
carats, c'est-à-dire de l'or à l'état de sa plus grande
pureté.

— Mais, dites-moi donc bien vite le mot de cette
énigme, mon cher Maître, sans quoi, moi aussi, je
serais tenté de crier au prodige?

— Tout le secret de cette prétendue transmutation, mon vieil ami, avait consisté à garnir le fond de chacun de mes creusets avec une couche de chaux d'or (1), et à recouvrir ensuite cette couche d'une pâte faite avec de la poudre de creuset, incorporée avec de l'eau de gomme, et assez habilement moulée pour qu'elle parût former le véritable fond du creuset ou de la coupelle.

— Voilà qui est d'une adresse vraiment surprenante, dit le vieux Juif, non moins émerveillé de cette ruse que ne l'avaient été jadis les témoins de l'opération faite par l'industrieux Flamel.

— Vous devinez bien, n'est-il pas vrai, poursuivit l'Alchimiste, ce qui se passe dans cette prétendue transformation des métaux? Sous l'influence de la chaleur, la chaux d'or se réduit en métal pur qui entre en fusion, celui-ci fait éclater la légère couche en pâte de creuset qui le recouvre, et, remué par la baguette de l'opérateur, il se mélange au mercure. Puis, quand le mercure est évaporé, l'or rassemblé au fond du creuset apparaît à tous les regards avec l'éclat qui lui est propre.

— Et la poudre de projection jetée dans le vase, à quoi sert-elle, s'il vous plaît, dans cette opération? A rien sans doute?

— Pardonnez-moi, elle sert à rendre plus complète l'illusion d'optique dont le spectateur est le jouet. J'ai remarqué que cet instant de l'opération est toujours attendu avec une certaine impatience par le

---

(1) Oxyde d'or, ou oxyde aureux, formant une poudre verte.

public, qui s'y intéresse on ne peut plus vivement. Et, comme c'est en ce point-là que gît surtout la tromperie, j'ai pris l'habitude de dire, à part moi, d'une personne qui se laisse abuser par l'effet d'un leurre, qu'on lui *jette de la poudre aux yeux.*

— Ah! bravo, cher Flamel, voilà un mot que je trouve fort heureux, et je ne doute pas qu'il ne fasse quelque jour son chemin dans le monde, si toutefois il vient à être connu. Mais, ajouta le vieux Juif, pour revenir à votre transmutation métallique, me sera-t-il permis de vous faire une question?

— Faites, mon vieil ami, faites, dit Flamel.

— Dites-moi, que serait-il d'aventure advenu de cette première projection, sur le succès de laquelle vous fondiez tant d'espérances, si les adeptes du Grand-Œuvre qui y assistaient, au lieu de faire choix d'un des creusets que vous leur avez présentés, et qui étaient disposés pour que votre expérience réussît, vous en avaient imposé un qui vous fût totalement étranger.

— Le cas était prévu d'avance, cher Isaac, dit l'Alchimiste avec son fin sourire, et, même en opérant avec un creuset étranger, ma projection n'en aurait pas moins eu le succès que j'en attendais.

— Et par quel moyen ce succès était-il donc infaillible, je vous prie?

— Parce que j'avais caché de la grenaille d'or dans un trou pratiqué à l'extrémité de chacune des baguettes de bois de coudre qui devaient, suivant l'usage, me servir à agiter la liqueur contenue dans le creuset. Ce trou, pour qu'on ne l'aperçût pas, était bouché avec de la sciure fine du même bois mélangée à de la cire ; et vous devinez qu'en remuant les matières fondues, dont la chaleur était très vive, l'extrémité de la baguette brûlait lentement et déposait ainsi peu à peu, dans la masse du mercure, la grenaille d'or qui y était logée.

— En vérité, mon cher Flamel, la nature vous a créé avec le génie de l'invention !

— Je n'ai pas besoin de vous dire, poursuivit l'Alchimiste, si ma prétendue découverte fit grand bruit. En moins de quelques jours, chacun en parla comme du plus étonnant prodige hermétique qui eût jamais été accompli, et ce fut à qui, parmi les plus grands personnages de Paris et du Royaume tout entier, accourrait dans mon humble logis pour y être témoin de cette admirable transmutation des métaux. Afin de satisfaire à l'empressement général, je dus répéter un grand nombre de fois l'opération que j'avais déjà faite ; mais pour flatter davantage les esprits parisiens dans cet amour du merveilleux, dont ils sont si fort possédés, j'imaginai de donner à cette prétendue transmutation métallique des formes bien autrement saisissantes que celles qui résultaient de la simple réduction de la chaux d'or au fond de mon creuset.

— Et de quelle façon pûtes-vous opérer ces nouveaux miracles ?

— Oh ! fort simplement, comme vous l'allez voir. J'annonçai d'abord que je convertirais en or la moitié d'un clou en fer, en plongeant à demi ce clou dans une dissolution concentrée de ma poudre. Et c'est ce que je fis avec un succès complet.

— Et comment opériez-vous ?

— Je sciais d'abord en deux morceaux le clou en question ; avec l'un des deux fragments, tête ou pointe, à volonté, et tantôt l'une, tantôt l'autre, pour varier l'expérience, je modelais, au moyen de la glaise, un pareil fragment que je coulais en or, et que je soudais ensuite très exactement à l'autre fragment. Le clou, ainsi rétabli dans son entier, mais, cette fois, moitié fer et moitié or, était alors recouvert par moi d'une mince couche de couleur à la plombagine (1), ce qui lui rendait l'apparence du fer dans toute sa longueur. Au moment d'opérer la transmutation, je le trempais avec précaution dans l'élixir hermétique, et de telle sorte, qu'il n'y eût que la partie en or qui baignât dans le liquide. Après avoir récité le *Miserere* de rigueur, je retirais mon clou du bain alchimique, dont l'action avait été de faire disparaître la plombagine qui recouvrait l'or, et après avoir frotté la portion baignée avec une peau de chamois, cette portion apparaissait à tous les regards ayant les brillants caractères du métal dans lequel elle était censée avoir été transformée.

— J'admire, en vérité, mon cher Flamel, quelle fertilité d'imaginative il vous a fallu pour combiner et pour mettre en œuvre ces moyens, à la fois si simples et si ingénieux, de simuler la transmutation des métaux.

— Ce que j'avais fait pour des clous, je le fis avec des anneaux, avec des pièces de monnaie, avec des lames de couteau ou de poignard, avec des clefs, avec

---

(1) Carbure de fer, vulgairement appelé mine de plomb.

des figurines de saints, et avec une foule d'autres
menus objets, en quelque métal que ce fût. La seule
différence qu'il y eut dans l'exécution consistait dans
le choix de la couleur avec laquelle je devais enduire
l'objet préparé pour mon expérience, couleur qu'il
fallait approprier à la nature du métal dont cet objet
était composé. Si ce métal était de l'argent, par
exemple, au lieu de recouvrir la partie substituée
avec de la plombagine, comme lorsqu'il s'agissait du
fer, je lui donnais la couleur de l'argent en la frot-
tant avec du mercure, lequel, se dissolvant lors de
l'immersion de l'objet dans la teinture philosophale,
mettait l'or en évidence lorsque cet objet était retiré
du bain.

— De mieux en mieux, mon cher Maître !

— Enfin, pour frapper encore davantage l'imagination des spectateurs, et pour qu'il ne restât pas
l'ombre d'un doute dans l'esprit des plus incrédules,
j'imaginai un moyen de les faire, pour ainsi dire,
assister aux phases successives de ma transmutation
métallique, c'est-à-dire de leur montrer l'objet qui
était d'un métal vil se transformant en or pur par
couches d'autant plus épaisses et d'autant plus profondes, que l'objet à transmuer serait resté plongé
plus longtemps dans ma teinture philosophale.

— Voilà un tour d'adresse qui me paraît devoir
surpasser tous les autres en habileté ! dit le Juif Lombard plus intrigué que jamais.

— Pour ce faire, je pris trois pièces de monnaie
d'argent qui devaient servir à marquer les trois principaux temps de l'opération. Dans le premier temps,
la pièce étant immergée dans sa moitié pendant une

minute seulement, cette moitié, quand on retirait la pièce du bain, ne devait être changée en or que dans une très minime partie de son épaisseur. Dans le second temps, une deuxième pièce d'argent étant immergée de même, mais pendant l'espace de dix minutes, la partie baignée était convertie en or dans un tiers de son épaisseur, et cela sur chacune de ses deux faces, bien entendu. Dans le troisième temps, enfin, une dernière pièce restant immergée comme les précédentes, mais pendant vingt minutes, celle-ci était transformée en or dans toute l'épaisseur de la moitié qui avait trempé dans le bain alchimique.

— Et comment obteniez-vous, mon Maître, ces trois épaisseurs d'or si différentes?

— Très facilement, mon vieil ami, ainsi que vous allez le voir. Pour satisfaire au premier temps de l'opération, je dorais superficiellement, dessus et dessous, la moitié d'une de mes trois pièces, à l'aide de l'amalgame d'or et de mercure, et quand cette pièce, après avoir été plongée durant une minute dans la teinture alchimique, en était retirée, le mercure de l'amalgame s'était évaporé, l'or seul était resté, mais cet or ne formait à la surface de la pièce qu'une couche d'une minceur plus grande encore que la plus fine pellicule d'oignon.

— Et d'un! dit Isaac Lévy, en faisant de la tête un signe approbateur.

— Le second temps, je dois vous le dire, était le plus minutieux des trois à exécuter. Pour ce faire, à l'aide de la lime, j'éminçais, avec autant d'adresse que possible, la moitié seulement de ma pièce, dessus et dessous, et dans le tiers de son épaisseur; de

telle façon que, tandis qu'une moitié de la médaille
était parfaitement intacte, il ne restait plus, de l'autre
moitié, qu'une lame qui n'était pas plus épaisse
qu'une feuille de parchemin. Mais, avant de procéder
à son amincissement, cette pièce avait servi à en
modeler une semblable à elle, et celle-ci avait été
coulée en or. Cette médaille d'or étant d'abord coupée
en deux moitiés, je prenais la moitié dont j'avais besoin ; je la sciais en deux, suivant son épaisseur, et
cela fait, j'ajustais, au moyen de la soudure, ces deux
lames d'or, qui avaient la forme de deux demi-
lunes, sur chacune des faces de la partie émincée de
ma pièce d'argent, en observant bien, toutefois, que
les figures et les caractères se rapportassent très
exactement. Par ce moyen, j'obtenais une médaille
entière, moitié argent et moitié or, mais dont la partie d'or était fourrée d'argent. Puis, après avoir été
blanchie tout entière au mercure, elle était trempée
dans l'élixir hermétique par sa moitié préparée, et
au bout de dix minutes d'immersion, elle en était
retirée et offerte aux spectateurs comme exemple d'un
argent qui n'a été transmué en or que dans le tiers
seulement de son épaisseur.

— Ah ! bravo, bravissimo ! mon cher Flamel, dit
le vieux Juif émerveillé de tant d'adresse.

— Quant au troisième et dernier temps, c'était,
vous le devinez bien, la répétition exacte de l'histoire
de mes clous en fer, puisque, pour l'opérer, je n'a-
vais qu'à ajuster, à la moitié de ma médaille d'argent, une convenable moitié coulée en or. Après
quoi je blanchissais toute la pièce au mercure, je la
faisais tremper pendant vingt minutes, je la retirais

ensuite du bain, et je la montrais à chacun comme échantillon d'un argent qui a été converti en or dans toute son épaisseur.

— Maître Nicolas Flamel, exclama ici le vieux Juif Lombard, à qui cette confession de l'habile Alchimiste avait arraché plus d'une fois des gestes de surprise et des cris d'admiration, je vous déclare que je suis désormais et pleinement converti à l'opinion que vous exprimiez tout à l'heure, à savoir que la découverte de la Pierre philosophale n'est qu'une chimère ; et savez-vous pour quelles raisons je me range de la sorte à votre avis, c'est que si, en effet, cette découverte avait jamais dû être faite par quelqu'un, c'eût été, à coup sûr, par l'homme qui, dans l'invention et dans la mise en œuvre des étonnants stratagèmes que vous venez de me révéler, ne s'est pas montré seulement un très savant Alchimiste, mais encore un homme d'un véritable génie.

— Votre amitié pour moi, mon cher Isaac, s'exagère le mérite des choses que vous venez d'entendre, et le seul qu'il faille leur reconnaître, c'est d'avoir montré à Madame la Fortune, tout aveugle qu'elle soit, le chemin de mon humble demeure. Du jour, en effet, où il fut publiquement reconnu que je possédais la puissance de faire de l'or, ce bienheureux métal y abonda, comme si les flots d'un nouveau Pactole l'y eussent charié dans leur cours. De toutes les contrées, non-seulement de la France, mais encore des Pays étrangers, les personnages les plus considérables, les savants les plus distingués, les plus illustres Dames accoururent dans mon logis, je ne dirai pas comme les Rois Mages, se rendant à

Bethléem pour y adorer le Messie, mais plutôt comme
les Hébreux du Mont Sinaï s'empressant, en l'absence de Moïse, de venir, en signe de soumission, se
prosterner aux pieds du veau d'or.

— Juste comparaison, dit Isaac Lévy ; l'or n'est-il
pas, en effet, le Messie des hommes de notre temps !

— Tous ces visiteurs s'en retournaient ensuite
dans leur pays, étonnés, ravis, émerveillés de ce
qu'ils avaient vu, et remportant bien précieusement
avec eux, en retour des présents considérables qu'ils
m'avaient offerts, quelqu'un de ces menus objets de
fer, de cuivre, de plomb ou d'étain, dont ils s'ima-
ginaient avoir vu, de leurs propres yeux, transmuer
une moitié en or, à l'aide de ma poudre de projection. C'est ainsi, mon vieil ami, que je pourrais vous
citer tel clou, qui fut cédé par moi à un envoyé du
Duc de Hongrie, clou qui, pour sa prétendue transformation, m'avait coûté à peine deux ou trois florins d'or, et qui me fut payé, par plus de douze cents
fois son poids, en vaisselle d'argent.

— Pauvres ignorants, dit Isaac Lévy, qui ne se
doutaient guère que leur crédulité était la véritable
poudre de projection, à l'aide de laquelle vous aviez
trouvé le secret pour faire de l'or !

— Ce n'est pas tout encore : ces riches et illustres
visiteurs, pour la plupart grands amis des Livres, ne
sortaient jamais de ma demeure sans y avoir fait emplette soit d'une Bible enluminée, soit d'un Missel
chargé de dorures, soit de quelque autre manuscrit
enrichi de précieuses « ymages, » que je leur faisais
payer le plus souvent au double et au triple de leur
valeur, bien que la plus grande partie de ces ouvrages

eussent été écrits et enluminés par les mains de mes
copistes à gages, voire même par celles des disciples
et des écoliers qui fréquentaient mon « eschole.»

— Oui, mais tous ces livres ne portaient-ils pas,
écrit de la vôtre, ce glorieux nom de Nicolas Flamel,
celui du premier des Scribes, celui du plus illustre
des Ecrivains à qui le quatorzième siècle, qui vient
de s'écouler, tiendra toujours à très grand honneur
d'avoir donné la naissance ?

— Hélas ! trois fois hélas ! dit l'Alchimiste, que
ces paroles enthousiastes du vieux Juif semblaient
plutôt attrister qu'enorgueillir, pure fumée que toute
cette gloire dont vous parlez, mon cher Isaac !

— Comment, pure fumée ? Que voulez-vous dire
par là ?

— Oui, pure fumée, vous dis-je : car, après
soixante ans de pénibles travaux, ne voilà-t-il pas
que je suis menacé jusque dans l'existence même de
ce bel art d'écrire et d'enluminer les livres, art que
je regardais hier encore comme étant le plus admirable et le plus utile de tous, et qui, demain peut-
être, va être détrôné par une invention nouvelle.

— Et quelle est cette invention, mon maître ?

— Ecoutez-moi, mon cher Isaac, dit Flamel avec
un accent solennel et comme prophétique. Le quinzième siècle, dans lequel nous ne faisons que d'entrer, sera appelé, je le devine à des signes certains,
à voir s'accomplir une de ces grandes découvertes qui
sont des événements considérables dans les fastes
historiques des nations. De toutes parts, la séve montante du progrès a envahi les sciences, les arts et
l'industrie, et à voir la turgescence des bourgeons

qui couronnent leurs rameaux, la récolte promet
d'être fertile en fruits magnifiques. Pareil au chef de
l'enfant qui grandit chaque année, l'esprit humain
ne tardera pas à faire craquer le vieux bourrelet dans
lequel il est à l'étroit depuis plusieurs siècles ; la lumière, par trop longtemps tenue sous le boisseau, va
percer bientôt les murailles de sa prison ; la vérité,
qui a été jusqu'ici le partage d'un petit nombre de
privilégiés, deviendra enfin le patrimoine de tous, et
comme un phare divin, elle rayonnera pour jamais
sur le Monde.

— Et à quelle si merveilleuse découverte tant de
prodiges devront-ils la naissance ? demanda le vieux
Lombard, que l'enthousiasme de Flamel avait gagné
malgré lui.

Au lieu de lui répondre, l'Alchimiste se leva pour
la troisième fois, et entra dans la même salle où il
avait été prendre le matras d'Alkermès. Le Marchand
de patenôtres entendit un bruit de serrure et de clef,
et, une minute plus tard, il vit reparaître son hôte,
qui tenait à la main une petite planchette en bois de
buis.

L'Alchimiste, sans mot dire, s'approcha de la table,
et plaça la planchette juste au-dessus de la flamme
de la lampe, de telle sorte qu'elle se couvrit, en un
instant, de noir de fumée dans sa partie inférieure,
qui paraissait être comme découpée en caractères bi-
zarres. Cela fait, il choisit dans ses parchemins une
feuille de vélin, qui était vierge de toute écriture,
et, sur cette feuille, il posa avec précaution la planchette de buis par sa partie qui venait d'être noircie.
Puis, à l'aide des deux mains, il appuya fortement sur

le bois et, après quelques instants de cette pression, il enleva la planchette. Aussitôt, Isaac Lévy, qui avait suivi tous les mouvements de Flamel avec une vive curiosité, put lire sur la feuille de vélin, tout à l'heure entièrement blanche, ces mots en caractères assez régulièrement tracés et très nettement imprimés en noir :

DIEV DICT QVE LA LVMIÈRE SOIT!
ET LA LVMIÈRE FVST.

— Par Jéhovah ! s'écria-t-il aussitôt, quelle invention est cela ?

— L'art d'écrire sans le secours de l'écrivain, dit Flamel avec la résignation d'un martyr. Cette invention, mon cher Isaac, sera un jour, et bientôt peut-être, la ruine de tous les scribes et copistes du monde.

— Et c'est vous qui êtes l'auteur de cette invention-là, mon maître ?

— Non, dit l'Alchimiste avec un profond soupir, et comme si, à cet acte de justice, se fût mêlé un vif sentiment de regret.

— Et qui donc en est l'auteur, alors ?

— Un jeune homme, un Hollandais d'origine, appelé Laurent, et surnommé Coster, ce qui signifie gouverneur, titre qu'ont possédé de père en fils, dans la cité de Harlem, les ancêtres de ce Laurent, et dont le père y occupe encore actuellement ce poste distingué.

— Mais comment se fait-il que vous soyez en possession de son secret ?

— Vous l'allez savoir en deux mots : ce Laurent,

qui est déjà pour son âge un homme d'un esprit profond, fut envoyé, il y a près de deux années à Paris,
par son père, le gouverneur de Harlem, pour qu'il
s'y perfectionnât dans l'art d'écrire, qu'il possédait
déjà cependant à un degré fort remarquable. Dans ce
but, ce fut à moi qu'il s'adressa, et, pendant près de
dix-huit mois, je l'exerçai à tous les genres d'écritures, jusqu'au jour où, sans qu'il me fût possible
de deviner pourquoi, il se montra distrait, rêveur,
négligea son travail, et passa des journées entières
enfermé seul dans une chambre qu'il occupait au
haut de ma maison de la rue de Montmorency (1).
Enfin, un certain jour, et sans que rien pût justifier
cette détermination prise par lui, il m'annonça qu'il
allait, dès le lendemain, retourner à Harlem, et, dans
son départ précipité, il oublia quelques-unes de ses
hardes, au milieu desquelles je trouvai cette tablette
gravée en relief, qui n'était pas sans doute la seule
qu'il eût faite, et qui était évidemment un des premiers essais d'une invention qu'il aura été perfec-
tionner dans sa patrie.

(1) Cette maison, qui subsiste encore aujourd'hui, et qui porte le
n° 51, est le seul des édifices, élevés par Flamel, qui soit resté debout, après les quatre siècles et demi qui nous séparent de l'époque
de sa construction. Les sculptures qui la décoraient ont été dé-
truites, mais l'inscription primitive a été conservée, et elle se lit
encore très couramment sur le bandeau qui sépare le rez-de-chaussée du premier étage. La voici :
   « Nous hommes et femmes laboureurs demourans ou proche de
» cette maison, qui fut faite en l'an de grace mil quatre cent et
» sept ; sommes tenus chacun en droit soi, de dire tous les jours
» une pastenostre et 1 Ave Maria, en priant Dieu fils et sa mère
» faire pardon aux pauvres pécheurs trespassés. Amen. »

— Et vous prétendez que les conséquences de cette invention?...

— Sont incalculables, dit Flamel d'un air inspiré. Avec des planches de bois ou même de métal, ainsi gravées en lettres de relief et à l'envers, un seul homme, quel qu'il soit, un illettré, un ignorant, un artisan qui ne saura ni lire ni manier la plume, pourra faire en un jour, et cela sans erreur possible de sa part, ce que le plus habile et le plus expéditif de nos écrivains ne saurait faire en moins de plusieurs mois.

— Oui, mais ces planches, dit Isaac Lévy, qu'elles soient en bois ou en métal, ne coûteront-elles pas des sommes considérables pour êtres gravées?

— Sans doute, mais une fois gravées, qui sait à combien de milliers de copies d'un même livre elles pourront donner naissance? Et puis, continua Flamel, en fixant son regard dans le vague, comme quelqu'un qui chercherait à lire dans l'avenir, qui nous dit qu'un jour, au lieu de graver des planches tout entières, on ne s'avisera pas de graver de simples mots et même des lettres séparées, lesquelles réunies et groupées, suivant les besoins du copiste, formeront, par un artifice quelconque, des planches qu'on pourra briser après s'en être servi pour faire un livre, et dont on emploiera, de nouveau, les caractères séparés, à recomposer les planches d'un autre ouvrage? De cette façon, vous le voyez, les livres se feront cent fois plus vite et coûteront cent fois moins cher.

— Si vos prévisions se réalisent, voilà, en effet, la noble industrie des scribes menacée d'une ruine entière; mais que vous importe, après tout, mon Maître? Votre fortune n'est-elle pas assurée depuis longtemps ; pourquoi donc vous préoccuper si fort du dommage que la nouvelle invention va faire aux hommes de votre profession ?

— Et croyez-vous donc que ce soit de ce dommage que je me préoccupe, mon cher Isaac ? Ainsi que vous l'avez dit, ma fortune est faite depuis longtemps, et si le chiffre (1) n'en est pas aussi élevé qu'on le suppose, il est plus que suffisant, néanmoins, pour me permettre de subvenir, et au delà, à tous mes besoins. Si donc la nouvelle invention dont je vous signale la venue est capable de m'inspirer quelque vif regret, apprenez que c'est uniquement celui de n'en avoir pas été moi-même l'auteur.

— Eh quoi ! votre renomméede Souverain Écrivain et de Prince des Alchimistes ne vous paraît-elle donc pas un sort assez digne d'envie ?

— Qu'est-ce que cela, reprit dédaigneusement Flamel, auprès de la gloire impérissable qui s'attachera dans l'avenir au nom de mon disciple ? Je vous ai dit que les conséquences de son invention étaient incalculables ; du jour, en effet, où les livres, aujourd'hui la propriété d'un petit nombre d'hommes, seront vendus à bas prix, une révolution immense s'accomplira dans le monde des idées. Le goût des lettres, des arts et des sciences, deviendra général. La diffusion des lumières, en amenant l'examen des droits de

(1) Suivant l'abbé Villain, le revenu de Flamel et de Pernelle, en 1399, c'est-à-dire dans l'année où les affaires de la succession de cette dernière furent réglées, se montait à environ 471 livres parisis, ce qui, au pouvoir actuel de l'argent, équivaudrait à une rente de 18,603 fr. 75 c.

chacun, fera tomber peu à peu les barrières qui séparent les différentes classes de la Société. Le règne du Privilége prendra fin, et celui de l'Egalité aura commencé.

— Mais, dit Isaac Lévy, combien de siècles ne faudra-t-il pas à cette glorieuse invention pour accomplir de pareils prodiges ?

— Qu'importe le temps à ce qui ne saurait périr ! Peut-être que bien des générations d'hommes se succéderont sur la terre avant que ce premier grain de blé, déposé dans le sillon, n'ait couvert le monde de sa moisson luxuriante ; mais, j'en ai le pressentiment, il viendra un jour où, l'arbre de la science ayant porté ses fruits, chacun s'en nourrira et en deviendra meilleur ; un jour, où tous les membres de la grande famille humaine, fécondant la Foi et la Charité par les lumières de l'esprit, mettront en pratique ce précepte du divin Maître : *Aimez-vous les uns les autres*. A cette heure-là, ajouta tristement l'Alchimiste, le nom de Nicolas Flamel, aujourd'hui si fameux, aura, depuis longtemps, disparu de la mémoire des hommes, et celui de Laurent Coster y brillera plus éclatant que jamais, en mémoire de ce que l'invention, dont il aura été l'auteur, aura changé la face du Monde. . . . .

Une heure plus tard, les deux amis, après avoir réglé leurs comptes d'intérêts, se tenaient debout sur le seuil du Logis de Flamel, prêts à prendre congé l'un de l'autre.

— Décidément, demanda l'Alchimiste au Marchand de patenôtres, vous ne voulez pas me débarrasser, dès ce soir, de ce coffret aux joyaux qui vous appartient, et qui représente, par sa valeur, les soixante mille écus d'or à la couronne que je suis parvenu à recouvrer, tant pour vous que pour vos coreligionnaires, et qui sont actuellement votre propriété?

— Non, mon cher Flamel, dit Isaac Lévy ; à cette heure-ci, cela ne serait nullement prudent de ma part. D'ailleurs, je préfère le laisser entre vos mains jusqu'à ce que ma bonne étoile m'ait mis sur les traces de ma bien-aimée Thamar et de ma tant désirée Siona.

— En ce cas, je conserverai votre fortune aussi fidèlement dans l'avenir que je l'ai fait par le passé. Bonne nuit donc, mon vieil ami !

— Merci de votre souhait, et Dieu vous gard', mon cher Maître !

Et les deux vieillards se séparèrent.

V

UN RENDEZ-VOUS

SUR LE PONT-AUX-MEUNIERS

V

UN RENDEZ-VOUS SUR LE PONT-AUX-MEUNIERS

A sa sortie de la maison de l'Alchimiste, Isaac Lévy, à qui l'Alkermès des moines de Santa-Maria-Novella avait mis la tête tout en feu, résolut, avant de regagner son gîte, d'aller respirer l'air frais de la nuit le long des grèves de la Seine.

Il tourna donc sur sa gauche en remontant la rue des Écrivains, doubla le sombre promontoire que les huit piliers buttants du chevet de l'Église Saint-Jacques formaient, sur sa droite, dans la rue des Arcis, descendit la rue de la Planche-Mibray et arriva bientôt sur la berge du fleuve.

Pendant le long entretien qu'il avait eu avec maître Nicolas Flamel, la mer de glace formée par la voûte céleste s'était changée en une vaste nappe

d'azur criblée de milliers de clous en diamant, et le
disque nacré de la lune, qui brillait juste à la pointe
de l'aiguille élancée servant de clocher à la Sainte-
Chapelle du Palais, qui se dressait au point d'intersection des quatre branches de la croix de Notre-
Dame, aurait pu être comparé à la pomme de Gessler,
que, cent sept ans auparavant, Guillaume Tell avait
percée d'une flèche sur la tête de son fils.

En débouchant sur la rive déserte de la Seine, qui
n'était alors qu'une grève nue, et à cette même place
où, deux cent vingt-sept ans plus tard, c'est-à-dire
en 1641, le marquis de Gesvres devait, en vertu
d'une autorisation royale, « faire bâtir un quai en
pierres de taille, porté sur arcades », notre Marchand
gondarien fut tout surpris en voyant que le pont de
bois, qu'il avait autrefois connu sous le nom de *Pont
de la Planche-Mibray*, avait disparu, et, qu'à cet endroit de la rivière, s'élevaient de grands et massifs
pilotis, enfoncés dans l'eau, comme autant de longues
épingles noires plantées au travers d'un ruban d'argent moiré, pilotis qu'il supposa tout naturellement
être destinés à la réédification de ce Pont.

L'année précédente, en effet, c'est-à-dire en 1413,
le dernier jour de mai, le roi Charles VI, accompagné
de tous les seigneurs de sa Cour, était venu solennellement, ainsi que le dit l'auteur du *Journal de
Paris*, « frapper de la trie sur le premier pieu » destiné à cette reconstruction, et, le nouveau Pont, qui
ne devait être achevé qu'après sept années de travaux, avait été baptisé, le même jour, du nom de
Pont Notre-Dame.

Après avoir fait un instant de halte en cet endroit,

Isaac Lévy suivit le cours du fleuve, et arriva bientôt devant l'entrée du « Grand Pont ou Pont aux Changeurs » alors couvert de maisons, et qui était bordé, d'un côté, celui d'amont, par soixante-huit forges destinées aux Orfévres, et de l'autre côté, celui d'aval, par soixante-douze louages habités par les Changeurs. « En l'an 1400, dit Guillebert de Metz, qui nous a conservé une partie de ces détails, et quand la ville estoit en sa fleur, passoient tant de gens toute jour sur ce pont, que on y encontroit a dez (sans cesse) ung blanc moine ou ung blanc cheval. »

Le vieux Juif, dans l'esprit duquel la vue de ce Pont, si fameux alors, réveillait une multitude de souvenirs, était sur le point de s'engager dans l'espèce de longue rue, que les deux rangées de maisons en bois qui la bordaient rendaient de beaucoup trop étroite pour l'immense circulation de piétons et de voitures qui s'y faisait, lorsqu'un homme de haute mine et de galante tournure, qui arrivait par la rue Saint-Leufroy, passa tout près de lui en fredonnant une chansonnette dont l'air et les paroles éveillèrent aussitôt son attention. La voix de ce beau cavalier, qui était bien timbrée et dans laquelle on ne pouvait méconnaître un certain ton de fierté quelque peu nuancé d'impertinence, chantait cette même ronde que nos lecteurs connaissent déjà :

—
> Prends, gentille Bergière,
> Dès le soleil levant,
> Pour t'en aller au champ,
> Houlette et panetière.
> Ton beau Bergier t'attend
> Là-bas sur la fougère.

Isaac Lévy reconnut de suite et ces paroles et la
voix qui les chantait. C'était bien là cette même
ronde qu'il avait entendue, la veille, sortir de la
bouche de Monsieur le vicomte Anténor de Chamérobley, au moment où le brillant Quartinier avait quitté
l'hôtel de la Cour-Pavée, pour aller reprendre sa
place dans le banc d'Œuvre de l'Église Saint-Jacques.
Il soupçonna aussitôt que notre beau gentilhomme
devait être en bonne fortune ce soir-là, et il pensa
que, sans doute, il se rendait, avec ces allures de
Prince conquérant, à quelque nouveau rendez-vous
d'amour. Le doute ne lui sembla plus possible, en
voyant que Monsieur le Vicomte, lorsqu'il fut arrivé
en face de la rue de la Saunerie, s'engageait résolûment dans le tourniquet du Pont-aux-Meuniers, au
lieu de suivre tout droit et de descendre le long de
la Vallée de Misère.

Mais, comme il ne s'intéressait que très médiocrement aux faits et gestes du bel Officier de la Milice
Bourgeoise, le vieillard se disposait à poursuivre son
chemin sur le Pont-aux-Changeurs, lorsqu'une idée
subite, qui lui traversa l'esprit, l'arrêta court pour la
seconde fois.

En rapprochant dans sa pensée les événements de
la veille, dont on se souvient qu'il avait la clef mieux
que personne, de la démarche qui était faite par notre
beau gentilhomme, à une pareille heure et dans un
pareil lieu ; et surtout, en lui entendant, comme il
l'avait fait le jour précédent, au moment de quitter la
charmante Nanine, chanter cette ronde de la *Petite
Bergière*, avec le même air de fatuité triomphante
qu'il avait alors, Isaac Lévy en arriva à conclure

qu'il pourrait fort bien se faire que la pimpante mercière-épinglière du charnier des Saints-Innocents
fût le galant objet que Monsieur le Vicomte allait
rejoindre en ce moment sur le Pont-aux-Meuniers.

Poussé par un sentiment de curiosité qui prenait
sa source uniquement dans l'intérêt on ne peut plus
vif que cette jeune et charmante fille lui avait tout
d'abord inspiré, il se mit aussitôt à marcher sur les
traces de Monsieur le Quartinier, et franchit, à son
tour, le tourniquet du Pont, sur lequel étaient établis
les dix moulins du Chapitre de Notre-Dame.

Ce Pont, dont tous les historiens du vieux Paris ne
nous ont guère parlé que pour nous apprendre qu'il
existait déjà dès le treizième siècle, était situé à une
centaine de pas environ en aval du Pont-aux-Changeurs. Construit en bois et traversant la Seine sur de
très forts pilotis cerclés de fer, il mettait en communication la *Vallée de Misère* (1) avec le *Quai des Morfondus* (2), c'est-à-dire, suivant la topographie du

(1) La Vallée de Misère était la partie la plus basse de la berge
du fleuve, comprise entre le Grand-Châtelet et l'abreuvoir Popin.
Ce nom de Popin était celui d'une ancienne famille parisienne très
riche, et dont l'un des membres fut Prévôt des Marchands sous Philippe le Bel. Les animaux qu'on conduisait en cet endroit à la rivière pour qu'ils s'y abreuvassent, s'y rendaient en passant sous une
arche de pierre, de même qu'à l'abreuvoir Marion, qui était situé
un peu plus bas. De là les noms d'*Arche Marion* et d'*Arche Popin*,
et par corruption *Pépin*.

(2) Cette expressive dénomination venait de la situation même de
ce quai, sur lequel on ne pouvait passer en hiver sans être *mor-
fondu* par les continuelles rafales du vent du Nord, auxquelles il
est exposé.

Paris actuel, le quai de la Mégisserie avec le quai
de l'Horloge. Il commençait, sur la rive droite du
fleuve, à quelques toises plus bas que la rue de la
Saunerie, pour aboutir à cette entrée septentrionale
du Palais qui est percée entre la *Tour d'argent* en
amont et la *Tour de César* en aval ; ces deux hautes
tours jumelles ayant la forme des anciennes poi-
vrières, qui, l'une et l'autre, datent du règne de saint
Louis, et qui flanquent, d'une façon si pittoresque,
le pignon pointu de l'ancienne Grand'Chambre du
Parlement.

Pour le dire ici en passant, les deux autres Tours
du Palais qui bordent ce même quai sont la *Tour
de l'Horloge*, qui est ce beffroi de forme carrée et
surmonté d'une *Guette*, qui tient la tête du Pont-
au-Change ; et, la *Tour Bon-Bec*, cette Tour trapue
et basse, dont nous aurons à parler ailleurs avec plus
de détails, et à qui son toit conique et ses créneaux
en retroussis donnent l'air d'être coiffée d'un chapeau d'Arlequin.

Les dix maisons de meuniers qui étaient alors
construites sur ce Pont, mais d'un seul côté, celui
d'aval, formaient une rangée de pignons trapus, qui
surplombaient fortement du côté « d'amont-l'eau ».
Chacune avait son moulin tournant au-dessous
d'elle ; mais l'unique rangée de ces moulins était
interrompue, vers le milieu de la rivière, dans l'espace de trois ou quatre toises environ, afin que,
d'une part, le courant de l'eau qui était plus rapide
en cet endroit, ne compromît pas la solidité de l'édifice, et que, d'autre part, la navigation du fleuve pût
se faire librement par cette intersection.

Grâce à son extrême proximité du Pont-aux-Changeurs, et, par conséquent, au petit nombre de personnes qui le traversaient, le Pont-aux-Meuniers
avait, depuis longues années, acquis le privilége de
servir de lieu de rendez-vous pour les amants. Mais,
nous objectera-t-on, les amants ne recherchant pas
seulement la solitude, mais encore faisant leurs délices du silence, ce n'était pas, à coup sûr, en cet
endroit qu'ils pouvaient espérer de le rencontrer.
A cela nous répondrons, d'une part, que le Pont-
aux-Meuniers était, tous les dimanches et les jours
de fêtes carillonnées, l'endroit le plus silencieux de
Paris, attendu que les dix moulins du Chapitre se
trouvaient, durant ces saintes journées, dans l'obli-
gation de chômer (*in quiescendi obligatione*, ainsi que
le portait textuellement leur contrat de louage) ; et,
d'autre part, que le bruit que ces moulins faisaient
le reste du temps, forçant les passants à se parler de
fort près, il était bien difficile à des regards indiscrets de distinguer un baiser pris ou un baiser rendu
d'un mot qui était dit à l'oreille ; et, il paraît que cet
avantage était fort goûté de la jeunesse galante du
bon temps dont nous écrivons l'histoire.

Enfin, nous devons ajouter qu'à celle des deux
extrémités de ce pont qui était attenante au quai
des Morfondus, se trouvait placé, au centre d'un
massif de saules et de peupliers, qui lui faisait, en
été, comme un labyrinthe de verdure, le fameux
Cabaret du Moulin-de-Cliquat, espèce de minotaure
caché au centre de Paris, et à qui la débauche effré-
née des gentilshommes de l'époque jetait, chaque
année, des milliers de vierges folles en pâture.

Qu'on s'étonne, après cela, si la réputation du Pont-aux-Meuniers était celle d'un lieu de débauche et de perdition. Et ce fâcheux renom, attaché à cet immeuble de Messieurs du Chapitre de Notre-Dame, avait acquis une telle notoriété, que, pour donner à entendre qu'une jeune fille avait perdu le droit de coiffer le symbolique « chapel » de fleurs d'oranger, il suffisait de dire qu'*elle avait passé par le Pont-aux-Meuniers*.

A ce dicton, alors populaire, un autre n'avait pas tardé à s'ajouter, pour désigner, non plus seulement le fait particulier d'une fille séduite, mais celui, plus général, d'une femme qui avait ostensiblement répudié toute espèce de retenue en matière d'intrigues amoureuses; on disait d'elle, alors, qu'*elle avait jeté sa cornette par-dessus les moulins*; et sans doute que quelque scandaleuse équipée, dans laquelle une coiffure de femme avait été emportée par les roues de ces fameux moulins, avait donné naissance à cette locution proverbiale qui, à travers les siècles, est venue jusqu'à nous, pour exprimer un fait dont nous n'avons que trop d'exemples encore à déplorer aujourd'hui.

Au moment où le Marchand de patenôtres franchissait le tourniquet du Pont-aux-Meuniers, neuf heures sonnaient à l'horloge du Palais. Nos lecteurs se souviennent que c'était l'heure à laquelle Monsieur le Quartinier avait fait promettre à Nanine de venir le rejoindre sur ce même Pont, et, à l'exactitude scrupuleuse avec laquelle le bel Anténor, qui trouvait, d'ordinaire, de fort bon goût de se faire attendre des femmes en semblable rencontre, venait de se rendre à son poste galant, on pourra juger du prix qu'il attachait à sa nouvelle conquête.

Notre fier gentilhomme arpenta d'abord toute l'étendue du Pont-aux-Meuniers, en faisant sonner sur les larges madriers en chêne les molettes d'acier de ses éperons et en continuant de fredonner sa ronde de la petite « *Bergière.* »

Quand il fut parvenu à l'extrémité du Pont qui aboutissait sur le quai des Morfondus, il s'engagea, à droite, sur une très longue et très large planche, munie d'une rampe des deux côtés et qui, par une pente assez bien ménagée, mettait en communication le Pont-aux-Meuniers avec une maison fort pittoresque, qui était cachée dans les peupliers, et qui n'était autre que le cabaret du Moulin-de-Cliquat, dont nous avons dit un mot tout à l'heure.

Le premier coup d'œil du Vicomte fut pour les lucarnes de l'étage supérieur de cette maison, lesquelles lucarnes étaient alors plongées dans une complète obscurité.

— Bon, se dit à lui-même notre gentilhomme, la chambre à Sainte-Agnès la Quenouillère est vacante ; cela se trouve à merveille !

Puis, s'approchant d'une fenêtre du rez-de-chaussée qui était éclairée, il jeta un rapide regard dans l'intérieur du Cabaret, par une des vitres enfumées de la verrière, et il y aperçut un homme de petite taille, à la figure apoplectique et à la panse bombée comme celle d'une futaille, qui préparait le « bouquet garni, » pour assaisonner une « chaudronnée » d'écrevisses ; tandis qu'en face de lui, un jeune garçonnet de quinze ans, à la mine futée, rou-

lait avec adresse des goujons de Seine, qui frétillaient
encore, dans de la fine farine de froment.

— Voilà le Compère Blanchin et son jeune renardeau qui préparent le souper, ajouta le Vicomte, tout
va pour le mieux. A notre faction, maintenant !

Et Monsieur le Quartinier, remontant la longue
planche inclinée, revint sur le Pont-aux-Meuniers,
qu'il se mit à arpenter du même pas que tout à
l'heure, mais en se dirigeant, cette fois, du côté de
la Vallée de Misère.

En raison du jour dans lequel on se trouvait, les
dix moulins du Chapitre gardaient un religieux silence, ce qui, joint à la solitude complète du lieu et
à la brillante clarté de la lune, permit au Marchand
de patenôtres d'entendre et de voir le Vicomte se dirigeant de son côté. Au bout d'un instant, nos deux
personnages devaient donc infailliblement se rencontrer, mais, comme notre prudent vieillard craignait par-dessus tout d'éveiller l'attention du bel
Anténor, ce qui n'aurait pas manqué d'arriver s'il
eût suivi celui-ci dans ses marches et ses contre-
marches, il gagna de suite cette partie du Pont où
nous avons vu que la rangée des maisons était interrompue, et se cacha derrière le volet d'une fenêtre
basse qu'on avait oublié de fermer, et qui se trouvait
située précisément du côté opposé à celui que la lune
frappait de ses rayons. De là, notre vieux Lombard
allait pouvoir, sans être vu, observer toutes les personnes qui viendraient à passer, et peut-être parvien-
drait-il à saisir quelques fragments de leur conversation.

Un premier quart d'heure s'écoula d'abord, pen-

dant lequel notre amoureux Vicomte continua sa
faction sur le Pont-aux-Meuniers. Il marchait de
long en large, portant la tête haute et ayant le buste
rejeté en arrière, sa main gauche fièrement appuyée
sur le pommeau de la dague qui était passée à son
ceinturon, et, de sa droite, frisant ses fines mousta-
ches fauves, avec cet air de souveraine impertinence
que nos lecteurs lui connaissent depuis longtemps.

Monsieur le Quartinier, *pour filer le temps*, chan-
tonnait toujours sa même ronde de la petite « Bergière », qu'il n'affectionnait sans doute si fort, ce
soir-là, que parce que les paroles de cette chanson
étaient on ne peut mieux appropriées à la circonstance. Mais, bientôt, soit lassitude de sa part, soit
amour de la variété, le superbe Anténor, qui avait,
on s'en souvient, des prétentions au bel esprit, essaya quelques variations au texte un peu suranné de
sa cantilène pastorale. Et, comme il se croyait à
l'abri de toute indiscrétion possible par le fait de la
solitude où il était, il en arriva à remplacer peu à
peu les six vers de la chansonnette par autant de bouts
rimés de sa composition, et, bientôt, notre vieux
Juif, qui épiait tous ses pas et qui avait l'oreille au
guet, ne conserva plus de doute sur l'identité de la
personne à laquelle Monsieur le Vicomte avait donné
ce galant rendez-vous.

Fatigué, en effet, d'avoir, à plusieurs reprises
déjà, parcouru le Pont d'un bout à l'autre, Monsieur
le Quartinier était venu tout à coup s'appuyer contre le
parapet d'aval, à quelques pas seulement du volet
derrière lequel était caché Isaac Lévy. De là, notre
improvisateur, comme s'il se fût adressé aux nym-

phes et autres divinités mythologiques des rives
de la Seine, se mit à leur chanter, à *mezza voce*, le
couplet suivant, qu'en narrateur fidèle nous n'a-
vons eu garde d'omettre dans cette très véridique
histoire :

—
      Au rendez-vous fidèle,
      Viens, Perle des Charniers !
      Sur le Pont-aux-Meuniers
      Porte tes pas, ma belle.
      De tous les Quartiniers
      Le plus ardent t'appelle.

— Pauvre jeune fille, se dit à lui-même Isaac
Lévy en entendant cette transparente poésie du
Vicomte, mes pressentiments ne m'avaient donc pas
trompé. Ainsi, elle va venir, la pauvre colombe fas-
cinée, se jeter d'elle-même dans les serres du milan !
Et je souffrirais cela, moi, ajouta énergiquement le
vieillard, que le danger couru par la vertu de Nanine fit bondir d'indignation. Oh ! non pas, non pas,
mon beau Seigneur, ne l'espérez point ; j'ai conçu
une affection trop sincère pour cette charmante fille,
pour vous laisser tranquillement consommer votre
séduction, et aussitôt que vous allez avoir le nez
tourné vers les peupliers du Moulin-de-Cliquat...
Il fut interrompu dans son monologue par l'horloge du Palais, qui sonna le quart après neuf
heures.
— Déjà un quart d'heure de planton, dit le Vicomte en se redressant tout à coup et en faisant
volte-face. Pourvu, ajouta-t-il avec une nuance d'in-

quiétude à peine saisissable, que ma belle Épinglière n'aille pas me manquer de parole !

Et, après un court intervalle de silence employé
par lui à croiser ses bras sur le devant de sa poitrine, et à passer sa jambe droite au devant de sa
jambe gauche, il se prit à dire avec un sourire plus
vain que jamais :

— Allons donc ! mais je suis fou vraiment de
penser que cette petite m'aurait fait jouer, ce soir, le
rôle d'une sentinelle perdue. Elle est touchée là,
ajouta-t-il en se frappant vivement la poitrine à
l'endroit du cœur, et non moins profondément que
le coulon de bois que Messire Gaultier de Broisselles,
le capitaine des arbalétriers de Monseigneur le Dauphin, a si prestement abattu de son mât, à la dernière fête de M. Saint-Sébastien, dans la cour des
Joutes de l'Hôtel Saint-Pol.

— Est-ce que ce beau paon, qui fait la roue si
fort à son aise, va demeurer toujours planté là comme
un Dieu terme ? se dit le Marchand de patenôtres, qui
appréciait mieux que jamais la valeur du temps, et
qui calculait que d'une minute peut-être allait dépendre le salut ou la perte de la pauvre Nanine.

En ce moment, nos deux personnages entendirent,
avec une émotion bien différente, un bruit de pas
retentir vers l'extrémité du Pont qui touchait à la
Vallée de Misère.

— Voici quelqu'un, dit vivement le Vicomte en faisant une dizaine de pas en avant, pour s'assurer si
la personne qui arrivait était bien celle qu'il attendait. C'est un pas de femme, ajouta-t-il après
avoir prêté l'oreille et avec un élan de passion triom-

phante; plus de doute, c'est ma jolie Marchande des Charniers!

Et le fier Anténor adressa à la blonde face de *Madame Phébé*, qui le regardait fort complaisamment (c'est ce qu'il crut du moins), un sourire pénétré d'une si orgueilleuse satisfaction de lui-même, que la chaste Diane, pour continuer à nous servir du langage mythologique de cette époque, ne l'aurait pas traduit autrement que par ces mots : « Hein ! ne suis-je pas vraiment un heureux mortel !» si elle n'était, depuis des siècles, trop habituée à être le témoin de ces galants épisodes de la nuit, pour s'en soucier tant soit peu du haut de sa solitude d'azur toute pailletée d'étoiles d'or.

C'était une femme, en effet, et même une jeune et fort jolie femme, qui s'avançait à pas précipités ; mais, hélas! ce n'était point Nanine, et notre amoureux Quartinier, tout désappointé, devina, en voyant la nouvelle venue frapper à l'une des maisons voisines, que la personne qu'il avait prise pour la *Perle des Charniers* n'était qu'une simple meunière attardée, Dieu sait pourquoi, et qui regagnait toute trémoussée le Logis conjugal ,

> En grand danger d'être battue,

ainsi que l'aurait dit notre bon La Fontaine.

Cette déception éprouvée par le superbe Anténor porta, nous devons le dire, un très rude coup à sa joyeuse humeur. Il se mit d'abord à marcher à grands pas de çà et de là; mais sans s'éloigner pourtant de

l'espèce de carré long que formait, en se divisant en
deux tronçons d'inégale longueur, la rangée des dix
maisons de meuniers établies sur le Pont. Puis, son
impatience augmentant à mesure que le temps s'é-
coulait, il se prit bientôt à frapper du pied sur les
madriers sonores, et laissa échapper, d'entre ses
lèvres blêmes, une série non interrompue de formidables jurons.

— La colère commence à l'aiguillonner ferme, se
dit à lui-même le Marchand de patenôtres, toujours
immobile derrière son volet. Et dire qu'il ne s'éloi-
gnera pas un instant! Si du moins, pensa-t-il, la
pauvre fille pouvait ne pas venir à ce rendez-vous ;
ou si, lassé de l'attendre en vain, ce vaniteux hobe-
reau pouvait déloger de cette place où, sans qu'il
s'en doute, il me tient plus étroitement embastillé
qu'un condamné à la potence ne l'est dans les prisons
de *Barbarie* ou de *Gloriette*, qui sont les plus basses
et les plus étroites du Grand-Châtelet.

— Par les cornes du diable ! dit tout à coup le Vicomte en s'arrêtant dans la marche furibonde qu'il
exécutait d'un pâté de maisons à l'autre, comme un
lion fâché qui va et vient par le travers de sa cage,
est-ce que décidément cette petite coquette des Charniers se serait moquée de moi ? Ah ! prenez-y garde,
ma toute belle, Monsieur le Quartinier Anténor de Chamérobley, il faut que vous le sachiez, n'est point du
bois dont on fait les dupes, et vous pourriez bien,
ma Mie, avoir à vous repentir de la longue faction
que vous lui faites faire ici, tandis que vous êtes, qui
sait où, peut-être à roucouler quelque part avec un
rival.

Cette pensée, qui avait surgi tout à coup dans son esprit, exaspéra notre amoureux gentilhomme.

— Si je le savais, ajouta-t-il avec un mouvement de fureur jalouse qui lui fit porter la main sur la poignée de la dague qui était passée à son ceinturon, par le Flanc-Dieu ! j'irais, de ce pas, taillader de la belle façon le pourpoint de peau vivante du beau fils assez hardi pour se permettre de marcher sur mes brisées !

Il achevait à peine de prononcer les dernières paroles de son monologue, que la demie de neuf heures sonna à l'horloge d'Henry de Vic (1).

Au même instant, de nouveaux pas se firent entendre vers l'extrémité septentrionale du Pont-aux-Meuniers.

Pour cette fois, notre Vicomte, qui craignait d'être encore trompé dans ses espérances, ne bougea pas de sa place, et il se contenta de pencher la tête et de tendre l'oreille au bruit. C'est aussi ce que fit le vieux Juif Lombard, que la survenue de ce nouveau personnage n'intéressait pas moins que Messire Anténor, bien que pour des motifs complétement opposés. Tous les deux, ils eurent bientôt reconnu les pas d'une femme, pas tellement précipités qu'on eût

---

(1) C'était le nom qu'on donnait alors à l'horloge du Palais, qui fut la première que Paris ait possédée, et que Charles V fit construire en 1370. L'habile ouvrier qui l'exécuta se nommait Henry de Vic, et le roi lui assigna, sa vie durant, six sous parisis par jour et un logement particulier dans la Tour du Palais, où fut placée cette horloge, à la seule condition qu'il en prendrait soin. C'est la cloche de cette même horloge qui devait, deux siècles plus tard, donner le signal de la Saint-Barthélemy.

dit que la personne qui s'avançait vers eux courait plutôt qu'elle ne marchait. En même temps, le frou-frou d'une étoffe de soie leur arriva distinctement ; et quelques secondes s'étaient à peine écoulées, qu'une jeune fille, le corps enveloppé d'une longue pelisse de satin noir, et la tête cachée dans un coqueluchon de même étoffe, mais qui était doublé de satin rose, se précipita haletante et essoufflée dans les bras que notre galant Quartinier lui ouvrit en la reconnaissant.

C'était Nanine !

— Pardonnez-moi, Messire, dit-elle au Vicomte d'une voix confuse et suppliante, de vous avoir fait attendre pendant si longtemps ; mais, je vous assure qu'il n'y a nullement eu de ma faute.

— Ah ! la malheureuse enfant, soupira dans son coin le vieillard atterré par cette apparition ! Et elle lui demande pardon, encore ! Oh ! les femmes, les femmes !

— Enfin, vous voilà, ma charmante, dit le bouillant Anténor, sur le visage duquel l'arrivée subite de Nanine venait de dissiper tous les signes de la mauvaise humeur, comme les rayons du soleil levant mettent en fuite les folles nuées qui, le matin, flottent suspendues sur les hautes herbes d'une fraîche et riante prairie. Savez-vous bien, ajouta-t-il en prenant galamment les deux mains de la jeune fille et en les baisant tendrement sur l'extrémité la plus effilée de leurs jolis doigts, que je désespérais déjà de vous voir ce soir, chère mignonne !

— Ah ! Monsieur le Quartinier, dit Nanine en dégageant une de ses deux mains et en dénouant, par manière de contenance, les rubans roses de son coqueluchon, lequel, en retombant en arrière, découvrit sa jolie tête bouclée, ne me grondez pas, je vous en prie ; figurez-vous qu'il n'y a qu'un instant, seulement, que j'arrive du bourg de Gentilly, et que c'est à peine si j'ai eu le temps de rentrer au Logis pour y changer de vêtements.

— Et qu'alliez-vous faire dans ce mauplaisant pays de laboureurs et de porcherons, vous, la plus fine perle des Charniers ? demanda le Vicomte en glissant amoureusement un de ses bras autour de la taille de la jeune fille, et en l'attirant vers le parapet du Pont, à quatre pas à peine de la cachette où notre vieux Juif lombard se tenait immobile et silencieux, mais attentif à la conversation des deux amants.

— J'ai été chargée par quelqu'un, dit la jolie mercière-épinglière, qui était, par ce récit des démarches qu'elle avait faites, heureuse de pouvoir cacher le trouble et l'embarras qu'elle éprouvait en ce moment, j'ai été chargée d'aller à la recherche d'une vieille Laitière qui se tenait, avant ma mère, sur le banc de la Pierre-au-Lait, et qui s'était, m'avait-on dit, retirée dans un des bourgs voisins de la Porte-Saint-Marceau.

— C'est le ciel, à n'en pas douter, qui m'a conduit ici, se dit le vieux Juif avec une vive émotion, et cela afin que cette jeune fille, que je vais arracher aux dangers de la séduction, reçoive la récompense que mérite l'empressement qu'elle a mis à me servir.

— Et qui vous avait chargée de faire cette recherche, ma charmante ?

— Un bon et brave vieillard qui a certainement plus d'intérêt à savoir ce qu'est devenue cette vieille

femme qu'il n'a voulu le laisser paraître à mes yeux.
Aussi, vous voyez que je me suis empressée de faire
sa commission.

— Excellente fille, pensa Isaac Lévy, tu peux être
sûre que, dans ma reconnaissance, je n'oublierai
jamais ces bonnes paroles-là !

— Et qui est-il, ce vieillard, chère Nanine ?

— C'est un marchand qui arrive, à ce que nous
avons appris, ma mère et moi, par le Père l'Entonnoir,
du pays de Gondar, qui est une des grandes villes de
je ne sais quelle contrée du Midi, et qui est venu à
Paris pour y faire le commerce des patenôtres. Mais,
au fait, vous le connaissez aussi, Monsieur le Vicomte...

— Je le connais, moi ?

— Mais, sans doute, puisque c'est ce même vieillard qui était avec nous, hier au matin, quand vous
m'avez emportée sur vos bras à l'Hôtel de la Cour-
Pavée.

— Comment, chère Nanine, c'est ce vieil Orlot (1)
pour qui vous avez été aujourd'hui courir les champs ?
Il a, je dois vous l'avouer, un faux air de Juif qui ne
me revient pas du tout.

Ici, il se fit un petit mouvement du volet derrière
lequel Isaac Lévy se tenait caché ; mais nos deux
amants étaient trop occupés l'un de l'autre pour s'en
apercevoir.

— Oh ! je vous assure, Messire, répliqua notre joli
Bouton-d'Or, que loin d'être un homme avaricieux,
ce vieux marchand est au contraire tout plein de

(1) Avare, vilain.

générosité ; et la preuve, ajouta Nanine en écartant le haut de sa pelisse et en montrant le collier de corail qu'elle portait à son cou, c'est que c'est lui qui m'a donné ce gentil bijou-là, comme part de bénéfice sur les patenôtres en perles et en corail que je lui ferai vendre dans ma boutique des Charniers.

— Voyons donc un peu ce joli bijou, dit le Vicomte, qui, se penchant aussitôt comme s'il eût voulu examiner le collier de plus près, profita de l'occasion pour dérober un tendre baiser sur le cou brun de Nanine.

— Fi ! que c'est vilain, ce que vous faites là, Monsieur le Vicomte, dit la jeune fille en rougissant et avec une petite moue qui n'avait de la fâcherie que les apparences !

— Et avez-vous réussi dans votre commission, obligeante fille que vous êtes, dit Monsieur le Quartinier sans paraître avoir entendu le reproche qui lui était fait ?

— Complétement, dit Nanine, avec un sourire joyeux et plein de satisfaction.

— Soyez béni, mon Dieu ! dit tout bas le vieux Lombard, dont le cœur avait bondi de joie à ce mot de la jolie mercière-épinglière, et qui eut besoin de se retenir aux ferrures de son volet pour ne pas chanceler, tant son émotion était profonde.

— Et qu'avez-vous appris d'intéressant dans le bourg de Gentilly, ma charmante ? Contez-moi cela, je vous en prie ; cela m'intéressera fort, surtout venant d'une aussi jolie petite bouche que la vôtre.

Et l'amoureux Anténor, enhardi par la confiance que la jeune fille lui témoignait, lui prit un second baiser, mais cette fois sur cette même bouche mignonne dont il venait de parler.

— Voulez-vous bien finir, Monsieur le Vicomte, dit Nanine en donnant une petite tape sur la joue de l'entreprenant Officier ; vous ne voyez donc pas que vous m'empêchez de vous raconter ce que j'ai appris dans mon voyage à la Porte-Saint-Marceau ?

— C'est ma foi vrai, dit le triomphant Quartinier, qui s'était emparé de la petite main qui l'avait battu tout à l'heure et qui, l'ayant portée à ses lèvres, se mit à baiser, puis à mordre bien doucement le tout petit bout des doigts roses de cette main fraîche, ferme et parfumée.

— Eh bien ! voilà-t-il pas qu'il me mord maintenant, dit la jeune fille, qui jeta un ravissant petit cri de frayeur, mais qui se garda bien toutefois de retirer son bras, heureuse, comme toute femme n'eût pas manqué de l'être à sa place, de ces témoignages quelque peu hardis, mais si sincèrement expressifs, de la passion qu'elle inspirait au Vicomte.

— Continuez donc votre histoire, ma charmante, dit celui-ci qui, de son bras qui était passé autour de la taille de Nanine, attirait son joli Bouton-d'Or tout contre lui.

Ici, le vieux Juif, au risque de trahir sa présence, avança quelque peu la tête en dehors du volet. Son émotion, accrue par son impatience, était telle, en effet, qu'il craignait que le bruit fait par les artères de ses tempes, ne l'empêchât d'entendre assez distinctement ce que la jeune fille allait dire.

— D'abord, reprit la gentille mercière, en appuyant avec la grâce d'une femme qui se sait aimée ou d'un enfant qui est gâté, sa jolie tête bouclée contre l'épaule du Vicomte, j'ai appris de la bouche des bonnes gens de la Porte-Saint-Marceau, que l'ancienne laitière de la Pierre-au-Lait, Jacqueline la Camuse, n'habitait plus le pays, et qu'elle s'était, il y a deux ans environ, retirée dans la Basse-Provence, auprès d'un sien fils, qui tenait l'emploi de corratier (1) de sel, dans une petite ville de cette province.

— Et vous a-t-on dit le nom de cette petite ville?

— On ne le savait pas, ou plutôt on l'avait oublié; et j'ai vu l'instant où j'allais être forcée de reprendre le chemin de la ville, sans rien savoir de plus, quand un vieux teinturier de la rue du Fer-à-Moulin me donna le conseil de m'adresser à Maître Trèsfort, notaire-tabellion établi à la résidence de Gentilly, lequel avait grossoyé autrefois les affaires de la succession du compère Camus, le défunt mari de Jacqueline.

— De sorte, ma charmante, que de la Porte-Saint-Marceau vous avez été obligée de vous en aller trottant menu jusqu'à Gentilly?

— Oui, Messire, et où il m'a fallu, pendant quatre longues heures, attendre le retour de Maître Trèsfort, lequel avait été à Villejuif recevoir les dernières volontés d'un mourant, et qui ne rentra à son Logis que bien longtemps après l'Angélus de six heures.

— Et que vous a dit ce bonhomme de notaire?

(1) Courtier.

— J'ai trouvé en lui le plus aimable et le plus ser-
viable des hommes ; il m'a donné, au sujet de Jacqueline la Camuse, tous les détails qui pouvaient
m'aider à la faire retrouver, et il a poussé l'obli-
geance jusqu'à me les consigner par écrit, de peur
que ma mémoire ne les conservât pas fidèlement.
Aussi, demain, vais-je avoir le plaisir de remettre ce
parchemin à mon bon vieux Marchand de patenôtres,
qui va en sauter de joie, j'en suis certaine.

— Et quel si vif intérêt a-t-il donc à retrouver cette
vieille Laitière ?

— Il m'a parlé d'un dépôt qu'il lui avait confié
autrefois ; je ne sais si je me trompe, mais il me
semble qu'il doit être plutôt question pour lui de retrouver quelqu'un que quelque chose. Peut-être
s'agit-il d'une femme qu'il a aimée autrefois ? En
tout cas, j'ai deviné dans ses regards, dans son air,
dans sa parole, qu'il s'y intéressait vivement, et j'étais
si fort désireuse d'obliger ce pauvre homme que je
n'en ai pas mangé de toute la journée.

Qui aurait vu en ce moment le sourire d'ineffable
bonheur et de reconnaissance attendrie qui passa
sur les lèvres d'Isaac Lévy, aurait compris à quel
point le cœur du vieillard était touché de cette nouvelle preuve d'intérêt que lui donnait Nanine.

— Comment donc, chère mignonne, se hâta de
dire le Vicomte enchanté de ce qu'il entendait, vous
auriez soupé par cœur ; mais, à l'heure qu'il est, vous
devez mourir de faim, surtout après avoir trotté dru
et menu pendant une partie du jour.

— Je n'en mangerai que mieux, tout à l'heure, en
rentrant au Logis, dit Nanine.

— Comme cela se trouve pourtant, reprit Monsieur le Quartinier, et moi, le croiriez-vous, chère enfant, qui n'ai pas encore soupé non plus!

— Vous n'avez pas encore soupé, Messire, et pourquoi donc cela?

— Eh! que sais-je, moi! le trop vif désir de vous revoir, l'impatience de vous redire, ainsi que je le fais en ce moment, à quel point je vous aime, la crainte surtout de vous voir manquer à votre parole, en fallait-il donc davantage pour m'ôter l'appétit?

Nanine, heureuse de ce qu'elle entendait, serra la main du Vicomte dans les siennes, mais sans ajouter une parole.

— Tenez, charmante, se hâta de reprendre l'amoureux Anténor, savez-vous pas ce qu'il nous faudrait faire?

— Quoi donc, Messire?

— Il faut aller souper tous les deux au Cabaret du Moulin-de-Cliquat.

— Ah! Monsieur le Vicomte, dit Nanine en rougissant, que me proposez vous là?

— Un souper bien indigne de vous, ma toute belle, je le sais; et pourtant, je puis vous assurer que le Compère Blanchin, le queux de ce joli Cabaret, offre à ses hôtes certaine friture de goujons, aussi blonds et aussi dorés que vos jolis cheveux bouclés, et certaines écrevisses vermeillettes comme vos petites lèvres si appétissantes. Voulez-vous pas que nous allions nous en assurer, ma chérie?

Avant que la jeune fille, que les derniers combats livrés par la pudeur à son amour, rendaient encore hésitante, eût répondu à cette question, Isaac Lévy s'élança tout à coup de sa cachette, en s'écriant :

— N'y allez pas, n'y allez pas, mon enfant, ou vous êtes perdue !

— Dieu ! que ce vilain homme m'a fait peur ! dit la jeune fille avec un brusque mouvement d'effroi.

Et aussitôt, par suite, sans doute, des violentes émotions par lesquelles elle était passée, et de l'état de faiblesse où l'inanition l'avait mise, Nanine tomba évanouie dans les bras du Vicomte.

Cette fois, sa pamoison n'était nullement simulée.

— A moi, Messieurs du Guet, cria d'une voix de Stentor, et à différentes reprises, Monsieur le Quartinier, qui, d'abord effrayé lui-même, crut être tombé dans un guet-apens, comme cela n'arrivait que trop souvent aux gens qui s'attardaient dans les rues du vieux Paris.

Le hasard voulut qu'en ce moment un bruit de pas se fît entendre vers l'extrémité du Pont qui touchait au quai des Morfondus. Le vieux Juif Lombard, qui avait tout à craindre d'être arrêté par les sergents du Guet, fut donc contraint d'abandonner la pauvre épinglière aux mains du Vicomte, et il se hâta de fuir par le côté opposé.

Messire Anténor, resté, sans coup férir, maître du champ de bataille, saisit alors entre ses bras, comme il l'avait fait la veille, la jolie fille évanouie, et il se dirigea à grands pas vers le Cabaret du Moulin-de-Cliquat. Arrivé à l'extrémité du Pont-aux-Meuniers, il s'engagea sur le petit pont volant dont nous avons parlé, mais, tandis qu'il le parcourait, son pied étant venu à heurter l'un des montants de la barre d'appui, la tête de Nanine glissa brusquement de dessus l'é-

paule de l'Officier et son joli coqueluchon fut précipité dans la rivière.

— Encore une cornette jetée par dessus les moulins,
dit stoïquement le Vicomte, qui paraissait être on ne
peut plus familiarisé avec ces sortes d'événements !

Quand il fut arrivé devant la porte du Cabaret, il
appela à haute voix le Compère Blanchin, qui se hâta
d'accourir tenant une torche de cire allumée à la
main.

— Vite, la chambre à Sainte-Agnès la Quenouillière, lui dit-il, et un cornet de vinaigre rosat pour
rendre les sens à cette belle enfant qui vient de tomber en pamoison.

Le Compère Blanchin, qui ne s'étonnait jamais de
rien, rentra dans sa cuisine, y prit le cornet demandé, et, la torche à la main, précéda le Vicomte sur
l'escalier. Mais il s'aperçut, en ce moment, que Monsieur son fils passait sournoisement son petit museau
pointu par la porte entrebâillée de la cuisine.

— Robin, lui cria-t-il d'une voix pleine de colère,
qu'est-ce vous faites là, polisson ?

— Papa, c'est que je voulais voir...

— Est-ce que je ne vous ai pas défendu de jamais
regarder les personnes qui entrent ici ? Allez-vous-en
de suite retirer la coquelle du feu, et mettez la meurette dans le canneton.

— Ça m'est bien égal à présent, murmura le jeune
renardeau, en faisant, à l'adresse de Monsieur son
père, un geste de souveraine moquerie, qui était déjà
familier aux gamins du vieux Paris et qui a traversé
les siècles pour arriver jusqu'à nous, j'ai vu la belle
fille, moi, elle est jolie tout plein ! Et le petit drôle

alla, en trois enjambées, verser la meurette dans le canneton.

Monsieur le Quartinier et son guide étant arrivés dans la chambre « à » Sainte-Agnès la Quenouillière, Vicomte, qui paraissait être on ne peut plus au fait de la localité, alla droit vers un grand lit placé dans un des angles de la petite salle, et y déposa avec précaution Nanine, qui n'était point encore revenue de son évanouissement. Puis, prenant des mains du Cabaretier le cornet de vinaigre rosat, il dit au Compère Blanchin :

— Vous pouvez descendre maintenant, et, lorsque je vous appellerai, mais seulement alors, vous m'entendez, vous monterez nous servir le souper.

— Oui, Monseigneur, répondit le bonhomme, qui fit une très profonde révérence au Vicomte avant de s'éloigner.

.   .   .   .

Environ vers la demie après minuit, un homme embusqué dans la Grand'rue, contre un des piliers du chevet de l'église des Saints-Innocents, vit tout à coup deux personnes s'arrêter devant la petite porte de derrière de l'un des Charniers.

— Au revoir, ma charmante, dit l'une d'elles en pressant l'autre dans ses bras et en lui donnant un fort tendre baiser. Demain soir à onze heures précises, ajouta-t-elle, je viendrai frapper à cette petite porte, et vous m'ouvrirez, n'est-ce pas?

— Vous voulez donc me perdre tout à fait, Monsieur le Vicomte? mais songez donc que si l'on venait à savoir...

— Si vous m'aimez, Nanine, vous m'ouvrirez, je ne vous dis que cela.

— Après ce que j'ai fait pour lui ce soir, il demande si je l'aime! dit tristement la jeune fille.

— Eh bien! oui, tu m'ouvriras, ma mignonne; d'ailleurs, je le veux, entends-tu, et je l'ordonne, dit Messire Anténor sur le ton du commandement.

— Je vous ouvrirai donc, mon beau Gentilhomme, répondit Nanine en se jetant vivement dans les bras de son amant. Mais, avant de me quitter, jurez-moi encore que vous m'aimerez toujours et que vous n'aimerez jamais la Damoiselle de Champ-Rosé.

— Je le jure, dit le Vicomte d'une voix quelque peu enrouée.

— A demain soir! mon beau Seigneur, dit la jeune fille.

— A demain et au revoir, mon joli Bouton-d'Or.

Et les deux amants se séparèrent.

L'homme embusqué contre le pilier de l'église, sortit alors de sa cachette. Le lecteur a deviné que c'était Isaac Lévy, et il comprendra, sans qu'il soit besoin de le lui dire, pour quel motif le vieux Juif Lombard avait épié la rentrée de Nanine à son Logis des Charniers.

Le vieillard s'éloigna d'un air triste, et on aurait pu l'entendre, si la rue n'eût pas été entièrement déserte à cette heure-là, murmurer ces mots sur le ton de l'amertume et de la pitié :

— Malheureuse enfant! pauvre fille! voilà donc comme iront éternellement les choses de l'amour! Un homme amoureux demande, un homme heureux commande.

Il ajouta bientôt après et en levant ses yeux et ses mains vers le ciel :

— Dieu d'Israël, ne permettez pas, je vous en prie, que ma Siona, que la fille de Thamar me soit rendue ainsi victime de la séduction ; son vieux Père, Seigneur, préfère la savoir morte, que de la retrouver déshonorée !

Et Isaac Lévy s'empressa de regagner son gîte, dans le Logis du Compère Hugonnet Charnailles, tout au fond du Cul-de-sac du Chat-Blanc.

VI

LE PARLOIR

A MESSIEURS DE L'ŒUVRE

VI

LE PARLOIR A MESSIEURS DE L'ŒUVRE

La semaine de la Passion et la semaine Sainte, que l'on appelait encore, à cette époque, la *Grande Semaine*, se passèrent, l'une et l'autre, sans aucun événement remarquable.

Enfin, le dimanche de Pâques arriva.

Ce jour d'allégresse et de jubilation était alors célébré dans tout le monde chrétien à un double titre : celui de fête religieuse et celui de solennité civile.

Comme fête religieuse, il était consacré à rappeler la glorieuse résurrection du Christ; comme solen-

nité civile, à marquer le début d'une nouvelle année (1).

Or, il arriva que, dans la matinée de ce premier
jour de l'an de grâce 1414 (suivant la manière de
compter de nos aïeux), Sa Majesté Charles VI, qui
était, depuis quelque temps, revenu à la raison, s'en
alla processionnellement, avec toute sa Cour et tout
le Clergé de Paris, prendre l'Oriflamme ou Gonfalon
royal, qui était déposé sur le maître-autel de la Ba-
silique de Saint-Denis, et remit le noble étendard aux
mains « de très haut et très puissant seigneur Guillaume Martel, sire de Bacqueville, » le nouveau ti-
tulaire de cette éminente charge.

Cette solennité, d'un grand effet moral sur l'esprit
des masses, indiquait, comme on le sait, le com-
mencement d'une nouvelle guerre. L'armée royale,
en effet, allait, à quelques jours de là, entrer en
campagne contre les troupes de Jean sans Peur, duc
de Bourgogne, afin d'enlever à ce prince rebelle les
villes de Compiègne et de Soissons, dont il s'était
emparé, ainsi que nous l'avons déjà dit, et dans lesquelles il avait mis de très fortes garnisons.

---

(1) Cet usage, alors existant, de faire partir la nouvelle année du
jour de Pâques, a subsisté jusqu'en 1582, époque à laquelle le Pape
Grégoire XIII réforma le calendrier de l'ère Julienne, et fit débuter
l'année au 1er janvier. — Avant cette réforme, comme Pâques, qui
est une fête mobile et qui peut tomber depuis le 22 mars jusqu'au
25 avril, réglait l'année, les actes qui se rédigeaient entre ces deux
dates devaient mentionner, à peine de nullité, si le jour où ils
étaient faits était *avant* ou *après* Pâques. Sans cette précaution, on
aurait pris une année pour l'autre. D'après cette manière de compter, le jour de la Consécration de l'Église Saint-Jacques était donc
le 24 mars 1413, avant Pâques.

Cette imposante cérémonie, dont il n'entre point dans notre plan de donner la description, avait été suivie d'une messe solennelle célébrée dans l'Eglise métropolitaine par Monseigneur Gérard de Montaigu, qui avait officié pontificalement, avec l'assistance de ses deux Archidiacres et de ses treize Prêtres-Cardinaux, à la tête desquels était leur Doyen, dom Pierre Candrin, le révérendissime curé de l'Eglise Saint-Jacques-de-la-Boucherie.

Or, il était depuis longtemps passé en usage, dans l'Eglise de Paris, qu'à toutes les fêtes ou solennités dans lesquelles Monseigneur l'Evêque se faisait assister de ses Prêtres-Cardinaux, ceux-ci étaient traités, ce jour-là, dans le palais épiscopal, aux dépens du Prélat.

Fidèle aux traditions que lui avaient léguées ses prédécesseurs, Monseigneur Gérard de Montaigu, dont le lecteur connaît les goûts fastueux et les tendances gastronomiques, n'avait pas manqué de se mettre en frais pour célébrer dignement un aussi beau jour, qui se trouvait réunir, coïncidence peut-être unique dans les annales de la Monarchie française, la triple solennité de la fête de Pâques, du premier jour de l'An, et de la prise de l'Oriflamme sur le maître-autel de l'abbaye de Saint-Denis.

Bien que, depuis la cérémonie de la Consécration de l'Eglise Saint-Jacques, la santé de dom Pierre se fût sensiblement altérée, Monsieur l'Archiprêtre, en sa qualité de Doyen des Prêtres-Cardinaux (*primus inter Presbyteros-Cardinales*, dit le Pouillé du diocèse de Paris), ne put décliner l'honneur de venir, ce jour-là, en tête de ses douze collègues, s'asseoir à la table de notre Prélat. Il en résulta que, pendant toute cette belle journée du dimanche de Pâques, dom Pierre demeura éloigné de l'Hôtel Curial, à la grande satisfaction, nous devons le dire, de deux de nos personnages, dont nous aimons à penser que nos lecteurs n'ont pas tout à fait perdu le souvenir; nous voulons parler de notre belle quêteuse, Mademoiselle Sabine de Champ–Rosé, et de notre jeune Lévite Gonfalonier, Messire Orfano.

Ce même jour donc, à l'issue des Vêpres et au sortir du Salut solennel, pendant lequel le joyeux chant de l'*O Filii et Filiæ!* avait fait éclater, sous les arceaux gothiques de l'Eglise Saint-Jacques, ses triomphants *Alleluia*, nous allons retrouver nos deux amants en tête–à–tête, non plus, cette fois, sous le berceau de pervenches de la Terrasse-aux-Chapelles, mais dans une grande et haute salle, située au premier étage du Presbytère, et qui portait le nom de *Parloir à Messieurs de l'Œuvre*, par la raison que c'était là que se tenaient les séances hebdomadaires du Conseil de Fabrique.

C'était une vaste pièce carrée, ayant des tapisseries de haute lisse pour tentures, et qui était éclairée par deux grandes fenêtres, avec croisées de pierre et vitres blanches, ayant vue sur le jardin de l'Hôtel Curial. A travers ces fenêtres, on apercevait les cimes d'un pêcher et d'un amandier, alors couverts de leurs fleurs blanches et roses, et, dans un des angles supérieurs de la croisée de droite, deux hirondelles babillardes, arrivées depuis peu, gazouillaient sur le bord de leur nid qu'elles avaient retrouvé intact à leur retour des pays méridionaux.

L'ameublement de cette salle consistait dans une longue table en bois de chêne, portée sur tréteaux et recouverte d'un drap vert déjà fortement usé, dans deux grands bancs à dossier placés aux deux côtés de cette table, et dans un fort beau siége à dais, en bois sculpté, qui en occupait le haut bout, c'est-à-dire l'extrémité correspondante à l'entre-deux des fenêtres.

Une lampe de cuivre à trois becs, accrochée à la maîtresse-poutre par une chaîne de fer, pendait juste au milieu de la table, et, sur le mur en face de la cheminée, dans laquelle brillait un feu bien nourri, était attaché à la tapisserie un Christ d'albâtre porté sur croix d'ébène.

Enfin, pour compléter cette description du Parloir à Messieurs de l'Œuvre, nous devons ajouter, comme détail topographique indispensable à connaître, qu'indépendamment de la porte d'entrée de cette salle, qui était à l'opposite des fenêtres et qui communiquait avec le grand degré de l'Hôtel, il existait encore une petite issue ménagée dans l'angle voisin de la fenêtre de droite, au moyen de laquelle on pouvait descendre dans le jardin par un petit escalier tournant, pratiqué dans l'épaisseur de la muraille. Mais le lecteur saura que la clef de cette petite porte, ainsi que celle de la porte bâtarde qui, dans le fond du jardin, s'ouvrait sur la rue de la Savonnerie, étaient depuis longtemps, l'une et l'autre, entre les mains de Monsieur l'Archiprêtre, lequel, pour de bonnes raisons sans doute, s'en était réservé l'usage tout à fait exclusif.

Bien que la salle dont nous parlons fût officielle-

ment destinée aux séances du Conseil de Fabrique,
qui s'y tenaient le jeudi soir de chaque semaine, elle
servait, le reste du temps, de « Chambre d'estude » à
la nièce de Dom Pierre. Mlle de Champ-Rosé s'y
rendait particulièrement dans l'après-dînée, pendant
les jours de pluie ou durant les grandes chaleurs de
l'été. C'était là qu'elle exerçait sa belle voix de contralto dont Monsieur le Doyen était si fier et qu'il se
plaisait très fort à entendre. La jeune fille s'accompagnait tantôt sur le psaltérion et tantôt sur la harpe
portative, deux instruments dont nous avons parlé
ailleurs, et dont nous devons dire qu'elle jouait avec
autant d'habileté que de sentiment.

D'autres fois, Sabine s'y adonnait à quelque riche
travail à l'aiguille, tel, par exemple, que celui de ces
précieuses tapisseries, chefs-d'œuvre de patience et
de goût, que les belles châtelaines du Moyen âge
nous ont léguées.

Enfin, elle y consacrait invariablement une heure
chaque jour à la lecture des livres qui étaient alors
à la mode, et parmi lesquels nous citerons le *Ména-
gier de Paris*, traité de morale et d'éducation domestique, composé vers l'année 1373, par un bourgeois
parisien ; ainsi que le *Livre du Chevalier de La Tour
Landry*, livre écrit, vers le même temps, par le Chevalier lui-même, « pour l'enseignement de ses filles ; »
lesquels deux ouvrages sont arrivés jusqu'à nous, et
constituent des documents on ne peut plus précieux
pour l'histoire des mœurs de cette époque.

Mais, nous devons dire, toutefois, que le livre favori de la charmante Sabine était le *Roman en vers
de très excellent, puissant et noble homme Girart de*

Rossillon, jadis duc de Bourgoigne, poëme très recherché dans ce temps-là, et dans lequel sont naïvement racontées les infortunes du Duc Girart et de Dame Berthe, sa femme, celui-là le type le plus remarquable des vigoureux champions de la féodalité, celle-ci le modèle le plus parfait et le plus touchant des épouses chrétiennes (1).

Il suffisait, au reste, d'un premier coup d'œil jeté en entrant dans cette vaste salle, pour deviner qu'elle était hantée par une femme à la fois jeune, industrieuse et passionnée pour le culte des lettres et des beaux-arts. En effet, devant la fenêtre de gauche et sur un pupitre tournant, en bois d'ébène, étaient placés plusieurs cahiers de musique; vers le haut bout de la table du Conseil, un psaltérion, également en ébène, et à seize cordes de métal, reposait à côté de plusieurs beaux livres écrits sur vélin, richement reliés et dont les tranches étaient peintes ou dorées; plus loin, sur cette même table encore, un grand pan de tapisserie, en cours d'exécution, sortait d'une élégante corbeille en vannerie d'osier peint, dans laquelle

---

(1) Un de nos philologues les plus distingués, M. Mignard, de Dijon, qui a su rester l'homme d'un esprit charmant tout en devenant savant comme un bénédictin, dont il apporte la patience éclairée dans tous ses travaux historiques, a publié en 1858, à la librairie J. Techner, une fort belle édition de ce curieux livre. Indépendamment de notes philologiques et de dessins chromolithographiques, qui ajoutent à la valeur de l'ouvrage, M. Mignard a fait suivre ce curieux poëme d'une *Histoire des premiers temps féodaux*, travail remarquable, qui révèle chez son auteur un esprit nourri par de fortes lectures, et servi par une puissance d'analyse critique qui ne se rencontre guère que chez les historiens d'un mérite réel.

était une véritable montagne de soies en écheveaux
de toutes les couleurs et de toutes les nuances; et
enfin, dans l'entre-deux des fenêtres, était accrochée
une harpe d'une forme légère et élégante, dont la
barre du haut se terminait en col de cygne, lequel
col était destiné à fixer sur l'épaule gauche de l'exé-
cutant ce charmant instrument, qui justifiait ainsi le
nom de *harpe portative* qui lui avait été donné.

A l'heure où nous introduisons nos lecteurs dans
le *Parloir à Messieurs de l'Œuvre*, c'est-à-dire vers les
cinq heures de l'après-midi, Mlle de Champ-Rosé, vê-
tue d'une cotte-hardie de moire d'Angleterre, écar-
telée noire et rose, avec son blason brodé au point
d'armes, en soie rose sur les deux quartiers noirs, et
en soie noire sur les deux quartiers roses, était assise
sur le siège à dais dont nous avons parlé plus haut,
mais qui, au lieu d'être tourné vers la table du Conseil, faisait face aux fenêtres de l'appartement. La
jeune fille tenait à la main une petite croix d'or en
reliquaire, ciselée et émaillée, délicieux bijou de
cou, alors dans toute sa nouveauté; et, à la rougeur
qui colorait le front et les joues de Sabine, ainsi
qu'aux mouvements précipités de son sein qui semblait prêt à faire éclater la cuirasse de moire dans
laquelle il était emprisonné, il était facile de deviner
que ce petit chef-d'œuvre d'orfévrerie était un gage
d'amour que la jeune fille venait de recevoir à l'instant même des mains de son fiancé.

Celui-ci était à genoux devant elle, sur le bord
d'un épais carreau de damas, au milieu duquel reposaient, en s'y enfonçant légèrement, les deux petits pieds de Sabine, chaussés de « poulaines de

chambre, » c'est-à-dire dont la pointe n'avait que
deux pouces, tout au plus, de longueur. Orfano dé-
vorait silencieusement des yeux cette belle jeune fille
qu'il aimait de toutes les forces de son âme. Son regard, à la fois profond et caressant, semblait prendre
le plus ineffable plaisir à contempler cette suave et .
pure tête de Vierge, dont les contours délicats et les
traits si fins s'encadraient avec tant de grâce dans
cette splendide chevelure noire, qui, divisée en quatre parties égales, comme elle l'était déjà le jour de
la Consécration de l'Église, formait deux coques brunes et fermes en avant des tempes, tandis qu'elle se
précipitait en arrière, sur les épaules de la jeune fille,
en deux longues et plantureuses nattes, dont, quelque
soixante ans plus tard, Béatrix d'Est (1) elle-même,
la Vénus aux beaux cheveux du quinzième siècle, se
fût certainement montrée jalouse.

Dans l'espace des quinze jours qui s'étaient écou-
lés depuis cette mémorable soirée, pendant laquelle
nos deux amants s'étaient fait l'aveu mutuel de leur
amour, tous les traits de Sabine avaient puisé dans
les chastes félicités d'une tendresse partagée, ce
rayonnement et cet épanouissement de la beauté vir-
ginale, qui sont pour la femme, cette fleur souriante
de la création, ce qu'est au camélia sa blancheur nacrée, à la rose son tendre incarnat, à la pêche son fin
duvet.

Le visage d'Orfano, au contraire, trahissait par la

(1) Le portrait de cette délicieuse jeune femme se trouve dans le
Recueil de Gaignières, au volume de Charles VI.

pâleur maladive de son teint, par l'amaigrissement
de ses traits et par le cercle légèrement bistré de ses
yeux, une souffrance intérieure, à la fois physique et
morale, dont le lecteur n'aura pas de peine à deviner
la cause, mais dont la jeune fille, qui ne pouvait, quant
à elle, en soupçonner le véritable motif, s'était alarmée
tout d'abord.

Pour rassurer sa bien-aimée, notre beau Gonfalonier s'était empressé de mettre l'altération passagère
de sa santé sur le compte des nuits sans sommeil
qu'il avait été contraint de passer depuis une quinzaine de jours environ, pour pouvoir terminer, avant
la fin de l'année, la copie du livre de Messire Jean
Gerson, cette même *Imitation de Jésus-Christ*, dont
on se souvient que nous avons parlé au chapitre de
l'Orphelin de Saint-Jacques.

Le chancelier de l'Université de Paris avait, en effet, pressé son jeune calligraphe dans ce travail, qu'il
désirait voir achevé pour le saint jour de Pâques; et,
pour reconnaître l'empressement qu'Orfano avait mis
à satisfaire ce désir, le vénérable docteur l'avait contraint d'accepter quatre écus d'or à la couronne (1),
somme très forte pour le temps, et que notre jeune
Lévite avait, en grande partie, dépensée la veille, dans
la Boutique de Maître Jean de Clichy, un des premiers orfévres du Pont-aux-Changeurs, pour l'achat
de la petite croix en reliquaire dont il venait de faire
présent à Mlle de Champ-Rosé.

(1) Ces quatre écus d'or équivalaient à 72 sols parisis, ce qui, au
pouvoir actuel de l'argent, fait une somme de 148 fr. 49 c.

Décrire les sensations diverses que l'offre de ce joli
bijou fit éprouver à la jeune fille serait chose difficile
à nous. Il y avait, dans l'émotion extrême qui s'empara de Sabine lorsque Monsieur le Gonfalonier, mettant un genou en terre, la pria de vouloir bien accepter
le souvenir qu'il lui présentait, il y avait tout à la fois
de la surprise et du bonheur, en même temps qu'il y
avait de la fierté blessée, si ce n'est même le sentiment d'une juste honte. Mais, quand la pauvre enfant
eut appris que ce présent, qu'elle avait d'abord trouvé
beaucoup trop riche, eu égard au modeste pécule
de celui qui l'offrait, était le fruit du travail de son
bien-aimé, et qu'elle eut deviné que ça n'avait été
que pour pouvoir lui faire un don véritablement
digne d'elle, qu'Orfano n'avait pas hésité à soutenir
les veilles prolongées qui avaient si fort altéré sa
santé, sa noble fierté se changea aussitôt en attendrissement, et ce fut avec des larmes dans les yeux qu'elle
dit à son fiancé, que nous savons être agenouillé devant elle :

— Oh ! oui, mon ami, oui, je l'accepte de grand
cœur, ce gentil bijou que vous m'offrez ; mais, sachez bien que sa plus grande valeur à mes yeux lui
viendra toujours de la peine et non de la somme
qu'il vous a coûtée.

— Ainsi, ô ma chère Sabine, vous voulez bien accepter ce premier gage d'amour ! dit Orfano, dans les
yeux duquel rayonnait un plaisir infini ; et vous me
promettez, n'est-ce pas, de le garder fidèlement ?...

— Jusqu'à la mort, dit vivement Sabine ; je vous
le promets, je vous le jure, ô mon bien-aimé !

Et la jeune fille, en parlant ainsi, s'empressa de

porter le joli reliquaire à ses lèvres et de le baiser
avec un sentiment de chaste passion, dont son charmant visage parut comme illuminé tout à coup.

Puis, poussée par cet instinct de coquette curiosité qui est inné chez la femme, pour tout ce qui est
objet de toilette ou de parure, elle se prit à examiner le précieux bijou dans tous les sens, en dedans
comme en dehors, et elle loua très fort le bon goût qui
avait déterminé son amant dans le choix qu'il en
avait fait. Puis, elle passa le joli reliquaire à son cou,
et, pendant quelques minutes, elle le laissa pendre
en liberté sur le devant de son corsage. Mais, bientôt,
du bout de son doigt mignon, écartant l'échancrure
de sa cotte de moire, elle le fit, avec une légère rougeur, glisser sous la fine batiste de sa gorgerette.

— Soyons prudents, dit-elle à Orfano, que ce
charmant manége de la jeune fille ravissait de plaisir ; le temps n'est pas encore venu de laisser voir
ce gentil gage d'amour à des regards indiscrets.

— Et vous, ma bien-aimée, se hasarda de dire fort
timidement notre amoureux Gonfalonier, ne me don-
nerez-vous pas, aussi, certain gage de votre tendresse
que vous m'avez promis jadis, sur la Terrasse aux
Chapelles ?

— Orfano, mon ami, dit vivement Sabine en rede-
venant tout à coup grave et réservée, je ne feindrai
pas de ne point vous comprendre. Je vous ai permis
d'espérer, je le reconnais, que pour prix de votre
docilité à mes désirs, pendant les deux semaines qui
viennent de s'écouler, je vous accorderais un baiser
le propre jour de Pâques. Or, vous avez été docile et
ce jour est arrivé. Mais, au nom même de notre mu-

tuelle tendresse, n'exigez pas de moi, je vous en prie, que je tienne la promesse que je vous ai faite. Il m'en coûte beaucoup de vous refuser, mais, sachez-le bien, c'est uniquement pour rester plus digne d'être votre épouse, que Sabine veut se garder chaste et pure, jusqu'au jour où vous la conduirez à l'autel.

— Dieu vous a donné l'âme d'un de ses anges, dit, en soupirant malgré lui, notre jeune et vertueux Lévite, qui, bien que déçu dans ses espérances, avait lui-même une trop belle âme pour ne pas préférer ces chastes scrupules de la jeune fille, même à la plus tendre caresse qu'elle eût consenti à lui donner.

— Mais, se hâta de reprendre en souriant Mlle de Champ-Rosé, je vous ai, moi aussi, Monsieur le Gonfalonier, ménagé une suprise pour aujourd'hui, et, ajouta-t-elle avec une grâce toute caressante, une surprise à laquelle j'espère bien que votre amour-propre de poëte ne sera pas insensible.

— Et quelle est cette surprise? demanda Orfano.

— Mon ami, dit Sabine avec sentiment, vous souvient-il que, parmi plusieurs romances que vous avez composées, il y a quelques mois, il s'en trouvait une que son titre de *Gentille Abbesse,* qui me plut tout d'abord, me donna aussitôt l'idée de mettre en musique, et dont, sur ma demande, vous avez bien voulu me laisser une copie?

— Je m'en souviens parfaitement, dit Monsieur le Gonfalonier.

— Vous ne vous doutiez guère alors, ô mon cher Orfano! que le cœur de la pauvre Sabine était, comme celui de votre Gentille Abbesse, c'est-à-dire tout rempli d'un amour qui n'était pas entièrement celui du Créateur, et qui ne s'adressait que trop vivement, hélas ! à la créature.... à vous, mon bien-aimé, dont l'image chérie était sans cesse présente à ma pensée, pour être mon tourment dans le passé, comme j'espère, n'est-il pas vrai, ajouta-t-elle avec conviction, qu'elle sera mon bonheur dans l'avenir.

— O ma douce, ma tendre et précieuse amie, que vous êtes bonne de me parler ainsi, dit Orfano !

— Eh bien ! pour revenir à ma surprise, sachez donc que, durant les heures de la nuit qui suivit notre délicieuse soirée de la Terrasse aux Chapelles, la voix d'un esprit céleste, que je n'ai pas cessé d'entendre jusqu'à l'aube du matin, a chanté à mon oreille les paroles de votre romance, paroles si bien en harmonie avec mes propres sentiments, et, qu'à mon réveil, j'ai pu noter, sans le moindre effort de mémoire, cette divine musique que j'avais entendue.

Et Mlle de Champ-Rosé, se levant vivement, alla prendre sur son pupitre d'ébène, une feuille de musique qu'elle présenta à Monsieur le Gonfalonier.

Celui-ci, après quelques instants employés à déchiffrer l'air de sa romance, dit à la jeune fille :

— Et ne devinez-vous pas, chère Sabine, quel est l'esprit céleste qui a ainsi bercé votre insomnie par cette adorable musique ?

— Oh ! si, si, dit la jeune fille avec entraînement, je devine que c'est l'amour, ce chaste, ce pur amour que vous m'avez inspiré, ô mon bien-aimé ! amour qui est descendu du ciel dans mon cœur, et qui doit y parler le sublime langage du pays d'où il vient.

Elle ajouta, après avoir fait une pose d'un instant :

— Ne désirez-vous donc pas entendre la musique

que l'esprit céleste a daigné composer sur vos jolis
vers, ô mon poëte bien-aimé !

— Ah ! de tout mon cœur, dit Orfano, qui, se relevant aussitôt, alla prendre, sur la table du Conseil,
le psaltérion de Sabine, qu'il vint lui présenter ;
après quoi, il approcha du siége, où la jeune fille
venait de se rasseoir, le pupitre d'ébène, sur lequel
il posa la feuille de musique qu'il tenait à la main ;
et, ces dispositions étant faites, il s'agenouilla de
nouveau, mais cette fois sur un autre carreau, qui
était placé un peu en arrière et à la gauche du fau-
teuil de Mlle de Champ-Rosé, et de façon à ce qu'il
lui fût possible de suivre la musique par-dessus
l'épaule de sa bien-aimée.

Après quelques brillants accords qu'elle tira de
l'instrument en guise de prélude, la nièce de dom
Pierre se mit à chanter, mais d'une voix très sensiblement émue :

—
>   Chaque matin, dans son miroir,
>   L'Abbesse, en faisant sa toilette,
>   Aime à voir sa taille bien faite,
>   Et son bras blanc et son œil noir.
>   Mais, tout bas, je dois vous le dire,
>   Bien souvent,
>   Trop souvent,
>   Gentille Abbesse du couvent,
>   En mettant son voile, soupire.
>   Hélas ! hélas ! je doute un peu
>   Que ce soit pour l'amour de Dieu !

— Oh ! la délicieuse musique que voilà ! dit Monsieur le Gonfalonier, dont les regards quittant tout

à coup le pupitre d'ébène, se fixèrent sur les deux belles nattes de Sabine, qu'un gracieux petit mouvement de tête de la chanteuse faisait onduler presqu'au niveau des lèvres du jeune homme. Mais, ajouta-t-il, pourquoi donc, ô ma bien-aimée, votre voix tremble-t-elle ainsi ?

— Je ne sais, dit-elle, votre présence m'intimide aujourd'hui plus que jamais.

— N'est-ce donc pas le contraire qui devrait avoir lieu ? Allons, chère Sabine, remettez-vous et chantez sans plus d'émotion ; jamais l'air d'aucune romance n'a fait, mieux que celui-ci, valoir les brillantes qualités de votre admirable voix !

Quelque peu rassurée par ces paroles d'Orfano, la jeune fille reprit son chant :

—
> Quand toutes nos nonnes en chœur
> Chantent quelque pieux cantique,
> Des accents de sa voix magique
> On subit le charme enchanteur.
> Mais, tout bas, je dois vous l'apprendre,
>> Bien souvent,
>> Trop souvent,
> Gentille Abbesse du couvent,
> Chante encor d'une voix plus tendre.
> Hélas ! hélas ! je doute un peu
> Que ce soit pour l'amour de Dieu !

— Mais, c'est tout simplement un chef-d'œuvre que vous avez fait là, ô ma gentille Abbesse, dit Monsieur le Gonfalonier en saisissant dans sa main droite une des deux brillantes nattes, dont son visage se trouvait si rapproché, en ce moment, qu'il pouvait s'enivrer, comme tout amant l'eût fait à sa place, de cet âcre et mystique parfum qu'exhale constamment, pour l'homme qui l'aime, la chevelure de la femme qui est aimée.

— O le flatteur! dit la jeune fille, tout heureuse et toute charmée de son triomphe. Puis, tournant légèrement sa jolie tête du côté d'Orfano, elle lui adressa un de ces sourires qui font que l'homme le plus fort devient aussitôt plus faible qu'un enfant.

Maîtresse, enfin, de son émotion, elle se mit à chanter le dernier couplet de sa romance :

—
> Dans sa cellule chaque soir,
> C'est l'usage du monastère,
> Une nonnain, de son rosaire,
> Doit baiser la croix de bois noir.
> Mais on dit qu'à sa lèvre émue,
>   Bien souvent,
>   Trop souvent,
> Gentille Abbesse du couvent,
> Porte une croix d'or inconnue.
> Hélas! hélas! je doute un peu
> Que ce soit pour l'amour de Dieu!

— O Prêtresse de l'harmonie, s'écria Orfano qui, dans l'enthousiasme où cette ravissante musique l'avait plongé, eut la témérité de porter à ses lèvres la longue natte brune qu'il tenait à la main, tu ne m'aurais que trop bien séduit par les charmes de ta voix, si j'avais pu résister à la toute-puissance de ta beauté.

Et notre amoureux Lévite, avec un élan rempli de

tendresse et de passion, se mit à couvrir de baisers la chevelure d'ébène de sa bien-aimée.

Trop heureuse elle-même de ces marques d'amour qui lui étaient données, pour avoir le courage de gronder son fiancé au sujet de ces innocentes caresses dont elle était l'objet, Sabine avait laissé, toute rêveuse et toute distraite, courir ses doigts légers sur les cordes du psaltérion.

Dans ce même instant, un léger bruit, parti de l'angle de la salle dans lequel s'ouvrait la porte de l'escalier tournant qui conduisait au jardin, vint, malgré les accords de l'instrument, éveiller l'attention d'Orfano. Il tourna aussitôt la tête de ce côté, et il resta saisi d'effroi en apercevant dom Pierre, qui se tenait debout sur le seuil de cette porte, et qui le regardait avec des yeux effrayants.

Le retour prématuré de Monsieur l'Archiprêtre à son Logis était dû à une circonstance des plus ordinaires. A la suite des Vêpres métropolitaines, durant lesquelles il s'était senti plus accablé que jamais, le doyen des Prêtres-Cardinaux avait fait part à Monseigneur l'Evêque de l'état de souffrance où il se trouvait, et avait sollicité de Sa Grandeur la permission de ne point assister au Banquet épiscopal du soir. Cette permission lui ayant été, quoiqu'à regret, accordée par notre bon Prélat, dom Pierre s'était mis en devoir de regagner son Presbytère. Mais, désirant que personne ne sût qu'il avait quitté, avant l'heure, le Palais de l'Évêché, il s'était fait conduire dans une barque couverte, appartenant à Monseigneur, jusqu'à la Vallée de Misère, avait franchi les onze degrés de pierre qui montaient de la Seine à la

rue Trova-qui-dure, avait longé le Grand-Châtelet
par la Pierre-à-Poisson, et, de là, tournant autour de
la Grande-Boucherie, il avait gagné la rue de la
Savonnerie, sur laquelle nous savons que s'ouvrait
la porte bâtarde de son jardin et dont lui seul avait
la clef.

Quand il fut arrivé au haut de l'escalier tournant,
que le lecteur connaît, et sur lequel s'ouvraient deux
portes, l'une à gauche, c'était celle de son Oratoire
dans lequel il se disposait à entrer, et l'autre à droite,
c'était celle du Parloir à Messieurs de l'Œuvre ; les
sons du psaltérion arrivèrent à son oreille. Ayant
reconnu aussitôt que c'était sa nièce qui chantait, en
s'accompagnant sur cet instrument, et, espérant que
la musique, qu'il aimait passionnément, ferait diver-
sion à la souffrance, plutôt morale que physique, qu'il
éprouvait, il avait ouvert, sans bruit, la petite porte
dérobée du Parloir, et, c'est ainsi, qu'il avait surpris
nos deux amants dans leur tête-à-tête.

Quand Orfano l'aperçut, dom Pierre, immobile, les
poings crispés, le visage d'une pâleur affreuse, le
regardait avec les prunelles rondes et allumées d'un
tigre qui va s'élancer sur sa proie. Le jeune homme
prit peur, se redressa vivement, et son premier mouvement fut de s'élancer vers la grande porte du Parloir, comme pour prendre la fuite. Évidemment,
c'était se reconnaître coupable. Il le sentit bientôt et
il s'arrêta. Mais il était trop tard.

D'un bond furieux, l'Archiprêtre l'avait rejoint, et,
lui saisissant le bras dans une de ses robustes mains :

— Misérable enfant trouvé, lui dit-il d'une voix
que l'extrême colère étranglait au passage, tu n'échap-

peras pas cette fois au châtiment qu'a mérité ta criminelle audace.

Cette scène, on le comprendra, avait eu la rapidité
de l'éclair, et, ce ne fut qu'en entendant cette furibonde apostrophe, que Sabine, cessant son jeu et tournant la tête, aperçut la figure menaçante et terrible
de dom Pierre. En moins d'une seconde, elle comprit tout le danger de la situation ; elle jeta un cri
perçant, voulut s'élancer de son siége, à la fois, pour
attester l'innocence de son amant et pour désarmer
la colère de son oncle ; mais, au même instant, une
douleur aiguë lui laboura tout le côté gauche de la poitrine, un nuage passa devant ses yeux, et elle retomba
anéantie sur son siége, en proie à de si violentes palpitations, qu'elle crut que son cœur allait se déchirer.

Pendant ce temps, l'Archiprêtre, plus menaçant
que jamais, avait entraîné Orfano jusqu'auprès de la
porte dérobée par laquelle il était entré. Il ferma
cette porte à double tour et il en mit la clef dans une
des poches de sa soutane. Puis, s'élançant vers l'autre
porte du Parloir, au devant de laquelle il se redressa
de toute la hauteur de sa taille athlétique, il abandonna le bras de son captif, croisa les siens au devant
de sa large poitrine, et, dardant sur le pauvre clerc atterré le double dard envenimé de son haineux regard :

— Infâme séducteur, lui dit-il avec le ton du sar-
casme le plus amer, voilà donc le digne prix que tu
réservais à mes bienfaits ; et c'est en cherchant à
déshonorer l'être qui m'est le plus cher au monde,
que tu prétendais acquitter la dette de reconnaissance que tu as contractée envers moi !

Cette formidable accusation, par laquelle dom

Pierre croyait, sans doute, achever de porter la ter--
reur dans l'esprit déjà si fort effrayé du jeune homme,
eut un effet diamétralement opposé à celui qu'il en
attendait.

Plus pâle peut-être encore que tout à l'heure,
mais d'indignation cette fois, et rappelé au sentiment de sa propre vertu, en voyant par quels odieux
soupçons on ne craignait pas de la flétrir, Orfano
redressa fièrement la tête, mit une main sur son
cœur, et, étendant l'autre dans la direction du crucifix qui était accroché à la muraille :

— Monsieur le Doyen de Saint-Jacques, dit-il
d'une voix fortement émue, mais pleine de droiture
et d'autorité, je vous jure, par cette divine croix sur
laquelle le Sauveur des hommes s'est offert en holo-
causte pour l'expiation de nos péchés, que je ne
mérite nullement l'infamante accusation que vous
vous croyez en droit de porter contre moi. Les apparences me condamnent, mais je suis innocent.

— Espérerais-tu donc m'en imposer par ta lâche
hypocrisie, détestable suborneur que tu es? dit le
Prêtre, qui, en voyant cette attitude digne et ferme
d'Orfano, sentit sa fureur redoubler.

A ce débordement d'insultes, Monsieur le Gonfalonier fut sur le point de s'élancer sur son odieux ac--
cusateur et de le frapper en plein visage, dût-il ensuite être mis en pièces par ce molosse en fureur.
Mais, avec cette force de caractère qui n'appartient
qu'aux natures d'élite, le calme lui revint aussitôt,
et, s'avançant lentement vers l'Archiprêtre, qu'il
foudroya de son regard plein du plus écrasant mépris :

— Dom Pierre Candrin, lui dit-il à mi-voix, et comme s'il eût craint que Sabine entendît ses paroles, vous l'avez dit : il y a ici un lâche, il y a ici un hypocrite, il y a ici un détestable suborneur... Et, ajouta-t-il en étendant subitement le bras et en dirigeant son doigt accusateur de telle façon que l'Archiprêtre dût détourner la tête pour ne pas en être touché, le voici?

Qui eût vu en ce moment la face livide et épouvantée de dom Pierre, n'aurait pu la comparer qu'à ces figures de damnés que le Dante a placées dans le cercle le plus étroit et le plus profond de son ténébreux Enfer. Un instant, il parut être foudroyé par cette apostrophe, mais bientôt, le sentiment de sa sûreté personnelle faisant bouillonner dans les veines de ce nouveau Fulbert la lave ardente de son sang méridional, il s'écria, ayant la rage dans le cœur et la fureur dans les yeux :

— Ah ! traître et vil espion que tu es, c'est l'arrêt de ta perte que tu viens de prononcer. En vertu des pouvoirs qui m'ont été donnés par Monseigneur de Paris, je te condamne à être enfermé pendant cinq ans dans la Logette de l'Évêque, où tu vas être conduit de ce pas.

— Monsieur le Doyen, répliqua résolûment Orfano, vous n'avez nullement le droit d'attenter à ma liberté. Je n'ai encore reçu que les Ordres mineurs, et je sais pertinemment que c'est à l'endroit des seuls clercs pourvus des Ordres majeurs que Monseigneur vous a conféré les pouvoirs dont vous parlez.

— Tu oses répliquer, odieux bâtard, dit l'Archiprêtre hors de lui ; eh bien ! ce ne sont pas cinq ans,

ce sont dix années de ta vie que tu passeras dans la
Cage de bois de la Tour Saint-Jacques, et puisses-tu y
mourir de rage et de désespoir!

Et dom Pierre, ouvrant brusquement la porte du
Parloir, s'élança au dehors, ferma cette même porte
à double tour, et, courant par le passage du Porche
et la Terrasse aux Chapelles, jusqu'au premier étage
de la Tour Saint-Jacques, il s'engagea dans l'étroite
vis de pierre de l'édifice, pour aller demander main-
forte à son valet italien, Monticelli, qu'il savait
être occupé, en ce moment, dans la Chambre du Carillon.

A peine s'était-il éloigné, qu'Orfano, qui sentait
combien les moments étaient précieux, courut se précipiter aux genoux de Mademoiselle de Champ-Rosé.

— Sabine, lui dit-il en s'emparant des mains de
la jeune fille, qui était tellement émue, que la pâleur
de son visage la faisait ressembler à une statue de
marbre Carrare, nous n'avons pas un instant à perdre.
Un terrible secret, que le hasard m'a fait connaître et
que je dois vous taire, vient d'attirer sur ma tête la
colère de votre oncle, et je ne prévois que trop que
sa vengeance aura des effets terribles. Mais Dieu, qui
connaît mon innocence, ne m'abandonnera pas, je
l'espère. Nous nous sommes juré un mutuel amour
et une fidélité à toute épreuve, je vous renouvelle ici
mon serment : tiendrez-vous le vôtre?

— Ah! mon ami, pouvez-vous en douter un instant? dit la jeune fille en revenant à elle.

— Jurez-moi donc de nouveau, chère Sabine, de
n'aimer jamais que moi et de m'être fidèle jusqu'au
tombeau.

— Je le jure du fond de mon cœur, ô mon bien-aimé !

— Ce n'est pas tout encore, Sabine, il me faut un gage de cet amour que vous me jurez, donnez-le-moi !

— Quel gage désirez-vous, mon ami ?

— Une de ces précieuses nattes de ta chevelure, ô ma bien-aimée.

— Oh ! prends-la, prends-la, cher Orfano, dit la jeune fille, enthousiasmée à l'idée du sacrifice qu'elle allait faire à son amant. Et, s'élançant vers sa corbeille en vannerie, placée sur la table du Conseil, elle y prit ses *forces* (1) qui étaient les ciseaux de l'époque, et, d'une main, elle les tendit à son amant, tandis que, de l'autre, elle lui présentait résolûment une des nattes de derrière de son admirable chevelure.

Aussitôt, Monsieur le Gonfalonier, s'armant de l'acier tranchant, détacha le gage d'amour qui lui était offert, le plaça dans son sein, et prenant la main tremblante de Sabine, il la couvrit de baisers en disant à sa belle fiancée :

— Maintenant, nous nous appartenons pour la vie, et le sacrifice que vous venez de faire à mon amour, ô la plus chérie des femmes, va me rendre supportable le séjour de l'odieuse prison où je vais être renfermé.

— Comptez que je ne vous abandonnerai point, ô

---

(1) Les *Forces* se composaient de deux ciseaux sans clou, joints ensemble à l'extrémité opposée à la pointe, par un ressort qui les tenait d'ordinaire écartés. Ils ne se rapprochaient que par l'effort des doigts, pressant en sens opposés sur leurs branches.

mon Orfano bien-aimé, et que votre délivrance va
être désormais le continuel souci de Sabine.

— Adieu, adieu donc, ma tendre amie! j'entends
les pas de l'Archiprêtre. Dissimulez surtout votre
amour à ses yeux; ici, le mensonge est une chose
sacrée; feignez de vous montrer docile à toutes ses
volontés; ne témoignez pour moi qu'éloignement et
mépris; c'est à ces seules conditions que vous pourrez travailler utilement à ma délivrance.

— Je suivrai fidèlement vos conseils; adieu, adieu,
ô le plus aimé et le plus malheureux des hommes!

Et Sabine, avec cette présence d'esprit qui est une
des plus grandes forces de son sexe, se hâta de jeter
son coqueluchon de soie sur ses épaules et de s'en
couvrir la tête, afin que dom Pierre ne pût s'apercevoir tout d'abord, qu'il lui manquait une des nattes
de sa chevelure.

La porte du Parloir s'ouvrit en ce moment, et l'Archiprêtre, dans un état de fureur impossible à décrire,
s'avança, suivi de son redoutable valet italien.

— Empare-toi de ce misérable, lui dit-il en montrant Orfano au vigoureux athlète, et, s'il essaye de
faire la moindre résistance, qu'il soit terrassé et gar-
rotté à l'instant.

Dans son délire furieux, on voit que dom Pierre
oubliait de parler la langue dans laquelle seulement
ses ordres pouvaient être compris de Monticelli. Mais
celui-ci qui, dans le court trajet de la Tour au Parloir,
avait, à n'en pas douter, reçu les instructions de son
maître dans l'idiome natal, s'avança aussitôt pour
s'emparer de son futur captif.

— Monsieur le Doyen de Saint-Jacques, dit Or-

fano d'un ton calme et froid, toute violence est inutile à mon égard ; non-seulement je suis prêt à suivre
mon geôlier sans faire de résistance, mais encore,
ajouta-t-il en portant la main à sa poitrine, dont il
retira une dague, une petite clef, une écritoire de
corne avec son cornet et une escarcelle, dans laquelle étaient les quelques pièces de monnaie qui
lui restaient sur les quatre écus d'or donnés par Jean
Gerson, je vous remets librement et volontairement
tout ce que je porte en ce moment sur moi, afin de
m'éviter l'ignominie d'être souillé par le contact des
mains de cet homme.

Confondu par cette attitude pleine de noblesse et
de dignité, l'Archiprêtre parut être un instant comme
ébranlé dans sa résolution ; mais, revenant bientôt à
sa haine vengeresse, il dit, mais cette fois en italien,
au valet qui paraissait impatient de faire son office :

— Conduis-moi ce traître dans la Cage de bois de
la Tour Saint-Jacques ; qu'il y soit enfermé, ainsi
que Monseigneur me l'a prescrit, au régime du *car-
cere duro*, c'est-à-dire au pain et à l'eau, avec défense
de le laisser communiquer avec qui que ce soit, et
sans qu'il ait d'autre livre que l'évangéliaire destiné
aux prisonniers. Tu m'as entendu, Monticelli ?

— Sicuramente, Reverendo Padre, dit le valet.

Et le Chioggiote (1), qui était taillé en Milon de
Crotone, ainsi que Monseigneur Gérard de Montaigu
l'avait dit lors de son ascension à la Logette de
l'Évêque, ayant saisi notre malheureux jeune clerc

_____

(1) C'est le nom des habitants de Chioggia.

par le haut de sa soutanelle, se mit en devoir d'exécuter les ordres de son maître.

Au moment de quitter le Parloir à Messieurs de l'OEuvre, Orfano jeta sur Sabine un long et douloureux regard, dans lequel se peignait toute la tendresse qu'il avait vouée à la belle et vertueuse fille du Comte de Champ-Rosé. Puis, il s'éloigna en silence, suivant pas à pas le farouche Monticelli, qui, quelques minutes plus tard, le faisait entrer dans une des quatre cellules aériennes de la Tour Saint-Jacques, celle du midi, la même où Monseigneur s'était reposé, et refermait sur le malheureux jeune homme la porte de cette prison à triple renfort de cadenas et de verroux.

Quand il fut seul dans sa Cage de bois, Orfano croisa lentement ses bras, fixa longtemps ses regards sur le plancher de la Logette, et il se prit à dire enfin, d'une voix sombre et pleine de menaces :

— Pierre Candrin, l'Écriture a dit : *Dent pour dent et œil pour œil* ; je m'en souviendrai au jour de ma délivrance, et ce jour-là sera terrible pour toi, j'en fais le serment devant Dieu.

Puis, se laissant tomber assis sur le banc de bois de sa cellule, il tira de son sein la natte de cheveux de Sabine, qu'il porta à ses lèvres, et qu'il couvrit, tout à la fois, de ses pleurs et de ses baisers.

LIVRE SIXIÈME

I

TANT QUE VIVRAI
AULTRE N'AURAY !

TANT QUE VIVRAI
AULTRE N'AURAY!

Il y avait quatre mois environ qu'Orfano était prisonnier dans la Logette de l'Évêque.

A la saison du printemps, si riante et si fraîche, avait succédé un été brûlant et chargé de nuées. On pouvait être, alors, dans la première quinzaine du mois d'août, et la chaleur qui embrasait l'atmosphère était telle que la Seine, qui ne coulait plus qu'avec une extrême lenteur entre ses grèves arides et desséchées, commençait à plisser la nappe amincie de ses eaux aux angles des cailloux arrêtés dans le fond de son lit.

Un matin, à l'heure où les premiers rayons roses du crépuscule commençaient à éclairer sa prison aérienne, Monsieur le Gonfalonier s'éveilla en sursaut et le cœur débordant d'une félicité suprême. Durant son sommeil, il lui avait semblé voir toute une Légion d'anges dresser, jusqu'à la petite fenêtre de sa Cellule, une échelle semblable à celle de Jacob, et, à l'aide de cette échelle, le prisonnier avait pu s'échapper de sa Cage de bois. Soutenu dans sa descente périlleuse par la main de ces envoyés célestes, il était parvenu à atteindre, sans accident, la bienheureuse Terrasse-aux-Chapelles, où l'esprit le plus beau de cette Légion angélique l'avait reçu dans ses bras. C'était sa fiancée, sa tendre et bien-aimée Sabine, qui, dans l'ivresse que lui causait la délivrance de son amant, avait déposé sur ses lèvres un baiser, dont la chaste ardeur impressionna si vivement le jeune homme endormi, qu'il se réveilla tout à coup.

Durant quelques secondes, l'esprit d'Orfano demeura dans cet état de vague incertitude et de perception confuse qui accompagnent d'ordinaire le trop brusque rappel de la raison. Puis quand, à l'aide du témoignage de ses sens, il eut enfin acquis la preuve que cette échelle dressée par la main des anges contre les murs de sa prison, n'était qu'une poétique réminiscence des lectures qu'il faisait chaque jour dans les Livres saints, le pauvre captif, levant les yeux au Ciel et mettant ses bras en croix sur sa poitrine, s'écria, sur le ton du découragement le plus profond :

— O mon Dieu! quand donc l'heure de la délivrance sonnera-t-elle réellement? Quand donc le bonheur de revoir celle que j'aime me sera-t-il donné autrement que dans un songe?

Puis, la pensée de Sabine lui revenant à l'esprit

plus vivement que jamais, il tira de son sein la natte
brillante qu'il avait détachée lui-même de la chevelure de cette aimable fille. Non! la plume la plus
éloquente, le pinceau le plus habile ne sauraient
rendre avec quelle ardeur, avec quelle ivresse, avec
quelle volupté, enfin, il porta à ses lèvres et couvrit
de baisers ces beaux cheveux noirs, longs et soyeux,
qui, nous devons le dire, étaient devenus, pour notre
prisonnier, comme une sorte de talisman.

A peine, en effet, les avait-il approchés de sa bouche, que la gracieuse image de Sabine, qu'ils avaient
le pouvoir d'évoquer, lui apparut aussi nettement et
aussi distinctement que s'il eût eu, devant les yeux,
Mlle de Champ-Rosé en personne. Et, en vertu de
cette merveilleuse faculté que possède l'imagination
des poëtes et des amants, de rendre à la vie présente
les scènes qui ont eu lieu dans le passé, il lui semblait la voir telle qu'il l'avait vue jadis, tantôt sous
le berceau de pervenches de la Terrasse-aux-Chapelles, lorsqu'à son tour elle lui faisait le timide
aveu de sa tendresse ; tantôt, dans le Parloir à Messieurs de l'OEuvre, lorsqu'elle écoutait, avec son sourire ravi et ses yeux pudiquement baissés vers la
terre, les ardentes protestations d'amour de son fiancé, et qu'elle y répondait par les plus doux serments
de constance et de fidélité qu'il soit donné à la chaste
bouche d'une vierge de prononcer.

C'était là, au reste, et nos lecteurs l'auront deviné
d'avance, la principale, la constante, nous pourrions
ajouter l'unique occupation d'Orfano durant les longues et tristes heures de sa captivité. Soit, en effet,
qu'il employât le temps à la prière, à la lecture ou à

la méditation, la précieuse natte de cheveux était toujours, ou posée sur ses lèvres, ou appuyée contre son cœur, et il semblait au pauvre captif que, par une permission toute spéciale de la bonté du Ciel, il puisât chaque jour, dans ce gage, on pourrait dire vivant, de l'affection de Sabine, la résignation et le courage qui lui étaient nécessaires pour supporter les tortures, à la fois morales et physiques, auxquelles l'avait condamné la haine de l'Archiprêtre.

De l'heure, en effet, où, sur l'ordre de celui-ci, notre pauvre Gonfalonier avait été embastillé dans la Logette de l'Evêque, on peut dire qu'il avait vécu comme étant mort au monde. Une seule fois par jour, c'était le matin, quelques minutes après l'Angélus de six heures, Monticelli entr'ouvrait la porte de là Cellule, et, sans proférer une parole, il renouvelait les provisions de bouche de son prisonnier, c'est-à-dire qu'il posait à même sur le plancher « un michon de *pain de Corbeil*, » sorte de pain grossier, de forme ronde et du poids de deux livres, et qu'il remplissait d'eau fraîche un grand pot ou coquemar de terre, dont la contenance était de quatre pintes environ. Cela fait, le silencieux valet de dom Pierre, après avoir jeté un regard oblique sur son prisonnier, se hâtait de sortir de la Logette de l'Evêque, dont il reverrouillait et recadenassait la porte avec fracas.

Durant les premiers temps de sa captivité, Orfano, qui, pour les avoir très souvent entendues sortir de la bouche de Monsieur le Doyen de Saint-Jacques, s'était, peu à peu, familiarisé avec un certain nombre d'expressions, voire même avec quelques courtes phrases appartenant au dialecte vénitien, n'avait pas

manqué d'interroger son geôlier sur ce qui se passait à l'Hôtel du Presbytère, espérant ainsi apprendre
des nouvelles de sa chère Sabine. Mais, à toutes les
questions qui avaient pu lui être faites, Monticelli
avait opposé le mutisme le plus absolu, ou plutôt, sa
seule et invariable réponse avait consisté dans un
signe de tête négatif, qui, toutefois, pouvait signi-
fier indifféremment, ou qu'il ne comprenait rien à
ce qu'on lui demandait, ou qu'il avait ordre de ne
pas y répondre. Et comme notre prisonnier, dont la
patience n'était pas près de se lasser, par cette raison
que son inquiète curiosité allait en augmentant sans
cesse, était, à quelques jours de là, revenu à la charge
de plus belle, le descendant de Milon de Crotone
(*secundum Gerardum de Monte Acuto*), avait ac-
cucilli cette fois les questions qui lui étaient adres-
sées, avec un si formidable froncement de sourcils
et une pantomime d'athlète tellement menaçante,
qu'Orfano, comprenant qu'il serait désormais, non-
seulement inutile, mais encore dangereux de les re-
nouveler, avait gardé, depuis lors, le même silence
que son impitoyable et farouche geôlier.

Il y avait donc, en ce moment, quatre mois et
plus que notre malheureux Gonfalonier était sans
communication aucune avec le monde, et, par conséquent, dans l'ignorance la plus absolue des événements qui avaient pu survenir dans l'existence de
celle qu'il aimait.

Et hâtons-nous de le dire, c'était cette ignorance
même, qui, en jetant son esprit dans les cruelles
incertitudes du doute, contribuait, pour la plus
grande part, aux tortures incessantes de sa captivité.

Que faisait loin de lui sa chère Sabine ? Qu'était-
elle devenue ? L'aimait–elle encore ? Telles étaient
les questions que, sous mille formes différentes, il
s'adressait à lui–même, et à toute heure du jour et
de la nuit. Certes ! il faut le reconnaître, sa foi dans
l'amour de la jeune fille était restée entière et absolue, et il n'avait pas une moindre confiance, aujour-
d'hui qu'autrefois, dans les serments de fidélité qu'il
en avait reçus. Mais, qui ne sait que c'est surtout dans
les cœurs bien épris que la crainte a le pouvoir de
parler plus haut que la raison ? Et quels puissants
motifs, en effet, n'avait–il pas de craindre pour l'a-
venir de son bonheur ? Pouvait-il, sans trembler
d'effroi, se rappeler dans quelles mains perverses
était resté le lis immaculé de ses amours, lis qui jusqu'ici, il est vrai, avait comme par miracle échappé
au souffle empoisonné des passions humaines, mais
que le simoun brûlant de la luxure pouvait, en un
instant flétrir et déraciner ! Entre un Pierre Candrin
et une Charlotte des Essarts, est-ce que l'innocence
pouvait demeurer longtemps en sûreté ? Si, d'accord
l'un avec l'autre, ils avaient résolu de jeter la vierge
timide et sans défense dans les bras de l'Officier li-
bertin, qui les empêcherait maintenant d'accomplir ce
détestable projet ? Lui seul, qui connaissait le secret
de leurs turpitudes, aurait pu mettre un obstacle à
cette union fatale ; et voilà qu'il était tombé en leur
pouvoir, peut-être pour toujours ; voilà qu'il se trouvait sans force désormais pour s'opposer à ce que la
femme qu'il aimait donnât sa main, et peut-être son
cœur, à un autre que lui.

Car, enfin, cet autre, quoiqu'il le détestât main-

tenant plus que jamais, il ne pouvait cependant se
faire aucune illusion à son égard. Cet autre, il était
jeune, il était bien fait, il était noble; cet autre, il
portait un beau titre en même temps qu'un bel habit
de guerre; c'était un cavalier en tous points accompli, un grand Seigneur passé maître dans l'art de la
séduction, un homme de Cour enfin, entre les bras
duquel, disait-on, la vierge la plus candide et la plus
pure tombait, attirée par l'amour, comme l'oiseau
qui est fasciné par le serpent.

Hâtons-nous de dire, cependant, qu'à chaque fois
que cette pensée du parjure possible de Sabine venait s'offrir à son esprit, Orfano la rejetait loin de
lui, comme étant un outrage qu'il faisait à la tendresse et à la vertu de sa bien-aimée.

Mais, hélas! dans une âme aussi tendre que l'était
celle du pauvre orphelin de Saint-Jacques, la jalousie, il faut bien qu'on le sache, tire son principal ali-
ment des superstitions de l'amour, et cette funeste
pensée, que notre prisonnier s'efforçait d'éloigner de
lui, pareille au vautour de Prométhée, revenait sans
cesse lui déchirer le cœur. C'est alors qu'il se demandait si la chère fiancée, qui lui avait juré de lui
être fidèle jusqu'au tombeau, aurait la force nécessaire pour résister aux conseils et aux suggestions
des personnes intéressées à lui faire trahir ses serments. Il tremblait surtout en se rappelant que lui-
même, au moment de se séparer de la nièce de dom
Pierre, il lui avait instamment recommandé de se
montrer docile aux projets de son oncle; et quand,
dans la solitude navrante de sa prison, il venait à ré-
fléchir sur la fragilité d'un serment de jeune fille,

sur l'inconstance naturelle au cœur de la toute jeune
femme, il en arrivait à cette conclusion désespérante
que, tôt au tard, Sabine serait vaincue dans sa résistance, et, de gré ou de force, donnerait sa main au
triomphant Quartinier.

A ces souffrances incessantes du cœur, qu'on joigne
les tortures physiques que le prisonnier était forcé
d'endurer, et on se rendra facilement compte. du
changement extrême qui s'était opéré sur les traits
et dans toute la personne d'Orfano. Réduit à n'avoir
pour toute nourriture que le pain et l'eau du dernier
des criminels, le pauvre jeune homme, à qui la nature
avait donné une constitution nerveuse et délicate, en-
durait, devant ces grossiers aliments, le double supplice de la soif et de la faim. Pouvant à peine, faute
d'un grabat qui lui avait été refusé, goûter durant la
nuit quelques instants d'un sommeil pénible, après
avoir eu, ·pendant une journée entière, le tympan
brisé par le carillon des cloches, et ayant, en outre,
le cerveau mis en ébullition par l'effet de l'atmosphère étouffante dans laquelle il était plongé, la
santé de notre malheureux captif allait chaque jour
s'affaiblissant, et, si grande était l'altération de son
visage, que l'observateur le moins attentif n'eût pas
craint de prédire qu'à moins d'une délivrance prochaine, la folie ou la mort devait inévitablement
frapper le pauvre captif.

C'était là, au reste, l'espoir le plus doux que, dans
son âme ténébreuse, nourrissait l'Archiprêtre, qui,
sur le rapport quotidien qui lui était fait par Monticelli, voyait, avec une joie infernale, l'instant s'approcher où il serait débarrassé pour jamais du seul

témoin qui eût pénétré le secret de ses criminelles amours.

Mais, Monsieur le Doyen de Saint-Jacques se trompait étrangement dans ses calculs ; car, nous devons dire que, dans cette nature si finement et si délicatement organisée au physique, habitait un esprit viril et d'une trempe supérieure. Bien que le corps fût devenu souffrant, l'âme était restée valide ; le fourreau de l'arme avait bien pu conserver la trace des meurtrissures qu'il avait reçues, l'acier du glaive était demeuré net, tranchant et affilé.

Aussi, quelque répétés que fussent ses instants de défaillance et de découragement, Orfano avait-il conservé une pensée fixe, qui, pareille à un phare lumineux, éclairait la mer orageuse sur laquelle voguait son esquif battu par la tempête, et à l'aide duquel phare il espérait aborder tôt ou tard au port du salut.

Est-il besoin de dire que cette suprême espérance était la promesse que Sabine lui avait faite une minute avant qu'ils ne fussent séparés, promesse dans laquelle il puisait de nouveaux motifs de consolation, même aux heures les plus sombres de sa captivité? Au reste, le songe qu'il venait de faire et qui avait si fortement impressionné son esprit par la gracieuse péripétie qui y avait mis fin si brusquement, doit prouver au Lecteur la vérité de ce que nous avançons.

Quelques minutes à peine s'étaient écoulées depuis qu'Orfano avait été tiré de son sommeil, lorsque l'horloge du Grand Portail vint à sonner quatre heures.

Pendant toute la durée de la canicule, dans laquelle

on était alors, on sait qu'il s'élève vers la fin de la
nuit, et quelque temps avant le lever du soleil, une
fraîcheur délicieuse, qui semble destinée à redonner
aux membres engourdis par la chaleur du jour la vigueur qui leur est nécessaire pour affronter de nouveau les ardeurs de l'été. Mais, c'est dans les lieux
seulement où l'air circule en liberté que cette fraîcheur se fait sentir, et, dans un espace aussi restreint que l'était celui de sa prison, notre pauvre
captif devait être, et était, en effet, plongé dans une
sorte de bain d'étuve qui le faisait cruellement souffrir.

Dévoré par une soif ardente, il se leva donc, et
il alla prendre dans un coin de sa cellule son coquemar de terre, qu'il porta à ses lèvres. Mais le peu
d'eau que ce vase contenait s'était échauffée pendant
la nuit, et c'est à peine si Orfano en avala quelques
gorgées pour humecter sa langue qui était tout en
feu et qui s'attachait douloureusement à son palais.

Il vint ensuite se placer directement au-dessous de
la petite fenêtre qui éclairait la Logette, et se souleva
autant que cela lui fut possible sur la pointe des pieds,
afin de pouvoir respirer le peu d'air frais qui lui arrivait
du dehors. Mais deux choses s'opposaient à ce que le
but auquel tendaient tous ses efforts fût pleinement
atteint. C'était, d'une part, l'étroitesse de cette ouverture, qui, bien qu'elle fût assez grande pour permettre à un homme un peu mince de taille de s'y
engager, se trouvait être beaucoup trop en retraite de
la baie de la Tour, pour que l'air pût y avoir facilement accès ; c'était, d'autre part, la trop grande hauteur à laquelle cette petite fenêtre était située par

rapport au prisonnier, puisque, ainsi que nous l'avons dit ailleurs, elle était percée à deux mètres et plus au-dessus du plancher de sa Cellule.

Ah ! pourquoi le banc de bois, qui était là à quatre pas de lui, avait-il été si solidement vissé aux membrures de ce plancher ? Ce banc avait un siége assez élevé, comme c'était alors la coutume de les construire, et, mille fois, par la pensée, Orfano avait fait le calcul que, s'il avait pu le déplacer, il lui eût été possible, avec son aide, d'atteindre facilement jusqu'à la bienheureuse petite fenêtre, par laquelle il lui eût été possible, désormais, de respirer largement l'air frais du dehors et de distraire les ennuis de sa solitude par le spectacle de la ville et celui de la campagne.

Est-il besoin d'ajouter que, dès la première fois que cette idée lui était venue à l'esprit (et il y avait bien longtemps de. cela), Monsieur le Gonfalonier s'était mis en devoir de secouer son banc de la plus rude façon, opération qu'il avait, depuis lors, répétée à différentes reprises, et la veille même encore, mais, hélas ! sans plus de succès le dernier jour que le premier. Quand nous disons sans plus de succès, peut-être cela n'est-il pas tout à fait exact. La vérité, sans doute, était que ce banc, qu'on avait solidement fixé au plancher de la Logette par une longue vis engagée dans le centre de chacun de ses « piliers, » n'avait encore pu, jusqu'ici, en être arraché ; mais nous devons dire aussi que, par suite des secousses violentes et répétées qu'il avait reçues, il s'était déjà fait, dans chacune de ses attaches, un jeu de va-et-vient assez prononcé.

La pensée de faire une nouvelle tentative sur ce
banc, si obstinément rivé à sa place, lui étant venue
à l'esprit en ce moment, Orfano résolut, cette fois,
de s'y prendre d'une toute autre façon qu'il ne l'a-
vait fait jusqu'ici.

Au lieu de s'en rapprocher, il s'en éloigna ; et de
l'angle le plus distant de sa Cellule, où il s'était placé,
prenant son élan, avec une force et une impétuosité
dont on l'aurait difficilement supposé capable, il
vint frapper, d'un seul coup et de ses deux pieds
joints, l'une des extrémités du banc, qui fit entendre,
cette fois, un craquement décisif. Une des vis devait
s'être infailliblement rompue dans ce choc ; ce fut ce
dont notre prisonnier s'assura en grande hâte, et, le
fait ayant été reconnu vrai, d'un nouvel élan, rendu
plus impétueux encore par la certitude du succès,
Orfano brisa la vis restante, et, du même coup, l'opérateur allait rouler à l'un des bouts de la Logette, tandis
que le banc déraciné était lancé vers le bout opposé.

Se relever tout meurtri, mais la joie dans le cœur,
courir à son banc, le saisir, le porter là où il le fallait,
s'élancer prestement sur ce siége et mettre sa tête à
la petite fenêtre de sa Cellule, tout cela fut fait par
notre jeune Lévite en moins de temps, assurément,
qu'il n'en faut pour l'écrire.

Mais qui peindra son extase et son ravissement,
lorsqu'après quatre longs mois passés entre les murailles de chêne de sa prison, il revit ce Paris qu'il aimait tant, avec son mol horizon festonné de vertes
collines, avec son large fleuve chargé de bateaux, et
son écharpe de brume accrochée à la pointe de ses
monuments ?

Durant une minute, il demeura dans une contempla-
tion muette et attendrie devant ce panorama gran-
diose, qu'en sa qualité d'enfant de Paris il ne devait
ni ne pouvait jamais se lasser d'admirer. Après quoi,
la pensée de Sabine lui revenant toujours à l'esprit,
il chercha, en se penchant par la petite fenêtre de sa
Logette, et en glissant ses regards entre les abat-vent
de la Tour, à découvrir la toiture ardoisée du logis
de sa bien-aimée. A son grand regret, il ne lui fut
pas possible de l'apercevoir, et il allait, de guerre
lasse, retirer sa tête de la petite fenêtre, lorsqu'un
objet, qui était à la portée de sa main, attira tout à
coup son attention.

Dans les sculptures du dais qui couronne la niche
que l'on voit encore aujourd'hui, au sommet du me-
neau qui divise en deux parties chacune des hautes
fenêtres de la Tour, croissait un pied de pensée sauvage, qui, ayant été semé là par les vents du midi,
avait pris racine entre deux assises de pierre, avait
grandi à l'abri de l'aquilon et se trouvait alors dans
tout l'épanouissement de sa floraison rustique.

Il faut avoir été enfermé depuis longtemps dans
une prison et se trouver en proie à l'ennui dévorant de
la solitude la plus profonde, pour sentir de quel prix
inestimable peut être la société de l'insecte même le
plus repoussant, comme l'araignée de Pélisson, par
exemple, dans les donjons de la Bastille, ou de la
plus humble fleur, comme cette simple violette des
champs que le hasard donnait pour compagne à
Monsieur le Gonfalonier de Saint-Jacques.

Aussi, cette découverte fit-elle pousser un cri de
joie au pauvre prisonnier, et son premier mouvement

fut-il de remercier Dieu, qui, en lui accordant cette
insigne faveur, lui donnait, par le choix même qu'il
avait fait de cette plante, les marques les moins
équivoques de son infinie tendresse et de sa miséricordieuse pitié. De quels touchants et mystérieux
symboles cette jolie fleur, en effet, n'a-t-elle pas été
toujours l'objet, depuis les âges les plus reculés de
la grande famille humaine ! Tour à tour emblème de
la pensée, gage d'espérance entre deux êtres qui
s'aiment, souvenir du bonheur qui s'est évanoui, elle
forme encore la plus touchante décoration des tombeaux, en matérialisant dans le cœur de l'homme la
consolante image de l'immortalité de l'âme.

Avec un empressement qui témoignait assez du
plaisir qu'il éprouvait, Orfano étendit la main et détacha de la petite plante une de ses plus jolies fleu-
rettes, qu'il approcha aussitôt de ses narines, et dont
il aspira le parfum avec délices. Un tendre regret lui
vint alors, ce fut celui de ne pouvoir offrir en réalité, comme il le faisait en esprit, à sa bien-aimée
Sabine, cette humble violette des champs, qui eût été
à la fois la confidente de ses plus secrètes pensées et
la messagère du plus chaste baiser.

Or, dans le même temps qu'il le donnait à la jolie
fleurette, ce baiser qu'il eût si bien voulu pouvoir
déposer sur les lèvres de sa fiancée, un léger bruit,
qui partait d'au-dessus de sa tête, le fit tout à coup
tressaillir. Il leva les yeux vers le ciel, et, qu'on
juge si sa joie dut être bien autrement grande que
tout à l'heure, quand il aperçut le Coulon blanc de
Mlle de Champ-Rosé sur une des longues gouttières
horizontales de la Tour. Le gracieux oiseau, perché

sur l'oreille gauche du monstre de pierre, dont la gueule, toujours béante, est destinée à lancer l'eau des pluies dans l'espace, était occupé à lisser délicatement, avec son bec rose, l'éventail empenné de sa jolie queue de paon.

Orfano, pris d'une émotion que l'on comprendra sans peine, appela le gentil Coulon en se servant des noms les plus doux et les plus familiers qu'il avait l'habitude de lui donner autrefois. A cet appel, auquel il était loin de s'attendre, le pigeon, d'abord surpris, fit un mouvement comme pour prendre son vol, mais il avait reconnu la voix qui l'appelait, et, se retournant avec la prestesse particulière aux oiseaux, il regarda du côté de la Tour, aperçut son jeune maître et prit son vol aussitôt vers lui.

On imaginerait difficilement quelque chose de plus touchant que cette première entrevue entre notre prisonnier et le Coulon favori de Sabine. De la part de l'oiseau, qui s'était perché de suite sur le doigt de Monsieur le Gonfalonier, c'étaient un joyeux battement de la queue et des ailes, un renflement gracieux des plumes de la gorge et de la tête, des iris qui resserraient et qui dilataient tour à tour leur cercle d'un rose éclatant ; c'était un roucoulement formidable ; c'étaient enfin de tendres coups de bec, qu'il donnait à titre de baisers sur les lèvres de son jeune maître.

Celui-ci n'était pas moins démonstratif dans son accueil à ce gentil Coulon. Aux caresses les plus tendres qu'il lui prodiguait, il ajoutait les noms les plus doux, et son émotion était telle qu'elle lui avait mis des larmes dans les yeux, en même temps qu'elle faisait trembler sa voix.

— Te voilà, ô mon précieux Coulon, lui disait-il ;
tu as reconnu ma voix, tu t'es souvenu de mes traits,
tu es venu à mon premier appel. Combien tu parais ·
heureux de me revoir ! Et moi, si tu savais, ô mon
doux oiseaux, à quel point ta présence me réjouit le
cœur. Oui, je le reconnais, tu es un bon, tu es un
beau, tu es un fidèle ami. Cher Pavonino (1) (c'était le
petit nom d'amitié que la nièce de dom Pierre et Orfano lui donnaient jadis), viens-tu d'auprès d'elle ?
Quand l'as-tu vue ? Quand ses blanches mains t'ont-
elles caressé ? Quand sa bouche délicate a-t-elle baisé
ton blanc plumage ainsi que je le fais en ce moment ?
Ah ! que tu es heureux de l'approcher ainsi, d'entendre sa voix, de voir ses traits charmants ! Mais dis-
moi donc que Sabine a pensé à moi ! Dis-moi donc
qu'elle m'aime encore ! Dis-moi donc qu'elle m'aimera
toujours ! Hélas ! pourquoi n'es-tu pas doué de la voix
comme tu es pourvu du sentiment ? Que de choses
j'aurais à te demander ! Que de plus tendres choses
encore je te chargerais de reporter à l'aimable fiancée de mon cœur !

Cette dernière pensée fut comme un trait de lumière qui illumina son esprit. Cette petite fleur des
champs, emblème à la fois de son amour et gage de
sa tendresse, et qu'il regrettait si fort tout à l'heure
de ne pouvoir offrir à sa bien-aimée, qui l'empêchait
de l'attacher au cou de l'intelligent oiseau, qui, discret
messager, ne manquerait pas de la porter fidèlement
à Sabine !

(1) Petit paon.

Et le succès de cette entreprise lui paraissait d'autant plus certain, qu'il savait, à n'en pas douter, que, durant toute la belle saison, le Coulon blanc, après avoir fraîchement passé la nuit dans le capuchon de quelque Saint de pierre de la Tour, allait, aux premiers coups de l'angélus du matin, frapper à l'une des verrières du Logis de Mlle de Champ-Rosé pour y recevoir, de la main de sa jeune maîtresse, la ration de menues graines qui lui était préparée d'avance.

Bien que cette heure de l'angélus fût encore éloignée, Orfano se hâta de mettre son projet à exécution. Il descendit donc de son banc de bois sur lequel il était monté, ayant le gracieux pigeon à son côté, tira de la natte des cheveux de Sabine deux des brins qui la composaient, attacha la petite fleur à ces fils déliés, et, ayant enroulé ceux-ci plusieurs fois autour du cou de l'oiseau, il en arrêta solidement les bouts au moyen de plusieurs nœuds, et de façon à ce qu'ils ne pussent pas se détacher. Puis, avec une impatience fiévreuse, et en laissant errer sa pensée sur les conséquences possibles de la tentative qu'il allait faire pour correspondre avec la nièce de dom Pierre, il attendit que l'angélus sonnât pour donner la liberté à l'oiseau messager.

Au premier coup de cloche qu'il entendit, le Coulon blanc battit des ailes, et, après avoir, à sa façon, pris congé de son jeune maître, il s'élança par la petite fenêtre de la Cellule, et, comme un trait, il fendit l'air depuis le haut de la Tour jusqu'aux lucarnes du Logis de Sabine.

Orfano, après le départ de son messager, se hâta de reporter le banc de bois à la place qu'il occupait

d'ordinaire, et il eut soin d'en bien ajuster les « piliers » sur le plancher de la Cellule, afin que l'œil
soupçonneux de Monticelli ne pût s'apercevoir de
rien. Puis, s'asseyant vers le milieu du banc, dans la
même posture qu'il avait chaque jour à pareille
heure, il mit sa Bible ouverte sur ses genoux et il eut
l'air d'en faire la lecture très attentivement.

Tout se passa comme notre jeune Lévite l'avait
espéré. Après avoir sonné l'angélus, le valet italien
de dom Pierre monta à la Logette de l'Evêque, en
ouvrit la porte, déposa en silence le « michon de
pain de Corbeil » sur le plancher, remplit d'eau
fraîche le coquemar vide, jeta sur Orfano son même
regard oblique de chaque matin ; après quoi il sortit
et recadenassa bruyamment la porte.

Quand il se fut éloigné, le prisonnier, dont les événements heureux de cette matinée avaient aiguisé
l'appétit, se mit à mordre avec ses belles dents blanches dans son pain noir de Corbeil, comme si c'eût
été dans une « tourte lombarde à la gelée moulue, »
et il but à longs traits une pinte de l'eau de son coquemar, de même qu'il eût savouré une « chopine de
Marvoisie. » Après quoi, il attendit le retour de son
messager, la tête discrètement placée à la petite fenêtre de sa Cellule, et de telle façon, que, sans crainte
d'être vu lui-même, il pouvait jouir tout à son aise
du magnifique tableau qui se déroulait sous ses
yeux.

La plus grande partie de la journée se passa sans
que le Coulon blanc reparût, et nous laissons à
penser dans quelle perplexité d'esprit devait se trouver notre pauvre captif, qui voyait ainsi les heures

s'écouler lentement, sans que son messager lui apportât la réponse qu'il espérait.

Mais, vers le soir, et un peu avant le coucher du soleil, l'oiseau si impatiemment attendu vint de nouveau se percher sur la longue gouttière de la Tour, et, de là, il s'abattit gracieusement sur la main d'Orfano.

O bonheur! il portait à son cou une soie blanche, à laquelle était attaché un tout petit rouleau de vélin, également blanc, si bien que le tout ne tranchait nullement sur le plumage du messager, qui était de la même couleur.

Notre jeune Lévite, plus ému que jamais, se hâta de se saisir du vélin, qu'il déroula en tremblant, et il reconnut qu'il contenait deux très courtes lignes d'une écriture fine et serrée, et qu'il reconnut aussitôt pour être celle de sa bien-aimée.

En réponse à l'envoi emblématique de la violette des champs qui lui était fait, et qui signifiait si évidemment : *Pensez-vous à moi?* Sabine avait écrit les deux petits carmes en forme de devise qui servent de titre à ce Chapitre :

> Tant que vivrai
> Aultre n'auray !

II

ΕΥΡΗΚΑ!

II

EYPHKA !

Un naufragé qui, de la plage déserte sur laquelle
les flots en fureur l'ont jeté à demi brisé, voit, après
de longues heures de détresse, apparaître tout à
coup, au sommet du mât de quelque nef voguant à
l'horizon, les signaux destinés à lui faire comprendre
qu'il a été aperçu et qu'on va venir à son secours,
n'éprouve pas une plus grande joie que celle dont le
cœur d'Orfano fut saisi à la lecture de cette touchante
devise adoptée par Sabine.

En moins d'une minute, tous les doutes fâcheux,
toutes les funestes appréhensions, toutes les terreurs poignantes qui avaient mis son esprit à la torture depuis si longtemps s'évanouirent devant ces
mots tracés par la main de sa bien-aimée :

Tant que vivrai
Aultre n'auray !

Grâce, en effet, à ce laconique mais si expressif
message apporté par le Pavonino, notre prisonnier
venait d'acquérir la preuve incontestable que non-
seulement Mlle de Champ-Rosé n'était point devenue
l'épouse du Vicomte, mais encore qu'elle était plus
que jamais résolue à lui rester fidèle jusqu'au tombeau, ainsi qu'elle lui en avait jadis fait le solennel
serment.

Mais là, à coup sûr, ne devait pas se borner le sens
attaché à ce mystérieux billet. Et, en y réfléchissant
davantage, Monsieur le Gonfalonier devina que, dans
cette brève devise, si prudemment choisie par la
jeune fille, était renfermée aussi l'assurance que,
chaque jour, Sabine s'intéressait au triste sort de
son amant, que son esprit était constamment occupé du soin de sa délivrance, et que si, jusqu'a-
lors, elle n'avait pu trouver le moyen de lui rendre
la liberté, elle n'en épiait pas moins, avec vigilance
et sollicitude, toute occasion qui pourrait s'offrir à
elle pour arriver à ce but, tant désiré de part et
d'autre.

Le premier mouvement du prisonnier fut de porter à ses lèvres le précieux vélin qu'il venait de recevoir, et de le baiser avec une tendresse incomparable; le second fut de se jeter à deux genoux sur le
plancher de sa Cellule, pour remercier Dieu de l'éclatante faveur que, dans sa bonté infinie, il venait de
lui accorder. A ces témoignages de reconnaissance,
il fit succéder une fervente prière, par laquelle il

demandait au souverain dispensateur des lumières
d'éclairer son esprit, afin que, grâce à la coopéra-
tion de sa bien-aimée, il pût mener à bonne fin la
tâche qu'ils allaient entreprendre l'un et l'autre, en
vue de leur bonheur commun.

Pénétré de cette grande vérité, que celui-là seul
réussit, qui a foi dans le succès de son œuvre, et
convaincu que c'est en nous soutenant dans l'éner-
gique volonté que nous avons d'atteindre à notre
but, que le Ciel vient le plus efficacement à notre
secours, Orfano n'eut plus, dès lors, qu'une seule
pensée, celle de combiner un plan d'évasion qui,
avec le seul secours de Sabine, pût lui procurer le
moyen de reconquérir sûrement sa liberté.

Ce n'est pas qu'il se dissimulât en aucune façon
les difficultés de toutes sortes qu'une pareille entreprise traînait à sa suite. Emprisonné dans une épaisse
Cage de bois, tout au haut de l'un des édifices les plus
élevés de Paris, se trouvant sans moyen de séduction sur le farouche geôlier qui avait été préposé à
sa garde, et n'ayant ni les armes nécessaires pour
contraindre celui-ci à le laisser fuir, ni les instruments à l'aide desquels il aurait pu se frayer un passage à travers les solides membrures de sa Logette,
le pauvre prisonnier se demandait par quels moyens
cachés Dieu lui permettrait d'accomplir une tâche
aussi ardue que la sienne. Et lorsqu'il promenait
ses regards sur les quatre seuls objets qui étaient
en sa possession, c'est à savoir : un banc de bois,
une Bible manuscrite, un coquemar de terre et un
pain de Corbeil, il torturait en vain son imagination de mille manières pour faire sortir de l'in-

ventaire de ce maigre mobilier la solution du difficile problème qu'il avait à résoudre. Mais, ainsi que
nous l'avons dit tout à l'heure, il avait la Foi, c'est-
à-dire la plus grande de toutes les forces, celle-là
même dont le Christianisme a fait la première des
Vertus, et qui, puisqu'elle a la puissance, ainsi que
le dit l'Écriture, de transporter les montagnes d'un
pôle à l'autre, aurait, à plus forte raison, le pouvoir
de faire voler en éclats les murailles de sa prison.
N'avait-t-il pas, d'ailleurs, puisé le secret pressentiment du succès de son entreprise dans le songe qu'il
avait fait le matin même et qui ne lui avait été,
croyait-il, envoyé par Dieu que pour l'avertir que
l'heure de sa délivrance ne tarderait pas à sonner !

Après avoir comblé de caresses et congédié avec
les noms les plus doux, le gracieux oiseau qui lui
avait si fidèlement apporté le message de sa bien-aimée, Orfano passa la nuit, puis la journée du lendemain, puis plusieurs autres journées et plusieurs
autres nuits encore, préoccupé d'une seule idée :
celle de son évasion, aussi bien pendant qu'il dormait que pendant qu'il veillait.

Il fallait le voir, durant ces longues heures de
méditation, accroupi sur le plancher de sa Cellule,
le coude appuyé sur son banc de chêne, sa Bible de
parchemin ouverte devant lui, et, de sa main qui
était libre, pressant, tantôt sur sa bouche et tantôt
sur son cœur, la belle natte noire des cheveux de Sabine. Immobile comme les statues de pierre des
saints Martyrs qui ornaient les hautes murailles de
sa prison, il tenait son regard constamment enfoncé
dans ces horizons lointains de la pensée où l'esprit

semble atteindre jusqu'à l'infini, et dans ses noires prunelles il eût été en ce moment facile de voir briller la flamme du génie.

Enfin, après de lentes journées de recherche, après de longues nuits d'insomnie, un matin, le matin du propre jour de l'Assomption de la Vierge, et, il n'en douta pas un instant, grâce à l'intercession de la glorieuse Mère du Christ, dans laquelle il avait mis toute sa confiance, notre prisonnier bondit tout à coup, du banc de bois sur lequel il était assis, et, comme Archimède lorsqu'il s'élança de son bain au moment où il venait de découvrir le principe de l'hydrostatique, il s'écria avec l'exaltation du délire :

—   ΕΥΡΗΚΑ !

(Je l'ai trouvé !)

Aussitôt, et comme si, désormais, toutes les minutes qu'il pourrait perdre eussent été autant de temps pris sur son bonheur à venir, Orfano commença une opération, bien simple en apparence, et qui lui paraissait devoir être promptement terminée, mais dont l'expérience lui montra bientôt toute la difficulté, et qui, au lieu de n'avoir que quelques heures de durée, comme il le supposait, ne lui demanda pas moins de deux grands jours pour être menée à bien.

Cette opération consistait tout simplement à savoir quel était le nombre de cheveux dont se composait la natte qu'il avait reçue de Mlle de Champ-Rosé. De

compte fait, il se trouva qu'elle renfermait trente-huit
mille quatre cents brins et une insignifiante fraction,
chiffre tellement supérieur aux suppositions qu'il
avait faites, qu'il en fut on ne peut plus étonné, et
peut-être que beaucoup de nos lecteurs n'en seront
pas moins surpris que lui.

Au fur et à mesure qu'il les comptait, notre méthodique Lévite avait eu soin de faire, de chaque centaine de brins, une mèche distincte, et, à cet effet, il
avait enroulé et il avait noué autour de cette centaine, un petit bout de cheveu, destiné à isoler la
nouvelle mèche de ses voisines.

A ce premier calcul, un autre succéda.

Depuis sa plus tendre enfance, Orfano avait tant de
fois descendu l'escalier en vis de la Tour-Saint-Jac-
ques, que non-seulement il avait retenu dans sa mémoire quel était le nombre exact des marches du
clocher, soit dans la totalité de sa hauteur, soit étage
par étage, mais encore qu'il savait pertinemment,
et cela pour l'avoir mesurée à différentes reprises,
que l'élévation de chacun des degrés de cette haute
spirale était juste de cinq pouces sept lignes « au pied
le Roy. »

Or, le nombre de marches qu'il y avait depuis la
Terrasse-aux-Chapelles jusqu'à la plate-forme supérieure de la Tour, s'élevant au chiffre de deux cent
sept, il suffisait, pour avoir la hauteur totale de ces
deux cent sept marches, de multiplier ce chiffre par
cinq pouces sept lignes, qui était la hauteur de chacune d'elles.

A l'aide d'un peu de mie de pain, pétrie d'abord
entre les doigts, puis allongée en pointe et qu'il trem-

pait dans l'eau de son coquemar, aussi souvent qu'il le fallait, il put, en se servant du plancher de sa cellule comme d'un tableau d'école, poser les chiffres dans l'ordre voulu et faire les opérations d'arithmétique qui étaient nécessaires. Le résultat qu'il obtint fut que l'élévation de la plate-forme supérieure de la Tour au-dessus de la Terrasse-aux-Chapelles, était de 13,869 lignes ou de 1,155 pouces 9 lignes, ou de 96 pieds 3 pouces 9 lignes, ou enfin de 16 toises, en chiffre rond.

Ce point essentiel une fois obtenu, notre industrieux clerc se demanda alors en combien de parties égales il fallait diviser le nombre total des cheveux qui composaient la natte tout entière, afin qu'en mettant ces parties bout à bout, il pût en former une fine cordelette qui eut une longueur équivalente à ces 16 toises.

Les moindres brins de cette admirable natte mesuraient tous une aune (1) pour le moins. Mais il convenait de retrancher la sixième partie environ de cette mesure, pour compenser la perte que les nœuds qui seraient nécessaires pour fixer solidement les mèches de cheveux les unes au bout des autres devaient faire subir à la longueur totale de la corde.

Orfano, partant de ce principe, n'admit donc chaque mèche de cheveux à valoir que pour une longueur de 3 pieds, c'est-à-dire une demi-toise. Or, la hauteur obtenue étant de 16 toises, il fallait donc

_____

(1) L'aune de Paris était une mesure de longueur qui valait trois pieds, sept pouces huit lignes ou environ 1^m,194.

diviser la natte entière en trente-deux parties, et
comme le nombre total de brins qui composaient
cette natte était de 38,400 cheveux, chaque fraction
de la natte devait, en définitive, être formée de
1,200 brins tout juste.

Ce ne fut que vers le soir du troisième jour, à partir de la matinée pendant laquelle il avait si heureusement trouvé la solution de son problème, que notre
prisonnier en eut fini avec la série de ses calculs.
Cette première partie de sa tâche étant remplie, il
effaça soigneusement, et de peur de faire naître le
moindre soupçon dans l'esprit de Monticelli, les
nombreux chiffres qu'il avait dessinés sur le plancher de sa cellule, et qui étaient restés fort appa-
rents, bien que n'ayant été tracés qu'avec de l'eau,
que la chaleur de l'air avait fait promptement évaporer.

Brisé par la fatigue, mais le cœur rempli de joie
et d'espérance, il prit à la hâte son maigre repas du
soir, fit sa prière à Dieu, se coucha ensuite par le travers de sa Cellule, et, pour la première fois depuis qu'il
était enfermé dans la Logette de l'Évêque, il dormit
d'un sommeil paisible et réparateur durant la nuit
tout entière.

Le lendemain matin, et dès qu'il fut débarrassé de
la visite de son geôlier, Orfano se remit joyeusement
au travail.

Grâce à la précaution qu'il avait prise en suppu-
tant le nombre des cheveux de la natte, de faire autant de groupes distincts, qu'il comptait de centaines
de brins, il lui fut facile, en réunissant douze de ses
groupes de former très vite une première mèche de

1,200 cheveux qu'il sépara du reste de la natte. Il
divisa ensuite cette mèche en trois cordons qu'il natta
très serrés ; puis il fit une seconde mèche qu'il divisa
et qu'il natta de même que la première, et ces deux
mèches étant terminées, il les réunit au moyen *du
nœud d'assemblage,* le nœud le plus solide qu'il con-
nût, et dont les « pêcheurs à la verge » de l'Arche-
Marion lui avaient, dans son jeune âge, enseigné la
pratique traditionnelle.

Aussitôt que cette première portion de sa cordelette fut achevée, notre prudent Gonfalonier, dans la
crainte de quelque surprise, s'empressa de l'enrouler
autour de sa poitrine et par dessous ses vêtements ;
après quoi il se mit à faire une troisième mèche qui
fut ajoutée, à l'aide du même nœud d'assemblage,
à l'extrémité libre de la seconde, puis enroulée de
la même façon, et il poursuivit ce travail jusqu'à ce
que la trente-deuxième et dernière mèche étant achevée et ajoutée aux trente et une précédentes, cette
fine corde en cheveux, de seize toises de longueur,
se trouva ainsi enroulée tout entière autour de son
buste, sans danger possible qu'elle vînt à s'emmêler,
et toute préparée pour être dévidée promptement
lorsque l'instant de s'en servir serait arrivé.

Avec la transformation de la natte des cheveux de
Sabine, en cette délicate et néanmoins très solide
cordelette, Orfano se trouvait avoir rempli ce que,
dans le langage de notre temps, on appellerait la
première partie de son programme. Doué de la dévo-
rante activité d'esprit que nous lui connaissons, notre
beau Gonfalonier n'était pas homme à différer d'un
seul jour la mise à exécution de la seconde partie de

ce programme. Aussi, dès le lendemain, reprenait-il résolûment sa tâche, tâche qui, ainsi que nous allons le voir, n'était ni moins difficile, ni moins minutieuse à mener à bien que celle qu'il venait d'accomplir en moins d'une semaine.

Et que se proposait-il donc de faire, demandera-t-on?

Ce qu'il se proposait, répondrons-nous, c'était de composer, non-seulement de tête, mais à l'aide de l'écriture, une lettre qu'il ferait parvenir aux mains de Mlle de Champ-Rosé, par l'intermédiaire du Coulon blanc, lettre dans laquelle Orfano donnerait à Sabine toutes les instructions relatives au projet d'évasion qu'il avait formé, et l'instruirait du rôle qu'elle avait à remplir, pour que cette tentative fût couronnée d'un plein succès.

Mais le vélin, mais l'encre, mais la plume qui lui étaient nécessaires pour écrire cette lettre, où et comment, dira-t-on, aurait-il pu se les procurer?

Il n'en avait nullement besoin, ainsi qu'on va le voir; car cette merveilleuse faculté de l'esprit, qui porte le nom d'imagination, lui avait indiqué le moyen d'y suppléer avec ses propres ressources; ce qui fait qu'après avoir mentalement arrêté la rédaction de son épître, il se mit immédiatement en devoir de la transcrire.

Pour ce faire, il monta sur son banc de bois qu'il avait placé en bas de la petite fenêtre, et à l'aide de son poing fermé, qu'il avait, de peur de se blesser, préalablement enveloppé avec le pan de sa soutanelle, il fit voler en éclats plusieurs des vitres de la verrière, après avoir, toutefois, calculé dans quelle

direction il convenait d'agir pour faire croire que le
vent seul avait été l'auteur de ce dégât.

Il remit ensuite le banc à sa place, et s'agenouil-
lant sur le plancher, il fit choix, parmi les fragments
dè verre cassé, de ceux qui lui parurent avoir les
arêtes les plus nettes et les plus tranchantes. Il cacha
ces fragments dans la doublure de son habit et re-
poussa avec le pied, dans un des angles de la Cellule,
les autres débris de vitre qui auraient pu le gêner,
ou avec lesquels il aurait pu se blesser, en attendant
l'heure de se mettre au travail.

C'était, en effet, dès le matin, et avant que l'Angélus sonnât, qu'Orfano avait procédé au bris de sa verrière, et nous devons dire que le hasard lui était venu
en aide fort à propos, car ce jour-là le ciel s'était
chargé de nuées, et un vent d'orage des plus furieux
avait soufflé durant une partie de la nuit.

Ce ne fut cependant pas sans une certaine inquiétude que notre prisonnier attendit la venue de Monticelli. Celui-ci, dès qu'il entra, s'aperçut du dégât
qui avait été fait à la petite fenêtre, et, tout aussitôt,
il attacha sur Orfano ses regards à la fois interroga-
teurs et menaçants. Monsieur le Gonfalonier, qui
était assis sur son banc, et qui paraissait être fort occupé par la lecture de sa Bible, n'eut pas d'abord
l'air de s'en apercevoir ; puis, comme s'il eût été
surpris de ce que son geôlier faisait ce jour-là une
plus longue station que de coutume dans sa Cellule,
il leva tranquillement la tête, et les regards que le valet italien jetait tour à tour sur lui et sur la verrière
défoncée, signifiant bien évidemment :

— Qui est-ce qui a brisé les vitres ?

Il répondit sur le ton de la plus grande indiffé-
rence :

— *Il vento di questa notte* (1).

Après quoi, il reprit sa lecture et comme sans
plus se soucier de ce que l'autre en penserait.

Après un instant d'indécision, Monticelli, sans
proférer une seule parole, s'avança vers l'angle de la
Cellule dans lequel les fragments de vitre étaient rassemblés, et il les ramassa tous, les uns après les
autres, non sans se piquer assez fortement le bout
des doigts, ce qui arracha un *Corpo di Baccho* (2) d'entre ses dents serrées, et lui fit faire quelques laides
grimaces, dont Monsieur le Gonfalonier n'eut point
l'air de s'apercevoir. Cette piquante besogne étant
terminée, le Chioggiote sortit de la Logette comme
un dogue en colère, et verrouilla la porte avec plus
de fracas que jamais.

Dès qu'il se fut éloigné, Orfano, s'armant d'un des
fragments de vitre qu'il avait mis en réserve, détacha, en les coupant nettement avec le tranchant du
verre, et aussi près que possible du dos du livre,
quatre feuillets de sa Bible qu'il eut soin de prendre
à quatre endroits différents.

Il les plaça, un par un et séparément, sur son banc
de bois, et toujours, à l'aide de son fragment de vitre, qu'il avait soin de remplacer par un autre, quand
celui dont il se servait était émoussé, il se mit en
devoir de découper lentement et très régulièrement

(1) Le vent de cette nuit.
(2) *Corps de Bacchus !* Le juron italien par excellence.

chacun de ces feuillets, d'abord ligne par ligne, puis
lettre par lettre. Quand cette opération fut terminée,
il se trouva être en possession de plusieurs milliers
de très petits carrés de parchemin, représentant chacun une des lettres de l'alphabet, mais confondus
pêle-mêle les uns avec les autres, et dont il dut faire
d'abord le triage, avant de songer à les employer.

Dans le but de simplifier, par un procédé méthodique, le travail assez long qu'allait nécessiter la
composition matérielle de son épître à Sabine, il dis-
posa donc en vingt-cinq tas, sur le plancher de sa
Cellule, toutes ces lettres qu'il avait séparées et
classées d'après le rang qu'elles occupent dans l'alphabet. Quand il eut terminé ce travail, il plaça
chacun de ces tas entre deux feuillets de sa Bible,
en commençant par le premier feuillet et en faisant
coïncider l'ordre alphabétique avec l'ordre de pagination, de telle sorte que tous les A étaient rangés à
la page numéro 1, tous les B à la page numéro 2, et
ainsi de suite de toutes les autres lettres jusqu'au Z,
qui était placé à la page numéro 25 (1).

Quand cela fut fait, il prit son michon de pain de
Corbeil qu'il rompit en deux moitiés inégales, posa à
terre la moitié la plus forte, et, enlevant une partie
de la mie de l'autre moitié, il en forma ainsi une
sorte de petit bateau, dans lequel il fit couler de l'eau

---

(1) Dans les manuscrits du moyen âge, et dans les livres qui
furent publiés durant l'espace d'un siècle, et même davantage,
après l'invention de l'imprimerie, chaque feuillet ne porte qu'un
numéro de pagination, qui se trouve placé à l'angle supérieur du
recto.

de son coquemar ; après quoi il détrempa, à l'aide
de l'index et du pouce, la mie qui était restée au
fond du bateau, et il ne quitta cette besogne que lorsqu'il eut obtenu une suffisante quantité de colle bien
diffluente et bien onctueuse.

S'armant de nouveau de l'un des fragments du vitrage effondré, il détacha une cinquième feuille de
sa Bible ; c'était celle qui formait le feuillet de garde
de la fin du volume, et qui était sans écriture, par
conséquent. Il s'assit sur le plancher, mit ce feuillet
à terre au devant de lui, plaça sa Bible à la tête du
parchemin blanc qui allait lui tenir lieu de papier à
lettre, prit dans sa main gauche le bateau de mie de
pain détrempée, et, de la droite, se mit en devoir de
faire ce qu'exécutent, chaque jour, nos compositeurs
d'imprimerie, mais avec autant de lenteur, à coup
sûr, que ceux-ci y apportent de dextérité, c'est-à-
dire qu'il se mit à prendre dans les vingt-cinq casiers
de sa Bible, les lettres qui lui étaient nécessaires pour
former les mots dont se composait son épître à Mlle de
Champ-Rosé.

Grâce au classement méthodique que nous lui avons
vu faire de ses petits carrés de parchemin, cette tâche était devenue d'une extrême simplicité. La lettre
dont il avait besoin étant trouvée, il la prenait entre
les deux doigts, la posait délicatement, par le côté
opposé à l'écriture, à la surface de la pâte aggluti-
native, et portant, ensuite, cette lettre qui se trouvait
enduite de colle, à la façon d'un de nos timbres-
poste, sur la feuille de parchemin blanche, il la fixait
en appuyant dessus légèrement, à l'endroit de la
ligne et du mot, où sa place était indiquée d'avance.

Après quatorze heures employées à ce méticuleux travail, qu'il n'interrompit pendant quelques instants vers le milieu du jour, que pour prendre un peu de nourriture, et pour reposer, à l'aide du mouvement, ses membres engourdis par la complète immobilité dans laquelle il avait été forcé de se maintenir, son épître tout entière se trouva composée, et notre industrieux scribe avait apporté à ce labeur un soin si attentif, qu'à quelque distance, la feuille de parchemin, ainsi recouverte de cette écriture en marqueterie, ressemblait, à s'y méprendre, aux autres pages de la Bible, dont on aurait juré qu'elle avait été simplement détachée.

Si humble de cœur que fût notre industrieux Lévite, il ne put cependant, lorsque cette tâche fut remplie, se défendre d'un certain sentiment d'orgueil assez vif, nous devons l'avouer, mais dont il demanda aussitôt pardon à Dieu, bien qu'à coup sûr un pareil mouvement de satisfaction fût très légitimement permis dans cette circonstance.

Quand la nuit fut sur le point d'arriver, il relut, pour la dernière fois, la lettre qu'il adressait à sa douce fiancée, puis, pliant en quatre la précieuse feuille de parchemin, il en fit un petit rouleau très serré qu'il noua avec quelques brins de la natte de Sabine, qu'il avait conservés pour cet usage, et il attendit, dans une insomnie qui se prolongea pendant toute la nuit, que le jour parût et avec lui le gracieux Coulon qui n'avait pas cessé de venir, chaque matin, le visiter dans sa prison.

Nous n'avons négligé, en effet, de rendre compte à nos lecteurs de cette visite quotidienne faite par le

Pavonino, que pour ne pas interrompre le récit des travaux entrepris par notre prisonnier. Chaque matin, donc, le gentil Coulon blanc arrivait à tire-d'aile, dans la Logette de l'Évêque, par la petite fenêtre qui était constamment ouverte, et, durant une heure, si ce n'est plus, les deux amis se témoignaient, chacun à sa façon et chacun dans son langage, tout le plaisir qu'ils éprouvaient à se revoir. Puis, au premier coup de l'Angélus, l'oiseau s'échappait porteur d'une nouvelle fleur de violettes des champs qu'Orfano avait attachée à son cou, et que, fidèle messager, il allait porter à sa jeune et belle maîtresse.

On devine avec quelle impatience il fut attendu ce jour-là. Il parut enfin, fut comblé de plus de caresses que jamais, et, quelques instants avant que la cloche ne sonnât, Monsieur le Gonfalonier attacha solidement, à la naissance de l'une de ses ailes, le rouleau de parchemin destiné à Sabine.

Puis, comme Noé, lorsqu'il donna la volée à la Colombe par la fenêtre de l'Arche, il le lâcha dans l'espace en lui disant :

— Que Dieu dirige ton vol, ô mon fidèle ami ! va rejoindre celle que j'aime, et qu'elle apprenne, par le message que je te confie, comment elle pourra travailler à notre bonheur commun en me rendant la liberté.

Et le blanc Coulon partit à tire-d'aile.

III

UNE ÉPITRE PROFANE

BIEN QUE DÉTACHÉE DES SAINTES ÉCRITURES

III

UNE ÉPITRE PROFANE

BIEN QUE DÉTACHÉE DES SAINTES ÉCRITURES

En vertu du droit d'ubiquité qui nous appartient, nous allons, pour la troisième fois, si notre mémoire nous sert bien, introduire le lecteur dans la chambre à coucher de Mlle de Champ-Rosé, le matin même du jour, et à l'heure précise où nous avons vu, à la fin du chapitre précédent, le Coulon blanc prendre sa volée par la petite fenêtre de la Logette de l'Évêque, portant, sous son aile, l'épître adressée par Orfano à sa bien-aimée Sabine.

Hélas! depuis le jour fatal où cette aimable fille avait vu le tendre objet de son affection enfermé, par ordre de dom Pierre, dans la Cage de bois de notre haut Clocher, ce mystérieux et virginal petit Logis du

Porche avait été le témoin de bien des soupirs et de bien des larmes que les malheurs immérités de son amant avaient arrachés à la sensible et vertueuse damoiselle.

Cela nous expliquera pourquoi nous retrouvons la nièce de Monsieur l'Archiprêtre avec la pâleur du marbre répandue sur tous ses traits et l'expression d'une profonde mélancolie empreinte dans la flamme maladive de son regard. Sous la peau nacrée et transparente de ses tempes, qui laisse apercevoir un réseau délicat de petites veines couleur d'azur, une fine artère qui rampe à la façon d'un reptile, trahit par ses battements précipités la violence des pulsations de son cœur, tandis que ses paupières, estompées d'une légère teinte de bistre, et ses pommettes animées par une plaque circonscrite d'un rouge uniforme, accusent de pénibles veilles passées dans la plus douloureuse des insomnies.

Et cependant, nous devons le dire, malgré les changements qui étaient survenus dans tous ses traits et qui dénotaient les souffrances incessantes de son cœur, Sabine était d'une beauté plus expressive, plus pénétrante, plus suave que jamais. La disposition nostalgique de son âme avait imprimé, sans doute, au galbe si pur de son visage le caractère à la fois tendre et touchant des passions affectives de la femme, mais elle n'avait rien ôté aux grâces virginales de la jeune fille, à ces grâces ingénues par lesquelles la pudeur, aux prises avec l'amour, exprime avec tant de charme les nuances les plus délicates du sentiment.

Hâtons-nous d'ajouter qu'un changement tout matériel, apporté à la coiffure de Sabine, n'avait pas peu

contribué à modifier l'expression que donnaient naguère à sa physionomie les quatre nattes brunes de
sa chevelure, que nous avons vues naguère flottant
autour de cette belle tête de Madone italienne. Ces
longues et moelleuses tresses, en effet, qui ajoutaient
nous ne savons quelles grâces enfantines à l'air et
à la démarche de l'élégante patricienne, avaient été
remplacées par deux bandeaux brillants et lisses, qui,
en faisant ressortir davantage, peut-être, l'éclatante
blancheur de son teint, donnaient maintenant à la
figure de la jeune fille un ton de beauté plus sévère
et plus recueillie.

Nos lecteurs devineront sans peine depuis quelle
époque, et pour quelles raisons Mlle de Champ-Rosé
avait fait tomber sous le ciseau les trois nattes res-
tantes de cette admirable chevelure, que toutes les
personnes qui approchaient Sabine, et en particulier
M. l'Archiprêtre, aimaient tant à voir ruisseler en
cascades d'un noir de jais sur le cou d'ivoire et sur les
blanches épaules de la jeune fille.

Et ceci nous amène, tout naturellement, à raconter
la scène qui avait eu lieu entre l'oncle et la nièce,
dans le *Parloir à Messieurs de l'Œuvre*, aussitôt après
qu'Orfano en était sorti pour être conduit, par Monticelli, dans la Cage de bois de la Tour Saint-Jacques.

Le lecteur n'a sans doute point oublié qu'au moment où dom Pierre, accompagné de son valet italien,
allait rentrer dans ce même Parloir, où il avait laissé,
pendant quelques instants, nos deux amants en tête-
à-tête, Sabine, avec cette présence d'esprit, qui est,
avons-nous dit, une des grandes forces de son sexe,
avait à la hâte jeté son coqueluchon de soie sur sa

tête et sur ses épaules, afin que Monsieur l'Archiprêtre ne pût s'apercevoir qu'il lui manquait une des
nattes de sa chevelure.

Puis comprenant, avec ce tact exquis qui lui appartenait, que de l'attitude et du langage qu'elle
allait tenir vis-à-vis de dom Pierre, devait dépendre
l'avenir de son amour, la pauvre enfant parvint, à
force d'empire sur elle-même, à faire cesser le trem-
blement nerveux dont son corps était agité ; et, calme
en apparence, bien qu'ayant l'épouvante dans le
cœur, elle attendit, assise gravement sur le siége à
dais qu'elle avait quitté tout à l'heure, l'explication
qui ne pouvait manquer d'avoir lieu entre elle et
Monsieur le Doyen, son oncle.

A peine, en effet, le bruit des pas d'Orfano et de
son geôlier avait-il cessé de se faire entendre dans le
corridor qui conduisait du Parloir au petit passage
du Porche, que l'Archiprêtre, fermant violemment la
porte de la salle, vint se placer devant sa nièce, se
tenant debout, les bras croisés, et fixant sur elle ses
deux yeux bruns, au fond desquels brillait une sombre flamme.

En rencontrant les regards irrités de son oncle, la
jeune fille abaissa modestement vers la terre ses
deux blanches paupières, dont les cils noirs, longs
et aigus n'auraient pu être comparés qu'aux dards
rayonnants de la Couronne de fer des anciens Rois
lombards. Puis, dans un silence plein de calme et
de réserve, elle attendit que dom Pierre lui adressât
la parole.

Ce que Mlle de Champ-Rosé avait prévu, arriva.
Devant cette digne attitude, prise par la noble jeune

fille, et qui était celle qui convenait à une vierge sage, comme elle n'avait jamais cessé de l'être, le criminel amant de Mme de Tarenne sentit le trouble le plus étrange naître dans son esprit, et sa première pensée fut que Sabine avait peut-être été instruite par Orfano des secrètes turpitudes de la vie de son oncle. En tout cas, elle pouvait avoir entendu les paroles que Monsieur le Gonfalonier avait prononcées tout à l'heure, et cela étant, quels soupçons n'avaient pas dû naître dans son esprit !

En un instant, la colère furieuse du Prêtre céda la place à une véritable terreur, terreur instinctive et qu'éprouvera éternellement, en présence d'un innocent, celui qui sent sa conscience chargée de quelque crime. On pourrait donc dire que les rôles venaient d'être intervertis, et que celui qui s'apprêtait à se porter accusateur, était devenu accusé tout à coup.

Résolu toutefois de faire bonne contenance et de s'assurer, surtout, si ses craintes étaient fondées, oui ou non, dom Pierre prit la parole, mais il le fit sur un ton si différent de celui que Sabine s'attendait à lui voir prendre, que la jeune fille jugea aussitôt qu'en demeurant de plus en plus calme et de plus en plus digne, la victoire lui était assurée d'avance.

— *Signora*, lui dit l'Archiprêtre, en se servant du simple titre italien que l'on donne aux Dames, et qu'il avait coutume d'employer avec sa nièce, lorsqu'il avait quelque légère gronderie à lui adresser, vous saurez que j'ai gravement à me plaindre de vous?

— De moi, mon oncle, dit Sabine en continuant de tenir ses yeux baissés vers la terre?

— De vous-même, *Signora*?

— Et qu'ai-je donc fait, je vous prie, pour avoir mérité vos reproches?

— Vous me le demandez?

— Sans doute, cher Oncle, je vous le demande?

— Eh bien! ma nièce, poursuivit l'Archiprêtre en mettant, comme cela se dit dans le langage musical, un bémol à chacun des griefs qu'il articulait, j'ai à me plaindre gravement, j'ai à vous gronder, je ne suis pas content, enfin, de ce que vous m'avez caché, jusqu'à ce jour, les odieuses tentatives de séduction dont vous avez été l'objet de la part du traître qui sort d'ici.

— Mon oncle, reprit la jeune fille avec une surprise qui n'était nullement jouée, et en fixant, cette fois, sur dom Pierre, ses deux limpides prunelles, où la candeur et l'ingénuité brillaient de tout leur éclat, j'ignore de quelles odieuses tentatives vous voulez parler.

— Je veux dire que ce misérable bâtard que je viens de faire conduire à la Logette de Monseigneur, cherche depuis bien longtemps, sans doute, à vous abuser, et que vous avez été ou bien imprudente ou bien indulgente, de ne pas m'avoir averti des dangereuses menées par lesquelles il espérait vous détourner du sentier de l'honneur.

— Je vous jure, mon Oncle, dit Sabine avec le sentiment le plus vif de la fierté blessée, que jamais le pauvre jeune homme que vous accusez ne m'a dit une parole qui fût de nature à effaroucher la pudeur de la plus chaste fille, et je vous atteste qu'en lui infligeant la punition de cet outrage imaginaire, vous commettez à son égard l'injustice la plus grave et la moins méritée.

— Comment donc! est-ce que je ne viens pas, à l'instant même, de le surprendre à vos pieds, et croyez-vous que je n'aie point entendu le langage inconvenant dans lequel il n'a pas craint de vous parler?

— Le langage inconvenant, dites-vous?

— Et de quel autre nom dois-je appeler le tutoiement dont il se servait pour vanter les *charmes de votre voix* et la *toute-puissance de votre beauté*, l'indigne séducteur qu'il est?

— Ah! mon Oncle, dit Sabine, qui trouva la force de sourire, pour un Conseiller-clerc en la Chambre des Comptes, permettez-moi de vous dire que vous rendez *Sentence entière sur demi-requête*. Monsieur le Gonfalonier, dont vous n'avez entendu que les derniers mots, me complimentait, lorsque vous êtes arrivé, au sujet de la musique que j'ai composée sur les paroles de sa romance. Or, vous savez comme moi qu'il est poëte avant tout, et, en cette qualité, il n'a pas cru pouvoir me louer mieux, à son gré, qu'en me qualifiant du titre de *Prêtresse de l'Harmonie*, et, dans cet accès d'enthousiasme de sa part, convenez vous-même qu'il devait, de toute rigueur, employer le tutoiement qui est si cher et si familier, d'ailleurs, aux favoris des Muses.

— Cependant, *Signorina*, répliqua l'Archiprêtre en mettant encore un bémol, mais cette fois au titre même qu'il donnait à sa nièce, ce qui, d'un titre simplement poli, faisait un titre caressant, vous aurez beau l'excuser, tout cela ne fera point que je n'aie surpris tout à l'heure cet audacieux personnage couvrant d'impurs baisers une des nattes de votre chevelure.

En entendant cette épithète *d'impurs*, par laquelle

dom Pierre flétrissait les chastes caresses qu'elle avait reçues de son amant, une idée lumineuse se présenta tout à coup à l'esprit de Mlle de Champ-Rosé.

— Mon Oncle, dit-elle avec vivacité et en faisant le mouvement de quitter le siége sur lequel elle était assise, supposeriez-vous donc que dans cette action, que je croyais être tout à fait innocente de sa part, et que je regardais, moi, comme étant bien permise, dans un premier jour de l'an comme celui-ci, Messire Orfano ait dépassé les bornes d'un simple témoignage d'amitié?

— Je vous affirme, *Cara mia*, s'empressa de répondre l'Archiprêtre, qui, par cette question, se trouvait, comme on le dirait dans un Bulletin de campagne, triompher sur toute la ligne, je vous affirme que les baisers donnés à votre chevelure par ce misérable bâtard, sont de ceux dont une noble et chaste fille comme vous ne peut que rougir de honte et de confusion.

— En ce cas, dit Sabine avec dignité, je sais ce qu'il me reste à faire.

— Que voulez-vous dire, chère enfant, demanda l'Archiprêtre quelque peu intrigué par ces paroles de sa nièce?

— Que votre Révérence prenne la peine de m'attendre ici pendant quelques instants, et elle ne tardera pas à le savoir.

Et Sabine, se levant de son siége, ouvrit la grande porte du Parloir et disparut.

Un quart d'heure environ se passa, qui parut être un siècle à dom Pierre, et la jeune fille revint, ayant toujours son coqueluchon de soie relevé, c'est-à-dire lui couvrant la tête, et tenant à la main quelque chose de noir, de moelleux et de velouté.

— Cher Oncle, dit-elle froidement à l'Archiprêtre, vous avez jugé, dans votre sagesse, que ma chevelure avait été, à mon insu, souillée par d'impurs baisers; je viens donc de m'en séparer à l'instant, et je la livre aux flammes qui ont le pouvoir de purifier tout.

Et avant que Monsieur le Doyen de Saint-Jacques n'ait eu, nous ne dirons pas le temps, mais même la pensée de s'opposer à ce qu'elle allait faire, Sabine jeta dans le cœur du foyer, qui était d'un rouge cerise en ce moment, ce qu'elle tenait à la main, c'est-à-dire les tresses dénattées de sa chevelure, qui se tordirent avec de vifs pétillements sur les charbons incandescents, et qui eurent bientôt disparu dans un tourbillon de flamme et de fumée.

A ce spectacle, dom Pierre était resté, pendant quelques secondes, stupéfait, muet et immobile. Puis, ce premier moment de surprise étant passé, il s'était élancé vers la jeune fille, dont il rejeta vivement en arrière le coqueluchon de soie capitoné. Sabine lui apparut alors avec ses cheveux séparés en deux moitiés sur le haut du front, et coupés en rond tout autour du cou, ce qui la faisait ressembler à quelque jeune et joli page du Logis de Mme Isabeau de Bavière.

— Grand Dieu! s'écria-t-il avec l'accent de la plus vive contrariété, comment avez-vous pu, cruelle enfant que vous êtes, commettre un pareil meurtre?

— Très cher Oncle, dit froidement la jeune fille,

dans un sermon prêché par vous, il y a quelques semaines, sur la pudicité des personnes de notre sexe,
vous avez dit, en citant un trait de l'histoire latine,
que la femme de César ne devait même pas être
soupçonnée. Souffrez donc que Sabine de Champ-
Rosé, votre nièce, désire qu'il en soit de même à
l'égard de sa personne.

— Ah ! j'avoue, s'écria douloureusement l'Archiprêtre, qu'en présence du sacrifice que vous venez
de faire, il ne me reste plus l'ombre d'un soupçon,
touchant votre innocence. Mais, ajouta-t-il comme
emporté par son émotion, que va penser de ceci votre
belle Marraine, et que va dire surtout Monsieur le
Vicomte ?

— Que voulez-vous dire vous-même, demanda la
jeune fille en pâlissant, et bien qu'elle eût saisi de
suite le sens caché de ces paroles ?

— Je veux dire, chère enfant, qu'il y a quelques
jours, Mme la douairière de Chamérobley m'a fait faire
officiellement, par l'intermédiaire du Sire de Quitry,
la demande de votre main, pour son noble fils, M. le
Vicomte Anténor, et que j'ai engagé ma parole que
vous seriez sa femme, aussitôt que sa commission de
Commandant du Pont de Saint-Cloud lui laissera les
loisirs nécessaires pour vous épouser. Et, comme votre
beauté forme, assurément, la partie la plus précieuse
de votre dot, que va faire Monsieur le Vicomte, en
apprenant la perte de votre chevelure, qui était, à
son tour, la partie la plus précieuse de votre beauté.

— Eh ! mais, mon Oncle, dit vivement Sabine,
rien de plus simple ; Monsieur le Vicomte prendra
la peine d'attendre que mes nattes soient repoussées.

— Cela n'est pas une chose qui soit à lui proposer ; d'autant, vous ne l'ignorez pas, qu'il faudrait des années entières pour que votre chevelure pût atteindre à la longueur qu'elle avait tout à l'heure encore. Ah ! cruelle enfant, qu'avez-vous fait, je le répète !

— Je ne puis pourtant pas, en ma qualité de gentille femme, me marier ainsi coiffée à la façon d'une nonnain qui va quitter le monde pour entrer au cloître, dit fièrement Sabine ; obtenez au moins, très cher Oncle, un délai de six mois ou d'une année de Monsieur le Vicomte, et je vous en saurai un gré infini, je vous assure.

— Je ne pense pas que votre futur y consente aisément. En tous cas, voici l'armée royale qui va se mettre en campagne, et, tant que durera la guerre, Monsieur le Quartinier sera sans doute forcé de rester à son poste. Tout ce que je puis donc vous promettre, chère enfant, c'est que d'ici à ce que la paix soit conclue, il ne sera nullement question de votre mariage.

— Me le promettez-vous vraiment ? dit Sabine toute heureuse d'obtenir ce premier délai.

— Je vous le promets d'une manière formelle, répondit l'Archiprêtre.

— Ah ! puisse la guerre durer toujours ! se dit la jeune fille à elle-même, avec ce souverain égoïsme d'un cœur bien épris, qui ne voit dans l'univers que l'objet aimé.

Et, sur cette promesse faite par dom Pierre, l'oncle et la nièce s'étaient séparés.

Le lecteur voit donc que, grâce à l'héroïque résolution prise par M{he} de Champ-Rosé (et nous sommes sûr d'avance que la qualification d'*héroïque* que nous donnons à l'acte accompli par Sabine, ne paraîtra nullement exagérée à la jeune et gracieuse femme qui nous lit); le lecteur, disons-nous, voit que, grâce à cette résolution héroïque prise par la nièce de dom Pierre, non-seulement l'abandon qu'elle avait fait d'une des nattes de sa chevelure à son amant resta un secret pour tout le monde, mais encore que le but difficile vers lequel devaient tendre tous ses efforts se trouva être atteint du premier coup, but qui était d'écarter à tout jamais de l'esprit de son oncle jusqu'à l'ombre d'un soupçon, touchant son affection secrète pour Orfano.

Et ce qui était un véritable triomphe pour cette âme droite et honnête, c'est que pour arriver à ce but, elle n'avait eu besoin ni de mentir à son cœur, ni de renier son amour, ni de charger un innocent; tout au contraire de cela, elle avait pris en main la défense de l'homme qu'elle aimait, elle l'avait disculpé d'avoir jamais mis en œuvre aucun moyen pour la séduire, elle avait fait plus encore, elle avait protesté contre la cruelle punition qui lui était infligée, comme étant la plus grave des injustices que l'on pût commettre.

Enfin, par ce même sacrifice qu'elle avait fait de sa chevelure, sa victoire se trouvait être complète, puisque le fatal mariage projeté avec Monsieur le Vicomte était différé jusqu'à ce que la guerre, qui allait commencer, fût achevée. Il est vrai que ce terme pouvait bien ne pas être aussi éloigné que Sabine en avait le désir; mais qui sait si, d'ici là, elle ne parviendrait pas à délivrer son tendre fiancé de sa prison?

Bien résolue, pour arriver à ce résultat, de ne négliger aucun des moyens que la prudence et le soin
de son honneur ne lui interdiraient pas toutefois
d'employer, Sabine, dès les premières heures qui
suivirent la scène du Parloir à Messieurs de l'Œuvre,
avait mis son esprit à la torture pour savoir comment
elle pourrait faciliter l'évasion d'Orfano. Mais après
y avoir mûrement réfléchi, nous ne dirons pas seulement pendant plusieurs jours, mais pendant plusieurs
semaines, elle en arriva à cette conclusion désolante,
que c'était là une entreprise sinon impossible, du
moins des plus difficiles à exécuter pour une pauvre
fille comme elle, qui, étant sans fortune et sans pouvoir, ne pouvait ni séduire à prix d'argent, ni intimider par l'ascendant de l'autorité, le geôlier qui
tenait son amant enfermé dans la Logette de l'Évêque.

Elle essaya bien, il est vrai, et cela à plusieurs reprises, de tromper la surveillance de Monticelli, afin
de lui dérober les clefs de la Cage de bois ; mais ces
clefs faisaient partie d'un énorme trousseau que le
valet de dom Pierre portait bruyamment passé à sa
ceinture et dont la jeune fille savait, pour le lui avoir
entendu dire bien souvent, qu'il ne se séparait jamais, même pendant le temps de son sommeil.

L'Amour rendit, comme il le fait d'ordinaire, son
esprit plus alerte et plus inventif. Elle songea alors,
entre autres projets, à faire parvenir au prisonnier une vrille très fine et une petite scie sans
manche, à l'aide desquelles il lui serait possible de
détacher un des panneaux en chêne de la porte de
sa Cellule. Elle fit donc emplette de ces deux objets,
dans le plus grand secret, et elle eut le courage, la

timide fille qu'elle était pourtant, de s'engager à pas
furtifs durant une nuit qu'il faisait bien noir, dans
l'escalier en spirale de la Tour, pour, de là, gagner
l'échelle de meunier qui conduisait à la Logette de
l'Évêque, espérant pouvoir glisser les deux légers
instruments dont elle s'était munie, par dessous
cette même porte à laquelle ils étaient destinés à
faire une brèche. Mais quand elle arriva dans la
chambre du Carillon, un ronflement des plus sonores
qui partait du pied de l'échelle de bois, la glaça d'effroi tout à coup. Elle devina que c'était le redoutable
geôlier qui était couché là, en travers du degré, et
elle se hâta, toute tremblante et le désespoir dans le
cœur, de regagner son petit Logis du Porche, où la
pauvre fille se mit à pleurer amèrement sur l'impuissance dans laquelle elle était de pouvoir tenir la
promesse qu'elle avait faite à son fiancé.

Depuis lors, une noire et profonde mélancolie s'é-
tait emparée de l'esprit de Sabine, et le soin qu'il lui
fallait prendre, chaque jour, d'en dissimuler les signes aux regards des personnes qui l'entouraient,
ne faisait qu'ajouter encore aux souffrances, à la fois
morales et physiques, de la malheureuse enfant.

Forcée de sourire et de paraître joyeuse, pendant
la journée, pour ne point trahir le secret de
ses amours, elle se dédommageait de cette contrainte, durant les heures de la nuit, qu'elle passait
à évoquer le souvenir de son bien-aimé, à verser
d'abondantes larmes sur la dure captivité à laquelle
il était condamné, et à adresser au ciel les plus fer-
ventes prières pour que le jour de la délivrance de
son amant ne se fît pas plus longtemps attendre.

Debout, dès que l'aube du matin venait à poindre, son premier mouvement était de courir à l'une des lucarnes de son petit Logis, de l'ouvrir et de passer sa charmante tête par le panneau de la verrière, afin d'apercevoir le couronnement de la Tour Saint-Jacques. Ses regards émus s'arrêtaient alors sur les fenêtres les plus élevées du clocher, et elle saluait, d'un pâle et mélancolique sourire, les murs de la prison dans laquelle gémissait et souffrait le tendre ami de son enfance.

Puis, s'asseyant devant la petite fenêtre restée entr'ouverte, elle attendait tristement l'heure à laquelle son fidèle Pavonino allait venir, suivant sa coutume, lui demander sa ration de graines du matin. Quand l'oiseau arrivait, Sabine le prenait entre ses deux mains mignonnes, couvrait des plus tendres baisers la tête, le cou et les ailes du gracieux volatile, se demandant, chaque jour, s'il n'était pas possible qu'il eût découvert la route aérienne qui conduisait à la Logette de l'Évêque, et se berçant de cette douce illusion que peut-être sortait-il à l'instant de la prison d'Orfano, et que le blanc duvet sur lequel elle appuyait ses lèvres, les lèvres de son amant s'y étaient posées, tout à l'heure, à son intention.

Qu'on juge donc de sa surprise et de sa joie, lorsqu'un matin, ayant les yeux levés vers la Tour Saint Jacques, elle vit arriver

Son bel Colom tout blanc devers le ciel venant (1),

(1) Vers tiré du *Roman de Girart de Rossillon*, dont il a été question au chapitre du *Parloir à Messieurs de l'Œuvre*.

porteur d'une violette des champs qui était attachée
à son cou par un fil noir. L'oiseau s'étant abattu sur
la main de sa belle maîtresse, celle-ci, avec une
émotion dont il est facile de se rendre compte, reconnut aussitôt que le lien qui retenait cette fleur
était un des cheveux de la natte qu'elle avait donnée
à Orfano, lequel cheveu faisait un certain nombre
de fois le tour du cou du gentil pigeon.

Plus de doutes, désormais ! L'intelligent Pavonino
avait su pénétrer jusque dans l'intérieur de la Cage
de bois, il avait vu Orfano, Orfano lui avait parlé,
Orfano l'avait caressé, Orfano enfin l'avait chargé de
ce message pour elle, message emblématique qui signifiait si bien pour celle qui le recevait :

— Chère Sabine ! pensez-vous à moi ; m'aimez-
vous toujours ; songez-vous à ma délivrance?

— Oh ! oui, dit la jeune fille en versant des larmes
d'attendrissement sur la précieuse fleurette. Oh ! oui,
oui, mon Orfano adoré, je pense toujours à toi, je
t'aime plus que jamais, et le jour de ta délivrance
sera l'un des plus beaux de ma vie.

Puis, la jeune fille détacha avec précaution la petite violette du cou de l'oiseau, en se demandant,
vingt fois, par quel moyen son amant avait pu se la
procurer.

Et, tandis que son esprit faisait mainte et mainte
conjecture à cet égard, Sabine baisait délicatement la précieuse fleur qui, de ses lèvres, passa
ensuite dans la petite croix d'or en reliquaire, dont
Monsieur le Gonfalonier lui avait fait présent, et la
petite croix, à son tour, fut glissée sous la gorgerette de fine batiste, d'où nous devons dire qu'elle

fut tirée cent fois, au moins, pendant le cours de cette bienheureuse journée.

Dans les premiers instants de la joie immodérée que lui causa cet événement, dont elle comprit de suite toute la portée, Mlle de Champ-Rosé, après avoir donné au Coulon blanc son auget bourré des plus appétissantes graines, qu'il avait au reste si bien méritées, alla s'asseoir devant son pupitre, et elle se hâta de tracer une longue lettre destinée à son bien-aimé, lettre dans laquelle tout ce que son cœur sentait, sa main n'hésita point à l'écrire, avec cette innocente tendresse et cette bonté ingénue qui forment le langage inimitable d'un premier amour.

Mais, après y avoir réfléchi, Sabine comprit tout le danger qu'il y aurait à livrer ainsi le secret de son cœur au vol capricieux et vagabond d'un oiseau. Le Coulon blanc venait bien, il est vrai, chaque matin, au premier coup de l'Angélus, frapper à la verrière de son Logis, et Orfano qui savait cela pouvait, sans craindre que l'oiseau l'égarât, lui confier, au moment opportun, son message emblématique ; mais, à quelle heure du jour le Pavonino retournait-il visiter le prisonnier ? Voilà ce qu'elle ignorait, quant à elle, et ce qui devait lui faire une loi d'agir avec la plus grande prudence, pour que la réponse qu'elle allait lui confier ne courût pas le risque de tomber entre des mains étrangères.

Rien qu'à l'idée d'une pareille mésaventure, Sabine frémissait de terreur, en calculant les suites désastreuses qui en seraient l'inévitable conséquence.

Ce fut cette raison qui détermina Mlle de Champ-Rosé à ne répondre à l'envoi de son bien-aimé qu'en

lui adressant la simple devise que nous connaissons,
devise qui, bien que conçue en termes fort laconi-
ques, comprenait cependant, dans les cinq mots
qui la composaient, tout ce qui était de nature à intéresser Orfano dans le présent, ainsi que dans l'a-
venir.

Nous avons vu de quelle façon ce premier message
de la jeune fille parvint à notre prisonnier, et comment de la réception de ces deux petits carmes, écrits
par Sabine, prit naissance, dans l'esprit d'Orfano,
l'idée d'une tentative d'évasion dont nous lui avons
vu également faire les préparatifs. Nous savons encore que malgré les travaux nécessités par cette audacieuse entreprise, notre tendre amant n'avait pas
laissé passer un seul jour sans faire à sa bien-aimée
l'envoi d'une nouvelle fleur, et, au moment où nous
pénétrons dans le petit Logis de Mlle de Champ-
Rosé, la jeune fille, assise devant l'une des lucarnes,
toute grande ouverte, attendait, avec toute l'impatience d'une femme qui aime, la visite matinale de
son oiseau favori.

Dès les premiers tintements de l'Angélus un bruit
d'ailes se fit entendre, et le Coulon blanc s'abattit
tout à coup sur l'appui de la fenêtre. Mais, au grand
désappointement de Sabine, il n'avait point, comme
les jours précédents, de fleurette attachée à son cou,
et la jeune fille sentait déjà des larmes de tristesse
lui venir dans les yeux, lorsqu'elle aperçut le bout
d'un petit rouleau de parchemin qui faisait saillie
sous l'aile droite du gentil pigeon.

Saisir ce parchemin, rompre le fil de cheveu qui le
retenait, le dérouler et le déplier furent pour la jeune

fille, toute émue, l'affaire d'un moment. A peine eut-
elle jeté ses regards sur le contenu du message,
qu'elle devina que c'était une lettre qu'Orfano lui
adressait, bien qu'elle ne reconnût nullement l'écriture de son ami. Sans chercher à s'expliquer d'abord
ce que l'envoi et la nature d'une pareille lettre avaient
d'extraordinaire, elle courut à son prie-Dieu devant
lequel elle s'agenouilla, posa la feuille de vélin sur
le pupitre du meuble, et, avec des battements de cœur
si forts, que le satin blanc de sa tunique en était sou-
levé, elle se mit, nous ne dirons pas à la lire, mais à
la dévorer.

Voici ce que contenait l'épître de Monsieur le Gonfalonier :

« Chère et bien-aimée Sabine,

» Que les premiers mots de cette lettre soient pour
» vous assurer de mon amour et de ma tendresse,
» que le temps, l'absence et la douleur n'ont fait que
» rendre plus vifs encore.

» Dieu, qui sonde les reins et qui pèse les inten-
» tions, a pris enfin notre innocence, notre jeunesse
» et nos malheurs en pitié. Il ne veut pas que nous
» soyions plus longtemps séparés, et, déjouant les
» cruels projets de celui qui nous persécute, il a per-
» mis que, dans l'affreuse prison où je suis dénué de
» tout, j'aie pu combiner, et, en partie déjà, mettre
» à exécution un plan d'évasion qui, grâce à votre
» concours, sera bientôt, je l'espère, couronné d'un
» plein succès.

» O ma douce fiancée! remercions-le à deux ge-

» noux, ce Dieu tout-puissant, pour la protection
» qu'il nous accorde et dont il nous donne des mar-
» ques si visibles en ce moment! C'est lui qui, par
» le secours d'une humble fleur qu'il a fait germer
» à la portée de ma main, et par l'intermédiaire d'un
» simple oiseau dont il a dirigé le vol, nous a fourni
» les moyens de correspondre ensemble. C'est lui,
» encore, qui m'a suggéré l'idée de tresser, avec la
» précieuse natte dont votre amour m'a fait le sacri-
» fice, un fin et long cordon de cheveux qui, trop
» faible, à la vérité, pour supporter le poids de mon
» corps, sera assez fort, cependant, pour faire monter
» jusqu'à la fenêtre de ma Cellule, une corde de soie,
» à l'aide de laquelle je pourrai m'échapper de ma
» prison.

 » Mettez-vous donc à l'œuvre sans tarder, ô ma
» tendre et fidèle amie! et, de ces belles mains que
» je voudrais déjà presser sur mes lèvres, tressez,
» dans le plus grand secret, cette corde de soie des-
» tinée à devenir l'heureux instrument de ma déli-
» vrance.

 » Retenez bien, chère Sabine, que pour qu'elle ait
» la longueur et la solidité nécessaires, il faut qu'elle
» mesure 16 toises, et qu'elle soit composée de 125 fils
» de soie, de 4 brins chacun.

 » Pour accélérer votre travail, unissez bout à bout
» le nombre d'écheveaux que vous aurez calculé de-
» voir employer; rendez-en les attaches aussi fermes
» que possible, et, à cet effet, multipliez les nœuds
» qui les formeront, car ces nœuds serviront à rendre
» ma descente plus facile et moins périlleuse.

 » Vous seule déciderez du moment qui vous sem-

» blera le plus propice à l'exécution de mon plan. En
» tout cas, que ce soit pendant la nuit, et surtout
» pendant une nuit des plus obscures. Le soir du
» jour qui la précédera, chantez sur la Terrasse-aux-
» Chapelles notre romance de *Gentille Abbesse*; ce
» sera le signal qui m'avertira que l'heure de ma
» délivrance ne tardera pas à sonner.

» Au dernier coup de minuit, soyez sur cette même
» Terrasse, avec votre corde de soie que vous aurez
» roulée en pelote. A ce moment, je ferai descendre
» jusqu'à vous mon long cordon de cheveux, lesté
» d'un fragment de poterie, et, à l'extrémité de ce
» cordon, vous attacherez votre corde de soie que je
» hisserai ensuite jusqu'à moi et, en moins de quel-
» ques minutes, j'espère vous presser dans mes bras,
» ô mon ange sauveur !

» Apprenez-moi, demain, par notre fidèle mes-
» sager, si cette lettre est parvenue heureusement
» entre vos mains. D'ici là, puissé-je ne pas mourir
» d'impatience ou de frayeur !

» Au revoir et à bientôt, ô la plus charmante et
» la plus chérie des femmes !

» Celui qui ne cessera de vous aimer qu'en ces-
» sant de vivre.

» ORFANO. »

La joie que causa à Sabine la lecture de ce message ne saurait se comparer qu'à l'admiration qu'elle
éprouva pour la puissance et la fertilité d'imagination,
qu'il avait fallu au pauvre prisonnier, pour concevoir
et pour avoir, en partie déjà, exécuté le plan si simple

que son amant venait de lui faire connaître. Cette
épître, surtout, exécutée graphiquement à l'aide de
plusieurs milliers de lettres rapportées, lui parut être
l'effet d'un trait de génie, manière de voir exagérée
assurément, mais qui était toute naturelle chez une
jeune fille, qui devait juger de l'étendue et de la vivacité de l'amour qu'elle avait inspiré, par la hardiesse
et l'habile invention des moyens que son amant mettait en œuvre pour la revoir.

Ainsi qu'Orfano le lui mandait, la jeune fille remercia Dieu, du fond du cœur, de l'éclatante protection qu'il accordait à leur mutuelle tendresse, après
quoi elle relut la lettre de son beau Lévite, afin de
se mieux pénétrer du rôle qu'elle avait à remplir.
Puis, avec ce sublime élan que donnent la jeunesse et
l'amour, elle voulut, sans perdre de temps, entreprendre la tâche qui lui était échue.

Comme elle réfléchissait à la manière dont elle
devait débuter dans son œuvre, les éclats d'un rire
jeune, joyeux et franc, se firent entendre tout-à-coup
sur le degré qui conduisait à son petit Logis. A ce
timbre de voix frais et argentin, Sabine reconnut
aussitôt que c'était sa charmante petite amie, Mlle Alice
de Chamérobley, qui, la veille au soir, lui avait promis de venir la prendre le lendemain, dès le matin,
pour qu'elles allassent ensemble faire emplette de
fleurs aux Charniers des Saints-Innocents.

Nous devons dire qu'on était arrivé au 24 août,
c'est-à-dire à la veille de la Saint-Louis, qui se trouvait être la fête de Mme la douairière de Chamérobley ; et la charmante petite jeune fille, qui ménageait
une surprise à Madame la Vicomtesse, sa mère, ayant

formé le projet d'aller, à l'insu de celle-ci, faire l'acquisition du bouquet qu'elle désirait lui offrir à cette occasion, avait prié la nièce de dom Pierre de l'accompagner dans cette course, ce que Mlle de Champ-Rosé s'était empressée de lui accorder.

— Oh! mon Dieu! je vous remercie, dit Sabine toute joyeuse, c'est vous qui envoyez cette chère enfant à mon aide.

Et après avoir, en grande hâte, enfermé la lettre de son fiancé dans le coffret caché au chevet de son lit, elle alla ouvrir à la petite jeune fille, qui, de son joli doigt rose, cognait déjà très vivement à la porte.

— Oh! vous voilà, chère Alice, lui dit-elle en l'embrassant sur ses deux joues fraîches comme deux petites roses de mai, j'espère que vous êtes éveillée de bon matin.

— N'est-ce pas que je suis de parole, grande amie, dit Alice; mais c'est qu'aussi je n'ai pas dormi de toute la nuit pour être plus tôt réveillée. A cinq heures sonnantes j'ai appelé Ton-Ton pour m'habiller.

Et la petite coquette, en parlant ainsi, avait été se placer devant le miroir qui était accroché entre les deux fenêtres, pour voir quelle bonne mine faisait, non plus son joli chaperon rouge à deux cornes d'or, qu'elle portait le jour de la Consécration de l'église, mais le bourrelet relevé en cœur, couleur vert-pomme et rose-pompon, dont elle était coiffée, et qui lui donnait un air encore plus lutin, s'il est possible, que son chaperon de cérémonie.

— Vous êtes jolie à croquer, chère enfant, lui dit Sabine qui avait été prendre dans un grand bahut un bassin en faïence de Faenza, rempli de menues

graines, qu'elle remit à la petite jeune fille. Elle
ajouta, en disparaissant derrière les « custodes (1) »
de son lit : En attendant que j'aie achevé ma toilette,
voulez-vous bien prendre la peine de donner du
gramen à Monsieur le Pavonino qui paraît être en
grand appétit ce matin? En moins de cinq minutes je
suis à vous, ma charmante.

L'espiègle enfant, que cette commission amusait
fort à remplir, alla incontinent s'asseoir près du gracieux Coulon blanc, et, suivant l'habitude qu'elle en
avait prise depuis longtemps, elle lui présenta, dans
le creux de sa main, les menues graines que l'oiseau
familier venait picorer hardiment et à grands coups
de son joli bec rose, ce qui faisait rire aux éclats la
charmante et originale petite fille.

Un quart d'heure plus tard, Mlles Sabine et Alice,
accompagnées d'une bonne grosse paysanne bourguignonne, qui répondait au nom de Ton-Ton, et qui
n'était autre que la nourrice de la sœur du Vicomte,
prenaient, en riant, le chemin des Charniers des
Saints-Innocents, et elles jouaient si prestement de
leurs fines poulaines sur le pavé, que la bonne
femme, qui arrivait de sa province et qui était chaus-
sée de fortes mules à semelles de bois, suait sang et
eau pour pouvoir les accompagner.

1) Les rideaux.

IV

LES CHARNIERS

DES SAINTS-INNOCENTS

I V

LES CHARNIERS DES SAINTS-INNOCENTS

En moins de quelques minutes, les deux nobles Damoiselles que nous avons laissées s'acheminant vers les Charniers des Saints-Innocents débouchèrent par la rue Trousse-Vache (1), dans la grande rue Saint-Denis, en face de la principale entrée du Cimetière. Cette entrée, dont l'architecture avait un caractère quasi monumental, était formée par une haute et large grille en fer massif, décorée d'emblèmes funèbres et surmontée d'une croix dorée et fleurdelisée.

C'était la *Grand'Porte des Charniers*, ainsi appelée

(1) Aujourd'hui la rue de la Reynie.

pour la distinguer des deux autres qui n'étaient que de simples portes en bois, et qui s'ouvraient, l'une dans la rue de la Lingerie du côté de la rue Saint-Honoré, et l'autre sur la place du Marché-aux-Poirées. Ces trois portes occupaient trois des angles du vaste quadrilatère formé par les Charniers, et dans le quatrième angle, situé aussi dans la rue Saint-Denis, et formant pendant à la principale entrée du Cimetière, était une fontaine publique adossée au chevet de l'Église des Saints-Innocents, fontaine qui datait du treizième siècle, et qui, reconstruite en 1550, par Pierre Lescot, fut, à la même époque, décorée, par Jean Goujon, des gracieuses naïades que nous admirons encore aujourd'hui.

Les deux jeunes filles, suivies de la nourrice bourguignonne, entrèrent par la Grand'Porte du Cloître, et tournant immédiatement sur leur droite, elles allaient s'engager dans la Petite Galerie, ou, pour parler le langage du temps, dans le *Petit Corridor* des Charniers, qu'on nommait ainsi parce qu'il ne comptait que cinq arcades seulement, lesquelles étaient construites entre la Porte d'entrée et l'Église des Saints-Innocents, qui occupait l'angle nord-est du Cimetière, lorsqu'elles s'aperçurent qu'un rassemblement considérable de gens du peuple avait lieu en ce moment devant la quatrième arcade de cette Galerie. C'était celle-là même qui avait été bâtie par Nicolas Flamel, en 1407, et sous laquelle nous savons qu'était établie la boutique de Nanine, et nous devons dire que le rassemblement qui avait lieu devant cette arcade ne permettait pas aux deux nobles Damoiselles d'arriver librement jusqu'à la cinquième

et dernière arcade de cette Galerie, où Jeannette la
Paquotte, la Chapelière de fleurs, avait dressé l'éta-
lage odoriférant de sa marchandise, sur des gradins
placés entre deux des piliers du Chœur de l'Église
que nous devons citer. Peu soucieuses de se frayer un
passage à travers cette foule de manants et de badauds, Sabine et Alice, pour laisser le temps au populaire de se disperser, et, à la fois, pour contenter la
curiosité de la brave paysanne qui les accompagnait,
résolurent de faire, en se promenant, le tour des
Charniers, c'est-à-dire de parcourir dans toute sa longueur cette vaste Galerie, voûtée en arcs de cloître,
qui bordait le Cimetière sur ses quatre côtés, et qui,
divisée en quatre *Corridors* d'inégales grandeurs, ne
comptait pas moins de soixante-dix arcades dans
l'ensemble de son développement.

Elles pénétrèrent donc, sur leur gauche, dans la
Galerie du midi, appelée le *Grand Corridor*, par cette
raison que c'était le plus long des quatre, et qu'à lui
seul il comptait vingt-cinq arcades (1), tandis que la
Galerie du couchant ou le *Corridor de la Lingerie* qui
faisait équerre avec lui, n'en comptait que vingt et
une, et que la Galerie du nord, ou le *Corridor des*

(1) Vingt-deux de ces arcades, qui le croirait! sont encore debout aujourd'hui à la même place qu'elles occupaient autrefois; et
si ces voûtes échappent aux regards distraits des passants, c'est
qu'elles se trouvent être en retraite derrière les pignons modernes
de cette longue file de maisons uniformes, qui, depuis la rue Saint-
Denis jusqu'à la rue de la Lingerie, bordent le côté méridional de
la rue aux Fers, ce qui n'empêche nullement qu'à travers les ouvertures du rez-de-chaussée de ces maisons, on n'aperçoive très
bien les arcs trapus et surbaissés de cette longue Galerie voûtée.

Innocents qui lui était parallèle, n'en avait que dix-
neuf. On devine aisément que cette dernière Galerie,
ainsi que celle que nous avons citée la première,
sous le nom de *Petit Corridor*, et qui était en bor-
dure sur la rue Saint-Denis, dont on lui donnait aussi
le nom, ne comptaient l'une et l'autre un nombre
aussi restreint d'arcades, par rapport aux deux autres
Galeries, que parce que l'Église des Saints-Innocents,
qui occupait l'angle rentrant formé par leur rencontre, empiétait sur la première de toute la longueur
de ses bas-côtés septentrionaux, et sur la seconde, de
toute la largeur de son chevet qui était rectiligne ou
plat, comme on le dit en architecture.

Nos deux élégantes jeunes filles qui, en leur qualité
de Parisiennes, étaient familiarisées depuis longtemps
avec l'aspect de ce Cloître funèbre, ne jetaient, sur les
objets qui les entouraient que des regards ou distraits ou indifférents, et nous devons ajouter que ce
qui leur parut le plus récréatif durant cette promenade, ce fut l'ébahissement, on peut dire perpétuel,
qu'éprouvait la bonne campagnarde en face des éton-
nantes choses qui, à chaque pas, s'offraient à sa vue.

C'était, en effet, un spectacle des plus curieux et
des plus étranges que celui de ces Charniers et de
leurs Galeries couvertes ! Sous chacune de leurs arcades, étaient établies à la fois et la sépulture de son
fondateur et une boutique de marchand. Et nous
laissons à l'imagination du lecteur à se représenter le
tableau original que formait l'ensemble de ces
soixante-dix boutiques, dont les étalages, les devan-
tures et les enseignes se confondaient dans un pêle-
mêle inouï et, pour ainsi dire, sacrilége, avec les

épitaphes, les inscriptions funéraires, les peintures et les sculptures commémoratives, dont le pavé du Cloître, les voussures des arcades, les tympans des voûtes et jusqu'à leurs clefs, étaient chargés et décorés en l'honneur des morts.

Les industriels qui occupaient ces boutiques, au fond desquelles ils avaient une arrière-petite salle avec fenêtre et porte de sortie sur la rue voisine, étaient, pour la plupart, des gantiers, des rubaniers, des marchands d'aiguillettes et de nœuds d'épée; des mercières-épinglières, des chapelières de fleurs, de feutre, de coton et de paon; des drapiers tenant les étoffes de velours; des lingiers vendant de la dentelle, de la guipure et de l'orfroi; des chaussetiers en laine et en soie; des pourpointiers; des cordonniers faisant le commerce, alors très en vogue des chaussures à la poulaine, de toutes les couleurs et de toutes les dimensions; des couteliers en façon d'acier, d'argent et d'or; des cristalliers en pierres fines ou fausses; et, enfin, des écrivains publics, qui y étaient en fort grand nombre, mais qui n'avaient, quant à eux, qu'une petite échoppe adossée aux lourds piliers du cloître, et, par conséquent, en saillie sur le passage des Galeries couvertes.

Nous devons ajouter que l'immense majorité de ces boutiques étaient tenues par des femmes jeunes et jolies, qui avaient grand soin de faire valoir leurs charmes par l'éclat et par la richesse de leurs parures, et dont les regards provocateurs, joints à la grâce la plus engageante, savaient trouver, avec une merveilleuse adresse, à la fois, et le chemin de votre cœur et celui de votre escarcelle.

A l'heure matinale où nous pénétrons sous ces célèbres Charniers, la foule des passants qui en sillonnaient les Corridors était, pour la majeure partie, composée d'artisans, de femmes du peuple, de chambrières bourgeoises et de cuisiniers de bonnes maisons, qui, chacun dans le costume pittoresque de son état, se rendait aux Halles pour y faire emplette des denrées alimentaires de toutes sortes qui s'y trouvaient réunies.

C'était là, sans doute, un tableau des plus animés, mais qui était loin de valoir le spectacle brillant et curieux que ces mêmes Galeries offraient dans l'après-midi, heure à laquelle le *tout Paris* élégant de cette époque se donnait rendez-vous aux Charniers des Saints-Innocents.

On voyait s'y presser, en effet, dans un mélange confus et désordonné, ce que la Cour, la Noblesse et la Bourgeoisie, comptaient alors de femmes jalouses de donner le ton ou de suivre la mode, et qui, sous prétexte de faire l'acquisition de quelque objet de luxe ou d'utilité, venaient là pour s'y faire voir et y voir les autres, ce qui signifie pour y entendre de bonnes médisances, pour y débiter de piquantes calomnies, pour y déchirer enfin son prochain, avec de belles dents blanches, bien entendu, et en y mettant ces formes polies et ces exquises façons de dire qui distinguent les personnes de la bonne compagnie.

Que si, pendant que cette foule de promeneurs était ainsi occupée à ses affaires ou à ses plaisirs, la sonnerie lugubre du clocher des Saints-Innocents venait à retentir tout à coup, et qu'un convoi funèbre, ses bannières en deuil et son luminaire ardent s'avançât

sous l'un des Corridors des Charniers, n'allez pas
croire que le galant familier de l'Hôtel Saint-Pol,
en train de caqueter avec quelque grande dame du
Logis de la Reine, ni que la bourgeoise coquette occupée à dicter à l'un des écrivains de l'endroit une
épître amoureuse à l'adresse de quelque bel écolier
de la rue du Fouare, interrompissent nullement l'intéressante affaire qui captivait si fort leur attention.
Cet intermède, qui n'était rien moins que récréatif
pourtant, se répétait si souvent dans ce lieu, que la
foule, insouciante et blasée, daignait tout au plus
entrouvrir ses rangs pour laisser passer la file proces-
sionnelle des prêtres en chasubles noires bordées
d'argent, et restait à peu près sourde aux psalmodies
lugubres des chantres, ainsi qu'aux sanglots, vrais
ou de commande, des héritiers du défunt, dont la
bière était portée à bras par quatre des douze por-
teurs-jurés des Charniers en longues tuniques de camelot violet. Trop heureux encore, si quelque irrévé-
rencieux gamin de Paris, sur le passage de la jeune
et belle moitié tout éplorée du vieux barbon qu'on
menait en terre, ne jetait pas d'une voix goguenarde
et en manière d'avertissement pour les futurs pré-
tendants à la main de la dame, cet impertinent proverbe qui avait cours alors par toute la ville :

> Qui veuve prend,
> Dans l'an se pend.

Le lecteur ne le voit donc que trop bien, la chose
à laquelle les curieux et les promeneurs, qui af-
fluaient sans cesse sous les arcades des Charniers,

pensaient le moins, c'étaient assurément ces pauvres trépassés, dont ils foulaient chaque jour les tombes si admirablement gravées au trait, avec des têtes, des pieds et des mains de marbre blanc ou de cuivre, incrustés dans la pierre, et desquelles tombes ils faisaient disparaître, peu à peu, les épitaphes sous leurs pas distraits et indifférents. En vain les inscriptions funéraires qui tapissaient les murs du Cloître, faisaient-elles l'éloge des solides vertus, de la grande piété et des autres éminentes qualités des morts, leurs descendants ne prenaient même pas la peine de lire le panégyrique fait en style lapidaire, de la conduite exemplaire et de la vie édifiante que leurs ancêtres avaient menées, et ils montraient un bien plus vif empressement, soit à donner des rendez-vous galants sur le Pont-aux-Meuniers aux jolies marchandes des Corridors, soit à s'enquérir près d'elles des nouvelles les plus fraîches qui circulaient et de la chronique scandaleuse du jour. C'était, en effet, aux Charniers qu'il fallait venir pour apprendre, de première main, ce qu'il y avait de nouveau dans toute la ville, et, grâce au caquetage féminin qui y tenait lieu de gazette vivante, on peut dire qu'il n'y avait pas dans tout Paris de porte si bien close, que la curiosité publique ne parvînt à l'ouvrir tôt ou tard à deux battants, au moyen de cet infaillible passe-partout, qu'on appelle l'amour du scandale.

Mais, revenons à nos deux jeunes patriciennes, que l'étonnement naïf de la paysanne bourguignonne, qui les accompagnait, amusait, avons-nous dit, beaucoup plus, dans le cours de cette prome-

nade autour des Charniers, que ne le faisait le coup
d'œil à elles offert par ces vastes Galeries, coup d'œil
avec lequel elles étaient familiarisées depuis longtemps.

A chaque pas, en effet, la bonne femme s'arrêtait
court, mettait ses poings fermés sur ses hanches, et,
tenant la bouche béante et les yeux écarquillés, elle
tombait en admiration devant les figures qui étaient
peintes dans le tympan des arcs du Cloître, figures
qui étaient la « pourtraicture au vif » des honorables
et discrètes personnes qui avaient fondé ces Charniers, « en l'honneur de Dieu, de la Vierge Marie et
de tous les benoîts saincts et sainctes de Paradis,
pour mettre les ossements des Trépassés, » ainsi que
le disaient invariablement les inscriptions dont tous
ces Charniers étaient décorés.

Et, comme cette brave Ton-Ton, qui ne savait
pas lire, ne pouvait déchiffrer ni les noms ni les
titres de tous ces personnages, elle avait recours,
pour les savoir, à sa jeune maîtresse, à qui elle faisait sur chacune des figures qui attiraient son attention, des questions qui, par leur tournure cocasse,
et leur sens biscornu, non moins que par la voix
d'un chantre de paroisse qu'elle prenait pour les
adresser, forçaient les passants à se retourner dans
leur marche et faisaient rire aux larmes les jolies
marchandes sur le pas de leurs boutiques.

Quand elle arriva à l'extrémité du Corridor de la
rue de la Lingerie, devant ceux des Charniers de ce
vaste cloître qui étaient de la plus récente construction, puisque celui dont il va être question datait de
1407, elle se trouva tout à coup en présence d'une

mâle et belle figure, dont tous les traits portaient l'empreinte de le noblesse et du courage, et à laquelle on ne pouvait reprocher qu'une maigreur assez prononcée.

— Oh ! le bel homme, mes amis, le bel homme ! s'écria la nourrice enthousiasmée à la vue de ce personnage. Puis, s'adressant aussitôt à Alice de Chamérobley :

— Damoiselle Lili, lui dit-elle, en se servant, comme c'était son habitude, de cette appellation familière, qu'elle avait, dès le berceau, donnée à la petite jeune fille, qui que c'est donc que celui-là?

— C'est Monsieur Jean Le Maingre, dit de Boucicaut, premier du nom.

— Jean Le Maigre, que vous dites comme ça? Ah ! ma fi, il faut avouer qu'il n'a pas volé son nom, celui-là. C'est égal, c'était un fier homme tout de même !

— Je ne te dis pas Jean Le Maigre, Ton-Ton, je te dis Jean Le Maingre, reprit en riant la jeune fille.

— J'entends bien, Damoiselle Lili. Et quoi qu'il faisait de son vivant, ce Jean Le Maigre?

— Il était Maréchal.

— Un bon état tout de même. Et quoi donc que c'est, ça qu'il tient à la main droite, et qu'il appuie sur son cuissard?

— C'est son bâton, dit Alice.

— Son bâton de campagne ?

— Sans doute, son bâton de commandement, avec lequel il faisait marcher...

— Les chevaux rétifs et ceux qui étaient fourbus, je devine ça, moi. C'est comme Collin Paynaut, du

bourg voisin de chez nous, quand il vient pour ferrer
notre âne Martin, il a toujours soin de se munir d'un
maître gourdin, avec lequel il tape dru dessus pour
le faire tenir coi. Mais, faut avouer pourtant que le
bâton de Collin Paynaut n'est que de la Saint-Jean
auprès de celui de ce M. Le Maigre.

— Mais, reprit Alice en éclatant d'un rire joyeux,
je ne t'ai point dit, Ton-Ton, que M. de Boucicaut
fût maréchal-ferrant.

— Quoi donc qu'il était alors?

— Il était Maréchal de France.

— Oh! c'te bêtise! En France, ou en Bourgogne,
est-ce qu'un maréchal n'en vaut pas un autre?

Et, sur cette réflexion philosophique, la brave
nourrice passa à l'examen des peintures du Charnier
voisin, sans paraître s'apercevoir du nouvel accès
d'hilarité que ses réponses saugrenues avaient pro-
voqué, non-seulement chez nos deux amies, mais
parmi les passants qui avaient été à même de les
entendre.

Quand nos trois personnages eurent parcouru toute
la longueur des grands Corridors du Cloître, et
qu'ils furent arrivés devant le portail de l'Église des
Saints-Innocents, où s'arrêtait la Galerie du Nord, la
paysanne bourguignonne dit à sa jeune maîtresse:

— A propos, Damoiselle Lili, est-ce que ce n'est
pas dans ce Clamart-ci qu'est placée la supulture à feu
M. votre papa?

— Si, vraiment, dit Alice, sans donner aucune
marque apparente d'émotion. Si tu veux la voir,
Ton-Ton, nous allons t'y conduire de suite.

— Si je le veux, je crois bien! C'était un si brave et

un si digne homme que votre défunt père : et puis, pas fier, voyez-vous, et généreux tout plein ; à preuve que c'est lui qui m'a donné cette belle croix d'or pommetée à votre première dent. Ah ! bien sûr, que je ne m'en irai pas d'ici sans avoir été réciter un *De Profundis* et un *Miserere* sur son sépulcre.

— Eh bien ! suis-moi, Ton-Ton, dit la petite jeune fille en sautant légèrement et à pieds joints les deux marches du Cloître et en entrant dans le cimetière proprement dit. C'est à trente pas d'ici, auprès de l'ancien Prêchoir : tu vois bien ce gros toit carré et pointu, qui est couvert d'ardoises, et qui a l'air d'un vieux clocher de campagne.

La nourrice se mit en marche derrière sa conductrice, qui, avec la vivacité de son âge, se faufilait prestement entre les croix et les tombeaux. Il n'y avait là, du reste, ni herbes ni ronces qui fussent capables d'arrêter les pas des visiteurs. La terre était battue, ferme et sèche à l'entour des sépultures, qui, elles seules offraient, dans leur encadrement de bois ou de fer, quelques maigres traces de verdure et de gazon. Cet état de choses était dû, on le devine, à ce que le trop plein des Galeries refluait incessamment dans ce prétendu champ du repos, qui était ainsi traversé et parcouru dans tous les sens, et cela depuis l'ouverture des portes du cimetière jusqu'à l'heure du couvre-feu. Et Dieu sait si, durant les soirées sans lune, et nonobstant les ordonnances de Monsieur le Prévôt, les vivants se faisaient faute d'y venir rire et caqueter à la barbe des morts.

Notre brave paysanne, quelque peu scandalisée de ce qu'elle voyait autour d'elle, n'avait pas fait dix pas dans le cimetière, qu'elle leva machinalement ses regards vers la toiture des Charniers, et qu'elle jeta un grand cri, à la fois, de surprise et de frayeur.

Le spectacle qui s'offrait à sa vue, d'une façon si inopinée, était, en effet, bien capable de lui inspirer de pareils sentiments. Qu'on en juge plutôt !

Au-dessus des Galeries voûtées, dont nous avons donné la description, étaient construits, dans toute l'étendue du Cloître, de vastes greniers qu'on appelait *Loges* ou *Galetas*, et qui eux seuls méritaient, à proprement parler, la dénomination de Charniers, par l'usage auquel ils étaient destinés.

C'était, en effet, dans ces galetas qui n'avaient aucune séparation entre eux, et dont les murs n'étaient percés par aucune fenêtre, que, depuis moins d'un siècle, on avait entassé, pêle-mêle, tous les ossements décharnés que la marée, sans cesse montante des débris humains, rejetait chaque jour, comme autant d'épaves, sous la pelle et sous la pioche des fossoyeurs.

En raison de l'insuffisance du terrain de notre cimetière, lequel devait fournir « au droit de fossoyage » que prétendaient sur lui dix paroisses en même temps, et dans l'impossibilité où l'on s'était trouvé de l'agrandir, il avait bien fallu, pour faire de la place aux nouveaux arrivants, déloger, sans plus de formes, les anciens morts de leurs tombeaux. C'était donc pour recevoir ces débris humains qu'on avait construit les Charniers, qui, à l'époque dont nous nous occupons, avaient déjà reçu les ossements de plus de vingt générations.

Nous avons dit plus haut que les murs de ces Galetas étaient sans aucune ouverture ; mais, dans le but d'aérer ces gigantesques ossuaires et d'empêcher les émanations putrides qui s'en exhalaient de s'y concentrer, on avait imaginé de laisser entre le haut de leurs murailles et le toit qui les recouvrait, un espace de plusieurs mètres de hauteur, qui régnait dans toute la longueur des Charniers.

Par suite de cette disposition, les allants et les venants dans l'intérieur du cimetière pouvaient donc très bien apercevoir les ossements qui étaient entassés dans ces Galetas, et dont le niveau, s'élevant sans cesse, touchait presque déjà à la toiture.

Or, comme il était passé en usage, parmi les pourvoyeurs de ces ossuaires, de réserver toutes les têtes pour les mettre à la partie supérieure du dépôt, en ayant soin de les disposer par rangs, étagés les uns au-dessus des autres, et de les placer toutes, la face tournée en avant, et dans son sens naturel, il en résultait que les combles des Charniers ressemblaient à de vastes amphithéâtres du haut desquels les morts avaient l'air de regarder passer les vivants.

C'était ce spectacle étrange qui avait tout à coup frappé les regards de la nourrice bourguignonne, et qui lui avait arraché, avons-nous dit, un cri de surprise et de frayeur.

— Sainte Vierge du ciel, s'écria-t-elle en frappant ses deux mains l'une contre l'autre, est-il bien possible que ce que je vois là, ce soient tous os de Chrétiens qu'on a ainsi engrangés, ni plus ni moins que des ételles (1) à brûler pour l'hiver ! Bien sûr qu'il y

_____

(1) Expression bourguignonne synonyme de *copeaux*.

en a dans le tas qui doivent dater du temps de Ma-
thieu-Salé (1). Et ces têtes, alignées comme des
glanes d'oignons, nous regardent-elles assez en face
avec leurs yeux vides et leurs nez camards! Oh! les
peutes (2) faces! On dirait, Dieu me pardonne,
qu'elles se moquent des passants et qu'elles s'ap-
prêtent à se jeter sur vous pour vous mordre jusqu'au sang avec leurs grandes dents déchaussées.

Comme s'il se fût fait un malin plaisir de porter
jusqu'à la terreur les comiques appréhensions de
notre brave campagnarde, le hasard permit qu'un
incident des plus ordinaires, et qui se produisait, au
reste, fort souvent dans ces galetas, eut lieu juste au
moment où la nourrice tenait ce langage.

Une tête appartenant à l'une des rangées supérieures se mit à rouler tout à coup, puis une seconde, puis une troisième dégringolèrent à leur tour,
et ces têtes, mises en mouvement, entraînant d'autres têtes dans leur chute, il en résulta aussitôt comme
une avalanche de crânes humains qui se mit en
marche avec un bruit sinistre de cruche cassée et de
pot fêlé. On devine aisément que cette dégringolade
était le fait des rats vraiment monstrueux, qui, par
centaines de mille, habitaient cette vaste nécropole.
Tranquilles possesseurs des Charniers, ils vivaient et
pullulaient en toute liberté au milieu de ces débris
humains, qu'on les entendait, à toute heure du jour
et de la nuit, ronger à belle dents, et leur souci éternel était de s'introduire dans l'intérieur de chacune

(1) C'est-à-dire Mathusalem.
(2) Laides, vilaines.

de ces têtes de morts, pour y faire leurs franches lippées de la portion plus ou moins exiguë de ce terreau gras, brun et desséché, en quoi la cervelle, même de l'homme qui avait, de son vivant, possédé le plus vaste génie, se trouvait être réduite par les progrès du temps et de la destruction.

Ajoutons que quelquefois, semblables à la belette qui s'était introduite dans un grenier et dont parle le Fabuliste, il leur arrivait, ce friand repas terminé, de ne pouvoir de suite sortir par où ils étaient entrés. Ce qui fut cause, qu'un jour, une tête, dans laquelle un rat était ainsi emprisonné, ayant franchi, dans sa chute, le rebord du galetas, et étant tombée dans le cimetière, elle se mit, d'elle-même, à rouler aux regards de tous les passants, qui ne mirent pas en doute un seul instant, que le malheureux, à qui ce crâne avait appartenu, avait été possédé du démon pendant sa vie, et qu'il l'était même encore longtemps après son trépas.

Dans la disposition d'esprit où nous avons vu que la perspective étrange du comble des Charniers avait mis notre bourguignonne, on comprendra sans peine la véritable épouvante qui s'empara d'elle lorsqu'elle vit se produire ce brusque éboulement de têtes de morts.

— Jésus! Maria! s'écria la bonne femme en se mettant en devoir de battre en retraite, voilà les morts qui nous courent sus; sauvons-nous vitement, mes enfants, avant qu'ils se soient mis à nos trousses!

Mais l'espiègle Alice la retint aussitôt par sa cotte de droguet, et, à travers les bruyants éclats de rire que la frayeur de sa nourrice provoquait chez elle :

— Que tu es donc bête, Ton-Ton, lui dit-elle, de croire que les morts vont courir après nous ! Comment, tu ne devines pas que ce sont les rats qui, en se battant, ont fait rouler toutes ces vilaines têtes?

— Les rats?

— Mais oui, les rats !

— Ah ! les gredins, ils peuvent se vanter de m'avoir donné une fameuse suée. J'en ai encore la chair de poule depuis le chignon jusqu'à la croupière.

— Allons, viens vite, Ton-Ton, nous voilà arrivés à la sépulture de notre famille.

— C'est-il cette grande croix-là? demanda Ton-Ton en indiquant du doigt un élégant tombeau ayant la forme d'un obélisque en pyramide quadrangulaire, décoré de bas-reliefs et d'écussons, supporté par quatre lions accroupis et surmonté d'un crucifix.

— Non ; ça, c'est la croix Glatine.

— Et ce gros sépulcre-là, qu'est-ce que c'est donc? demanda encore la nourrice en montrant un sarcophage de granit plat, massif, ayant à l'une de ses extrémités une entrée pour la bière, qui était formée d'une seule dalle, dans laquelle étaient scellés deux énormes anneaux de fer rouillés.

— C'est la tombe Morin, et à côté d'elle, cette jolie croix en fer ciselé, que tu vois et qui a son socle couvert de si élégantes sculptures, c'est la croix des Bureaux.

— Et la sépulture à feu Monsieur le Vicomte, je ne l'aperçois toujours point?

— C'est celle-ci, dit Alice en s'arrêtant enfin devant une assez modeste tombe qui était placée vers le milieu du cimetière, à côté d'une très riche croix en marbre, ayant deux mètres de hauteur environ, toute chargée d'admirables sculptures, et sur le croisillon de laquelle ces mots étaient gravés en creux fort profondément :

SEPVLTVRE DE JEHAN DE TARENNE.

— Qu'est-ce que c'est donc que cette belle croix-là ? demanda la nourrice en l'apercevant.

— C'est la croix à feu mon oncle de Tarenne, dit la petite jeune fille avec un mouvement très marqué de vanité blessée ; c'est ça qui est beau, à la bonne heure !

— Damoiselle Lili, dit la Bourguignonne sur un ton de reproche, ça n'est pas bien de dire ça ; est-ce que le plus beau sépulcre de tout ce Clamart-ci ne doit pas être, pour vous, celui que voilà ?

Et, en prononçant ces paroles, la digne nourrice s'était agenouillée devant la modeste tombe dont nous venons de parler, et, joignant les mains, elle s'était mise en prières.

Pendant ce temps, la petite jeune fille s'amusait à gratter, du bout de son ongle rose, un lichen argenté qui avait poussé sur les membres vermoulus d'une vieille croix voisine. Ce que voyant, sa nourrice lui dit tout-à-coup :

— Eh bien ! Damoiselle Lili, vous ne dites donc pas avec moi un *Miserere* pour le repos de l'âme à défunt votre papa !

— Mais si, mais si, attends donc, répondit Alice d'un air boudeur et impatienté !

Après quoi, elle s'agenouilla à demi sur le tombeau

du Vicomte, et, au lieu de réciter le *Miserere* en question, elle se mit à lire la curieuse épitaphe que voici, laquelle était inscrite dans le circuit d'une ogive qui recouvrait une croix de pierre placée près de là :

CY GIST IOLLANDE BAILLY QVI TRESPASSA
L'AN DE N.-S. 1314, LA 88e ANNÉE DE SON
AGE, LA 42e DE SON VEVVAGE, LAQVELLE A
VEV OV PV VEOIR DEVANT SON TREPAS
293 ENFANTS ISSVS D'ELLE.

Quant à Mlle Sabine de Champ-Rosé, qui, pendant toute cette promenade à travers les Charniers, était restée silencieuse et préoccupée, elle avait été s'age-nouiller, tout d'abord, devant la sépulture de Jehan de Tarenne, où elle s'était mise à prier Dieu avec ferveur, un peu pour les morts et beaucoup plus pour les vivants.

Si le lecteur y consent, nous allons laisser nos trois personnages dans cette dévote attitude, et, en vrais badauds de Paris que nous sommes, nous allons nous mêler au rassemblement qui avait lieu dans le petit Corridor du Cloître, afin d'entendre ce qui se disait d'intéressant devant la boutique de Mlle Anne Grugeon, la Perle des Charniers, comme l'appelait M. le Vicomte Anténor de Chamérobley.

V

LA BOUTIQUE

DE

MADEMOISELLE ANNE GRUGEON

V

LA BOUTIQUE DE MADEMOISELLE ANNE GRUGEON

Et d'abord, disons quelques mots sur cette boutique en elle-même, laquelle était bien certainement
une des plus brillantes et des plus coquettes de tout
le Cloître des Saints-Innocents.

Grâce, en effet, à la munificence de son fondateur,
cette curieuse arcade des Charniers, devenue historique au même titre que le Petit Portail de l'Église
Saint-Jacques de la Boucherie, était décorée de peintures et de sculptures qui en avaient fait une œuvre
d'art justement estimée et admirée de tous les con-
naisseurs.

Parmi les bas-reliefs sculptés et peints qui décoraient les deux massifs piliers soutenant cette voûte
du côté du cimetière, se voyait sur le pilier méri-

dional un étrange personnage de grandeur naturelle, qui avait, depuis longtemps, le privilége de donner de l'effroi aux petits enfants, et que, dans son langage expressif, le peuple avait appelé le *Corneur des Morts*.

Cette figure représentait *un homme entièrement noir*, qui tenait dans sa main droite une manière de pique, et qui, de la main gauche, portait à ses lèvres une énorme trompe, ou cornet à bouquin, dans lequel il avait l'air de souffler de toute la force de ses muscles buccinateurs.

Dans le Chapitre qui sera consacré à la première représentation de la Danse Macabre, nous retrouverons ce personnage, qui a, pendant plusieurs siècles, exercé la sagacité des hermétiques, et le rôle que nous lui verrons jouer dans cette célèbre Danse des Morts nous rendra peut-être compte de la croyance populaire qui existait alors dans tout Paris, à savoir : que celui qui, à quelque distance et à quelque heure que ce fût, entendait retentir à son oreille le son, perceptible seulement pour lui, de la trompe embouchée par ce lugubre Corneur, devait mourir infailliblement dans les trois jours.

Par une antithèse pleine de hardiesse, on voyait sur le pilier opposé une sorte de nymphe ou de déesse mythologique, également de grandeur naturelle, du modelé le plus charmant, d'une blancheur de teint à rappeler un lis, et qui, à part une tunique des plus légères, n'avait d'autre vêtement qu'un élégant chaperon brodé, pailleté et constellé de verroteries de toutes les couleurs, en guise de joyaux et de pierres précieuses.

Au-dessus de cette figure on lisait écrit en belles lettres dorées :

AV CHAPERON JOLY

ANNE GRVGEON MERCIÉRE-ÉPINGLIÉRE

C'était l'enseigne de la Boutique de Nanine, enseigne nous pourrions dire parlante, attendu que cette divinité, quelque peu païenne pour un tel lieu, tenait gracieusement, devant ses lèvres, sa main droite évasée en conque, ou en porte-voix, comme si elle eût invité les passants à venir acheter, et les beaux esprits des Charniers n'avaient pas manqué de la nommer la *Corneuse des Vivants,* par opposition au nom de Corneur des Morts, qui avait été donné à l'Homme noir qui lui servait de pendant.

Mais c'était surtout dans le tympan de l'arc du fond de ce Charnier, et, par conséquent, au devant même de la Boutique de Mlle Anne Grugeon, que les peintures décoratives attiraient l'attention, d'abord par leur riche et savante exécution, et ensuite par le sens que, pendant plus de trois siècles, les partisans des doctrines alchimiques ont persisté à croire caché sous les figures allégoriques que ces peintures célèbres offraient à leurs regards. A les en croire, dans cette page d'iconographie hermétique, Nicolas Flamel avait dit le dernier mot de la science du Grand OEuvre, et, à l'aide des personnages et des animaux symboliques qu'il y avait fait figurer, il avait donné aux adeptes la révélation explicite des agents premiers à l'aide desquels on peut obtenir la pierre

philosophale, et, avec celle-ci, opérer la transmutation des métaux. On pourrait dire, sans craindre de
se tromper, que le nombre des fanatiques de l'alchimie, qui, pendant trois cents ans et plus, ont passé
des années entières à chercher le sens de l'énigme
proposée par ce sphinx du Cloître des Saints-Innocents, ne doit pas se chiffrer par moins de plusieurs
centaines de mille. Et, combien d'entre eux ont-ils
retrouvé dans cette belle peinture murale la recette
pour faire de l'or qu'avait soi-disant possédée Flamel ? L'histoire n'a pas enregistré le nom d'un seul,
et le lecteur en sait maintenant la raison.

Quoi qu'il en soit des intentions réelles ou suppo-
sées qu'avait eues le célèbre alchimiste, en décorant
cette quatrième arcade du petit Corridor des Charniers, toujours est-il qu'il s'était fait représenter
dans cette admirable fresque, lui et Pernelle sa
femme, l'un et l'autre à genoux aux pieds du Sauveur du monde, et sous l'intercession des bienheureux apôtres saint Paul et saint Pierre, qui étaient
leurs patrons respectifs, et qu'il était facile de reconnaître aux attributs qui les distinguent. A droite et
à gauche se détachaient en relief les deux majuscules
N et F, que nous avons déjà rencontrées ailleurs, et
on y voyait également, dans une sorte d'écusson
sculpté, placé en bas du tableau et du côté de Flamel,
une main tenant l'écritoire et le cornet qui étaient,
avons-nous dit, les armoiries d'état du célèbre écrivain.

Au-dessous de cette peinture, et, à la base du tympan, étaient huit petits tableaux qui représentaient,
suivant l'interprétation qu'en a donnée l'abbé Villain,

les figures symboliques des quatre Évangélistes, ainsi que la Résurrection des Morts et le Massacre des Innocents. Nous ne rapporterons point les nombreuses sentences latines qui, dans autant de rouleaux tenus par tous ces personnages, couraient dans tous les sens à travers cette œuvre magistrale ; nous transcrirons seulement, comme appartenant à l'histoire, les deux inscriptions en langue vulgaire qui étaient placées au-dessous de tout l'ouvrage.

La première, sur la gauche, par rapport au spectateur, et au-dessous de l'écrivain, était ainsi conçue :

NICOLAS FLAMEL, ET PER-
RENELLE SA FEMME.

La seconde, placée à droite, et au-dessous de Pernelle, portait :

COMMENT LES INNOCENS FV-
RENT OCCIS PAR LE COMMAN-
DEMENT DU ROY HERODES.

Au bas de ces deux inscriptions, Mlle Anne Grugeon en avait fait peindre une troisième, en magnifiques lettres d'or, enluminées de pourpre et d'azur, et qui, il faut le dire, attirait bien autrement les regards des passants que celles que nous venons de citer. La voici telle qu'elle était disposée dans toute la largeur du Charnier :

ICI L'ON FAICT TOVS CHAPERONS POVR DAMES
A LA DERNIÈRE MODE DV JOVR.

Ajoutons, pour compléter le coup d'œil offert par cette élégante et riche boutique, qu'à toutes les saillies de la sculpture, dont les quatre piliers du Cloître étaient ornés, on avait suspendu mille objets de parure et d'ajustement de tête, dont l'éclat, la fraîcheur, la variété et le bon goût, ressortaient on ne peut mieux sur le ton grisâtre des pierres de liais qui formaient l'édifice, et que les exhalaisons méphitiques qui s'échappaient des sépultures voisines tendaient à rendre de plus en plus sombre et foncé.

C'était devant la porte, alors toute grande ouverte de cette boutique, qu'avait lieu le rassemblement dont nous avons parlé, et ce rassemblement s'était formé tout à coup autour de trois jeunes marchandes, en train de discuter entre elles, avec toutes les marques de la plus vive animation. Fort jolies toutes les trois, elles paraissaient être âgées d'une vingtaine d'années tout au plus. Elles portaient chacune un galant « déshabillé » du matin, et elles étaient coiffées en cheveux avec un soin et une coquetterie qui paraissaient être passés en habitude chez elles depuis fort longtemps.

C'était Mlle Anne Grugeon et ses deux voisines, dont on se souvient que nous avons déjà dit quelques mots dans le chapitre de la *Galerie aux Pampres et Roisins*. L'une, la voisine de droite, était une svelte et blonde fille, aux yeux bleu de faïence, qui se nommait Jacquette La Paquotte, et à qui, nous le savons déjà, appartenait la boutique garnie de fleurs qui formait la cinquième et dernière arcade de ce Corridor. L'autre, appelée Isabeau La Corbine, était une brune fille aux sourcils noirs et se rejoignant au-dessus de la racine du nez, qui, dans la boutique d'avant celle de Nanine, c'est-à-dire sous le troisième Charnier, offrait au public un assortiment complet de Pelleteries, depuis les fourrures les plus estimées, telles que la martre zibeline, le renard noir, l'hermine tavelée de mouchetures et le menu-vair, jusqu'aux pelleteries les plus communes, qui étaient les peaux d'agneaux, de chats sauvages ou privés, et de connins (lapins), soit de garenne soit de basse-cour.

Nos trois jolies Marchandes, que l'attention dont elles étaient l'objet semblait piquer au jeu, bien loin de les intimider, parlaient et gesticulaient avec une chaleur et une vivacité qui donnaient à penser que quelque nouvelle extraordinaire devait faire les frais de leur conversation.

Au moment où nous invitons le lecteur à se mêler aux passants qui faisaient cercle autour de ce groupe des trois Grâces parlantes, la parole était à M{{lle}} Anne Grugeon.

— Je vous assure, disait la jolie mercière-épinglière en s'adressant à M{{lle}} Isabeau La Corbine, que, cette nuit même, il est arrivé un courrier à Paris, porteur d'un message de Monsieur le Dauphin pour son très honoré oncle, Monseigneur le Duc de Berry et par lequel Monsieur le Duc de Guyenne lui annonce que les troupes bourguignonnes ont mis bas les armes, que le siége d'Arras est levé et que la paix va être, de nouveau, signée entre les Princes.

— Et moi, je vous soutiens, au contraire, répliqua La Corbine, dont les yeux bruns lançaient des éclairs, que la guerre n'est point près de finir, à telles enseignes que Monsieur le Roi a demandé du secours aux Anglais et que les ambassadeurs chargés de conclure une ligue offensive et défensive entre les deux Couronnes sont en marche vers Paris. D'ailleurs, c'est de Maître Guillemin Dancel, le beau joueur de harpe de l'Hôtel Saint-Po', qui est venu hier au soir faire une emplette en ma boutique, que je tiens cette nouvelle, et chacun comprend que, venant d'une pareille source, elle ne saurait être fausse.

— Non, certainement qu'elle n'est pas fausse, dit à son tour Jeannette La Paquotte ; aussi bien ai-je entendu dire hier, à la Chambrière de Messire Guillaume d'Ablon le Chevalier du Guet, que le nombre des hommes d'armes du Guet-Royal allait être doublé, dès ce soir, pour faire le contre-Guet de nuit sur les remparts, attendu, dit-on, qu'un nouveau corps de troupes bourguignonnes a passé avant-hier sur le Pont de Montereau, s'avançant à marches forcées vers Paris.

— Chansons que tout cela, répliqua Nanine, que l'air d'assurance de ses voisines était bien loin de démonter. Je vous répète encore que la guerre a pris fin et que la paix va être signée, aujourd'hui même, à Saint-Denis, dans une Conférence qui doit avoir lieu entre Monseigneur le Dauphin et les Députés de Flandre, à la tête desquels est le Duc de Brabant, le beau-frère de Monsieur de Bourgogne.

— Cela vous est plus facile à avancer qu'à prouver, ma chère voisine, reprit la brune Pelletière avec un rire d'incrédulité moqueuse, et vous direz, de ma part, à ceux qui vous ont conté de pareilles bourdes, que ce sont des gens fort mal informés.

— C'est aussi mon avis, dit la Marchande de fleurs.

— La personne de qui j'ai appris ces nouvelles, reprit notre joli Bouton d'Or, qui paraissait être piquée au jeu, est d'autant mieux informée, au contraire, qu'elle les tient de la propre bouche du courrier qui a été expédié par Monsieur le Dauphin à Monseigneur le Duc de Berry. Et, si je voulais la nommer, vous verriez que son témoignage a bien autrement de valeur que les propos en l'air de votre gratteur de cordes de l'Hôtel Saint-Pol.

— Et peut-on savoir quelle est cette personne si bien renseignée? demanda Isabeau La Corbine avec un petit air de dédain très accentué.

— Certainement, ma chère voisine, c'est M. le Vicomte Anténor de Chamérobley, le commandant du Pont de Saint-Cloud, qui m'a fait l'honneur de m'apprendre ce que je viens de vous dire, il y a une heure environ, en venant m'acheter des pompons de rubans et d'orfroi pour mettre au chanfrein de son cheval de cérémonie, le jour de la rentrée du Roi à Paris.

— Peste! Monsieur le Vicomte est matinal, dit La Corbine en se pinçant les lèvres, comme pour retenir le sourire moqueur qui accompagnait sa remarque.

— Tout le monde ne peut pas faire ses emplettes après l'heure du couvre-feu, comme Maître Guillaume Dancel, le Harpeur du Logis du Roi, reprit sèchement Nanine.

— Mais, objecta tout à coup Jeannette la Paquotte en s'adressant à notre jolie mercière-épinglière, comment se fait-il donc que le courrier de Monsieur le Dauphin, qui doit arriver d'Arras directement, ait été passer par le Pont de Saint-Cloud pour entrer dans Paris ? Est-ce que les porteurs de dépêches, qui couraient autrefois en droite ligne et à franc étrier, auraient coutume maintenant de prendre le chemin des écoliers ?

— Que dites-vous de cette remarque, chère voisine ? demanda Isabeau à M{}^{lle} Anne Grugeon, avec un air de triomphe qui se lisait dans ses yeux et sur tous ses traits.

— Je dis qu'elle est sans valeur, riposta Nanine sur le ton du plus superbe dédain, attendu que ce n'est point à Saint-Cloud que Monsieur le Vicomte a rencontré le courrier de Monsieur le Dauphin.

— Et où donc l'aurait-il rencontré, je vous prie, dit La Corbine, puisque son poste est à la Tour du Pont, et qu'il ne peut, sans ordre, s'en éloigner seulement de la longueur d'un trait d'arbalète ?

— Puisque vous tenez tant à le savoir, mes chères voisines, sachez donc que c'est à la Bastille Saint-Antoine, où Monsieur le Vicomte avait été appelé dans la soirée d'hier, par ordre de M. Tanneguy du Châtel, pour être mis en rapport avec son collègue du Pont de Charenton.

— En ce cas, je n'ai plus rien à dire, répondit la Marchande de fourrures quelque peu dépitée, sinon que je vous fais mes très sincères compliments, ma chère, sur la grande facilité avec laquelle Monsieur le Vicomte vous confie les secrets d'État.

— Beau secret d'État, en vérité, répliqua Nanine, qui ne put néanmoins s'empêcher de rougir à cette remarque, que d'avoir été mise au fait, il y a une heure, d'une nouvelle que tout Paris saura avant que l'Angélus de midi ne soit sonné !

— Mais peut-être ne nous dites-vous pas tout ce que Monsieur le Quartinier vous a appris, reprit l'autre avec malice. Voyons, cherchez bien dans votre mémoire?

— Oui, cherchez bien, chère voisine, dit Jeannette La Paquotte en faisant chorus à la brune Pelletière.

— Eh bien! vous l'avez deviné, mes chères voisines, dit Nanine en faisant bonne contenance et en cherchant à cacher son embarras, Monsieur le Vicomte m'a appris quelque autre chose encore, et quelque autre chose de fort intéressant, je vous assure!

— Nous n'en doutons pas un instant, dit Isabeau La Corbine.

— Oui, mais le malheur, c'est que ce quelque chose de si intéressant, vous vous garderez bien de nous l'apprendre, et pour cause, dit à son tour la Marchande de fleurs.

— Je tiens si peu, au contraire, à vous en faire un secret, que je vais vous le dire à l'instant, et cela devant toutes les personnes qui nous entourent.

— Oui, oui, dit la foule, parlez, nous vous écoutons!

— Eh bien! mes chères voisines, ce que Monsieur le Vicomte m'a encore appris, c'est que les ambassadeurs du roi d'Angleterre qui arrivent en France viennent pour y demander la main de Mme la Princesse Catherine pour leur glorieux monarque Henry, cinquième du nom, et qu'ils amènent à Paris une troupe de bateleurs qui doivent, dans le cours des réjouissances publiques qui auront lieu à l'occasion de ce mariage, faire connaître une nouvelle espèce de momerie ou de mystère, qu'on appelle la *Danse Macabre*.

— La *Danse Macabre*, qu'est-ce que c'est que ça? dit la foule, très intriguée à l'annonce de cette nouvelle.

— Il paraît que c'est une admirable momerie, dans laquelle la Mort en personne donne le branle aux hommes de tous les États et de toutes les Conditions; et, ce qu'il y a de plus intéressant pour nous, mes chères voisines, dans la nouvelle que je vous apprends, c'est que cette Danse doit avoir lieu ici même, dans le cimetière des Saints-Innocents, où elle sera représentée pendant des mois entiers, ce qui ne peut manquer d'y attirer la foule des étrangers et des provinciaux, et ce qui nous fera, bien sûr, gagner, à nous autres marchands des Charniers, plus d'argent en un jour que nous n'en gagnons quelquefois en six semaines.

— En vérité! dirent Isabeau La Corbine et Jeannette La Paquotte, en frappant des mains en signe de réjouissance.

— Oui, mes chères voisines, dit Mlle Anne Grugeon triomphante, ce que je vous dis là est certain, et voilà tout simplement ce grand secret d'État que Monsieur le Vicomte m'a confié ce matin et dont je me suis hâtée de vous faire part, afin de vous mettre l'eau à la bouche touchant la bonne aubaine qui nous est réservée.

— Merci de l'étrenne, chère voisine, dit Isabeau, à qui cette excellente nouvelle fit oublier aussitôt que Nanine avait traité son beau Guillaume Dancel de gratteur de cordes.

— Oui, merci, dit Jeannette La Paquotte, et en faveur de la bonne aubaine qui nous attend, Vive la
paix, vive Monseigneur le Roi et vivent Messieurs les
Princes !

— Vivent le Roi et Messieurs les Princes ! répéta
la foule en se dispersant.

Et nos trois jolies marchandes, après quelques-
autres menus propos qu'il serait sans intérêt de rap-
porter, rentrèrent chacune dans sa boutique.

Il y avait quelques instants seulement que Jeannette La Paquotte, un arrosoir à la main, était en train
de rafraîchir ses fleurs qui étaient étalées en reposoir
contre le chevet de l'Eglise des Saints-Innocents,
lorsque Mlles Sabine et Alice, accompagnées de la
nourrice bourguignonne, arrivèrent devant la porte
de sa boutique.

— Marchande, dit vivement la petite jeune fille
d'un ton aristocratique et en se cambrant dans son
joli surcot de satin broché, comme l'eût fait une petite duchesse, nous voulons voir ce que vous avez de
mieux en fait de bouquet monté; montrez-nous cela ?

— Que ces dames veuillent bien prendre la peine
d'entrer et de faire leur choix, répondit la Chapelière
de fleurs, en s'effaçant respectueusement pour laisser
le passage libre, et en donnant à sa figure cet air
obséquieux et prévenant qui est d'uniforme dans cette
classe d'industriels lorsqu'ils se trouvent en présence
d'acheteurs, et d'acheteurs qu'ils supposent riches
surtout.

— Chère belle, dit tout à coup Mlle de Champ-Rosé
à Alice, pendant que vous allez faire votre choix
parmi ces fleurs, j'entre chez la mercière-épinglière

qui est à côté, pour une petite emplette dont le souvenir m'est revenu. C'est l'affaire de quelques minutes seulement.

Et, sans attendre la réponse de son amie, Sabine entra seule dans la boutique de Mlle Anne Grugeon.

Nanine, qui reconnut aussitôt la nièce de dom Pierre, devint pâle tout à coup, et ne put réprimer un mouvement de surprise et de contrariété dont la nouvelle venue ne s'aperçut sans doute pas, mais dont le sens ne saurait nous échapper, quant à nous.

Evidemment, l'ombrageuse fille n'était pas encore guérie de la jalousie que la beauté de Sabine avait éveillée en elle. Elle se remit néanmoins très promptement de son émotion, et, d'un ton froid mais poli, elle répondit aux questions qui lui étaient faites. Puis, avec une adresse merveilleuse, elle choisit et rassembla les différentes bottes de soie noire qui lui étaient demandées, après quoi elle en fit un paquet troussé, corné et enrubanné avec cette grâce coquette qu'on ne retrouve encore aujourd'hui que parmi les marchandes de Paris.

Après avoir soldé l'emplette qu'elle venait de faire, Sabine se disposait à sortir de la boutique de notre belle mercière-épinglière, lorsque Mlle Alice, un magnifique bouquet de fleurs à la main, y entra, le visage non plus riant et joyeux comme c'était sa physionomie habituelle, mais avec un air de contrariété et de dépit qui se lisait sur tous ses traits.

— Qu'avez-vous donc, chère enfant, lui demanda avec intérêt sa belle grande amie, que ce changement de figure avait frappée tout d'abord?

— Vous ne vous douteriez guère de ce que je viens

d'apprendre, répondit la petite jeune fille sur un ton très animé.

— Et quoi donc, s'il vous plaît, ma mignonne?

— C'est que Monsieur le Vicomte, mon frère, que nous n'avons pas vu depuis un grand mois, est venu hier à Paris, qu'il y a passé la nuit tout entière et qu'il n'est reparti pour Saint-Cloud qu'il y a une heure environ, sans être venu souhaiter la fête à Madame notre mère.

— Mais êtes-vous sûre?

— Certainement, c'est la Chapelière de fleurs qui me l'a dit, en m'apprenant de plus la nouvelle que la paix va être faite entre Messieurs les Princes.

— La paix va être faite? demanda Sabine, toute pâle et toute troublée, en entendant ces paroles.

— Oui, à ce qu'il paraît, dit la petite jeune fille en se méprenant sur la nature de l'émotion que son amie éprouvait à l'annonce de cette nouvelle. Hein! ajouta-t-elle avec un air de dépit qui lui allait à ravir, n'est-ce pas que c'est bien vilain de la part de Monsieur mon frère, ce qu'il a fait là? N'être pas seulement venu nous dire bonjour, à sa mère, à sa sœur... et à sa belle fiancée surtout, qu'il va enfin pouvoir conduire à l'autel, puisque voilà la guerre qui est terminée? Fi, que c'est laid de sa part; est-ce qu'il n'aurait pas dû être le premier à venir vous annoncer cette bonne nouvelle! Aussi, je ne l'embrasserai pas quand il viendra; il peut bien compter là-dessus.

Qui eût vu, en ce moment, la pâleur affreuse qui, en un instant, s'étendit sur tous les traits de Nanine, eût pensé que la vie venait de l'abandonner subitement. Elle parut chanceler d'abord, mais, reprenant

ses esprits sous l'horrible étreinte de la jalousie qui
lui tenaillait le cœur :

— Est-il bien vrai que M. le Vicomte de Chamérobley va se marier? demanda-t-elle à la petite jeune
fille d'une voix profondément altérée par l'émotion.

— Mais, sans doute, dit Alice d'un ton fort bref,
et aussitôt que la paix sera conclue, encore. Puis,
avec un air de fierté des plus impertinents, et qu'est-ce
que cela vous fait, Marchande? Est-ce que vous le
connaissez, mon frère? dit-elle enfin en examinant
Nanine avec plus d'attention.

La pauvre épinglière, qui sentait des larmes lui
monter aux yeux ne répondit rien.

— Eh mais, reprit tout à coup la petite jeune fille
dont le visage changea d'expression en moins de
temps qu'il n'en faut pour l'écrire, je crois bien, si
vous devez le connaître. N'est-ce pas vous qui, pendant la cérémonie de la Consécration de l'Église
Saint-Jacques, avez eu votre beau bourrelet tout
roussi et vos cheveux grillés par les flammes d'étoupes
qui faisaient le feu du Saint-Esprit? Ah! Dieu, ma
chère, que vous étiez drôle à voir ce jour-là et que j'ai
ri de bon cœur en voyant la mine piteuse que vous
faisiez.

Et la malicieuse enfant, avec toute l'insouciance et
la cruauté de son âge, se mit à rire de nouveau et de
la plus folle façon au souvenir de cette bouffonne
scène.

— Madamoiselle, dit Nanine, que cet accès de
gaieté intempestive ne pouvait qu'irriter davantage,
savez-vous bien que ce que vous faites là est de la
dernière inconvenance?

— Oui, oui, vous avez raison, je le sais bien, reprit la petite jeune fille, mais que voulez-vous, c'est plus fort que moi, et je ne puis pas m'en empêcher.

Et l'espiègle enfant redoubla ses rires avec tant de vivacité, que Sabine, qui craignait que cette scène n'eût un dénoûment fâcheux, s'empressa d'entraîner son amie hors de la boutique de Mlle Anne Grugeon.

La colère, en effet, qui n'avait pas tardé à s'emparer de Nanine, était déjà de la fureur, et, quand les deux jeunes filles sortirent de la Galerie, elle courut sur le pas de sa porte pour les poursuivre de son regard enflammé, en leur criant d'une voix pleine de menaces :

— Ah ! les nobles Damoiselles, je vous apprendrai à toutes les deux qu'on ne se moque point impunément d'une fille de ma sorte !

Et la pauvre Marchande, le désespoir dans le cœur, alla se cacher dans la petite salle du fond de sa boutique, pour pouvoir y répandre en toute liberté les larmes brûlantes qui jaillirent au même instant de ses yeux.

De retour à l'Hôtel du Presbytère, Sabine, sous un de ces ingénieux prétextes dont la plus innocente des jeunes filles sait colorer ses actions, se retira, pour toute la journée, dans son petit Logis du Porche, où, sans tarder, elle se mit à tresser sa corde de soie, à l'aide des instructions que contenait la lettre d'Orfano.

Elle n'interrompit son travail, dans l'après-midi, que pour écrire sur un petit carré de vélin ce verset de la Bible, emprunté au huitième Chapitre de la Genèse :

« Et sur le soir Noé vit la colombe qu'il avait lâ-
» chée le matin revenir à lui, et voici : elle portait
» dans son bec une feuille qu'elle avait détachée
» d'une branche d'olivier. »

Ce petit carré de vélin fut par elle plié, et attaché
sous l'aile de son Coulon blanc ; après quoi, Sabine,
ouvrant la verrière de sa lucarne, donna la volée à ce
fidèle et intelligent messager.

VI

LE PARCHEMIN SCELLÉ

VI

LE PARCHEMIN SCELLÉ

Dans la soirée de ce même jour, qui était un vendredi, après la fermeture de la Grande Grille des
Charniers, et le couvre-feu étant sonné depuis longtemps, un homme, qu'à sa démarche lente et à sa
taille quelque peu voûtée on soupçonnait devoir être
un vieillard, s'arrêta devant la petite porte de derrière de la boutique de Mlle Anne Grugeon. Il prêta
l'oreille un instant, comme pour s'assurer si quelque
bruit de voix ne se faisait pas entendre à l'intérieur,
et, lorsqu'il eut acquis la conviction que la jeune
mercière-épinglière était seule en ce moment, il
frappa trois fois trois coups sur le panneau de la
petite porte.

Après quelques instants d'attente, cette porte

s'ouvrit, et Nanine, qui parut sur le seuil, jeta un
cri à la fois de surprise et de satisfaction, en reconnaissant, dans le nouveau venu, le Marchand de patenôtres de la Taverne du *Verre-Luisant*.

C'était, en effet, notre vieux Juif Lombard, Isaac
Lévy, qui était devant elle.

L'accueil empressé que lui fit la jeune fille ne put
lui laisser le moindre doute sur le plaisir qu'elle
éprouvait à le revoir ; mais avec cette sûreté de coup
d'œil qui apartenait au Marchand gondarien, celui-ci
devina aussitôt que la pauvre enfant n'était si affectueuse à son égard que parce qu'elle avait, sans
doute, quelques chagrins d'amour dont il lui tar-
dait de soulager son cœur en les confiant au vieil
ami dont le hasard avait fait, jusqu'ici, l'unique
confident de sa passion pour le Vicomte.

Et ce qui était de nature à le confirmer dans cette
pensée, ce fut la trace des larmes encore toutes récentes que la pauvre enfant avait versées, ce fut l'intéressante pâleur de son teint, qui ne lui apprirent
que trop bien une partie de la vérité.

— Ah ! Messire, s'écria la désolée Nanine en pressant entre ses mains mignonnes les doigts osseux du
vieillard, combien je suis heureuse de vous revoir ;
c'est le Ciel, je n'en doute pas, qui vous ramène en
ce moment près de moi.

— Votre amitié m'est donc restée fidèle, ma chère
enfant ? répondit Isaac Lévy avec une nuance bien
marquée d'attendrissement qui n'échappa point à la
jeune fille. J'avais si peur, au contraire, que vous ne
m'eussiez oublié pendant cette absence de quatre
mois et plus.

— Oh! mon père, comment avez-vous pu avoir une pareille opinion de moi? dit vivement Nanine d'un ton de reproche si naturel, qu'il marquait toute la sincérité de celle qui l'adressait.

— Que voulez-vous, chère fille? la longue expérience que j'ai faite de la vie ne m'a que trop familiarisé avec les défaillances du cœur, pour que je ne sache pas que, à côté de l'amour, l'amitié est un sentiment bien pâle.

— Mais, au moins, est-elle plus constante et plus durable que lui! répliqua la jeune fille en se laissant aller sur un escabeau qui était derrière elle, en même temps qu'elle portait ses mains à ses yeux, qui venaient de se remplir de larmes.

— Pauvre enfant, dit le Marchand de patenôtres, attendri à cette vue, et en s'asseyant sur un siége voisin de celui de Nanine, votre pâleur, votre tristesse, vos pleurs enfin, tout me dit assez clairement que votre bonheur n'a pas été de longue durée. Voyons, racontez-moi ce qui vous est arrivé ; dites-moi quel est le sujet de vos peines, et je ferai en sorte d'oublier mon propre malheur pour vous aider à supporter courageusement le vôtre.

— Ah! pardonnez-moi, mon père, dit la pauvre épinglière en essuyant ses larmes et en se rapprochant davantage de son vieil ami, mais, vous le voyez, la perte de mon bonheur m'a rendue égoïste, puisque j'oublie de vous demander quel a été le résultat de votre voyage.

— Mon enfant, dit Isaac Lévy d'une voix altérée et qui ne trahissait que trop bien les vives souffrances auxquelles son esprit était en proie, quelles que soient la nature et la vivacité de vos peines, encore pouvez-vous espérer que le temps, s'il ne les fait pas entièrement disparaître, les adoucira, et qu'un avenir meilleur pourra luire quelque jour pour vous. Mais, quant à moi, tout espoir doit m'être défendu ; mon malheur est désormais irrévocable : je ne reverrai plus ni la femme que j'ai tant aimée, ni l'être charmant qui aurait pu la remplacer dans mon affection.

— Eh ! quoi, auriez-vous donc appris leur mort par cette vieille Jacqueline la Camuse de la Pierre-au-Lait, que vous avez été chercher jusque dans la Basse-Provence ?

— Hélas ! ma chère enfant, je n'ai pu rien apprendre de cette pauvre et digne créature, bien que cependant je l'aie retrouvée sans difficulté, et que, durant quatre mois entiers, j'aie habité sous le même toit qu'elle. Et c'est en cela surtout que vous allez juger s'il est au monde un homme que le malheur s'obstine à poursuivre avec plus d'acharnement que moi.

— Que voulez-vous dire, mon Père ?

— Apprenez donc que, lorsque je suis parvenu à rejoindre celle qui, avec un si admirable dévouement, ainsi que je vous l'ai raconté, avait sauvé autrefois les jours de notre enfant, j'ai retrouvé cette malheureuse femme seule et abandonnée au fond d'une affreuse cahute, le corps étendu sur le plus misérable des grabats, n'ayant plus ni voix, ni regard, ni mouvement, et luttant contre une mort prochaine, dont tous les signes avant-coureurs se lisaient déjà sur son visage.

— Et que lui était-il donc arrivé, à cette infortunée Jacqueline ?

— Ah! loin de moi la pensée d'accuser le Ciel d'être injuste! Mais, après le sublime trait d'humanité dont elle était l'auteur, Dieu n'aurait-il pas dû préserver sa vieillesse des affreux malheurs qui, coup sur coup, sont venus fondre sur elle? A la suite d'un revers de fortune éprouvé par son fils, qui était resté son unique soutien, elle vit mourir ce fils de chagrin, elle vit mourir sa bru, elle vit mourir ses quatre petits-enfants, les uns après les autres, et la pauvre vieille, après avoir payé les dettes laissées par sa famille, demeura seule au monde avec quelques livres tournois pour unique ressource.

— O mon Dieu! dit Nanine en joignant les mains, pourquoi faut-il qu'il y ait sur la terre des êtres qui soient aussi malheureux!

— Trop fière pour se résoudre à aller tendre la main à son âge, la pauvre créature ne se nourrit plus désormais que de pain, et du pain le plus grossier, afin de faire durer plus longtemps la misérable somme qui lui restait; mais, en moins de quelques mois, elle avait dépensé jusqu'à son dernier sou, et, chose horrible à dire, la veille même du jour où je venais heurter à la porte de sa chaumière, lui apportant l'abondance, sinon même la richesse, elle avait été frappée d'une paralysie complète, par suite des souffrances que la faim lui avait fait endurer.

— Ainsi donc, elle n'a pu vous parler, elle n'a pu répondre à vos questions? demanda Nanine.

— Non, dit tristement le Marchand de patenôtres; jusqu'à sa mort, je n'ai pu obtenir d'elle un seul mot, une seule parole.

— Quel fatal événement, mon Dieu!

— Oh! oui, bien fatal, ma chère enfant, d'autant plus fatal que je ne puis douter maintenant qu'elle savait ce qu'étaient devenues et Thamar et Siona, et que par elle, j'aurais infailliblement retrouvé leurs traces.

— Et sur quoi, mon père, fondez-vous cette supposition?

— Sur ce que j'ai appris, après sa mort, de la bouche d'un de ses voisins, avec lequel elle aimait à s'entretenir assez familièrement, et à qui elle aurait dit en propres termes : « J'ai un grand devoir à remplir avant de descendre dans la tombe ; c'est de révéler à un prêtre un secret que je garde depuis près de vingt ans, et qui permettra à une fille de retrouver son véritable père. » Vous voyez bien que ce ne pouvait être que de l'enfant de Thamar que Jacqueline la Camuse entendait parler.

— Tout le fait supposer, en effet. Et dire que vous n'avez pu arracher une parole à cette malheureuse femme !

— Pas un mot, je vous le répète, pas une syllabe, quoique cependant, par ses gestes et par ses signes, elle m'ait donné lieu de penser qu'elle entendait parfaitement les questions que je ne cessais de lui adresser à ce sujet. Dites, chère enfant, comprenez-vous quel étrange supplice a été le mien! Avoir là, près de moi, pendant quatre mois entiers, la seule personne au monde qui pouvait me rendre ma femme et ma fille, et ne pouvoir arracher à ce sépulcre humain le secret d'où dépendait le bonheur du restant de ma vie !

— C'est une situation bien affreuse, en effet.

— D'abord, je ne perdis pas tout à fait l'espérance. Un savant mire de ces contrées, que j'avais installé à prix d'or au chevet de la malade, m'avait affirmé qu'il n'était pas impossible que la parole pût lui être rendue. Le temps et les soins les plus assidus pouvaient seuls, d'après lui, amener cette crise salutaire. Tout ce qui était capable d'améliorer son état fut donc mis en œuvre; mais, hélas! les jours, les semaines, les mois s'écoulèrent, et je me trouvais toujours en face du mutisme affreux de ce cadavre vivant.

— Que vous avez dû souffrir, ô mon père !

— Dieu seul peut savoir ce que j'ai souffert, ma chère fille. Une nuit, enfin, tandis que, veillant seul au chevet de son lit, je contemplais tristement, à la lueur d'une torche de cire, ce visage dont la paralysie avait chassé toute expression intelligente, il me sembla voir, tout à coup, ce masque de marbre s'animer. Puis, bientôt, quelques légers mouvements des lèvres apparurent, les paupières fermées s'écartèrent, et un regard encore plein de vie, parti du fond de ses yeux amaigris, vint se fixer sur les miens. Comment peindre l'émotion extrême qui s'empara de moi en ce moment! sans doute l'heure de la crise annoncée d'avance était arrivée, et Dieu, qui avait pris mes malheurs en pitié, allait, par un miracle de sa toute-puissance, délier enfin cette langue qui, seule au monde, pouvait me dire où étaient les deux êtres si chers, sur la tête desquels reposaient toutes mes espérances de bonheur dans la vie. Je m'approche aussitôt de la vieille Jacqueline; je m'empare d'une de ses mains, que je presse dans les miennes; je penche mon visage vers le sien, et, donnant à ma

voix la même intonation à peu près qu'elle avait vingt
ans auparavant :

— Je suis, lui dis-je pour la millième fois et en
faisant en sorte que la lumière éclairât en plein tous
mes traits, je suis Isaac Lévy, ce même Juif proscrit
que les écorcheurs de bêtes de la Grande Boucherie
de Paris poursuivirent, lui et sa compagne, dans la
rue de la Heaumerie, le matin du 18 octobre 94.
Chère Jacqueline, me reconnaissez-vous?

— Pour cette fois, la vieille laitière, en entendant
mon nom, sembla comme sortir d'un long rêve. Un
pâle et fugitif sourire glissa sur ses lèvres, sa bouche
s'entr'ouvrit pour me parler, mais, ne pouvant encore
articuler aucun son, elle fit un signe de tête très affir-
matif, en même temps que je sentis sa main essayer un
faible mouvement, comme pour presser la mienne.

— Vous me reconnaissez bien, n'est-ce pas? lui
dis-je aussitôt. C'est moi dont vous avez, ce jour-là,
sauvé l'enfant nouveau-né, avec un si admirable dévouement. Je viens aujourd'hui vous demander si ma
fille et sa mère sont encore vivantes, ce qu'elles sont
devenues et où je puis les retrouver. Oh! parlez,
parlez, je vous en conjure, chère Jacqueline, faites
un suprême effort pour me répondre; ma vie et mon
bonheur sont suspendus à vos lèvres!

— Comme si, à cet appel qui lui était fait à la fois
par un père et par un époux, les forces lui eussent
été tout à coup rendues, la pauvre paralytique se redressa vivement, étendit ses deux mains vers moi,
ouvrit les lèvres; mais, au lieu des paroles que je
m'apprêtais à recueillir de sa bouche, il en sortit un
son comme métallique et sibilant, qui fut aussitôt

suivi d'un râle. Alors ses yeux se renversèrent, ses membres se tordirent convulsivement, elle laissa retomber sa tête sur l'oreiller et elle expira.

— Ah! c'est cela qui est affreux, dit Nanine, qui, depuis un instant, avait oublié son propre malheur pour ne songer qu'à celui de son vieil ami. Quelques mots seulement prononcés par elle, et peut-être qu'à cette heure votre femme et votre fille vous seraient rendues!

— Oh! je n'en doute pas, reprit Isaac Lévy, en levant les yeux et les mains au ciel, à cette heure solennelle, Dieu, qui lui avait permis de me reconnaître, lui aurait également permis de me parler si mon impatience avait su davantage se modérer et n'eût pas appelé avec tant de précipitation ce suprême effort, qui aura brusquement chassé de la prison d'argile où elle était retenue sur la terre, cette belle âme que les anges du ciel auront reçue entre leurs bras, pour aller la déposer aux pieds de son divin Créateur.

— Ah! votre dévouement et vos soins pour cette malheureuse femme auraient mérité une toute autre récompense.

— Dieu l'a ainsi décidé, que son saint nom soit béni! dit le vieillard avec cette sublime résignation qui ne se rencontre que dans les âmes dévastées par de longs malheurs. Il ajouta, après un instant de silence : N'ayant plus rien, désormais, qui me retînt dans le pays de la pauvre laitière, je me suis mis en route pour Paris, dès que je lui eus rendu les honneurs funèbres et que j'eus fait placer un sépulcre sur le lieu où reposent les restes mortels de cette noble femme. Je ne suis de retour ici que depuis hier seulement, à l'heure environ de la tombée de la nuit, et c'est la fatigue, ma chère fille, qui m'a empêché de venir vous voir aussitôt après mon retour. Je supposais, d'ailleurs, que vous deviez être encore dans l'ivresse des premières amours, et, bien que l'expérience m'ait appris qu'il n'y a pas de félicité durable dans une union illégitime, j'étais loin de m'attendre à vous retrouver ainsi dans la tristesse et dans les larmes.

— Hélas! dit Nanine, dont les pleurs se mirent à couler de nouveau, mon malheur ne date que de ce matin seulement, et vous fussiez venu hier au soir, que vous m'eussiez trouvée presque aussi joyeuse et aussi insouciante que par le passé.

— Que vous est-il donc arrivé de si imprévu? demanda le vieillard avec le plus tendre intérêt.

— Figurez-vous, mon père, que le hasard ayant conduit ici, ce matin, deux jeunes filles nobles, dont l'une était la sœur de M. le Vicomte de Chamérobley et l'autre la nièce de Monsieur l'Archiprêtre de Saint-Jacques, j'ai appris, par la conversation que ces deux Damoiselles avaient entre elles, que l'homme en qui j'avais placé toutes mes affections devait épouser la nièce de dom Pierre aussitôt que la paix serait conclue entre les Princes. Or, vous n'êtes pas sans avoir appris par la rumeur publique que la paix vient d'être signée aujourd'hui même dans une Conférence qui s'est tenue à Saint-Denis.

— J'ai appris, en effet, cette nouvelle il y a quelques heures à peine, de la bouche de mon hôte, le Compère Hugonnet Charnailles.

— Ainsi donc, vous le voyez, voilà mon malheur tout près d'être consommé. Me voilà trahie, aban-

donnée, déshonorée, sans retour. Car, ajouta la
jeune fille, dont les sanglots et les larmes redoublaient
à mesure qu'elle parlait, vous ne connaissez pas encore, ô mon père, toute l'étendue de mes maux.

— Que voulez-vous dire, chère enfant ?

— Apprenez donc l'affreuse vérité, dit Nanine en
rougissant ; dans quelques mois je vais être mère, et
aujourd'hui même, sans doute par suite des violentes
émotions que j'ai éprouvées, l'innocente petite créature que je porte dans mon sein m'a, pour la première fois, donné des signes certains de son existence.

— Pauvre malheureuse fille, s'écria le vieillard,
qui se leva soudain et alla, tout attendri qu'il était,
prendre et serrer contre son cœur, les mains toutes
tremblantes de Nanine ; est-il donc possible que vous
ayez été aussi lâchement trompée par cet homme ?

— Oh ! oui, lâchement, c'est bien le mot qu'il faut
dire. Croiriez-vous, mon père, que cet indigne amant,
qui va m'abandonner dans la position où je suis pour
en épouser une autre, me faisait, cette nuit même encore, là, dans mes bras (et Nanine, de la main, indiquait son modeste lit de jeune fille, dont les rideaux
roses et blancs formaient comme un nid d'amour),
le serment de n'aimer jamais que moi et de m'être
toujours fidèle !

— Voilà donc, dit Isaac Lévy, avec un sourire de
mépris, comment les gentilshommes de notre temps
se font un jeu de la parole jurée ! Il ajouta bientôt
après : Le Vicomte, mon enfant, sait-il dans quelle
intéressante situation vous êtes en ce moment !

— Il ne saurait à coup sûr l'ignorer, car je lui ai

depuis trop longtemps et par trop souvent fait part des craintes que j'éprouvais à cet égard.

— Et vous êtes sûre que la nouvelle de son prochain mariage n'est pas un de ces bruits en l'air, comme on n'en fait que trop souvent courir sous les Charniers?

— Trop sûre, hélas! pour mon malheur.

— Mais il n'a donc ni entrailles, ni honneur, ce beau gentilhomme à la mine si trompeuse! Ah! je l'avais bien jugé, d'après le langage qu'il se tenait à lui-même sur le Pont-aux-Meuniers, le soir où, par une fatalité inconcevable, j'ai moi-même concouru à son triomphe et hâté l'instant de votre défaite, en voulant vous arracher aux mains de ce dangereux suborneur. Aussi, je comprends que vous le détestiez à cette heure de toute la tendresse que vous aviez autrefois pour lui.

— Pardonnez-moi, mon père, dit Nanine en baissant les yeux, je ne déteste point Monsieur le Vicomte, je ne le détesterai jamais.

— Comment! après une pareille perfidie, vous pourriez avoir conservé quelque affection pour lui?

— Je ne sais comment ça se fait, dit la jeune fille en tenant toujours ses regards abaissés vers la terre, mais, depuis que j'ai appris qu'il allait en épouser une autre, je sens là, voyez-vous, que je l'aime encore plus qu'autrefois, et si vous me voyez verser d'aussi abondantes larmes, si vous me voyez ainsi réduite au désespoir, eh bien!...

— Eh bien!

— C'est à la pensée, à la seule et unique pensée,

que désormais sa fière mine, ses joyeux propos et ses brûlantes caresses ne seront plus pour moi.

— Oh! les femmes! les femmes! dit Isaac Lévy en levant les mains et les yeux à la voûte surbaissée de la petite salle, elles seront donc éternellement les mêmes, dédaignant qui les cherche, recherchant qui les dédaigne.

La jeune fille, plus embarrassée que confuse, ne répondit point à cette réflexion du vieillard.

Quant au Juif, il avait repris sa place sur son siége, et il parut, pendant quelque temps, s'absorber dans une profonde méditation.

Le bruit fait par les chevaux du Guet-Royal, qui sortait de la rue Aubry-le-Boucher, le tira enfin de l'espèce de torpeur où il était tombé.

— Ma chère fille, dit-il tout à coup à Nanine avec l'accent de la plus paternelle affection, vous savez quel sincère attachement j'ai conçu pour vous; eh bien! c'est en vertu de cet attachement et de l'intérêt que je vous porte, que je vous prie de me dire, en toute franchise, quels sont vos projets pour l'avenir. Qu'avez-vous décidé, qu'avez-vous résolu, en face de cet abandon de votre amant? Car, songez-y bien, ce n'est pas tant de l'avenir de votre passion qu'il s'agit maintenant que du sort de l'enfant auquel vous allez donner le jour.

— Et que peut faire, je vous le demande à vous-même, une pauvre fille déshonorée comme moi, trahie comme moi, sinon de mourir à la peine en accomplissant son devoir! Eh bien! mon père, je travaillerai puisqu'il le faut; je passerai les jours et les nuits pour gagner le pain nécessaire à ce pauvre cher

enfant. Désormais, plus d'amours, plus de parures,
plus de joyeux passe-temps ! Celle que vous avez
connue une rieuse et folle jeune fille deviendra la
mère sage, attentive et économe ; au lieu de rubans
et de pompons qu'elle achetait pour relever sa beauté,
elle fera emplette d'une bercerolle et d'une layette
pour son petit Jésus, qu'elle allaitera elle-même,
qu'elle bercera elle-même, qu'elle endormira le soir
en lui chantant, à travers ses larmes, ces douces chansons des mères qui donnent des rêves d'or aux petits
enfants. Oh ! comme je le parerai, comme je le ferai
beau ; je veux qu'il soit habillé comme un petit prince,
si c'est un garçon, et qu'il ressemble à son père ; il
me semble que j'aurai encore quelques beaux jours à
passer sur cette terre, en couvrant de mes baisers la
vivante image de l'ingrat qui m'aura si cruellement
délaissée au printemps de la vie et des amours.

Le vieux Juif était ému.

— Vous êtes une noble créature, mon enfant, dit-il
à la jeune fille en la serrant affectueusement dans ses
bras, et je ne puis, quant à moi, qu'applaudir à cette
résolution que vous avez eu la sagesse et à la fois le
courage de prendre.

— Oh ! croyez bien, mon père, que ce n'est pas
sans avoir soutenu de violents combats que mon
désespoir a cédé la place à la raison. En apprenant
la trahison du Vicomte, j'ai cru un instant, voyez-
vous, que j'allais devenir folle. Les projets les plus
sinistres, les idées les plus extravagantes se croisaient
dans mon esprit. Tantôt je voulais aller poignarder
ma rivale ; tantôt, tournant ma rage contre moi-
même, je voulais courir me précipiter dans la Seine,

du haut de ce fatal Pont-aux-Meuniers qui m'a donné
la honte et le malheur, à moi comme à tant d'autres
pauvres filles, dont le seul tort a été de croire à la
sincérité d'un serment d'amour. Mais ce fut précisément à l'heure où mon esprit égaré roulait ces horribles projets de suicide, que tout-à-coup je sentis
en moi se faire ce premier tressaillement qui est le
gage heureux de la fécondité et qui fait jeter un cri
de joie à toutes les mères. Je devinai de suite que la
main de Dieu me retenait, comme par miracle, sur
le bord de l'abîme où j'allais tomber. Il me sembla
que j'entendais la voix miséricordieuse de Marie, qui
me disait à l'oreille : Ta faute te sera pardonnée si tu
vis pour ton enfant. C'est alors que je m'écriai, en
me précipitant à deux genoux devant cette sainte
image que vous voyez là : O glorieuse et toute-puissante Vierge, prenez la mère et l'enfant sous votre
divine protection; vous avez relevé mon courage
abattu, et je veux vivre désormais pour remplir avec
joie tous les saints devoirs de la maternité.

— Brave et chère fille, s'écria Isaac Lévy en tendant
ses deux bras à Nanine et en la pressant sur son cœur
avec toute la tendresse d'un père, votre touchante
résignation à la volonté de Dieu et votre courageuse
fermeté dans le malheur me décident enfin à mettre
à exécution un projet que j'avais formé depuis longtemps et auquel votre avenir est directement intéressé.

— Que voulez-vous dire, mon père, demanda Nanine, chez qui la surprise suspendit un instant l'émotion.

— Je veux dire, mon enfant, que c'est aujourd'hui
surtout que je reconnais que notre rencontre dans la

Taverne du Verre-Luisant n'a point eu lieu par un simple effet du hasard, comme on pourrait le croire, mais bien plutôt par la permission de Dieu, qui, dans ses admirables desseins, vous a ménagé ainsi l'affection et l'appui du seul homme qui eût le pouvoir d'empêcher le mariage du Vicomte de Chamérobley avec la nièce de dom Pierre Candrin.

— Qu'entends-je! Est-il possible? Quoi, mon père, vous ne me leurrez pas d'un faux espoir en me faisant cette promesse !

— Je vous répète, ma chère fille, qu'il n'y avait au monde qu'un seul homme qui pût mettre obstacle à ce que votre indigne amant épousât Mlle de Champ-Rosé, et que cet homme, c'est moi, moi le faible vieillard, moi le pauvre Juif proscrit, que le peuple massacrerait sans pitié s'il venait à le reconnaître pour tel, et qui, cependant, si misérable qu'il soit, n'a qu'un mot à prononcer pour qu'aussitôt Monsieur l'Archiprêtre de Saint-Jacques refuse de remplir la promesse qu'il aura faite à Monsieur le Quartinier, de lui donner la main de sa nièce.

— Et ce mot, vous le direz, n'est-il pas vrai, mon père ?

— Mon enfant, le noble langage que vous venez de tenir tout à l'heure m'a tracé ma conduite. Hier encore, ignorant la cruelle situation dans laquelle vous vous trouvez, j'aurais pu hésiter; aujourd'hui, je suis décidé à braver tous les dangers pour venir à votre secours.

— Que parlez-vous de dangers, mon père ?

— Je veux dire, reprit vivement le Marchand de patenôtres, qui paraissait contrarié d'avoir laissé sa pensée se trahir par ses paroles, que cette entrevue entre dom Pierre et moi ne se passera peut-être pas sans quelque difficulté de sa part; mais je vous assure que je saurai bien lever les obstacles qu'il voudrait m'opposer.

— Que de reconnaissance ne vous devrai-je pas, ô mon père, si vous me rendez jamais le cœur de mon amant!

— Ma chère fille, reprit gravement le vieux Juif après quelques instants d'une méditation profonde, vous vous tromperiez étrangement si vous supposiez que je ne vais user de mon pouvoir sur la volonté de dom Pierre que pour ramener un volage amant à vos pieds.

— Je ne vous comprends pas, mon père.

— Aussi vais-je m'expliquer sans réticence. Sachez donc que le principal mobile qui va me faire agir dans les graves circonstances où vous vous trouvez, ce n'est point de vous rendre l'affection de Monsieur le Vicomte, mais c'est de donner un père à l'enfant que vous portez dans votre sein.

— Un père à mon enfant! s'écria Nanine avec un transport de joie qui sécha à l'instant ses larmes. Quoi! vous espéreriez que Monsieur le Vicomte reconnaîtra un jour, comme étant le sien, l'enfant que je dois mettre au monde!

— Oui, ma fille, je l'espère.

— Et comment cela serait-il possible?

— En vous prenant pour sa femme légitime.

— Moi! s'écria Nanine au comble de la surprise, et en rougissant à la fois de bonheur et d'orgueil à cette pensée qu'elle serait vicomtesse. Moi! répéta-t-elle, la femme légitime de M. le Vicomte Anténor de Chamérobley! Oh! non, cela ne pourra jamais se faire; c'est impossible, mon père.

— Je vous dis, moi, que cela se fera, mais à une condition, toutefois, chère Nanine.

— Et laquelle, s'il vous plaît?

— C'est que vous allez à l'instant me jurer sur cette sainte image de la Vierge, dans laquelle vous avez foi, que quelles que soient désormais les instances que votre amant vous fasse pour que vous lui apparteniez encore, vous refuserez de le voir et de lui rendre votre amour, tant qu'il ne vous aura pas conduite à l'autel pour vous y donner le titre de sa femme légitime.

— Oh! je vous le jure, mon père, dit Nanine en étendant vivement la main vers la Madone qui était au chevet de son lit, je vous le jure du plus profond de mon cœur, et par cette sainte image qui m'a déjà sauvée du désespoir et sur la tête de la douce créature que vos saintes promesses font tressaillir en ce moment dans mon sein.

— C'est bien, ma fille, c'est bien! dit tristement le vieux Juif. J'ai confiance en votre serment, et je ne doute pas que Dieu, qui l'a comme moi entendu, n'en récompense un jour le bien-gardé, en faisant réussir de tous points les projets que je forme en ce moment pour votre bonheur.

— Oh! mon père, dit la jeune fille en se précipitant aux pieds du vieillard, soyez béni, en mon nom et au nom de mon enfant, pour la généreuse protection que vous avez daigné nous accorder dans notre abandon.

En ce moment, onze heures sonnèrent à l'Église des Saints-Innocents.

— Il se fait tard, dit Isaac Lévy, et la prudence m'ordonne de regagner mon gîte au plus vite ; mais, avant de m'éloigner, j'ai à déposer entre vos mains un parchemin scellé, et à vous donner mes instructions relativement à ce dépôt.

En disant ces mots, le vieux Juif tira de sa robe un long rouleau en cuir de Hongrie, dont il sortit une feuille de parchemin blanc et une écritoire en buis surmontée de son cornet. Il prit une plume d'oie toute taillée dans ce cornet, la trempa dans l'encre et se mit à couvrir la feuille de parchemin d'une écriture encore ferme et bien tracée.

Quand cela fut fait, il plia le parchemin d'une façon toute particulière, l'entoura avec deux lacs de soie, et, à l'endroit où il avait noué ces lacs bout à bout, il mit un large sceau de cire verte qu'il avait fait préalablement ramollir à la flamme de la lampe, et sur laquelle il imprima son cachet. Puis, reprenant la plume, il y mit pour suscription :

A Monseigneur Tanneguy Du Châtel, en sa Lieu-
tenance Criminelle du Grand-Châtelet.

Après quoi, il remit ce parchemin scellé entre les mains de Nanine.

— Conservez précieusement ce que je vous confie là, ma chère fille, lui dit-il ; la perte de ce parchemin serait la ruine de toutes vos espérances dans l'avenir.

— Je vous promets de ne pas m'en séparer une

minute, répondit la jeune fille en prenant le pli scellé que le vieillard lui présentait.

— Si, d'ici à trois jours, poursuivit le Juif, vous ne m'avez pas revu, et que personne ne soit venu, en mon nom, vous redemander le dépôt que je vous confie, le matin du quatrième jour, vous irez remettre ce parchemin scellé entre les mains de Monsieur le Lieutenant Criminel.

— Le Lieutenant Criminel?

— Oui, le Lieutenant Criminel, et en personne; vous m'avez compris?

— Oh! mon Dieu, ce que vous dites là m'effraye malgré moi, et il me semble que ce parchemin me brûle les doigts.

— Rassurez-vous, ma fille, dit le vieillard avec une sorte de solennité, et tenez ce dépôt pour sacré, car ce qu'il contient, c'est le secret de la justice de Dieu.

— Mais, mon père, reprit Nanine, à quel signe reconnaîtrai-je la personne qui viendra de votre part me redemander ce parchemin scellé?

— A celui-ci, répondit Isaac Lévy en montrant à sa protégée le chaton de la bague en *carbonado* ou diamant noir, qui était passée au petit doigt de sa main gauche. Celui que j'enverrai près de vous, si je ne puis venir moi-même, vous montrera cet anneau, et c'est à lui seulement que vous remettrez ce scel.

Il se fit un instant de silence pendant lequel le vieillard se prit à considérer Nanine avec une émotion étrange dans tous ses regards et sur tous ses traits. Puis, lui prenant les mains, il les baisa on ne peut plus affectueusement et d'une voix dont il cherchait en vain à dissimuler l'altération:

— Si je ne devais plus vous revoir, ma chère fille, lui dit-il, pensez quelquefois à votre vieil ami le Juif Isaac Lévy, remerciez-le du fond du cœur du bien qu'il vous aura fait, et donnez à ses malheurs une larme de pitié.

— O mon père! pourquoi avoir d'aussi funestes pressentiments? dit Nanine attendrie au dernier point. Laissez-moi espérer, au contraire, que je vous reverrai, et que je pourrai un jour vous remercier, par la bouche de mon enfant, de tout le bien que vous nous aurez fait à l'un et à l'autre.

— Adieu, chère fille, dit le vieillard en serrant la jeune Marchande dans ses bras; soyez heureuse, c'est le dernier vœu que forme, en vous quittant, votre vieil ami de la Taverne du *Verre-Luisant*.

— Au revoir, mon père, dit Nanine en embrassant respectueusement la longue barbe argentée d'Isaac Lévy.

Et celui-ci sortit par la petite porte du Charnier.

Comme il allait se mettre en marche, il se retourna, et, à mi-voix, il jeta à Nanine ces dernières paroles:

— N'oubliez pas votre serment, surtout!

— Je le tiendrai, mon père, ainsi que je l'ai fait.

Et le vieillard, la saluant pour la dernière fois d'un pâle et mélancolique sourire, se glissa le long des sombres murailles du cimetière, et disparut bientôt dans l'obscurité de la nuit.

VII

PRETRE ET JUIF

VII

PRÊTRE ET JUIF

S'il est une heure du jour où l'étranger qui pénètre dans l'intérieur de l'une de nos basiliques gothiques reçoive une profonde impression de l'aspect des lieux qu'il visite, c'est à coup sûr celle qui précède de quelques minutes seulement le coucher d'un radieux soleil d'été.

A cette heure, en effet, le sanctuaire religieux, abandonné par la foule des fidèles, se trouve être plongé dans un calme et dans un silence qui disposent l'âme au recueillement et à la méditation.

Déjà, sous les voûtes sombres de l'abside et des bas-côtés de l'Église, les ténèbres, qui luttent victorieusement contre les clartés mourantes du soir, font briller l'étincelle d'or des lampes funéraires suspendues au front des chapelles commémoratives ; tandis que, sous les arceaux les plus élevés de la nef centrale, la lumière du soleil couchant, tamisée par les mille vitres de couleur de la rose du grand portail, fait monter lentement ses flamboyantes mosaïques de pierres précieuses, tout au haut des piliers, le long des nervures et jusqu'aux clefs des voûtes de l'édifice.

A quelque religion qu'il appartienne, l'homme qui se trouve en face de ce spectacle imposant ne peut se défendre d'un vague sentiment de terreur, qui s'empare aussitôt de son esprit. On dirait que l'atmosphère religieuse qui le presse de toutes parts, en même temps qu'elle fait taire en lui le langage tumultueux des passions, fait courir à la surface de son corps un frisson glacial qui le saisit d'une sorte d'horripilation jusque dans la racine des cheveux.

C'est qu'en effet, et bien que nos faibles regards ne puissent l'apercevoir, nous avons l'intime pensée et la certitude morale que nous nous trouvons en ce moment dans la présence de Dieu. Quelque chose qui participe de l'éternité se manifeste à nos sens surpris, et jamais la toute-puissance, jamais la grandeur de celui qui nous a créés, en se révélant à nous, ne nous ont mieux fait apercevoir de notre bassesse et de notre néant.

Aussi, l'être le plus endurci dans le vice sent-il, devant un pareil spectacle, son âme s'amollir peu à peu sous les chaudes et pénétrantes effluves de la foi, et, tandis que le sentiment d'une autre vie s'éveille dans le cœur le plus mondain, la prière monte aux lèvres de l'impie, que le blasphème souillait naguère encore.

Ce fut à une heure semblable, et le lendemain du jour où Isaac Lévy avait fait aux Charniers des Saints-Innocents la visite nocturne dont il a été question dans le Chapitre précédent, que ce même vieillard, après avoir furtivement quitté le logis qu'il occupait dans le Cul-de-sac du Chat-Blanc, pénétra dans l'Église Saint-Jacques-de-la-Boucherie, par le petit portail situé en face de la maison de Nicolas Flamel.

Le Marchand de patenôtres venait épier dans ce saint lieu la rencontre de dom Pierre Candrin, avec lequel il désirait avoir une dernière entrevue.

Ainsi qu'il l'avait espéré, l'Eglise était tout à fait déserte en ce moment, et rien ne troublait le silence qui régnait sous ces voûtes solennelles, hormis les battements isochrones de l'horloge du grand portail, dont le balancier, oscillant derrière le buffet des orgues, divisait le temps en intervalles égaux.

Après avoir erré quelques instants dans cette solitude religieuse, l'esprit en proie à ce sentiment de terreur mystique dont nous parlions tout à l'heure, notre vieux Juif, qui avait dirigé ses pas vers le chevet de l'Eglise, pour être moins en vue des fidèles qui pouvaient survenir, arriva devant la chapelle de Saint-Nicolas, dans laquelle se trouvait une splendide sépulture, qu'il reconnut aussitôt pour être le tombeau de feu Nicolas Boulard et de Jeanne Dupuis, sa femme. C'était en effet le monument funèbre qu'avaient fait élever, dans les années 1399 et 1400, à la mémoire du célèbre « Ecuyer de cuisine du Roi notre Sire » ses héritiers collatéraux, qui s'étaient partagé, après sa mort, une des plus opulentes successions de tout Paris.

Sur ce tombeau, sculpté et peint suivant la mode
du temps, étaient les statues des deux époux dé-
funts, couchées côte à côte, la tête appuyée sur un
coussin, les mains jointes au devant de la poitrine,
et les pieds placés sur deux grands lévriers accroupis. Par une fantaisie de l'artiste, dont il n'est pas
très rare de trouver des exemples, le lévrier sur lequel les pieds de Nicolas Boulard se reposaient
était représenté léchant, de sa langue rose et délicate, une des longues poulaines noires de son
maître.

Isaac Lévy, le cœur doucement ému à l'aspect du
tombeau de son bienfaiteur, entra, pour mieux l'examiner dans l'intérieur de cette Chapelle, qui était
plus généralement connue alors sous le nom de *Chapelle matutinale*, attendu qu'en 1386, ainsi que nous
l'avons dit ailleurs, Nicolas Boulard et Jeanne Dupuis
y avaient fondé à perpétuité, une messe, qui s'y
disait chaque matin, à quatre heures pendant l'été, et
à cinq heures pendant l'hiver.

Le vieillard se mit à considérer attentivement les
traits de son bienfaiteur, qui étaient d'une ressemblance parfaite, et, durant cet examen, qui, plus
d'une fois, lui mit des larmes dans les yeux, son esprit, remontant le cours des années, lui montra,
comme dans une suite de tableaux fantasmagoriques,
tous les événements et toutes les scènes de sa vie
passée. Il se revit orphelin de père et de mère,
abandonné, par la fuite de ses coreligionnaires, sur
le pavé de Paris, et recueilli un soir, au pied d'une
borne de la rue de la Vieille-Monnaie, par ce même
Nicolas Boulard, qui n'était alors qu'un jeune gar-

çon, et qui, ému de pitié à la vue de cet enfant abandonné, le ramassa, le porta dans la maison de son père et le fit élever comme s'il eût été son propre frère. Il se revit, vingt ans plus tard, devenu l'homme de confiance de son bienfaiteur, puis, initié par lui aux secrets de son négoce, puis enfin, mis à la tête de ses expéditions dans la mer Rouge, pour le commerce des coraux et des pierreries, conjointement avec Jehan de Tarenne, qui était alors l'associé de Nicolas Boulard. Et, non content de lui faciliter les moyens de s'enrichir, ce généreux bourgeois de Paris lui avait encore fait obtenir par son crédit la main de la belle Thamar, la fille unique du grand Rabbin Manassès, dont il s'était témérairement épris, et, par ce brillant mariage, le bonheur d'Isaac Lévy aurait été assuré pour toujours, sans l'édit funeste de 1394, qui avait, de nouveau, banni les Juifs à perpétuité du royaume de France, et qui l'avait privé de sa femme et de sa fille.

Au milieu des navrantes réflexions que faisait naître dans l'esprit du vieillard ce dernier souvenir, le plus cruel et le plus inexorable de tous, un doute affreux vint tout à coup s'offrir à sa pensée. Sur ce tombeau, qui était là devant lui, les images de ces deux époux qu'il avait connus si tendrement unis dans la vie, étaient de même tendrement unies dans la mort, et, sans doute aussi, que leurs âmes étaient non moins tendrement unies dans le ciel. Mais lui, qui depuis vingt années déjà, était éloigné de la femme et de la fille qu'il aimait, et qui ne pouvait plus espérer maintenant qu'une même sépulture recevrait un jour leurs dépouilles mortelles, était-il sûr au moins de les retrouver, l'une et l'autre au delà du trépas, dans un monde meilleur, où rien, désormais, ne pourrait plus les séparer? La différence des religions dans lesquelles ils auraient terminé leur vie n'apporterait-elle pas un obstacle éternel à ce qu'ils fussent réunis tous les trois dans le séjour des élus? Car, il n'en pouvait douter, de l'heure où son enfant avait été sauvée, Thamar, fidèle à son serment, avait dû se convertir à la religion du Christ, et sa fille elle-même avait dû recevoir le baptême. Or, il était demeuré, quant à lui, toujours fidèle à la loi mosaïque qui était la religion de ses pères, et dans laquelle il s'était jusqu'ici fait un point d'honneur de mourir, de même qu'il y avait vécu. Mais, mourir dans la croyance du Judaïsme, qui est l'ennemie de celle du Christ, n'était-ce pas sacrifier à ce stérile point d'honneur le bonheur de sa destinée future; mourir en restant Juif, n'était-ce pas volontairement et sans retour, courir le risque d'être séparé pour l'éternité de Thamar et de Siona, qui étaient chrétiennes?

Devant cette fatale perspective, nous devons dire que tous les scrupules d'Isaac Lévy s'évanouirent, que toutes les résistances cédèrent, que toute fausse honte disparut. Le vieillard, comme illuminé tout à coup par la foi, se précipita à genoux sur les marches de l'autel, et, levant ses deux mains vers le signe sacré de notre rédemption, il s'écria du fond du cœur :

— Dieu d'Israël, je reconnais enfin, que le Christ, qui a été mis en croix par ceux de ma race, est votre Fils ; je reconnais en lui le Messie qui a été annoncé par les Prophètes et qui est descendu sur la terre

pour être le Sauveur des hommes. Désormais, je l'in-
voquerai et je l'adorerai au titre de Chrétien, que je
fais le serment de recevoir, dès demain, avec l'eau
régénératrice du Baptême.

Dans le même moment qu'Isaac Lévy achevait de
faire mentalement cette promesse adressée au Dieu
des Chrétiens, des pas lents et graves retentirent tout
à coup sous les voûtes silencieuses du sanctuaire. Le
vieux Juif Lombard se releva aussitôt, et, s'abritant
derrière le mausolée de son bienfaiteur, il put voir
dans l'espace ménagé entre le socle du tombeau et
le pilier de la Chapelle, que la personne qui s'avançait était dom Pierre Candrin.

C'était Monsieur le Doyen de Saint-Jacques, en
effet, qui venait de ce côté, le front chargé d'un sombre nuage, et la tête tristement penchée vers la terre.

Le vieillard fut frappé, tout d'abord, du changement
considérable qui, depuis cinq mois, était survenu
dans la personne de l'Archiprêtre. Ses traits amaigris
s'étaient recouverts d'une pâleur maladive, sa chevelure, autrefois d'un noir de jais, était parcourue, en
tous sens, par de nombreux fils d'argent, et au fond
de ses deux orbites excavées, son regard brillait
comme la flamme d'une lampe mortuaire. On eût cru
voir la statue du remords errant parmi les tombeaux.

Dom Pierre, quand il fut arrivé à la hauteur de la
Chapelle matutinale, s'arrêta tout à coup, et, se rapprochant du pilier qui séparait cette Chapelle de celle
de Saint-Jean-Baptiste, il leva la tête et parut lire
quelque chose qui était écrit sur la muraille.

Isaac Lévy porta ses regards dans la même direction, et sur une table de pierre fraîchement scellée

dans le mur, il lut l'inscription suivante, qui y était gravée :

Bonnes gens, plaise vous sçavoir que ceste présente Églize de Monseigneur Sainct-Jacques le Majeur en la Grande-Boucherie de Paris, fuct consacrée le samedi de devant la Passion l'an mil quatre cens et quatorze p la main de Révérend père en Dieu Maistre Gérard de Montaigu, Évêque de Paris, et sera a tous jours la feste de la saincte dédicace le jour d'avant la dicte feste de l'Annonciation de la benoîte Vierge Marie, mère de Dieu, c'est à sçavoir le 24e jour de mars.

Si vous plaise y venir gagner les grants pardons, et priez pour les biens faicteurs de ceste Églize et aussi pour les trespassez.

Après avoir achevé la lecture de cette inscription commémorative, dom Pierre resta quelques instants immobile à la place où il s'était arrêté, et courba de nouveau la tête, comme s'il eût été absorbé par les pensées funestes qui assiégeaient son esprit. Il sortit enfin de cet état de profonde méditation, et, portant une seconde fois ses regards sur la tablette commémorative, il se prit à dire, à haute voix et en se parlant à lui-même :

— Le samedi 24 mars. Cinq mois déjà !!!

Il garda un instant de silence, et il dit ensuite :

— Ainsi, il y a eu hier juste cinq mois qu'Isaac Lévy m'est apparu derrière le pilier de Jacqueline la Bourgeoise, que voici à dix pas de moi, et qu'il m'a si fort épouvanté par ses regards chargés de haine et de menace.

Il se tut de nouveau, puis il reprit bientôt après :

— Qui me dira si ce n'était là qu'un vain fantôme,
si ce n'était là qu'une hallucination de mon cerveau
troublé, ou si, au contraire, c'était bien le Juif Lombard lui-même, en chair et en os ? Mais, ajouta-t-il
avec amertume, à quoi bon me leurrer sans cesse de
cette pensée que le doute soit ici possible ? Ne l'ai-je
pas reconnu aussitôt que mon regard a eu rencontré
le sien, et ne sais-je pas bien ce qu'il venait me redemander ?

Il s'arrêta pour la troisième fois et reprit de nouveau :

— Mais, s'il venait pour chercher son trésor, pourquoi donc ne l'ai-je plus revu pendant les cinq mois
qui viennent de s'écouler ? Que fait-il ; que devient-il ; où se cache-t-il en ce moment ?

— Ici ! dit Isaac Lévy d'une voix retentissante et
en se dressant de toute sa hauteur de l'autre côté du
sépulcre de Nicolas Boulard.

Ce fut un coup de théâtre qui faillit renverser l'Archiprêtre. De pâle qu'elle était, sa figure devint livide,
ses cheveux se dressèrent d'effroi sur son front, et la
sueur perla, en gouttes fines et glacées, sur les deux
côtés de son nez, au devant de ses tempes et dans le
voisinage des deux angles de sa bouche.

Il jeta un cri de terreur, comme s'il eût vu Nicolas
Boulard lui-même sortir de son tombeau, et, par un
mouvement instinctif, il s'apprêtait à fuir devant ce
spectre qui lui apparaissait d'une façon si inattendue,
lorsqu'il reconnut que c'était le vieux Juif Lombard
qu'il avait devant lui.

La haine inassouvie que, depuis vingt ans, il nourrissait contre ce vieillard, se réveilla à l'instant, et

il bondit vers le vieux Juif avec une telle impétuosité,
que celui-ci se rejeta en arrière comme pour échapper
à cet élan de bête féroce. Mais cet accès de fureur
sauvage n'eut que la durée de l'éclair, et, quand le
prêtre arriva près d'Isaac Lévy, celui-ci ne vit plus
sur les traits de dom Pierre qu'un sourire de satisfaction joint à l'expression de la plus extrême surprise.

— Enfin, maître Isaac, je vous retrouve donc, lui
dit l'Archiprêtre en lui saisissant violemment le bras,
comme pour s'assurer, cette fois, qu'il n'avait point
affaire à un vain fantôme. C'est bien vous, n'est-ce
pas, que j'attends chaque jour depuis près de vingt
ans?

— C'est bien moi, en effet, mon Révérend, dit le
Juif d'une voix calme et grave.

— Pourquoi donc venez-vous si tard me redemander le...?

— Le...? dit le Marchand gondarien en fixant ses
deux noires prunelles sur les yeux de dom Pierre,
comme s'il eût voulu fouiller jusqu'au fond de la
pensée du Prêtre.

— Le... le trésor que vous m'avez confié jadis,
dit vivement celui-ci, qui, à l'air soupçonneux du
vieillard, devina aussitôt que les paroles qu'il avait
dites en manière d'*aparté* avaient été entendues.

— Le trésor? Vous voulez dire le dépôt des Livres
sacrés de notre Synagogue, qui avaient été légués par
Rabbi Manassès à sa fille Thamar, dont j'étais l'époux.

— Maître Isaac, reprit dom Pierre, devenu tout à
fait maître de lui-même, et sur un ton de bonhomie
légèrement railleuse, m'avez-vous donc cru assez

simple pour ne pas avoir deviné de suite que le dépôt
que vous m'avez confié autrefois devait avoir une
valeur bien autrement grande que celle de vos Codes
religieux et de votre Talmud?

— Mais savez-vous, mon Révérend, que ce Talmud
dont vous parlez avec un tel dédain est celui de Babylone, c'est-à-dire le Code le plus complet de la doc-
trine traditionnelle des Juifs, et qu'il contient, dans
tous leurs développements, les textes primitifs de la
Mischna et de la *Gemara*, tels qu'ils furent composés
il y a huit cents ans, c'est-à-dire dans le cours du
sixième siècle?

— Pourquoi feindre davantage avec moi, mon
maître? dit dom Pierre sur le ton de la candeur la
plus rassurante : puisqu'il faut vous l'avouer, sachez
donc que j'ai ouvert votre précieux coffret, et que
j'ai pu prendre connaissance, par moi-même, des
richesses inestimables qu'il renfermait.

— Eh quoi! mon Révérend, vous n'avez pas craint
de violer un dépôt qui vous était confié?

— Ecoutez-moi d'abord, maître Isaac, et vous me
jugerez ensuite. Aussitôt après votre départ, des
scrupules religieux me vinrent à l'esprit au sujet
du coffret que vous aviez laissé entre mes mains. Je
me demandai si je devais, moi, le chef de cette
église, conserver dans le propre sanctuaire du Christ
les statuts fondamentaux d'une religion qui est entièrement opposée à celle qu'il nous a enseignée.
N'était-ce pas risquer d'attirer la colère de Dieu à la
fois sur moi et sur les ouailles dont le salut m'avait
été confié? Je résolus donc de retirer votre coffret de
l'*In-Pace*, où nous l'avions caché vous et moi, dans un

des caveaux de la Tour, et de le transporter hors de
l'Eglise Saint-Jacques. Mais au moment où je venais
de le sortir de sa cachette, je fus étonné du poids
considérable qu'il offrait sous un si petit volume, et
c'est alors que je me demandai si vous aviez été sincère dans votre déclaration. Soupçonnant le stratagème
dont vous vous étiez servi avec moi, j'ouvris votre
coffret pour m'en assurer, et je reconnus, comme je
l'avais deviné d'avance, qu'au lieu des Codes mosaïques qu'il était censé renfermer, il était rempli de
diamants, de joyaux et de vases d'or et d'argent d'un
prix inestimable. Dès lors, rassuré complétement sur
ce qui avait fait l'objet de mes scrupules, je refermai
votre coffret et je le remis dans l'*In-Pace*...

— Sans en avoir détourné même un esterlin (1),
Monsieur l'Archiprêtre? dit le Marchand de patenôtres, en donnant aux regards qu'il attachait sur son
interlocuteur une fixité si inquisitoriale que celui-ci
soupçonna qu'un piége lui était tendu et n'eut garde
de s'y laisser prendre.

— Pardonnez-moi, maître Isaac, dit-il du ton le
plus naturel qu'il put prendre, j'en ai détourné les
deux plus beaux vases qui s'y trouvaient, mais dans
le seul but d'en admirer par moi-même, et d'en faire
admirer aux autres, la riche et élégante ornementa-
tion, et avec l'intention bien arrêtée de les remettre
à leur place le jour où vous viendriez me demander la
restitution de votre coffret.

(1) Ancien poids employé parmi les orfévres, dont il y avait cent
soixante au marc, ce qui veut dire qu'il formait la vingtième partie d'une once, et pesait par conséquent vingt-huit grains et demi.

— Et c'est ce qui a été fait?

— Le soir même du jour où vous m'êtes apparu ici, derrière ce pilier, pendant la cérémonie de la Consécration de mon Eglise.

— De sorte que le dépôt que j'ai remis en vos mains, dans la matinée du 18 octobre 94, est en ce moment dans le même état que je vous l'ai confié? continua Isaac Lévy avec un regard plus pénétrant et plus interrogateur que jamais.

— Oui, mon maître, dit simplement dom Pierre, qui soutint ce dernier regard sans qu'un seul des muscles de son visage vînt à bouger.

— Et quand serez-vous prêt, mon Révérend, à me remettre ce coffret en échange du reçu que vous m'avez donné?

— Cette nuit même, si cela vous convient.

— Pourquoi pas en ce moment?

— Y pensez-vous, maître Isaac! Voici l'heure de la prière du soir qui va sonner; dans quelques ins-tants, l'Eglise sera hantée par un grand nombre de fidèles, et vous sentez quel danger il y aurait pour vous et pour moi, si l'on nous voyait sortir ensemble des caveaux de la Tour, et si l'on s'apercevait surtout que vous êtes porteur d'un coffret qu'il ne vous serait pas possible, vu son volume, de dissimuler entière-ment aux regards des curieux.

— Peut-être avez-vous raison, en effet, et devons-nous remettre cet échange à une heure plus avancée de la soirée.

— Nous y sommes aussi intéressés l'un que l'autre.

— D'autant mieux, en effet, que j'ai à vous entre-

tenir d'une chose fort importante, et que je désirerais
le faire en toute liberté.

— Puisqu'il en est ainsi, trouvez-vous cette nuit
même, au premier coup de minuit, devant la petite
porte qui fait face à la rue de Marivaux. Je ne tarderai
pas à vous l'ouvrir, et nous descendrons ensemble
dans les caveaux de la Tour pour y chercher votre
trésor.

Pendant que l'Archiprêtre lui parlait, le vieillard
avait observé avec une attention plus soutenue qu'il
ne l'avait fait encore, jusqu'aux moindres traits du
visage de dom Pierre, bien résolu à ne point accepter
le rendez-vous qui lui était donné si un signe tant
soit peu équivoque était venu l'alarmer sur les intentions en apparence si pacifiques du prêtre. Mais
nous devons dire que ce fut avec le calme et la séré-
nité de l'âme la plus tranquille que celui-ci soutint
les regards du Marchand gondarien.

— Ainsi, dom Pierre, dit Isaac Lévy après un instant de silence et de réflexion, et en appuyant sur
chacune de ses paroles, je puis descendre ce soir en
toute sûreté dans les caveaux de la Tour Saint-Jacques?

— Je ne devine que trop bien quelle est votre
pensée, répondit l'Archiprêtre, qui ne put s'empêcher
de rougir à ce langage du vieux Juif. Je vous aurais
cru plus d'indulgence, maître Isaac, ajouta-t-il douloureusement, et quand Dieu lui-même a daigné
pardonner après vingt ans de repentir et de pénitence,
pourquoi vous montrez-vous plus inexorable que lui?

— C'est bien, dit le Juif Lombard d'une voix
douce et grave en même temps. Le repentir est l'innocence qui a été régénérée par l'expiation ; c'est la

plus méritoire des vertus humaines. Je tiens donc
votre langage pour sincère, Monsieur l'Archiprêtre,
et cette nuit, à l'heure dite, je viendrai frapper sans
crainte à la petite porte de votre Eglise.

— Je vous y attendrai, dit dom Pierre avec un
sourire de vive satisfaction, qu'il s'empressa de dérober aux regards d'Isaac Lévy.

Puis, le Prêtre et le Juif, s'étant salués réciproque-
ment, se séparèrent l'un de l'autre.

Mais dom Pierre, revenant tout à coup sur ses pas,
dit au Marchand de patenôtres :

— N'oubliez pas surtout, mon maître, d'apporter
le reçu qui est resté entre vos mains.

— Soyez sans crainte à cet égard, répondit le
vieillard.

Et ils se séparèrent de nouveau.

Quand le Marchand de patenôtres se fut éloigné,
l'Archiprêtre redescendit la nef collatérale qui conduisait à l'escalier de la Tour, franchit les degrés de cet
escalier jusqu'au premier étage, et, arrivé sur la Terrasse-aux-Chapelles, il y trouva Mlle de Champ-Rosé.
Sabine, un arrosoir à la main, paraissait être exclusi-
vement occupée du soin de ses fleurs, tandis qu'en
réalité son esprit n'était préoccupé que d'une seule
pensée, que d'un seul souci, à savoir la délivrance
de son bien-aimé Orfano.

— Chère nièce, lui dit dom Pierre, cette affreuse
migraine qui me tourmente depuis quelque temps
vient de me reprendre à l'instant, et plus vivement
que jamais. Excusez-moi donc si je ne puis vous
tenir compagnie durant la soirée ; mais je me retire
de ce pas dans mon Oratoire, où je trouverai les

deux seuls remèdes qui apportent quelque adoucis-
sement à ma douleur, c'est à savoir le silence et la
solitude.

— Vous souffrez donc bien vivement, très cher
Oncle? demanda Sabine.

— On ne peut plus vivement, dit l'Archiprêtre. Et,
sans attendre quelque autre question qui aurait pu
lui être faite par la jeune fille, il lui donna le bonsoir affectueusement et se hâta de s'éloigner par le
petit Passage du Porche, d'où il gagna son Oratoire.

En ce moment, sept heures sonnèrent à l'horloge
du Grand-Portail. C'était l'heure où avait lieu le
repas du soir dans le logis de Monsieur le Doyen de
Saint-Jacques. Sabine se rendit seule dans la salle
du réfectoire, et nous n'exagérerons nullement en
disant qu'au bout de quelques minutes son repas était
terminé.

Comme une chaleur étouffante embrasait en ce moment l'atmosphère, la jeune fille, sous le prétexte d'y
respirer l'air frais de la nuit, alla s'installer de nouveau
sur la Terrasse-aux-Chapelles, et elle s'y fit apporter,
par la vieille Brigitte La Voirin, son psaltérion à seize
cordes, qui était dans le Parloir à Messieurs de
l'OEuvre.

La vérité, que le lecteur a pressentie d'avance,
était que Sabine avait résolu de profiter de cette nuit
même, pendant laquelle dom Pierre devait rester enfermé dans son Oratoire, pour mettre à exécution le
projet d'évasion qui avait été si ingénieusement
conçu par Monsieur le Gonfalonier. Il y avait quelques heures à peine qu'elle avait terminé la corde de
soie qui devait servir à cette évasion, et une seule

chose lui restait à faire maintenant, c'était de donner au prisonnier le signal convenu.

Elle prit donc le psaltérion des mains de sa gouvernante, et après quelques fugitifs préludes exécu-
tés sur l'instrument, dans le but de calmer son émotion et d'éveiller l'attention de son amant, elle se mit
à chanter, en donnant à sa belle voix de contralto
toute l'étendue dont elle était susceptible, la gracieuse romance de *Gentille Abbesse*, que nous connaissons.

Comme elle terminait son chant, un éclair lointain illumina tout à coup l'horizon, et la pauvre enfant, qui avait l'orage en très grande frayeur, courut
se jeter à deux genoux devant son prie-Dieu, pour
demander au Ciel la force de supporter les émotions
de la terrible nuit qui se préparait.

LIVRE SEPTIÈME

I

L'ÉVASION

I

L'ÉVASION

Dès les premiers accords échappés au psaltérion de Sabine, Orfano, que la chaleur stupéfiante du soir tenait immobile et comme anéanti dans un des angles de sa Cellule, bondit tout à coup jusqu'à la petite fenêtre de la Logette de l'Évêque, et, avançant la tête sous l'ogive de la haute baie du clocher, il prêta l'oreille aux bruits qui lui arrivaient du dehors.

Son émotion était si vive, que, pendant quelques instants, les battements tumultueux des artères de son cou et de ses tempes ne lui permirent pas de rien distinguer. Mais, lorsqu'un peu de calme lui fut rendu, qu'on juge de la surprise et de la joie qui s'emparèrent de son esprit, lorsque, dans cette suave mélodie, que le vent du soir lui apportait sur ses

ailes, il reconnut la romance de *Gentille Abbesse*, qui
lui annonçait que l'heure de sa délivrance était prochaine.

Nous venons de dire *de sa surprise et de sa joie*.
Celle-ci se comprend tout naturellement ; quant à
celle-là, on se l'expliquera non moins facilement,
si l'on veut bien se rappeler que depuis le moment
où notre prisonnier avait fait parvenir son épître à
Mlle de Champ-Rosé, par l'intermédiaire du Coulon
Blanc, c'est-à-dire depuis la veille au matin, il ne
s'était encore écoulé que trente-sept ou trente-huit
heures seulement, et que ce court espace de temps
avait cependant suffi à la jeune fille pour qu'elle dis-
posât tout ce qui était matériellement nécessaire, afin
d'aider son amant dans l'audacieuse entreprise de son
évasion.

Dire à quel point cet empressement de la part de
Sabine à lui rendre la liberté toucha le cœur d'Orfano,
serait chose difficile à nous. N'était-ce pas, en effet,
la plus réelle, comme la plus éloquente preuve d'amour
qu'il pût recevoir de sa bien-aimée?

Et si, à ces causes d'émotions, déjà si puissantes
par elles-mêmes, on ajoute l'attendrissement extrême
qui s'empara de lui, lorsqu'il entendit résonner cette
voix fraîche et pure, dont les accents si doux et si
pénétrants n'avaient pas retenti depuis cinq mois à
son oreille, on comprendra que le premier mouvement de notre pieux Gonfalonier, aussitôt que la
voix de Sabine eut cessé de se faire entendre, fut de
se jeter à deux genoux sur le plancher de sa Cellule,
pour rendre grâce à Dieu, qui avait si visiblement
favorisé le début de son entreprise, et pour le prier

de lui continuer sa toute-puissante protection, afin qu'il pût la mener à bien jusqu'au bout.

Pendant les quatre ou cinq heures qui le séparaient du moment décisif, et qui, dans l'impatience où il était de revoir Mlle de Champ-Rosé, lui parurent plus longues à passer que le même nombre de mois, pendant lesquels il avait été privé de sa liberté, notre industrieux Lévite prit les dernières dispositions qui étaient nécessaires à la mise à exécution de son projet.

Il commença par briser le coquemar de terre dans lequel était contenue « l'eau de douleur, » à laquelle il avait été condamné par dom Pierre, et prenant un des fragments de cette cruche cassée, dont il se servit comme d'un moule à dévider, il pelotonna sur ce moule la fine cordelette qu'il avait tressée avec les cheveux de Sabine, et qui, depuis plusieurs jours, était enroulée autour de sa poitrine.

Quand il fut arrivé au bout de cette longue cordelette, il attacha solidement à son extrémité un autre fragment de son coquemar, auquel était adhérente une des deux anses du vase brisé, et il obtint ainsi un lest qui devait, par son poids, maintenir la fine corde dans la direction verticale et l'empêcher d'être chassée de çà et de là par les rafales du vent.

Ces dispositions étant prises, il attendit.

A sa grande satisfaction, le ciel, à mesure que les heures s'écoulaient, s'était peu à peu chargé de grands nuages noirs et fauves, roulant les uns sur les autres avec un pêle-mêle inouï, et comme s'ils eussent été poussés par des courants opposés. Du côté du couchant, un vent gros d'orage soufflait déjà impétueu-

sement sur Paris, soulevant dans tous les carrefours
de la grande cité des tourbillons d'une poussière
rousse dont les spirales montantes atteignaient par-
fois à la hauteur de la Tour Saint-Jacques. Puis, bientôt, une profonde obscurité commença à régner sur
la ville, et une crainte vint à notre prisonnier, en
présence de cette nuit sombre, si favorable pourtant
à son évasion, ce fut que la lueur des éclairs, qui
commençaient à sillonner la nue, ne trahît sa fuite
à quelques regards indiscrets.

Par une disposition superstitieuse, qui est naturelle
au cœur de l'homme, plus le terme de sa captivité se
rapprochait, et plus Orfano sentait son esprit assailli
par de nouvelles craintes. Bien qu'il ne doutât, en
aucune façon, de la tendresse et du dévouement de
Sabine, il se demandait néanmoins si, au moment
d'agir, la jeune fille ne serait pas arrêtée par quelque
obstacle qui l'empêcherait de mettre à exécution leur
projet commun. Il se demanda même, tant le doute
allait grandissant dans son cerveau troublé, si le courage ne faillirait pas à sa bien-aimée, lorsqu'il lui
faudrait, par une nuit aussi affreuse, quitter seule son
petit Logis du Porche pour se glisser jusqu'à la Terrasse-aux-Chapelles, et là, dans l'obscurité, achever
une tâche délicate, qui, pour être conduite à bien,
demandait, avant tout, du sang-froid et de la présence
d'esprit. Et ce qui donnait du poids à cette appréhension du pauvre captif, c'est que Mlle de Champ-
Rosé, qui n'avait pas eu, étant jeune, pour prémunir
son esprit contre les mille et une terreurs du vulgaire, les leçons éclairées d'une mère à la fois prudente
et instruite, avait, ainsi que nous l'avons dit

dans le Chapitre précédent, une frayeur exagérée de
l'orage. Or, à en juger par tous les signes avant-coureurs que *notre prisonnier était si bien à la portée de
saisir* du haut de son observatoire, une violente
tempête n'allait pas tarder à se déchaîner sur Paris,
et, comme l'heure s'avançait déjà, Monsieur le Gonfalonier n'avait plus qu'un vœu à former, c'était que
son évasion pût avoir lieu avant que l'orage éclatât.

Ce fut dans cette espérance, que semblait vouloir
justifier la lenteur avec laquelle la nuée procédait
dans sa marche à travers le Ciel, qu'Orfano, plus ému
que jamais, entendit enfin le bourdon de la Tour
Saint-Jacques sonner le premier coup de minuit.

Il se saisit aussitôt du cordon de cheveux qu'il
avait mis en peloton, se dressa de toute sa hauteur
sur son banc de bois, et fit pendre en dehors de la
fenêtre de sa Cellule le fragment de poterie qui servait de lest à la cordelette. Et, ce faisant, il se mit à
compter, un par un, les douze coups que le marteau
de l'horloge frappait rudement sur son cœur ému, en
même temps que sur l'airain sonore de la cloche.

Quand le douzième et dernier coup eut retenti, Orfano s'écria avec le sentiment de la foi la plus ardente :

— *In te, Domine, speravi; a me averte periculum, et
salvum me fac, Deus omnipotens* (1).

Et il laissa ensuite se dévider lentement et sans secousse sa cordelette de cheveux, dont il sentait, avec
un bonheur inexprimable, la partie lestée glisser

---

(1) C'est en vous, Seigneur, que j'ai placé mon espérance ; éloi-
gnez de moi tout danger et faites que je sois sauf, Dieu tout-puissant !

sans résistance le long du mur de la Tour, et sans qu'elle fût arrêtée une seule fois dans sa descente par les mille et une saillies de la sculpture qui, de sa base à son sommet, décore si richement notre gracieux édifice.

En moins d'une minute, il s'aperçut que la corde cessait d'être tendue par son lest, et comme, à l'exception d'une toise ou deux, elle était arrivée à la fin de sa longueur, il en conclut qu'elle avait atteint, sans dévier, le dallage en plomb de la Terrasse-aux-Chapelles.

L'esprit en proie à une anxiété dont chacun pourra facilement se rendre compte, Orfano attendit, pendant quelques instants, espérant que bientôt certains mouvements volontaires, imprimés à cette extrémité de la cordelette qui touchait à la Terrasse, viendraient l'avertir que Sabine était à son poste ; mais plusieurs minutes s'écoulèrent sans que son attente fût remplie, et le long cordon demeura dans une muette immobilité, ou, pour parler plus exactement, ne transmit à la main qui le tenait que les mouvements oscillatoires que le vent lui communiquait, bien qu'il fût abrité contre les raffales de l'ouragan par la saillie considérable des contre-forts de la Tour.

Qui peindra la douleur dont notre infortuné Lévite sentit son cœur atteint par cette affreuse déception ? Eh quoi ! sa tendre fiancée, si aimante et si dévouée jusque-là, avait pu reculer devant les difficultés d'une entreprise à laquelle son propre bonheur était attaché ?

Les pressentiments d'Orfano ne l'avaient donc pas trompé, puisque les craintes qu'il avait conçues na-

guère se trouvaient, hélas! justifiées par l'événement. Mais quel motif avait pu arrêter ainsi les pas
de Sabine? Si c'était la peur de l'orage qui l'avait retenue, elle était donc bien peu attachée à son amant,
pour que l'appréhension d'un danger imaginaire l'em-
portât, dans son esprit, sur le vif désir qu'elle avait
dû avoir de le rendre à la liberté! Mais, n'était-ce
pas plutôt parce qu'il était arrivé malheur à leurs
chères amours? Qui sait, en effet, si la lettre qu'il
avait adressée à Sabine n'avait pas été découverte par
l'Archiprêtre, et cela au moment même où la jeune
fille allait fournir au prisonnier les moyens de s'échapper de la Cage de bois dans laquelle il était enfermé?
Oh! s'il en était ainsi, le pauvre Orfano pouvait dire
qu'il était arrivé, en ce moment, au comble de l'in-
fortune, puisque, du même coup, l'espérance d'être
libre et l'affection d'une amante allaient lui être
ravies, l'une et l'autre, peut-être pour jamais.

Les âmes tendres, nous l'avons dit ailleurs, n'ont
pas de plus cruel bourreau que leur vive et ardente
imagination; et, à ce point de vue psychologique,
nous savons déjà combien Monsieur le Gonfalonier
était disposé à laisser déchirer son propre cœur par
le vautour dévorant de son esprit.

Nous venons de dire comment, en moins de quelques minutes, le plus sombre découragement avait
succédé dans son âme à l'espoir qu'il avait conçu de
presser sa douce fiancée entre ses bras; en moins de
temps encore, nous allons voir la divine espérance le
ravir de nouveau sur ses ailes et l'emporter jusqu'au
plus haut de l'empyrée, des profondeurs vertigineuses
de l'abîme où il était tombé.

O surprise ! ô bonheur ! voilà que, tout à coup, il a senti un mouvement vif, rapide, nerveux, courir tout le long de cette fine corde de cheveux qu'il tient à la main, et que ce mouvement a retenti jusque dans le plus profond de son cœur, comme lui apportant le signal avant-coureur de sa liberté. Puis, à ce premier appel, d'autres ont succédé plus pressants, plus éloquents, plus passionnés encore, et comme si la main émue et tremblante qui les adressait, eût confié à ce fil télégraphique, ainsi que cela se dirait aujourd'hui, les plus secrètes pensées du cœur de la personne qui le faisait servir d'interprète à ses sentiments.

Orfano n'eut pas de peine à deviner ce que signifiait ce télégramme dicté par l'amour, et il le traduisit aussitôt par ces paroles qui en donnaient, en effet, le sens on ne peut plus exact :

— C'est moi, me voici, j'accours pour vous délivrer. Sabine est là, Sabine vous attend. O mon bien-aimé ! volez dans ses bras.

On devine que la réponse d'Orfano ne se fit pas attendre, et que la dépêche en retour, expédiée par notre prisonnier, fut non moins fidèlement interprétée par Mlle de Champ-Rosé, sinon dans les termes, du moins avec le sens que voici :

— Oh ! hâte-toi, mon ange sauveur, disait cette dépêche, hâte-toi d'attacher à ce long fil que j'ai tressé avec tes noirs cheveux la corde de soie qui a été préparée par tes blanches mains ; hâte-toi, ô ma douce fiancée ! car j'ai plus soif encore de tes caresses que je n'ai soif de ma liberté !

Quelques minutes s'écoulèrent, pendant lesquelles

notre impatient jeune homme ne perçut plus, dans
le frêle cordon qu'il tenait à la main, qu'une succession de mouvements confus et désordonnés, dont
il ne lui fut pas difficile de deviner la cause. Puis,
tout à coup, de brusques secousses, faites dans le
sens du commandement, vinrent lui apprendre que
l'instant était arrivé de remonter le fil conducteur qui
allait entraîner à sa suite la corde de soie que Sabine
venait d'y attacher; et Orfano, qui avait d'avance
calculé toutes les précautions qu'il avait à prendre,
ramena à lui ce fil avec une sage lenteur, et tremblant,
à chaque seconde, que l'angle d'un auvent, que le
bec d'une gargouille, ou que la pointe d'une feuille
de chicorée n'arrêtât dans son ascension le léger
câble de soie qui devait réaliser enfin, pour lui, cette
mystérieuse échelle de Jacob, qui lui était apparue
dans un de ses songes, ainsi que nous l'avons dit ailleurs.

Enfin, il put donc la toucher, la saisir, la porter à
ses lèvres, cette bienheureuse corde qui allait lui
rendre la liberté, et qu'il baisa aussitôt avec une
émotion d'autant plus vive, qu'il la sentit toute pé-
nétrée d'une douce et fraîche odeur de lavande,
qu'il savait être le parfum favori de Mlle de Champ-
Rosé.

Après quoi, et sans perdre de temps, il rompit le
nœud à l'aide duquel la jeune fille avait fixé, au fil
de cheveux, le câble de soie, et il attacha très solidement l'extrémité de ce câble à l'un des robustes piliers de son banc de chêne. Puis, rassemblant à la
hâte les anneaux maintenant entremêlés de la précieuse cordelette faite avec la natte de Sabine, il les

fourra pêle-mêle dans la poitrine de sa soutanelle, et, cette opération étant terminée, il se mit en devoir de sortir de la prison par la petite fenêtre de la Logette de l'Evêque.

Pour ce faire, il s'accrocha des deux mains à la traverse de bois de l'auvent supérieur de la baie du clocher, et, s'aidant des pieds et des genoux, avec cette adresse et cette agilité que nous lui connaissons, il fit passer par l'étroite ouverture de la fenêtre sa tête d'abord, puis ses épaules, puis son buste tout entier. Quand son corps se trouva, pour ainsi dire, en équilibre et plié en deux sur la barre d'appui de l'ouverture, il s'arrêta un instant, et, tirant fortement à lui la partie de la corde de soie qui était attachée au banc de chêne, il força celui-ci à se dresser lentement le long de la paroi intérieure de la Cellule, contre laquelle il demeura enfin debout et immobile. Sûr, désormais, qu'aucune secousse fâcheuse n'était à craindre de ce côté, et rassuré à la fois par le volume et par le poids de ce banc massif contre la possibilité où celui-ci aurait pu être de s'engager par l'ouverture de la fenêtre, Orfano saisit la corde de soie à deux mains, et se laissa glisser tout à coup en avant, comme s'il eût plongé dans l'espace. Dans ce rapide élan, la partie inférieure de son corps se dégagea tout à coup, fit un brusque mouvement de bascule, et, en moins d'une seconde, notre hardi Gonfalonier se trouva suspendu à la corde de soie, ayant les pieds en bas, et sa tête se trouvant presque encore au niveau de la petite fenêtre par laquelle il venait de s'échapper.

En ce moment un éclair embrasa la nue, et sa

clarté blafarde permit au jeune homme de voir, du
même coup, les solives supérieures de sa cage de
bois et le pied de violette des champs, dont les fleurs
délicates frissonnaient sous le vent de l'orage.

— Adieu, tristes lieux où j'ai tant souffert, dit mé-
lancoliquement Orfano, en même temps qu'il arra-
chait du mur la petite plante tout entière, et qu'il la
plaçait dans son sein. Puissé-je, ajouta-t-il en sentant avec bonheur glisser sur son visage et sur ses
mains le souffle impétueux de la tempête, qui était
pour lui le souffle revivifiant de la liberté, puissé-je
être à la fois la première et la dernière victime de la
torture sans nom que l'on endure dans cette affreuse
Logette de l'Évêque.

Et, sans perdre de temps, notre audacieux Lévite
se laissa glisser le long du câble de soie dont les
nœuds multipliés ralentirent sa descente et lui évitè-
rent ces brûlures douloureuses, qui sont, d'ordinaire,
le résultat d'un semblable frottement, lorsque ce frottement est par trop rapide et par trop prolongé.

Il n'était plus qu'à quelques toises de la Terrasse-
aux-Chapelles, vers laquelle il tenait, dans l'obscurité, ses regards abaissés, lorsqu'un nouvel éclair,
qui brilla plus vif encore que ceux qui l'avaient pré-
cédé, lui montra, pendant l'espace d'une seconde,
Mlle de Champ-Rosé, debout au-dessus de lui, le
corps adossé contre un des montants de la Tour. La
nièce de dom Pierre, dont le visage était d'une pâleur effrayante, avait les yeux levés vers le Ciel, et
elle tenait ses bras ouverts et étendus, prête à recevoir sur son cœur le tendre amant qu'elle venait rendre à la liberté.

Le saisissement qu'éprouva Orfano en voyant Sabine, qui lui parut être à demi-morte de frayeur, fut si subit et si violent, que notre beau Lévite abandonna presque entièrement le câble à nœuds le long duquel il descendait, et que peu s'en fallût qu'il ne tombât de cette hauteur aux pieds de sa bien-aimée.

Le mouvement brusque et instinctif par lequel il se retint à la corde de soie ne dut point échapper à Sabine, car un cri de frayeur se fit entendre aussitôt ; mais, plus rapide que la flèche, Monsieur le Gonfalonier s'était laissé, d'un seul trait, glisser jusqu'à la Terrasse-aux-Chapelles, où il arriva assez à temps pour soutenir la jeune fille, qui était sur le point de défaillir, en proie à de si violentes palpitations, qu'Orfano, qui tenait la pauvre enfant serrée dans ses bras, sentait les battements du cœur de son amie frapper avec un grand tumulte sur sa propre poitrine.

— O ma chère Sabine ! lui dit-il, en déposant sur son front glacé un baiser qui était à la fois celui d'un frère et d'un amant, Dieu m'est témoin que la liberté que vous me rendez en ce moment, ne me paraît un bien si précieux, que parce qu'elle vous ramène dans mes bras, fidèle aux serments d'amour et de constance que vous m'avez faits. Douce et miséricordieuse fille que vous êtes, vous avez pris en pitié le pauvre prisonnier, vous l'avez secouru dans sa détresse. Soyez bénie ! ô vous, qui de l'extrême misère dans laquelle il était plongé, le faites parvenir au plus haut degré de la félicité humaine ! O ma douce fiancée, comment pourrai-je jamais m'acquitter de la dette de reconnaissance que j'ai contractée envers vous?

— En m'aimant comme je vous aime, ô mon Orfano chéri! dit la jeune fille d'une voix que son émotion rendait toute tremblante, et en répondant par une douce pression de main aux chastes caresses de son amant. Elle ajouta, avec le sentiment d'une piété reconnaissante : Oh! merci, merci, mon Dieu! Vous avez exaucé mes prières; vous l'avez rendu sain et sauf à ma tendresse!

En ce moment un nouvel éclair brilla et le roulement du tonnerre commença à se faire entendre.

— Pauvre amie, reprit Monsieur le Gonfalonier, quel courage ne vous a-t-il pas fallu pour braver, ainsi que vous l'avez fait, l'orage qui gronde au-dessus de nos têtes, et dont vous avez toujours eu un si mortel effroi!

— Mon ami, dit vivement Sabine qui, dans les bras de son bien-aimé, avait senti tout à coup la flamme de la vie se rallumer dans son sein, ne croyez pas que cette grande émotion qui a manqué me faire défaillir, ait été causée par l'orage. Cette nuit, qui marquera dans notre commune destinée, m'a guérie pour jamais de cette vaine épouvante. La frayeur dont j'ai été si vivement saisie tout à coup, n'avait, je vous l'assure, que votre chère existence pour objet.

— Et quelles craintes étaient les vôtres, chère Sabine? demanda Orfano.

— J'ai craint d'abord, reprit-elle, que la corde de soie, tressée par moi, et dans laquelle j'ai fait entrer, cependant, trente brins de plus que votre lettre ne me l'avait recommandé, ne fût pas assez forte pour

supporter le poids de votre corps, et, à l'idée qu'une
horrible catastrophe pouvait en être la conséquence,
votre pauvre Sabine se sentait déjà devenir folle de
désespoir.

— Ah! je ne comprends que trop bien les terreurs dont votre esprit a dû être assiégé devant cette
funeste perspective, dit le jeune homme en pressant
encore plus tendrement sa bien-aimée entre ses bras.

— Quant au cri d'effroi que j'ai poussé tout à
l'heure, reprit Sabine, il m'a été arraché par le mouvement extraordinaire que vous avez fait, à l'instant
où l'éclair a brillé, et à la pensée, qui m'est venue
tout à coup, que la foudre avait éclaté sur la Tour
Saint-Jacques, qu'elle vous avait frappé vous-même,
et que vous alliez être précipité à mes pieds, blessé,
sanglant, inanimé, comme autrefois lors de cette
chute que vous avez faite en dénichant notre gentil
Coulon blanc, dites, vous en souvenez-vous encore,
ô mon cher Orfano?

— Si je m'en souviens, ô la plus aimée des femmes! Oh! oui, je m'en souviens, et je m'en souviendrai jusqu'à mon dernier soupir, ainsi que du tendre
et doux baiser qui me fut donné, par vous, pour prix
du gracieux Coulonneau que je vous offris alors.

— Ce cher Coulon blanc, dit Sabine avec une sen-
sibilité touchante, nous pouvons dire que Dieu nous
l'a donné pour qu'il servît de vivant trait d'union
entre nos deux cœurs si bien faits pour s'aimer. Si
vous saviez, ô mon ami! quelle joie fut la mienne,
le matin, où je le vis revenir à moi, portant attachée à son cou, cette rustique violette, qui, dans
son langage emblématique, me disait si éloquem-

ment : Pensez-vous toujours à moi, comme je pense à vous?

— Ah ! c'est le ciel, à n'en pas douter, qui a permis qu'elle germât à la portée de ma main, et cela, afin qu'elle pût devenir un moyen de correspondance entre vous et moi. Aussi, ne l'ai-je pas oubliée au moment du départ, et l'ai-je détachée du mur où elle avait grandi, afin, chère Sabine, qu'elle pût vous servir, cette nuit, de bouquet pour nos fiançailles.

Et Orfano, tirant l'humble fleur de son sein, l'offrit à la jeune fille, qui, à la lueur des éclairs qui se multipliaient, la prit des mains de son amant et la plaça, tout émue, dans l'échancrure de sa cotte hardie.

— Nos fiançailles ! dit-elle en même temps sur le ton de la plus vive surprise, que voulez-vous dire par là, ô mon bien-aimé?

— Sabine, reprit Orfano d'une voix grave et pleine d'émotion, bien que le succès ait couronné nos mutuels efforts, et que l'entreprise de ma délivrance ait réussi selon nos vœux, il nous reste cependant bien d'autres obstacles à surmonter, avant que nous puissions être unis l'un à l'autre par un légitime et solennel mariage. Avant donc de nous séparer cette nuit, j'ai pensé qu'il était de notre devoir de sanctifier, au pied des autels, la tendre affection qui nous unit déjà, en nous prenant mutuellement et secrètement pour fiancés. Notre amour n'en sera point rendu plus vif pour cela, mais il recevra, de cet engagement volontaire, pris dans la seule présence de Dieu, la consécration du plus chaste et du plus libre des hymens.

— Mon bien-aimé, dit Sabine d'un ton enthou-
siasmé, c'est le ciel lui-même qui vous a inspiré cette
pieuse et touchante pensée. Ah! venez, mon ami,
venez, sans plus tarder, devant la sainte Mère du
Christ, déclarer, en face de son divin Fils, que vous
me prenez pour votre compagne, et recevoir, en
même temps, de ma bouche, le doux serment que
jamais je n'aurai d'autre époux que vous.

Plus ému que jamais, et le cœur débordant d'une
joie nouvelle à la pensée de l'engagement sacré qu'ils
allaient prendre, nos deux amants ouvrirent sans
bruit la petite porte de la Terrasse qui communiquait
avec l'escalier de la Tour, et ils se mirent à en descendre lentement les degrés.

A ce moment l'orage, qui s'était rapproché du
centre de Paris, commençait à se déchaîner sur la
ville; les éclairs se multipliaient, la foudre gron-
dait avec plus de fracas, et de larges gouttes d'une
pluie tiède et électrique, tombaient avec un bruit
métallique sur les terrasses en plomb des Chapelles
et sur les toits ardoisés des Logis voisins de l'é-
difice.

Au moment où ils arrivaient dans l'intérieur de
l'église, qui n'était éclairée, pendant la nuit, que par
la seule lampe en cuivre qui brûlait en tout temps
devant la Cage du Bréviaire public, ils entendirent
tout à coup comme le bruit d'une porte qui s'ouvrait, et il leur sembla que ce bruit venait du côté de
la rue des Écrivains. Ils s'arrêtèrent saisis d'effroi,
et, retenant leur respiration, ils écoutèrent.

Des pas se firent entendre alors dans cette même
direction, et bientôt il s'y joignit une rumeur con-

fuse, pareille à celle qui accompagne le chuchotement de plusieurs personnes parlant à voix basse.

— O mon Dieu ! dit Sabine tremblante et pâle de terreur, voici quelqu'un qui vient de ce côté, nous allons être découverts : tout est perdu, cher Orfano !

— Du calme et du sang-froid, chère Sabine, lui dit Monsieur le Gonfalonier, qui, bien que non moins ému que sa compagne, avait résolûment pris son parti, en face de ce danger inconnu. Venez, suivez-moi sans crainte, ajouta-t-il en entraînant la jeune fille vers la porte, toujours ouverte, qui conduisait dans les étages souterrains de la Tour.

Et le jeune homme, à qui tous les coins et tous les recoins de cet édifice étaient familiers, se mit à descendre à reculons les degrés de pierre de l'escalier obscur, qui descendait dans les caveaux du clocher, tenant dans ses mains les mains de Sabine, que la frayeur avait, en moins d'un instant, rendues moites et glacées.

En s'engageant dans cette vis ténébreuse, la pensée d'Orfano était uniquement d'empêcher qu'ils ne fussent aperçus, Mlle de Champ-Rosé et lui, par les personnes qui, à une pareille heure, venaient de pénétrer dans l'intérieur de l'Église Saint-Jacques. Aussi, s'arrêta-t-il, dès qu'il eut descendu une vingtaine de marches ; et, fort intrigué de savoir à quelle sorte de gens il avait affaire, prêta-t-il une oreille attentive au moindre bruit qui pouvait lui arriver d'en haut.

Tout à coup, une lumière, faible d'abord, mais qui bientôt devint plus vive, éclaira l'entrée de l'escalier, et une voix, que nos deux amants reconnurent avec

épouvante pour être celle de dom Pierre, retentit
aussitôt, bien qu'à demi-voilée, dans cette cage en
spirale, qui semblait transmettre les sons comme
l'eût fait un porte-voix.

— Par ici, maître Isaac, disait l'Archiprêtre en s'a-
dressant à quelqu'un qui l'accompagnait. Descendez
avec précaution, et tandis que je vais vous éclairer
avec ma lampe, tenez-vous bien à la muraille.

— Allez doucement, je vous prie, mon Révérend,
répondit une voix basse et cassée.

Et la lumière se mit à descendre, ainsi que celui
qui la portait.

Comprenant, dans une seule minute de réflexion, à
quel extrême danger Sabine et lui allaient se trouver
exposés en moins d'un instant, Orfano, après quelques
mots dits très bas à la jeune fille, pour la rassurer
sur ce qu'il allait faire, prit résolûment sa tremblante
amie dans ses bras, et, chargé de ce fardeau, il descendit silencieusement jusqu'au bas des degrés. Là,
nos deux amants se trouvaient être dans un vaste caveau carré, qui n'avait pas d'issue et qui était plongé
dans la plus profonde obscurité; mais, avant même
d'y être arrivé, la mémoire d'Orfano lui avait rappelé
une circonstance de laquelle allait dépendre leur salut.

Il se souvint, en effet, que quelques jours avant
celui de la Consécration de l'Église, on avait déposé
dans l'angle situé à gauche de l'escalier, un grand
retable d'autel en bois de chêne sculpté et doré, dont
les figures, qui dataient du treizième siècle, étaient
fort endommagées, ce qui fait que ce retable n'ayant
pu être utilisé lors des travaux de restauration de
l'Église, avait été descendu dans le souterrain de la

Tour Saint-Jacques, où il ne pouvait manquer de se trouver encore.

Ce curieux objet d'art qui, plus tard, fut réparé et placé dans une des chapelles du fond du chœur, avait pour sujet principal la Résurrection du Christ, et pour sujets accessoires : à droite, l'Annonciation de la Vierge, et à gauche l'Apparition du Christ à la Madeleine. Cette massive sculpture avait été déposée là, parallèlement à la muraille ; mais on avait pris le soin de laisser entre elles deux un intervalle assez marqué, afin que l'humidité de la pierre ne dégradât pas davantage les curieuses figurines dont elle était chargée.

Ce fut derrière ce retable qu'Orfano, guidé par la faible lueur de la lampe qui arrivait déjà dans le souterrain par la spirale du degré, s'empressa de s'engager avec son précieux fardeau. Quand il fut parvenu à l'endroit le plus reculé de la cachette, il déposa la jeune fille, plus morte que vive, dans l'angle de la muraille, et tous deux s'étant blottis de façon à occuper le moins de place possible, ils attendirent, dans une anxiété plus facile à comprendre qu'à dépeindre, l'arrivée de dom Pierre et du personnage inconnu qui l'accompagnait.

Mais avant qu'ils parussent, Orfano, qui avait le pressentiment de quelque sombre drame, dit à l'oreille de Mlle de Champ-Rosé :

— Chère Sabine, quelles que soient les choses que nous allons entendre ou que nous allons voir, gardons-nous bien de nous trahir par un geste ou par un mot, sans quoi notre vie, à tous deux, pourrait être en danger.

Et, pour soutenir le courage de la pauvre enfant prête à défaillir, le jeune homme lui prit une de ses mains dans les siennes, et, la portant à ses lèvres, il la couvrit de silencieux baisers.

II

L'IN-PACE

II

L'IN-PACE

Nos deux amants avaient à peine trouvé un refuge
derrière le vieux retable de chêne sculpté, que, par
les nombreux interstices qui existaient entre les figures et les draperies des personnages qui y étaient
représentés, ils virent successivement apparaître sur
les marches de l'escalier, d'abord les jambes ner-
veuses, puis le long buste, puis la tête pâle de l'Archiprêtre, qui descendait, lui aussi, les degrés à reculons, tenant dans sa main droite la lampe de cuivre
qu'il avait empruntée au Bréviaire public, et s'appuyant, de la gauche, à la muraille sur laquelle vacil-
lait l'ombre de sa personne, qui s'y dessinait avec des
formes et des traits d'une grandeur démesurée.

Après lui venait un vieillard à la barbe longue et

argentée, qui était complétement inconnu à nos deux jeunes gens, et dont la démarche, peu assurée, pouvait s'expliquer aussi bien par le faix des années que par la crainte qu'il avait de faire un faux pas sur ce roide et étroit escalier de pierre.

Quand ces deux personnages furent arrivés, l'un et l'autre, au bas du degré, et qu'ils se trouvèrent de plain-pied sur les larges dalles du caveau, dom Pierre tourna aussitôt sur la droite, et, se courbant très bas vers le sol, il promena de çà et de là sa lampe au pied de la muraille qui faisait face au retable, dans le but évident de retrouver, à l'aide de certains signes, un endroit du pavé, de lui seul connu. Après quelques instants qui furent consacrés à cette recherche, il s'arrêta enfin devant une longue dalle, posa sa lampe entre cette dalle et le mur du caveau, mit un genou en terre, et, approchant son visage très près du sol, il souffla vivement et à plusieurs reprises, sur l'une des extrémités de la dalle en question. Un épais nuage de poussière s'en éleva aussitôt, et, à l'endroit ainsi rapproprié, apparut un anneau de fer qui était scellé dans le granit et qui était si bien ajusté dans son entaille circulaire, qu'à moins d'avoir été mis au fait de son existence il eût été impossible à qui que ce soit de le découvrir.

— Voici l'entrée de l'IN-PACE, dit l'Archiprêtre au vieillard, qui avait suivi du regard et avec le plus vif intérêt tous les mouvements faits par dom Pierre.

Isaac Lévy s'apprêtait à lui répondre, quand les grondements du tonnerre se firent entendre tout à coup avec un fracas si épouvantable, que la Tour

Saint-Jacques sembla en être ébranlée jusque dans ses fondements.

— Quelle horrible nuit! dit le Marchand de pate-nôtres, quand, un instant plus tard, le silence se fut rétabli! N'aurais-je pas fait plus sagement, je vous le demande, mon Révérend, de rester tranquille dans mon Logis, en voyant le temps qui menaçait si fort, sauf à remettre notre expédition à la nuit prochaine?

— Que dites-vous donc là, Maître Isaac? Mais, cette nuit qui vous paraît si horrible, répondit l'Archiprêtre, je la trouve, quant à moi, on ne peut plus favorable, au contraire, à la démarche que vous faites en ce moment. Par un pareil orage, en vérité, quel tirelaine ou quel truand serait assez osé pour se mettre en quête d'aventures dans les rues de Paris? Vous allez donc pouvoir, dans un instant, regagner votre Logis, sans avoir fait de mauvaise rencontre, et en possession, désormais, de votre trésor que j'ai hâte de vous restituer.

Et, en prononçant ces paroles, dom Pierre, qui n'avait pas changé d'attitude, s'apprêtait à faire sortir l'anneau de fer de sa rainure, quand Isaac Lévy l'arrêta en lui disant :

— Un instant, Monsieur le Doyen, s'il vous plaît! Mais, avant que vous ne retiriez mon coffret de sa cachette, j'ai, ainsi que je vous l'ai dit à la tombée du jour, à vous entretenir d'une chose qui ne saurait manquer de vous intéresser.

— Que voulez-vous dire, Maître Isaac? répondit l'Archiprêtre en se redressant vivement, et en tournant du côté du vieux Juif, son visage qui était devenu d'une pâleur extrême.

— Dom Pierre, poursuivit le vieillard, est-il vrai que, dans quelques jours, vous allez donner la main de votre nièce à Monsieur le Vicomte Anténor de Chamérobley?

— C'est vrai, dit le prêtre, qui parut être assez surpris, mais nullement effrayé à cette demande du Marchand de patenôtres. Il ajouta aussitôt : Et qui donc a pu si bien vous instruire de mes projets?

En entendant ces paroles de dom Pierre, Orfano et Sabine avaient tressailli, et, par un mouvement commun, leurs deux mains s'étaient serrées en même temps.

— La personne qui m'a appris cette nouvelle, poursuivit Isaac Lévy, et qui a un grand intérêt à ce que ce mariage ne se fasse pas, est une jeune fille du peuple, que le Vicomte a séduite et qui sera mère dans quelques mois d'ici.

— C'est un grand malheur pour elle, dit Monsieur le Doyen de Saint-Jacques sur un ton des plus dégagés; mais, vous n'en êtes pas à savoir, Maître Isaac, combien est licencieuse la conduite des jeunes gentilshommes de notre époque, et vous comprendrez aisément, que les faits et gestes de Monsieur le Quartinier 'avant son mariage, ne sauraient, en aucune façon, m'intéresser.

— Que dites-vous donc là, je vous prie? Comment! vous feriez si peu de cas du bonheur à venir de votre nièce, que la révélation que je vous fais, en ce moment, de l'inconduite de l'homme à qui vous allez donner sa main, serait sans intérêt pour vous?

— Vous m'avez mal compris, mon Maître. J'ai voulu dire seulement que quelque regrettable que ce fait soit en lui-même, il ne doit cependant pas venir se mettre en travers des projets d'union formés par deux familles, et empêcher une alliance honorable, qui a été projetée depuis fort longtemps, et qui, aujourd'hui, est irrévocablement arrêtée.

— Mais cette pauvre fille séduite, et qui va être abandonnée; mais cet enfant, qui va se trouver orphelin avant de naître, ne sont-ils donc dignes d'aucune pitié?

— Malheureusement, je ne puis rien pour eux.

— Vous ne pouvez rien pour eux, Monsieur le Doyen? Mais, vous pouvez tout, au contraire, pour les sauver, l'un et l'autre, du déshonneur et de la misère.

— Et par quels moyens, je vous prie?

— Mais en refusant de donner désormais votre consentement à cette union; et c'est ce que vous ferez, n'est-il pas vrai, mon Révérend? Tout, d'ailleurs, vous en fait un devoir: l'humanité, la religion, la justice, et jusqu'à cette paternelle tendresse que vous avez pour votre nièce, Mlle de Champ-Rosé, que vous aimez, dit-on, à l'égal de votre propre fille, et dont vous ne voudrez, certainement, pas faire le malheur, en lui donnant un gentilhomme aussi débauché pour époux.

— Et ma parole que j'ai engagée, dit l'Archiprêtre, n'est-ce donc rien, je vous le demande?

— Et les serments d'amour et de constance à l'aide desquels votre perfide Vicomte est parvenu à se faire aimer et à obtenir les premières faveurs d'une fille qui était restée sage jusque-là, est-ce que cela n'a pas une bien autre valeur qu'une simple parole donnée?

— Eh ! mon Dieu, Maître Isaac, le Vicomte, qui vous paraît si coupable, n'a fait que ce que font, chaque jour, les jeunes seigneurs les plus distingués de notre temps ; et je vous assure que, bien que leurs bonnes fortunes soient de notoriété publique, cela ne les empêche nullement de prétendre à la main des plus nobles et des plus riches damoiselles du Royaume. Tant pis pour les filles crédules qui se laissent séduire de la sorte !

— Ainsi, mon Révérend, vous restez sans pitié pour la malheureuse jeune femme qui va devenir mère et pour son pauvre enfant qui naîtra orphelin ?

— Malheureusement, je vous le répète, je suis dans l'impossibilité de rien faire pour eux.

— Eh bien ! moi, dit le Juif, en croisant ses bras devant sa poitrine, et en regardant dom Pierre avec ses yeux perçants, je me suis senti, pour ces deux malheureuses créatures, des entrailles plus pitoyables que les vôtres. Aussi, ai-je promis formellement à cette jeune fille que le mariage qui lui enlèverait le père de son enfant ne se fera point.

— Vous, dit le Prêtre en regardant fixement le Marchand gondarien ?

— Oui, moi !!! répondit d'une voix tranquille et ferme Isaac Lévy, qui soutint sans sourciller l'étrange regard de dom Pierre.

Il se fit un instant de silence, pendant lequel on entendait au dehors la grande voix de l'orage qui semblait redoubler de fureur.

Le vieil Israélite reprit bientôt :

— Ecoutez, mon Révérend ; ne prenez point pour un ordre de ma part ce que je vous demande au nom

de ce qu'il y a de plus sacré sur la terre. C'est un
vrai service d'ami que je réclame de votre générosité.
Abandonnez, je vous en prie, le projet d'une alliance
que vous ne pouvez laisser contracter maintenant,
sans offenser les lois divines et humaines ; j'ai promis
à la pauvre fille, victime de la séduction, que vous
seriez miséricordieux pour elle et pour son enfant.
Dieu, ajouta-t-il avec un regard qui dut aller jusqu'au
fond de l'âme du prêtre, ne l'a-t-il pas été pour vous,
et, pour vous répéter vos propres paroles d'aujour-
d'hui : *Seriez-vous donc plus inexorable que lui ?*

L'Archiprêtre gardait un morne silence, et il était
visible que depuis quelques instants, un combat violent se livrait dans son esprit.

— Voyons, dom Pierre, reprit le Juif plus pressant
que jamais, un bon mouvement de votre part, ac-
cordez-moi ce que je vous demande, et le Ciel vous
en récompensera.

— Eh bien ! soit ! dit le prêtre avec une sorte d'ar-
rachement. Je me rends à vos prières, et je vous
engage ma promesse, que, dès demain, le mariage
projeté sera rompu.

— Ah ! c'est beau, c'est noble, c'est grand. ce que
vous faites là, dit le vieillard avec émotion. Au nom
de ma protégée, je vous en remercie, et, ajouta-t-il,
non sans un mouvement d'hésitation, je vous rends
mon estime. Voici ma main.

Dom Pierre, avec une obéissance tout à fait automatique, saisit la main qui lui était offerte, et, par
un singulier mouvement d'effroi, il la retira, dès que
le vieux Juif la lui eut serrée.

Sabine, émerveillée d'une pareille scène, com-

mençait à sentir sa frayeur se dissiper, et devant
cette promesse formelle, que son oncle venait de
faire au vieillard, une joie toute candide s'était répandue dans son cœur.

Quant à Monsieur le Gonfalonier, sa surprise, nous
devons l'avouer, égalait les doutes de son esprit. Il
se demandait si ce langage de l'Archiprêtre était bien
sincère, et son expérience du passé lui faisait redouter
quelque trahison dans l'avenir.

Un silence de plusieurs minutes suivit cet entretien
entre le Prêtre et le Juif. L'orage, pendant ce temps,
continuait de gronder au dehors, plus terrible que
jamais, et, bien que nos acteurs se trouvassent dans
un souterrain assez profond, le bruit de la grêle,
brisant et fracassant les verrières de l'Eglise, arrivait
cependant jusqu'à leurs oreilles.

Dans un moment où le fracas de la tempête s'était
sensiblement adouci, le Marchand de patenôtres reprenant la parole, dit à dom Pierre :

—Maintenant, mon Révérend, il ne nous reste plus
qu'à terminer l'affaire qui nous amène ici. Voici
votre reçu, rendez-moi mon coffret.

Et Isaac Lévy, portant sa main à l'ouverture de sa
robe, en tira un parchemin qui avait été froissé et
jauni par le temps.

L'Archiprêtre, sans faire d'autre réponse que d'in-
cliner la tête, en signe d'assentiment, s'agenouilla
de nouveau devant la dalle à l'extrémité de laquelle était scellé l'anneau de fer dont nous avons
parlé. Il engagea le bout du doigt indicateur dans
une entaille faite à la pierre, se servit de ce doigt
recourbé, à la façon d'un crochet, et, après avoir

tenté quelques tractions, parvint à faire sortir l'anneau de sa rainure. Alors, il se releva, saisit à deux
mains cet anneau tout couvert de rouille, le tira à
lui avec un violent effort, et, aussitôt la dalle de
pierre, obéissant à la force qui la sollicitait, se dégagea du pavé et se souleva à la manière d'une
trappe. Dom Pierre lui fit décrire un grand quart de
cercle, l'appuya, en la renversant légèrement, contre
le mur, et alors nos deux amants, qui n'avaient pas
perdu un seul détail de cette étrange scène, purent
voir, au-dessous de cette dalle, une sorte d'étroite
fosse maçonnée, de laquelle il s'éleva aussitôt des
bouffées d'air humide, qui, pendant quelques instants, firent grésiller la flamme rougeâtre de la
lampe.

Cette espèce de caveau, dont personne ne connaissait l'existence, était ce qu'on avait nommé,
dans le langage mystique des anciens cloîtres, un
IN-PACE. C'était dans de pareilles fosses, plus
profondes que larges, et qu'on a comparées justement à des cercueils se tenant debout sur leur extrémité la plus petite, que, quelques siècles auparavant,
on enfermait encore, en vertu de la décision prise,
en 844, par le Concile de Verneuil, les religieux
incorrigibles et ceux qui, ayant commis quelque
grand crime, étaient condamnés à être rayés du
nombre des vivants, et sans que le supplice, par lequel on les faisait périr, fût connu des personnes du
dehors. Et, la raison pour laquelle on avait appelé
ces oubliettes monastiques des IN-PACE, c'est
qu'au moment d'y enfermer, avec un certain appa-
reil religieux, les malheureux destinés à y perdre la

vie, leurs bourreaux, en les aspergeant d'eau bénite, chacun à tour de rôle, prononçaient sur leur tête la formule sacramentelle : *Vade in pace* (Allez en paix).

Si l'on s'en rapporte au témoignage de Pierre le Vénérable, Abbé de Cluny, en 1121, le même qui donna asile à Abailard et qui combattit à outrance la secte des Pétrobrussiens(1), un Prieur de Saint-Martin-des-Champs, à Paris, du nom de Mathieu, avait fait construire dans son abbaye un souterrain en forme de sépulcre, où il enfermait les moines rebelles à son autorité. « Ceux qu'on descendait dans ces sortes de prisons, dit-il, y étaient plongés dans une obscurité profonde, mis au pain et à l'eau, privés de tout commerce avec leurs confrères et de toute consolation humaine, en sorte qu'ils y mouraient promptement dans la rage et le désespoir. »

A l'exemple des Abbés et des Évêques, les simples Prêtres-Cardinaux des principales Paroisses de Paris, avaient eux-mêmes, du consentement de l'Officialité, fait construire de pareilles fosses dans les étages souterrains de leurs Églises, et, il n'est que malheureusement trop certain aujourd'hui, que ces sépulcres vivants furent, entre leurs mains, pendant des siècles entiers, des instruments de vengeance et d'impunité.

Les Lettres patentes expédiées par le Roi Jean, arrachèrent, il est vrai, bien des victimes au supplice

---

(1) Les membres de cette secte, fondée au douzième siècle, en Languedoc, par Pierre de Bruys, ne baptisaient qu'à l'âge de raison, proscrivaient les images, et ne croyaient ni à la présence réelle, ni à l'efficacité des prières pour les morts.

qui les attendait; mais elles ne coupèrent nullement
le mal dans sa racine; et, pour ne citer qu'un exemple, l'étrange découverte faite sous le chevet de
Saint-Leu, en 1859, lors des travaux qui furent entrepris pour mettre cette partie de l'Église à l'aligne-
ment du boulevard de Sébastopol, loin d'infirmer les
suppositions qu'on a pu faire à l'égard de ces affreuses prisons, est de nature à prouver, au contraire, que jusqu'à une époque encore assez voisine
de nous, elles ont été le théâtre muet et silencieux
des plus épouvantables forfaits.

Mais revenons à l'IN-PACE de la Tour Saint-Jacques.

La dalle de pierre qui lui servait de trappe, avait,
en s'ouvrant, ainsi que nous l'avons dit plus haut,
laissé échapper des vapeurs humides qui faillirent
éteindre la flamme de la lampe, et, pendant quelques secondes, plongèrent le souterrain dans une
obscurité à peu près complète.

Quand la lumière se ranima, Orfano et Sabine virent l'Archiprêtre qui, des deux acteurs de cette
scène, était le plus rapproché d'eux, retirer vivement
sa main droite de dessous sa soutane, en même
temps, que de la gauche, il s'emparait de la lampe
qu'il avait déposée au pied de la muraille.

— Mon Maître, dit-il en s'avançant tout au bord
de l'IN-PACE et en abaissant sa lumière vers l'ouverture de la fosse, comme pour éclairer celle-ci jusque dans sa partie la plus profonde, reconnaissez-
vous bien le coffret de fer que vous avez confié à ma
garde dans la journée du 18 octobre 94?

Le vieillard, sans donner la moindre marque ni

d'hésitation, ni de crainte, s'approcha du gouffre
béant, et, se penchant en avant, il porta ses regards
vers le fond de l'IN-PACE.

— Je ne vois pas de coffret, dit-il en se courbant
davantage et en plaçant, en manière de garde-vue,
sa main ouverte entre ses yeux et la lumière.

— C'est que la lampe n'a pas encore repris tout
son éclat, répondit dom Pierre du ton le plus naturel ; mais baissez-vous encore un peu, Maître Isaac,
et vous l'apercevrez distinctement sur votre droite.

Dans le même temps que le Marchand gondarien
obéissait docilement à cette invitation, Orfano, qui
n'avait que trop bien deviné le tragique dénoûment
que cette scène allait avoir, vit tout à coup le bras
droit du Prêtre se lever au-dessus de la tête du vieillard, et la lame affilée d'un poignard jeter un éclair
sinistre dans l'obscurité du souterrain.

Le jeune homme, avec son éternelle présence d'esprit, mit rapidement sa main sur la bouche de Sabine,
en même temps il lui dit très bas et à l'oreille :

— Silence, au nom du Ciel !

Et il vit aussitôt la main du Prêtre s'abaisser et la
lame aiguë du poignard s'enfoncer dans la poitrine
du Juif, qui tomba en poussant un cri terrible.

— Meurs donc, chien d'Hébreu, et ton secret avec
toi, dit l'Archiprêtre en repoussant avec le pied les
deux mains crispées du malheureux qui cherchait à
se retenir après les bords de l'IN-PACE.

— Misérable assassin ! dit Isaac Lévy d'une voix
défaillante, comment ai-je pu croire à ton hypocrite
repentir !

Et, ses mains lâchant prise sous les pieds qui les

lui écrasaient contre le pavé, le vieillard roula au
fond du gouffre.

Aussitôt, dom Pierre. posant de nouveau sa lampe
sur le sol, attira à lui et mit en mouvement la lourde
dalle qui était appuyée contre la muraille, et, cette
dalle étant abandonnée ensuite à son propre poids,
elle retomba sur l'ouverture de la fosse, en faisant
entendre un bruit si formidable qu'il domina pour
un instant celui de l'orage qui était arrivé en ce moment à l'apogée de sa fureur.

A l'aspect de cet épouvantable drame, Sabine,
malgré la recommandation de son amant, n'avait pu
s'empêcher de jeter un cri de terreur, heureusement
étouffé par la main d'Orfano; puis, la pauvre jeune
fille, incapable de supporter une émotion aussi violente, était aussitôt tombée évanouie, dans l'angle
formé par le retable et la muraille.

Quant à Monsieur le Gonfalonier, bouleversé, glacé
d'effroi, saisi d'horreur, l'envie lui prit d'abord de
s'élancer sur ce Prêtre assassin et de le terrasser.
Mais la réflexion l'arrêta soudain; car, il devinait
trop bien que l'infâme Archiprêtre n'hésiterait pas à
commettre un second meurtre, pour s'assurer l'impunité du premier.

Une fois la dalle de l'IN-PACE remise à sa place,
dom Pierre enfonça, en le frappant du pied, l'anneau
de fer dans sa rainure, et se hâta de ramasser la feuille
de parchemin que le vieux Juif avait abandonnée en
tombant. Il la déplia pour s'assurer que c'était bien
le reçu qu'il lui avait donné autrefois, et dès qu'il en
eut reconnu l'écriture. il froissa le parchemin entre ses
doigts et l'approcha ensuite de la flamme de la lampe

pour qu'il y prît feu. Dès que la feuille de vélin commença à flamber, il la jeta dans un coin du souterrain, et, pressé de fuir loin du théâtre de son crime, il ramassa la lampe et remonta à pas précipités l'escalier qui conduisait dans l'intérieur de l'Eglise.

Au moment où son pied se posa sur les dalles du sanctuaire, un spectacle d'une sublime horreur s'offrit à sa vue.

L'édifice tout entier semblait être éclairé par les lueurs d'un vaste embrasement; ses hautes et ses basses fenêtres, à travers leurs verrières de couleur à moitié défoncées, versaient incessamment des vagues de feu; les croix d'or et les tabernacles d'argent rayonnaient comme en plein midi; et une suffocante odeur de soufre emplissait l'atmosphère.

Aux formidables grondements de la foudre qui étaient répétés, de voûte en voûte, par l'écho des chapelles basses, se joignait le cliquetis éclatant des vitraux que la grêle faisait voler en éclats; et, à voir les mouvements désordonnés dont les saintes bannières étaient agitées, il était facile de deviner que le souffle de la colère céleste passait à travers ce sanctuaire religieux, qu'un grand crime venait de profaner.

Pâle et glacé de terreur, l'Archiprêtre se dirigea, en chancelant, vers le pilier où était enfermé le Bréviaire public, et il déposa sur la console du Lettrain, la lampe de cuivre qu'il tenait à la main. Par hasard, ses yeux se portèrent sur le livre ouvert qui était derrière le treillis, et il y lut, avec un frisson d'épouvante, ce passage du prophète Ezéchiel :

« Je répandrai mon indignation sur toi ; tu seras livré aux flam-
» mes pour être dévoré, et ton sang sera versé sur la terre. »

Comme il achevait la lecture de ce verset, une
flamme bleuâtre passa devant ses yeux, et une dé-
tonation effroyable lui fit croire que les voûtes du
temple s'abîmaient sur sa tête.

C'était la foudre qui venait de tomber sur la Tour
Saint-Jacques.

L'Archiprêtre chancela d'abord ; puis, la face livide,
les cheveux hérissés et les dents s'entre-choquant, il
s'enfuit épouvanté.

III

BAPTÊME DE SANG

III

BAPTÊME DE SANG

L'assassin d'Isaac Lévy s'était à peine éloigné du
théâtre de son crime, qu'Orfano sortit de derrière le
retable où Sabine et lui s'étaient cachés, et courut
vers l'angle du caveau dans lequel achevait de brûler,
en répandant une faible clarté, le parchemin du vieux
Juif, auquel dom Pierre avait mis le feu. Monsieur le
Gonfalonier posa vivement son pied sur la feuille en
ignition, dont la flamme s'éteignit en moins d'une
seconde, puis il en ramassa les débris à demi consu-
més et les plaça dans une des poches de sa soutanelle.

Le souterrain était retombé à l'instant dans la plus
profonde obscurité, et notre beau Lévite, en se dirigeant à tâtons, cherchait à revenir près de Mlle de
Champ-Rosé, qui s'était évanouie, ainsi que nous

l'avons dit, et qu'il voulait éloigner, au plus tôt, de ces
funestes lieux, quand une pensée subite vint lui traverser l'esprit : c'est que, peut-être, le vieillard, qui
avait été frappé sous ses yeux, n'avait point encore
rendu le dernier soupir, et qu'en le retirant, en toute
hâte, de l'IN-PACE où il avait été précipité par son
assassin, il serait possible de le rappeler à la vie.

Dans une âme comme celle d'Orfano, le sentiment
du devoir était trop absolu et trop impératif, pour
que le digne jeune homme pût hésiter un seul instant
entre son amour et sa charité. Et, bien que son cœur
saignât cruellement à la pensée qu'il allait être forcé
de laisser, sans secours, celle qu'il aimait, dans un
pareil moment, il dirigea néanmoins ses pas vers l'escalier du souterrain, dont il franchit rapidement les
degrés, et, après s'être assuré que dom Pierre s'était
éloigné, il s'empara à son tour de la lampe du Bréviaire
public et redescendit dans les caveaux de la Tour.

Dégager l'anneau de fer de sa rainure, le saisir à
deux mains, soulever la dalle de pierre de vive force
et l'abattre contre la muraille, tout cela fut fait par
M. le Gonfalonier en moins de temps que n'en avait
mis l'Archiprêtre pour ouvrir, une première fois,
cet affreux sépulcre dans lequel il devait précipiter
son ennemi.

L'entrée de l'IN-PACE était à peine dégagée, qu'un
faible et plaintif gémissement s'en éleva, qui fit battre
le cœur d'Orfano, à la fois de joie et de pitié. S'age-
nouillant aussitôt sur un des côtés de l'ouverture, et,
s'arc-boutant solidement de son bras gauche, contre
le côté opposé, il plongea son bras droit dans l'intérieur de ce sépulcre vivant, afin de lui arracher sa

proie, et, saisissant le vieillard par sa robe d'épais camelot, il le hissa hors du gouffre.

Le malheureux avait déjà les pâles violettes de la mort répandues sur tous ses traits ; ses yeux étaient à demi fermés, ses narines dilatées, sa lèvre inférieure pendante, et une fine écume sanglante se montrait aux deux angles de sa bouche.

Monsieur le Gonfalonier ayant traîné Isaac Lévy dans le coin le plus rapproché du caveau, l'appuya par la partie supérieure du corps contre l'angle rentrant formé par la muraille, passa son bras gauche autour de la tête du vieillard, lui entr'ouvrit la bouche qu'il débarrassa des phlegmes teints de sang qui formaient un obstacle à la respiration, et, de sa main droite, disposée en manière d'éventail, il lui fit arriver des bouffées d'air vif au visage.

Ces soins intelligents ne tardèrent pas à être couronnés de succès. Bientôt, en effet, quelques mouvements du tronc se firent sentir, un léger souffle glissa d'abord entre les lèvres du moribond, puis, tout à coup, la poitrine s'étant soulevée, comme par un effort automatique, le vieux Juif fit plusieurs inspirations profondes et rouvrit les yeux.

Puis, la vie lui revenant de plus en plus, il tourna avec effort la tête du côté gauche, en même temps qu'il faisait mine de porter la main vers le même côté de la poitrine, celui dans lequel la dague acérée de son meurtrier était restée enfoncée jusqu'à la garde.

Orfano, pour qui ce geste de suprême angoisse fut une révélation, se mit en devoir de retirer avec précaution le fer de la plaie, et, comme si ce seul obstacle eût empêché le vieillard de revenir à la con-

naissance, aussitôt le poignard hors de la plaie, Isaac
Lévy regarda fixement le jeune homme qui était agenouillé devant lui, et lui dit d'une voix à peine articulée :

— Oh ! que je souffre ! Où suis-je donc ? Qui êtes-
vous ?

— Je suis l'ennemi du traître qui vous a frappé,
et, par conséquent, votre ami, lui répondit Orfano.

— Ah ! oui, reprit le vieillard avec un profond soupir, je me souviens de tout maintenant. J'ai été assassiné par cet infâme prêtre. Il ne m'avait donc attiré
dans ce guet-apens que pour m'y donner la mort ?

— Oui, mais le ciel a déjoué ses projets, en m'en-
voyant ici pour vous sauver.

— Me sauver ! dit Isaac Lévy en secouant tristement la tête. Ah ! mon fils, cela n'est pas en votre
pouvoir. Je sens que la mort ne va pas tarder à
venir.

— Pourquoi vous décourager ainsi, ô mon père !
Affermissez-vous au contraire dans l'espérance de
vivre. Dieu, qui a dirigé mes pas jusqu'à vous, n'a-
t-il pas permis que je vous aie retiré de l'horrible
tombeau où votre assassin vous avait précipité ? Il
m'ordonne de faire plus encore, et aussitôt que vous
allez avoir recouvré quelque force, je vous prendrai
dans mes bras et je vous emporterai bien loin du
repaire de cette bête féroce, qui s'est cachée sous la
soutane d'un prêtre.

— Que le ciel vous récompense du bien que vous
m'aurez fait ! Mais, je vous le répète, mon fils, je sens
la mort qui s'approche à grands pas, et si c'est Dieu
qui vous a envoyé vers moi, c'est moins, sans doute

pour me sauver la vie, que pour être le vengeur de
ma mort.

Ici, le vieillard fut pris d'une suffocation extrême ;
une sorte de râle humide se fit entendre à l'entrée de
sa poitrine, et Orfano crut que le malheureux était
arrivé à son dernier moment. Mais, un flot de sang
d'un rouge écarlate s'étant subitement échappé de sa
bouche, non-seulement il reprit peu à peu sa connaissance, mais, quelque force lui étant rendue, il
put bientôt étendre les bras et redresser la tête.

— Vous êtes sauvé, mon père, lui dit Orfano trans-
porté de joie à la vue du moribond qu'il croyait déjà
ressuscité ; maintenant, ajouta-t-il, hâtons-nous, vous
et moi, de nous éloigner d'ici.

Et le jeune homme se disposait à charger le vieux
Juif sur ses épaules, quand celui-ci l'arrêta en lui
disant :

— Gardez-vous d'imprimer à mon corps le plus
petit mouvement, sans cela, je ne le sens que trop
bien, ma vie s'échapperait aussitôt avec mon sang.
Nous n'avons pas de temps à perdre, prêtez-moi toute
votre attention :

— Parlez, mon Père, je vous écoute.

— S'il n'est pas en votre pouvoir de me sauver la
vie, reprit le Juif, vous pouvez du moins venger ma
mort. Le voulez-vous ?

— Je le veux ! répondit résolûment Orfano ; que
faut-il faire pour cela ?

— Prenez d'abord cet anneau, dit le vieillard en
étendant sa main gauche, au petit doigt de laquelle,
était passée la bague au chaton de *Carbonado,* qui, on
se le rappelle, était le seul souvenir matériel qu'il eût

conservé de sa chère Thamar, ainsi qu'il l'avait dit
certain soir à Nicolas Flamel.

Obéissant à l'ordre qui lui était donné, Monsieur
le Gonfalonier retira l'anneau du doigt d'Isaac Lévy,
et le mit à l'un des siens.

— Nanti de ce bijou, qui sera pour vous un signe
de reconnaissance, poursuivit le moribond, rendez-
vous demain, ou, au plus tard, après-demain, à la
demeure d'Anne Grugeon, la mercière-épinglière du
Charnier des Saints-Innocents, et, au nom du juif
Isaac Lévy, le Marchand de patenôtres, priez-la de
vous remettre un parchemin scellé que j'ai déposé
vendredi soir entre ses mains.

— Je vous obéirai, mon Père.

— Ce parchemin, qui porte pour suscription l'a-
dresse de Monsieur le Lieutenant Criminel, doit être
remis à ce magistrat par Anne Grugeon elle-même,
si, après un délai de trois jours, qui court de ce
même vendredi soir, je ne suis pas venu le retirer
d'entre ses mains, ou si, dans le même délai, personne ne s'est présenté, en mon nom et porteur de
cet anneau, pour le lui redemander.

— Vous pouvez être certain que je ferai, avec une
scrupuleuse exactitude, cette démarche dont vous me
chargez.

— Pour que vous appréciiez quelle est l'importance qui s'attache à ce que cette démarche soit faite
avant l'expiration du délai indiqué, apprenez de suite
qu'elle assurera un acte de bienfaisance plutôt encore
qu'un acte de justice. Si le parchemin, qui est entre
les mains d'Anne Grugeon, passe dans celle de Monsieur le Lieutenant Criminel, je ne peux mettre en

doute, un seul instant, que ma vengeance ne soit assurée ; mais j'ai grand peur, en même temps, que mes intentions généreuses ne soient méconnues. En vous confiant le soin de mettre mes dernières volontés à exécution, j'aime à penser, au contraire, que vous donnerez à la fois satisfaction à la justice et à la bienfaisance.

— Mon père, dit solennellement Orfano, je vous jure sur ce que j'ai de plus cher au monde, que j'exécuterai de point en point vos volontés dernières. Mais, ajouta-t-il, une fois en possession de votre parchemin scellé, quel usage m'ordonnez-vous d'en faire ?

— Vous en romprez le scel et vous lirez ce qu'il contient, répondit le vieillard. A l'aide des indications qu'il vous donnera, vous vous rendrez ensuite dans le lieu où sont cachés....

A cet endroit de son discours, un nouvel accès de suffocation lui arriva plus subit et plus violent encore que tout à l'heure, et de nouveaux flots de sang, d'une couleur vermeille, s'échappèrent d'entre ses lèvres et ruisselèrent abondamment sur les dalles du souterrain. Néanmoins, il reprit de nouveau ses sens, mais sa pâleur était si grande, son souffle si faible, et son regard si voilé, qu'Orfano vit bien qu'il ne restait plus à l'infortuné vieillard que quelques courtes minutes à vivre.

— Mon Père, lui dit-il en haussant la voix, avez-vous encore quelque recommandation à me faire ? Hâtez-vous, s'il en est ainsi, car les moments sont précieux ?

— Je sens, en effet, que je vais mourir, dit Isaac Lévy, d'une voix qui allait en s'affaiblissant. Je re-

commande mon âme à Dieu, et je le prie, quand je
serai mort, de la recevoir dans la demeure éternelle
de ses élus, bien que le temps m'ait manqué pour
me convertir à la religion du Christ, ainsi que, depuis peu, j'en avais formé le projet.

— Est-il bien vrai, mon père, que vous regrettiez
en mourant de n'avoir pas reçu le Baptême, lui demanda vivement Monsieur le Gonfalonier?

— Oui, répondit le vieillard, à la fois du geste et
de la parole.

— Et, en ce moment même, le désir d'être Chrétien, est-il bien sincèrement écrit dans le fond de
votre cœur?

— Oui, dit pour la seconde fois Isaac Lévy.

— Eh bien! mon père, que ce saint désir, qui est
le vôtre, soit accompli, dit solennellement Orfano :
le Baptême va vous être donné par mes mains.

Et notre jeune Lévite, trempant le bout de l'index dans la mare de sang qui s'était formée sur les
dalles du caveau, fit une rouge croix sur le front dé-
coloré du vieillard, en lui disant :

— Isaac Lévy, je te baptise : Au nom du Père, du
Fils, et du Saint-Esprit.

— Oh! merci, merci à vous, généreux ami, que
Dieu lui-même a envoyé pour m'assister à mon heure
dernière, dit le Vieillard qui semblait avoir recouvré
un reste de force en recevant ce sanglant baptême ; je
puis donc mourir en paix maintenant, puisque j'ai l'espoir de retrouver un jour dans le ciel les deux êtres
chéris dont j'ai été si longtemps séparé sur la terre.

Comme il achevait de prononcer ces paroles, son
regard, déjà voilé par les ombres avant-courrières

de la mort, se ranima ; tout à coup ses pupilles se di-
latèrent, il étendit ses deux mains en avant et d'une
voix remplie de tendresse et de joie, il dit, comme en
s'adressant à quelqu'un qui se serait avancé vers lui :

— Seigneur, mon Dieu! la voici : c'est elle, c'est
Siona, c'est ma fille bien-aimée ! Oh ! viens, mon
enfant, viens, que je te presse sur mon cœur, que je
te bénisse avant de mourir !

En entendant ce langage exalté du vieillard, Orfano crut d'abord que son esprit était en proie à
quelqu'une de ces hallucinations affectives, qui sont
d'ordinaire produites par les approches de la mort. Il
ne put se défendre, toutefois, de tourner les yeux
vers la partie du souterrain sur laquelle les regards
d'Isaac Lévy se portaient avec tant de fixité, et c'est
alors qu'il aperçut Sabine, qui s'avançait vers eux
chancelante, la pâleur au front et une main appuyée
sur son cœur, dans le but évident d'en comprimer
les douloureuses palpitations.

La jeune fille, que son fiancé, ainsi que nous l'a-
vons vu plus haut, avait été forcé, bien malgré lui,
d'abandonner à elle-même, afin de voler au secours
du vieillard, était demeurée, pendant un assez long
temps, entièrement privée de l'usage de ses sens.
Puis, quand elle eut recouvré ses esprits, il lui fut
tout d'abord impossible de faire aucun mouvement
sous le coup de l'épouvante et dans l'état de faiblesse
où les terribles émotions de la nuit l'avaient placée.
Mais peu à peu, les forces lui étant revenues, elle
avait étendu la main, puis tourné la tête, pour s'assurer si son cher Orfano était toujours à ses côtés.
Que devint-elle en se retrouvant seule dans un pa-

reil lieu et à une pareille heure? Où était son ami,
son protecteur! Pourquoi l'avait-il ainsi quittée à
l'heure du danger? Leur présence, à tous deux, dans
ce lieu où ils venaient d'être les témoins d'un si horrible drame, aurait-elle été découverte par le meurtrier du Vieillard, qui, pour s'assurer du silence
d'Orfano, n'avait peut-être pas reculé devant un
second crime, non moins abominable que le premier? Mais, dans le même temps que ces sinistres
pensées roulaient dans l'esprit de la jeune fille, elle
avait entendu, tout à coup, la voix de son amant retentir sous la voûte sonore du souterrain, et une
autre voix, qui n'était point celle de l'Archiprêtre,
y avait répondu, mais si basse et si voilée, qu'on eût
dit celle d'un agonisant.

Sabine s'était dressée alors sur ses genoux, avait
regardé anxieusement à travers les interstices du retable, et bientôt elle avait vu à quels soins pieux et
touchants son amant était occupé. Bien qu'elle ne
pût deviner entièrement ce qui s'était passé, pendant le temps qu'elle était restée évanouie, elle
soupçonna néanmoins une partie de la vérité, et
elle comprit, qu'aussitôt après le départ de l'Archiprêtre, Orfano ne l'avait quittée que pour courir au
secours du pauvre Vieillard, qui avait été si lâchement assassiné!

Elle prêta en même temps l'oreille aux paroles qui
étaient échangées entre les deux acteurs de cette pénible scène, et sa surprise égala son émotion, quand
elle entendit Monsieur le Gonfalonier dire au moribond qu'il allait, de ses propres mains, lui adminis-
trer le Baptême.

Animée du désir d'assister son amant dans les saintes et suprêmes consolations qu'il prodiguait au vieillard, la pieuse jeune fille fit un héroïque effort sur elle-même, se redressa entièrement, sortit de sa cachette, et, d'un pas lent et mal affermi, elle s'approcha de nos deux personnages, au moment où Orfano, de son doigt ensanglanté, traçait sur le front du mourant le signe de la rédemption des Chrétiens.

En entendant les paroles qu'Isaac Lévy lui adressa dès qu'il la vit s'avancer vers lui, Sabine, aux yeux de qui ce vieillard, sur le point de descendre dans la tombe, était couronné, par avance, de l'auréole du martyre, s'agenouilla respectueusement devant sa personne, en lui disant d'une voix émue par la pitié :

— Mon père, j'attends votre sainte bénédiction.

Ce que les yeux du moribond exprimèrent, dans un dernier regard de tendresse ineffable et de suprême félicité, ne saurait se traduire dans aucune langue humaine.

— Elle m'appelle son père ! Elle vient à moi pour que je la bénisse ! O ma Siona, ô ma fille bien-aimée ! Le Dieu des Chrétiens est donc bien le seul et vrai Dieu qui soit au ciel et sur la terre, car lui seul a eu le pouvoir d'exaucer le plus ardent de tous mes vœux.

Puis, levant avec effort ses deux mains qu'il appuya sur la tête de Sabine, il lui dit d'une voix à peine articulée :

— Mon enfant, je te bénis.

Mais, au même instant, un râle horrible se fit entendre dans sa poitrine, et tous ses traits prirent l'expression d'une suprême détresse. Alors ses deux bras retombèrent inertes, ses yeux se convulsèrent vers

le haut, un flot rutilant jaillit d'entre ses lèvres blêmes, et, avec la pourpre de son sang, son âme s'é-
chappa de son corps.

Nos deux amants, que ce dernier acte du drame
qui venait de se dérouler devant eux, dans cette
nuit funeste, avait émus au dernier point, réci-
tèrent alors à voix basse les Prières des Morts sur ce
malheureux vieillard assassiné. Puis, Orfano, avec
l'aide de la jeune fille, descendit le corps d'Isaac Lévy
dans l'IN-PACE, et plaça la tête du cadavre de telle
sorte que son visage était tourné vers le Ciel, et que
son large front laissait voir, tout d'abord, la croix
sanglante que notre jeune Lévite y avait tracée.

Après quoi Monsieur le Gonfalonier ferma, sans
bruit, la dalle du sépulcre, ramassa le poignard encore teint de sang qu'il avait retiré de la poitrine du
vieux Juif, et, reprenant la lampe qui avait éclairé
ces lugubres scènes, il remonta, accompagné de Sabine qui s'appuyait à son bras, l'escalier qui conduisait dans l'intérieur de l'Église.

Quand ils arrivèrent à l'entrée de la grande nef,
l'orage avait entièrement cessé, et le calme le plus
profond régnait sous les voûtes du sanctuaire religieux.

Orfano déposa sur la console du *Lettrain de fer treil-
lisé* la lampe dont il n'avait plus besoin désormais,
et nos deux amants se dirigèrent à pas lents vers le
chevet de l'Église, où était une gracieuse et élégante
Chapelle élevée « à l'onneur et révérence de la Be-
noiste Vierge Marie, » par Simon de Dampmartin,
changeur, et par Marguerite, sa femme, dans les dernières années du siècle précédent.

Quand ils furent arrivés dans cette Chapelle, nos deux intéressants orphelins s'agenouillèrent sur les marches de l'autel, en face de la Madone, et Orfano, prenant la main de Sabine dans la sienne, dit à voix basse :

— Notre-Dame des Accordés, je fais serment devant votre sainte image d'aimer constamment celle que mon cœur a choisi pour être la compagne de ma vie, et à qui je donne, en ce moment, le titre de fiancée jusqu'au jour où je pourrai lui donner celui d'épouse.

— Et moi, dit la jeune fille d'une voix émue, mais avec l'élan de la plus vive tendresse, je vous prends à témoin, ô sainte Mère de Dieu ! que je resterai toujours fidèle à mon fiancé et que je n'aurai jamais d'autre époux que lui.

Et nos deux amants, enveloppés par les ombres de la nuit, restèrent longtemps pressés dans les bras l'un de l'autre, après avoir scellé, par le plus chaste des baisers, le serment de leurs mystérieuses fiançailles. Tous les deux, ils gardaient le silence, accablés qu'ils étaient par la grandeur de leurs infortunes et brisés par les émotions de cette nuit tragique.

L'horloge du Grand Portail, qui sonna deux heures, les tira enfin de cet état de prostration à la fois physique et morale.

— Il faut nous séparer, chère Sabine, dit Orfano à la jeune fille. La prudence nous commande, à vous de regagner votre Logis du Porche, et à moi de m'éloigner de ces lieux.

— O mon bien-aimé ! dit M\ue de Champ-Rosé toute tremblante et en serrant de nouveau son amant entre ses bras, je n'ai jamais senti, comme en cet instant, à quel point je vous suis attachée. Hélas ! mon Dieu, que vais-je devenir quand je vais être séparée de vous ?

— Du courage, chère Sabine, lui dit Orfano.

— Mais songez donc, ô mon ami ! que je n'ai plus que vous pour être mon soutien sur la terre? Songez donc qu'en vous quittant, tout à l'heure, je vais rentrer dans la demeure d'un infâme, que je ne pourrai voir désormais sans un sentiment d'épouvante et de terreur. O Orfano, emmenez-moi loin d'ici, fuyons ces lieux à jamais souillés par le meurtre, et allons sur quelque rivage lointain vivre ensemble dans la paix, dans le travail et dans le bonheur. Avec toi, ô le plus aimé des hommes, la misère elle-même me semblera légère à porter, et je n'ambitionne plus qu'une chose, c'est de vivre et de mourir à tes pieds en te répétant combien je t'aime.

— Et c'est au nom de cet amour même, dont je suis si fier, que je vous conjure, ô ma douce fiancée, de vous résigner en ce moment à la volonté de Dieu. Songez, chère Sabine, que cette démarche, que votre légitime terreur vous conseille de faire, serait la plus grave atteinte que vous puissiez porter aux saintes lois de la pudeur et de la chasteté; et je prise trop haut la blancheur immaculée du lis que le Ciel m'a confié pour la laisser ternir sous le souffle empoisonné de la calomnie.

— Adieu donc, ô mon noble fiancé! dit la jeune fille. N'oubliez pas que vous emportez mon cœur avec vous.

— Adieu, ô la plus belle et la plus adorée des

femmes, je vais travailler désormais à rendre au bonheur celle qui m'a rendu à la liberté.

Et Orfano, accompagnant Sabine sur l'escalier de la Tour, monta avec elle jusqu'à la Terrasse-aux-Chapelles, et ne quitta la tremblante jeune fille qu'à la petite porte du Porche qui conduisait à son Logis.

Comme il se disposait à redescendre dans l'intérieur de l'Église, son pied rencontra sur le plomb de la Terrasse une corde qui faillit à le faire tomber. S'étant baissé et l'ayant ramassée, il la reconnut aussitôt pour être le câble de soie à l'aide duquel il s'était évadé de la Logette de l'Évêque. La corde tout entière était à ses pieds et il devina facilement que c'était la foudre qui, en éclatant sur le haut de la Tour Saint-Jacques, avait, ou arraché, ou brûlé l'extrémité du cable fixé au banc de chêne, ce qui avait permis au reste de la corde de tomber sur la Terrasse-aux-Chapelles.

Trop heureux de ce que le hasard l'eût si bien servi, il s'en saisit aussitôt, redescendit l'escalier du clocher, et alla cacher le cordon de soie dans le double fond d'un autel.

Puis, après avoir réfléchi, un instant, sur le chemin qu'il lui fallait prendre pour sortir de l'Église, dont toutes les portes étaient fermées, il pénétra dans la Chapelle des Fonts Baptismaux, dont les verrières donnaient sur la rue des Écrivains, directement au-dessus de l'échoppe de Maître Nicolas Flamel.

Après être monté sur la cuve baptismale, qui était située au-dessous de la fenêtre de cette Chapelle, il ouvrit le châssis inférieur de la verrière, et, s'étant assuré que la rue était bien déserte, il se glissa par le châssis ouvert, et de là sauta légèrement sur la toiture de l'échoppe. Puis, à l'aide de la tringle de fer horizontale, au bout de laquelle se balançait la fleur de lis d'or qui servait d'enseigne au célèbre écrivain, laquelle tringle se courba d'elle-même sous le poids inaccoutumé qu'elle avait à porter, notre Gonfalonier, en moins d'une minute, put poser enfin son pied libre sur le vieux pavé de Philippe-Auguste.

IV

SUITE ET FIN

DU

PARCHEMIN SCELLÉ

IV

SUITE ET FIN DU PARCHEMIN SCELLÉ

A l'heure matinale où les trois portes des Charniers des Saints-Innocents s'ouvraient à la foule des
acheteurs se rendant aux Halles, un jeune homme
de vingt-deux ans environ, en costume de clerc, le
visage pâle et les cheveux en désordre, entra dans la
boutique de Mlle Anne Grugeon, au moment où notre
jolie mercière-épinglière, en galant négligé du matin,
venait d'en ouvrir la porte.

C'était Orfano.

Monsieur le Gonfalonier, après s'être échappé de
l'Eglise Saint-Jacques, par la fenêtre du Baptistère,
avait dirigé ses pas vers le Monceau-Saint-Gervais,
et il avait passé les dernières heures de la nuit assis
sur le banc de pierre octogonal qui entourait le pied

d'un orme gigantesque, planté, en cet endroit, au devant du grand Portail de l'Eglise Saint-Gervais.

Cet arbre, si connu dans l'histoire de Paris, sous le nom de l'*Orme* ou *Ormiau Saint-Gervais,* et qui a donné naissance au proverbe : Attendez-moi sous l'orme, comptait déjà, à cette époque, plusieurs siècles d'existence. La tradition orale en faisait remonter la plantation au temps des Druides, et cet arbre, vénéré par son antiquité et son colossal développement, a subsisté jusqu'en l'année 1800, époque à laquelle sa vétusté força, quoiqu'à regret, de mettre la cognée dans sa membrure vermoulue. L'histoire rapporte que sous son ombrage, les juges du temps de saint Louis avaient longtemps tenu leurs plaids. C'était là, encore, que les tenanciers payaient leurs redevances, que les débiteurs s'acquittaient de leurs dettes, que les bourgeois, au sortir de l'office, s'assemblaient pour causer des affaires du temps, et que les amants se donnaient rendez-vous. Et, sans doute, qu'en matière d'amour comme en matière d'argent, plus d'un créancier y avait attendu en vain l'effet des promesses qui lui avaient été faites, puisque la phrase consacrée : *Attendez-moi sous l'Orme,* était devenue une façon ironique de donner un rendez-vous auquel on ne devait pas se trouver.

Orfano, qui le connaissait depuis sa plus tendre enfance, était venu demander un asile à ce vieux patriarche de la Tribu des Ormes, dont le branchage était si touffu et le feuillage si abondant, que la pluie qui venait de tomber, deux heures auparavant, avait à peine pu le traverser.

Une fraîcheur délicieuse régnait, en ce moment,

sous cette sombre voûte de verdure, et l'odeur particulière qui se dégage constamment du sol, à la suite
de l'orage, était répandue tout autour de l'arbre
géant.

Ce fut dans cette solitude paisible, dont une captivité, de quatre mois de durée, augmentait encore
pour lui les délices, qu'Orfano attendit que le jour
parût, et, durant les quelques heures qui le séparaient du lever du soleil, il tint conseil avec lui-même
sur ce qu'il convenait de faire dans les délicates con-
jonctures où il se trouvait.

Avec l'aurore naissante, il se leva et se mit en
marche. Dans le but d'éviter quelque fâcheuse rencontre, il s'engagea dans le dédale inextricable des
rues qui longeaient alors l'ancien rempart de Philippe-Auguste, qui était toujours debout, malgré la
construction d'une nouvelle enceinte, et, après avoir
fait un long circuit qui le mena jusqu'au Pilori des
Halles, il arriva au Cimetière des Saints-Innocents,
dans lequel il entra par la porte donnant sur la
Place du Marché-aux-Poirées.

A la vue de ce jeune homme pâle et défait, dont la
barbe était inculte et les vêtements en désordre,
Nanine eut aussitôt le pressentiment que Monsieur le
Gonfalonier de Saint-Jacques, qu'elle connaissait parfaitement, bien que n'ayant jamais eu le moindre
rapport avec lui, devait être l'envoyé d'Isaac Lévy.

— Que désirez-vous, Messire ? lui dit-elle d'une
voix quelque peu émue.

— Madamoiselle, répondit Orfano en retirant subitement sa main droite de l'échancrure de sa soutanelle, et en faisant briller aux yeux de la jeune fille

le *carbonado* qui formait le chaton de la bague du vieux Juif, voici un signe de reconnaissance qui vous apprendra et par qui et pour quoi je vous suis envoyé.

Comme si Nanine se fût méfiée de quelque trahison, dans une circonstance aussi grave de sa vie, elle fit un pas vers son visiteur, et, lui prenant le bout du doigt, elle examina attentivement l'anneau qui lui était montré.

— Reconnaissez-vous bien ce joyau? demanda Monsieur le Gonfalonier à la jeune fille.

— Oui, Messire, répondit-elle; c'est l'anneau du juif Isaac Lévy, le Marchand de patenôtres.

— C'est bien cela!

— Et vous venez de la part de ce bon vieillard, pour.....

— Pour vous réclamer un parchemin scellé, qui a été déposé par lui, entre vos mains, dans la soirée de vendredi dernier.

— C'est bien cela! dit à son tour la jeune fille.

Et Nanine se dirigeant aussitôt vers l'arrière-boutique de son Charnier, que le lecteur connaît déjà, invita notre jeune clerc à la suivre, ce que celui-ci fit sans tarder.

Lorsque les deux jeunes gens furent seuls dans la petite chambre à coucher de Nanine, où régnait déjà l'ordre le plus parfait, la jolie marchande ferma soigneusement la porte vitrée qui servait de communication entre les deux pièces, et présenta à Orfano le même escabeau sur lequel Isaac Lévy s'était assis l'avant-veille.

Puis, par un sentiment de modestie qui était parfaitement de circonstance, tournant son visage vers la muraille, elle plongea sa petite main dans le haut de sa gorgerette et en retira un parchemin entouré d'un double lacs de soie et fermé par un large sceau en cire verte.

— Voici, dit-elle en se retournant vers le jeune homme, et en lui présentant le parchemin scellé, le dépôt qui m'a été confié par Isaac Lévy. Vous pouvez vous assurer, Messire, que le scel en est parfaitement intact.

Orfano prit le pli cacheté, en lut la suscription et examina très attentivement l'empreinte scellée qui en retenait les lacs.

— Madamoiselle, dit-il après avoir fait cet examen, je reconnais que ce dépôt m'est remis dans un état qui ne laisse aucun doute sur le respect avec lequel vous en avez gardé le scellé!

— Lorsque vous remettrez ce parchemin entre les mains du bon vieillard qui m'en avait confié la garde, ne manquez pas, je vous prie, Messire, de lui dire que je compte plus que jamais sur la promesse solennelle qu'il m'a faite, ici, avant de me quitter.

— Hélas! dit tristement Monsieur le Gonfalonier, ce que vous me demandez là n'est plus chose possible.

— Comment cela? Est-ce donc qu'Isaac Lévy aurait déjà quitté Paris?

— Madamoiselle, attendez-vous à apprendre une bien fâcheuse nouvelle.

— Une fâcheuse nouvelle, dit Nanine avec émotion? Et quelle est-elle, s'il vous plaît?

— Vous ne reverrez plus le vieillard qui vous avait confié ce parchemin.

— Oh ! mon Dieu, et que lui est-il donc arrivé ?
Est-ce qu'il aurait été découvert par les sergents de
Monsieur le Prévôt et jeté dans les basses-fosses du
Grand-Châtelet ?

— Nullement ! Votre vieil ami n'existe plus.

— Isaac Lévy est mort ? dit Nanine en pâlissant
tout à coup.

— Oui, mort ! Et, qui plus est, il est mort assassiné.

— Assassiné, grands dieux ! s'écria la jeune fille
toute pâle et avec des larmes dans les yeux.

— Mais, où, quand, par qui ? ajouta-t-elle bientôt
après.

— Dans les caveaux de la Tour Saint-Jacques,
cette nuit même, et de la main du plus lâche, du plus
hypocrite et du plus scélérat de tous les hommes.

— Ah ! mon Dieu, je tremble de deviner le nom
de son assasin !

— Oh ! ne craignez pas de dire, à haute .et in-
telligible voix, que cet infâme n'est autre que Pierre
Candrin, car c'est bien lui, en personne, qui a frappé
d'un coup de dague un pauvre vieillard, faible, dé-
sarmé, qui s'était confié à sa parole, et qu'il n'avait
attiré dans les souterrains de son Eglise que pour le
mettre à mort et pour faire disparaître son corps
dans le fond d'un IN-PACE.

— Oh ! le monstre odieux ! dit Nanine. Et le ciel,
dans cette horrible nuit, ne l'a pas frappé de sa
foudre vengeresse ?

— Cette mort eût été trop douce pour lui, répondit Orfano ; mais, patience ! Le jour des représailles
ne tardera sans doute pas à luire, et le compte qu'il
aura à rendre sera terrible.

— Pauvre Vieillard! poursuivit Nanine en donnant un libre cours à ses larmes. Ses pressentiments ne l'avaient donc pas trompé! Et dire que c'est pour moi, que c'est pour sauver mon... honneur, qu'il a été au-devant de cette horrible mort! Ah! je ne me pardonnerai jamais d'avoir été l'auteur involontaire d'un si abominable meurtre!

Et la jeune fille, suffoquée par ses pleurs et ses sanglots, se couvrit le visage de ses deux mains et appuya sa tête contre un des lourds piliers de la muraille.

Plus ému qu'il ne voulait le paraître devant le tableau de cette douleur si vraie et de cet attachement si sincèrement exprimé, Orfano essaya alors de calmer la jeune fille par quelques paroles de consolation.

— Ah! laissez-moi, Monsieur le Gonfalonier, laissez-moi verser toutes les larmes de mon cœur, dit Nanine en redressant vivement la tête, et en laissant voir au jeune homme son visage qui était baigné de pleurs. Vous ne savez pas, vous ne pouvez pas savoir, Messire, à quel point mon malheur est grand, et pourquoi la mort de cet homme si noble et si généreux est la ruine certaine de toutes mes espérances.

— Je sais tout, au contraire, dit Orfano, en jetant sur Nanine des regards où se faisaient voir, à la fois, la pitié la plus vive et l'intérêt le plus marqué.

— Que voulez-vous dire? fit la jeune fille toute surprise.

— Je veux dire que le secret de vos malheurs n'en est pas un pour moi, et que je n'ignore point

que la promesse qu'Isaac Lévy vous avait faite, c'é-
tait...

— C'était?...

— D'empêcher le mariage de M. le Vicomte Anténor de Chamérobley avec la nièce de Pierre Candrin, et cela, dans l'intention bien arrêtée de conserver un père à votre enfant.

— Mais qui donc, demanda Nanine au comble de
l'étonnement et toute rouge de confusion, a pu vous
dévoiler un secret que je n'avais confié qu'à Isaac
Lévy?

— Lui-même! répondit Orfano.

Et Monsieur le Gonfalonier, devinant bien que
désormais il n'aurait pas d'alliée plus dévouée et
plus fidèle que la jeune fille, et que, par conséquent,
il pouvait en toute sécurité lui confier le secret de
ses amours, se mit à raconter à Nanine toutes les
scènes que nous avons successivement fait passer
sous les yeux de nos lecteurs, en débutant, dans son
récit, par la discrète et malheureuse passion qu'il
avait conçue pour Mlle de Champ-Rosé, et, en finis-
sant par le serment solennel qu'il avait fait au vieux
Juif Lombard, d'accomplir ses dernières volontés.

Plus d'une fois, durant ce long et pathétique récit,
qu'elle avait écouté en silence et avec la plus religieuse attention, la jolie mercière avait laissé lire
sur ses traits les divers sentiments qui agitaient son
âme. Tour à tour, l'étonnement et la pitié, la curiosité et l'admiration, la colère et la terreur, avaient
imprimé sur cette mobile et gracieuse physionomie
les signes les moins équivoques de leur passage.
Mais, nous devons dire, en historien impartial, qu'à

travers ces impressions successives déterminées par
les nombreuses péripéties de ce dramatique récit,
une sorte de joie générale rayonnait et éclatait au
fond des yeux et dans l'ensemble des traits de la
jeune fille, comme on voit les joyeux rayons d'un
soleil printanier égayer tout le fond d'un tableau,
sur les premiers plans duquel un habile peintre de
batailles a retracé des scènes de mort et de car-
nage.

Aussi, à peine Orfano eut-il cessé de parler, que
Nanine rompant un silence qui semblait lui peser,
laissa, dès les premières paroles qu'elle prononça,
deviner ce qui faisait le sujet de cette intime et ex-
pansive satisfaction qui était répandue sur son visage.

— Ainsi donc, Messire, dit-elle résolûment au
jeune homme, vous m'assurez, en toute certitude et
en toute franchise, que jamais la Damoiselle de
Champ – Rosé n'a eu d'amour pour Monsieur le Vicomte, et que, quoi que fasse l'indigne et sacrilége
Prêtre qui lui tient lieu de père, elle ne consentira,
en aucun temps, à lui donner sa main?

— La bien-aimée de mon cœur, dit Orfano, j'en
suis certain, préférerait la mort à cette alliance.

— Oh ! merci ! merci ! mon Dieu ! dit la jolie
marchande en joignant les mains et en levant les
yeux au ciel avec l'expression de la plus vive reconnaissance, vous avez soulagé mon cœur d'un horrible
fardeau.

Elle ajouta, après un instant de silence :

— Et moi, Monsieur le Gonfalonier, il faut que
je vous le dise à ma honte, moi qui l'accusais, cette

bonne et vertueuse Damoiselle ; moi qui la haïssais
du fond de mon cœur et qui l'aurais vue avec délices
expirer sous mes yeux, dans les plus affreuses tortures. Ah ! j'étais bien injuste, bien cruelle à son
égard, je le reconnais aujourd'hui. Croiriez-vous, en
effet, que je la trouvais sans beauté, elle qui est
la beauté même ; sans grâce, elle qui les réunit
toutes ; sans goût dans sa parure, elle chez qui, au
contraire, le talent d'harmoniser ses atours semble
être moins un art qu'un goût naturel. Oh ! l'affreuse
chose que la jalousie ; elle ne découvre le mérite
que pour le rabaisser, et, comme la limace des jardins,
elle ne touche aux plus belles fleurs que pour les
couvrir de sa bave impure.

— Reconnaître ainsi ses torts, lui dit Monsieur
le Gonfalonier, c'est se les faire pardonner d'a-
vance.

— Oh ! oui, je les reconnais, tous les torts que
j'ai eus envers cette noble et charmante Damoiselle,
et je lui en demande bien humblement pardon, à elle
et à vous aussi, Messire, en vous promettant, à l'un
et à l'autre, que je serai désormais votre servante
soumise et dévouée, et que je vous servirai dans vos
épousailles, avec toute l'ardeur et toute la vivacité
du cœur le plus sincèrement attaché.

A cet endroit de leur entretien, un bruit de voix
s'étant fait entendre dans la direction de la boutique
de Nanine, celle-ci écarta le rideau qui masquait le
vitrage de la porte, et elle aperçut plusieurs acheteurs qui réclamaient impatiemment sa présence.

— Excusez-moi un instant, Messire, dit-elle à
Monsieur le Gonfalonier, en se levant de son siége et

en essuyant du revers de la main ses paupières encore humides de larmes. Dans quelques minutes je
suis de retour.

Et, ouvrant la petite porte vitrée, la jeune Marchande disparut en courant.

Aussitôt qu'elle se fut éloignée, Orfano prit le parchemin d'Isaac Lévy, qu'il avait déposé sur la table,
en rompit le scel, en dénoua les lacs, et, lorsqu'il l'eut
ouvert et déployé, il y lut ce qui suit :

« Je viens, par ces présentes, dénoncer à la Jus-
» tice un crime abominable, commis il y a vingt ans,
» et livrer, à la vindicte publique, ses auteurs qui
» ont joui, jusqu'ici, de la plus complète impu-
» nité.

» En retour de cette révélation, je sollicite hum-
» blement de Monseigneur le Prévôt de Paris, que,
» par une dérogation de faveur aux Ordonnances et
» Édits portés contre ceux de ma race, il veuille bien
» envoyer en possession du legs que je lui ai fait de
» tous mes biens, par un testament olographe, une
» jeune fille qui, ayant été séduite, sera mère dans
» quelques mois, et à laquelle j'ai promis aide et as-
» sistance.

» La révélation détaillée du crime que je dénonce,
» mon écrit de dernières volontés, ainsi que les pier-
» reries, les joyaux et les espèces monnoyées qui
» composent mon avoir, seront trouvés sous une
» dalle, qui est la cinquième à droite, en comptant
» du seuil de la porte, en la salle basse du Logis d'Hu-
» gonnet Charnailles, le maître fossoyeur du cime-

» tière des Saints-Innocents, établi dans la vieille tour
» qui est au fond du Cul-de-sac du Chat-Blanc.

» Faict à Paris, ce vendredi 24ᵉ jour du mois d'août
» de l'an 1414.

» Isaac Lévy. »

— Plus de doutes maintenant, s'écria impétueuse-
ment Orfano, après avoir achevé la lecture du parchemin, mon vieil ami, le Père Poissenot, avait raison ; la mort de Jehan de Tarenne a été le résultat
d'un crime caché !

Puis, après quelques instants de méditation, il reprit en étendant vivement la main dans la direction
de l'Église Saint-Jacques, et comme en désignant quelqu'un de son doigt menaçant :

— Que fait-il à cette heure, ce Prêtre assassin ?
Sans doute que, partageant la couche de son adultère
complice, il se félicite avec elle du nouveau crime à
la faveur duquel ils pensent, l'un et l'autre, avoir
effacé jusqu'à la dernière trace de leur premier forfait.
Ah ! tremblez, infâmes amants, car voici que l'heure
de la Justice approche, car voici que les morts vont
sortir de leurs tombeaux pour crier vengeance contre
vous !

Puis, la pensée d'Orfano se reportant sur l'insis-
tance avec laquelle le vieux Juif lui avait recommandé
de venir trouver Nanine avant l'expiration du délai
convenu :

— Homme généreux, s'écria-t-il en levant ses yeux
au ciel, c'est maintenant que ta belle âme m'est

connue tout entière ! A l'heure de la mort, la crainte de voir frustrée de tes bienfaits la pauvre créature que tu avais prise sous ta protection, l'a emporté dans ton esprit sur le désir même de la vengeance. Mais, dors en paix dans le sein de Dieu, je saurai remplir tes intentions dernières au double point de vue de la Justice et de la Bienfaisance !

Quand Nanine reparut, Orfano, qui en moins de quelques instants de réflexions s'était tracé un plan de conduite, lui dit en lui prenant les mains et en les lui serrant affectueusement :

— Vous m'avez assuré tout à l'heure que, désormais, vous seriez pour Sabine et pour moi l'esclave la plus dévouée.

— Oui, Messire, dit la jeune fille, et ce que je vous ai promis je le promets encore.

— Ce n'est point au titre d'esclave que je veux devoir ce dévouement, mais au titre de sœur, au titre d'amie ; voulez-vous bien qu'il en soit ainsi ?

— Si je le veux, Messire, mais en vérité c'est trop d'honneur que vous me faites ! Oh ! parlez, dites, que faut-il faire, où faut-il courir ? Quand et comment puis-je vous donner une preuve de ce dévouement que je vous offre ?

— Vous pouvez me la donner aujourd'hui même, en vous informant adroitement de ce qui se sera passé ce matin à l'Hôtel du Presbytère de Saint-Jacques.

— Oh ! de bien grand cœur, répondit la jeune fille. Mais où pourrai-je vous retrouver, afin de vous tenir au courant des nouvelles que j'aurai apprises ?

— Chez le Compère Hugonnet Charnailles, dans

le Cul-de-sac du Chat-Blanc. Je vous y attendrai ce soir, à la nuit tombante.

— Je m'y rendrai. D'ici là, je vais me mettre en campagne, et vous verrez, Messire, si je sais chaudement servir ceux que j'aime.

— Et moi, dit Orfano, je vais me mettre en devoir d'exécuter scrupuleusement les dernières volontés d'Isaac Lévy, et je vous jure, chère Nanine, que je saurai tenir, en son nom, la promesse qu'il vous a faite.

— Oh! Messire, j'y compte plus que jamais. D'ailleurs, ajouta-t-elle avec son sourire fin, que l'espérance rendait tout joyeux, n'y êtes-vous pas intéressé tout le premier?

— Vous avez raison, en effet, nos intérêts sont liés désormais, et en tenant le serment que j'ai fait à votre vieil ami, ce sera travailler à notre bonheur commun. A ce soir donc, chez le Compère Hugonnet Charnailles!

— A ce soir, Messire!

Et Orfano, après avoir serré fraternellement la main de Nanine, sortit de l'arrière-boutique par la petite porte qui donnait sur la rue Saint-Denis, et s'éloigna dans la direction du Grand-Châtelet.

V

CHEZ LE COMPÈRE

HUGONNET CHARNAILLES

V

CHEZ LE COMPÈRE HUGONNET CHARNAILLES

Durant tout le quatorzième siècle, et pendant la première moitié du quinzième, un des recoins de Paris les plus curieux à observer, au double point de vue de sa physionomie architecturale et des mœurs de ses habitants, était le *Cul-de-sac du Chat-Blanc*, dans lequel nous allons introduire nos lecteurs.

Disons de suite que les historiens les plus dignes de foi estiment que ce nom lui était venu de Gilles Chablanc, qui, en 1315, était un des principaux bouchers de la Grande-Boucherie de Paris, dont plusieurs des trente-deux étaux, qui la composaient, étaient devenus sa propriété.

Située au centre du vaste pâté de maisons qui bordait, au nord, la Place du Grand-Châtelet, appelée alors l'Apport ou la Porte de Paris, et ayant son entrée juste en face de la Grande-Boucherie, cette *Rue Sans-Chef*, nom sous lequel on désignait encore une impasse à cette époque, avait la forme d'une immense équerre dont les deux branches, d'inégales longueurs, avaient leur ouverture dirigée du côté du couchant.

Le niveau de son sol, qui était en contre-bas d'une forte toise, pour le moins, de celui des rues voisines, faisait paraître encore plus élevées, les maisons à pignons pointus et à toits surplombants qui se dressaient de chaque côté de ce sombre et étroit Cul-de-sac, dans lequel, de mémoire d'homme, un archer du Guet-Royal, pas plus qu'un sergent de la Prévôté, n'avait osé s'aventurer, même en plein midi.

Le lecteur saisira de suite le coup-d'œil offert par cette tranchée profonde et coudée à angle presque droit, lorsque nous lui aurons dit que le Cul-de-sac du Chat-Blanc occupait la place du fossé creusé, trois cents ans auparavant, au pied de la vieille muraille de Louis le Gros, dont une tour, qui existait encore dans la partie la plus reculée de cette impasse, servait de demeure au Compère Hugonnet Charnailles.

Bien que l'air et la lumière ne pénétrassent que difficilement dans ces lieux bas et humides, une population bruyante et animée y avait cependant élu domicile. Des deux côtés, en effet, de cette voie perdue au centre de la Ville, se balançaient, suspendues à leurs tringles de fer, les enseignes rouillées et criardes d'une suite non interrompue de tavernes, de cabarets et d'hôtelleries, lesquels servaient à héberger et à loger une foule d'étrangers et de voyageurs, venus de tous les pays, et, de préférence, ceux d'entre eux

qui ne se souciaient pas, et pour cause, d'avoir
quelque démêlé avec les gens de Monsieur le Prévôt.

Mais ce qui faisait le principal et le plus lucratif
achalandage de tous ces bouchons mal famés, c'était
surtout cette armée d'artisans robustes, hardis et
bataillards, qui, après avoir employé une partie de la
matinée aux rudes travaux de la Grande-Boucherie,
venaient y fêter, pendant le restant du jour, sinon
même durant la majeure partie de la nuit, la cer-
voise, l'hypocras aux fines épices et le vin clairet, en
compagnie des « fillettes et des femmes de légière
vie » de la Cour-Robert, du carrefour Baille-Hou,
voire même de la rue de Glatigny, en la Cité. Tous
ces compagnons bouchers, en effet, dont le salaire
était relativement très élevé pour l'époque, avaient
déjà cette même sottise orgueilleuse, et cette vani-
teuse ostentation qui semblent être d'uniforme dans
cette nombreuse classe d'industriels, et l'on peut
dire, à la lettre, qu'ils y semaient l'or et l'argent à
la fois, pour payer leurs folles orgies, et pour couvrir
de joyaux et de riches étoffes les faciles beautés dont
ils briguaient et se disputaient, tour à tour, les ba-
nales faveurs.

Est-il besoin d'ajouter que, constamment, des
disputes et des rixes, trop souvent ensanglantées,
s'élevaient dans ce lieu de débauches, et, qu'à toutes
les heures du jour et de la nuit, les cris et les vociférations, aussi bien des battants que des battus, s'y
mêlaient, dans une cacophonie horrible, à la voix
éraillée et aux chansons obscènes des « galloises »
avinées.

Et qu'on ne croie pas qu'aux cris de détresse

poussés par ceux qui avaient le dessous dans ces
scènes d'une brutalité et d'une cruauté révoltantes,
les gens du Guet ou les sergents de la Douzaine, chargés de maintenir le bon ordre par les rues et les carrefours de la Ville, se missent jamais en devoir de
venir prêter main-forte. Ils n'auraient pu franchir
l'entrée du Cul-de-sac du Chat-Blanc sans s'exposer
à la fureur des deux partis qui étaient aux prises, et
qui, en semblable occurrence, se réconciliant subitement, tombaient avec le plus touchant accord sur
les représentants de l'autorité, qu'ils avaient promptement mis en déroute.

Qu'on s'étonne, après cela, si ce redoutable coin
de la Ville avait servi d'une véritable place d'armes,
pendant la dernière sédition, aux écorcheurs de bêtes,
que Simon Caboche avait enrôlés sous sa bannière ?
C'était, en effet, de ce principal foyer de révolte que
s'étaient élancées, armées de piques et de coutelas,
l'année d'auparavant, ces hordes sanguinaires qui
avaient forcé la Cour à coiffer le Chaperon blanc, et
qui avaient contraint le Parlement à enregistrer leurs
monstrueux décrets de réforme, connus, dans l'histoire sous la dénomination d'*Ordonnances Cabo-
chiennes*.

Nous avons dit tout à l'heure que c'était dans une
vieille tour du rempart de Louis le Gros, située tout
au fond de ce Cul-de-sac, que le compère Hugonnet
Charnailles avait fixé sa demeure. C'était là, en effet,
qu'il était établi depuis tantôt trente-quatre ans,
joignant le métier d'hôtelier à son emploi de maître-
fossoyeur, et faisant, par-dessus le marché, un commerce clandestin de certains emplâtres et de certains

onguents, dont nous devons dire que les ingrédients
qui les composaient, étaient tenus pour être d'une
origine fort suspecte, par ceux-là même qui montraient le plus d'empressement à en faire l'acquisition.

La vieille Tour, ronde et trapue, qui lui servait de
demeure, était couronnée à son sommet d'un lierre
vigoureux et sombre, et sa muraille, qui n'avait que
de rares ouvertures, était recouverte par cette fine
mousse verdâtre et brune, qui est aux vieux édifices,
ce que la *patine,* ainsi qu'on nomme l'oxyde vert de
cuivre qui se forme sur le bronze, est aux médailles
et aux statues de l'antiquité.

On avait accès dans ce redoutable logis par une
entrée basse et étroite, laquelle était garnie d'une
porte en bois de chêne, dont une puissante armature
de fer hérissait la solide membrure. Cette porte était
percée, vers sa partie supérieure, par une petite ouverture en losange, au devant de laquelle deux épais
barreaux formaient une véritable croix, sur laquelle
une grossière image du Christ était attachée.

Au-dessous de cette croix, le visiteur qui, pour la
première fois, se présentait devant la porte de ce
logis, ne voyait pas, sans surprise et sans émotion,
que le bloc de fer, destiné à servir de heurtoir, était
façonné à la manière d'un des os longs du corps humain, et que cet os venait battre, par sa grosse extrémité, sur le front d'une tête de mort, également en
fer, et qui tenait lieu d'enclumeau à ce marteau d'une
nouvelle espèce.

A cette époque où les armes parlantes étaient si
fort à la mode à tous les degrés de l'échelle sociale,

on conviendra qu'un fossoyeur ne pouvait guère mieux rencontrer.

Sept heures venaient de sonner à l'horloge du Grand-Châtelet, et le jour commençait à baisser, lorsqu'une jeune fille, le corps enveloppé dans une longue pelisse de soie noire et la tête cachée dans un coqueluchon de même étoffe, déboucha par la Porte-de-Paris et s'engagea, d'un pas rapide et délibéré, dans ce fameux Cul-de-sac du Chat-Blanc.

Sans s'émouvoir, en apparence du moins, des plaisanteries un peu plus qu'égrillardes et des propôsitions grossièrement galantes qui, des deux côtés de cette rue sans chef, l'accueillirent sur son passage, elle arriva en quelques secondes devant la forteresse, car c'est ainsi qu'on aurait pu la nommer, du Compère Hugonnet Charnailles. Saisissant résolûment, mais non sans un certain mouvement de répugnance, le lugubre marteau de la porte, elle frappa deux légers coups, et bientôt elle vit apparaître derrière les croisillons du Crucifix une petite tête ridée et chenue qui demanda d'une voix flûtée :

— Qui vient là?

— La mercière-épinglière du Charnier de maître Nicolas Flamel, dit tout bas Nanine, que nos lecteurs ont déjà reconnue.

— C'est bien, dit la voix, je vais vous ouvrir.

Et, aussitôt, un formidable bruit de verrou s'étant fait entendre, la lourde porte tourna sur ses gonds en criant, et la jeune fille pénétra dans un corridor étroit, qu'éclairait une lampe fumeuse accrochée à la muraille.

L'introducteur de Nanine, qui n'était autre que le

Compère Hugonnet Charnailles en personne, s'empressa d'ôter son vieux couvre-chef devant Mlle Anne Grugeon, et d'un ton très ouvert et très jovial, qu'accompagnaient fort heureusement les deux pattes d'oie, qui, de ses tempes luisantes, convergeaient en rides profondes vers ses yeux encore pleins de feu et d'une malicieuse bonhomie, il dit à la jeune fille, en s'inclinant très respectueusement devant elle :

— Salut à la Perle des Charniers! Salut à notre joli Bouton-d'Or !

— Bonsoir, bonsoir, Compère Hugonnet, répondit Nanine avec une grâce toute familière et un petit salut amical qui témoignaient que, depuis longtemps, notre charmante mercière-épinglière et le vieux fossoyeur étaient d'intimes connaissances.

— Belle fille, dit le malicieux vieillard en jouant la surprise, à quoi dois-je l'honneur d'une pareille visite? Est-ce que par hasard, soit par mesure de prévoyance, soit par belle envie d'aller voir Dieu le Père face à face, vous voudriez déjà faire emplette chez moi d'un de ces pourpoints à cinq planches dont la souveraine maîtrise m'a été baillée, à titre de don gratuit, par notre bien-aimé Seigneur et maître, Monsieur le Roi, le propre jour de son joyeux avénement?

— Merci, bien obligée, Compère; je n'ai nulle envie, quant à présent, de voir Dieu le Père face à face.

— Peut-être préférez-vous le voir de profil?

— Je n'en ai pas envie davantage, pas plus que du pourpoint à cinq planches que vous me proposez.

— Eh bien! vous avez grand tort, ma mignonne,

car j'ai là, à point nommé, un assortiment complet
de ces gentils justaucorps de tous les bois, de toutes
les grandeurs et de toutes les dimensions, doublés,
coussinés, capitonnés, à coins ronds ou carrés, avec
couvercles plats ou bombés, fermant à clous ou à vis,
et même avec un verrou intérieur pour ne pas être
dérangé, et dans lesquels je vous assure que vous seriez couchée aussi doucettement qu'un gentil petit
Dauphin l'est dans sa royale bercerolle.

— Peste! Compère Hugonnet, dit Nanine en riant,
je m'aperçois que vous connaissez, vous aussi, l'art
de faire tomber les pratiques dans vos gluaux ; mais
je vous répète que je ne me soucie nullement de votre
banale pourpointerie.

— Je devine où la mule vous blesse, ma charmante. De ce que vous êtes une belle et élégante
fille, vous faites fi de cette friperie exécutée d'a-
vance et vous avez raison, j'en demeure d'accord.
Un joli petit étui mignon, fait sur commande, voilà
ce qu'il faut. A merveille donc, continua le vieux
fossoyeur en redoublant son rire jovial, et en toisant
du regard la jeune fille ; je vais, incontinent, vous
prendre mesure au pied-le-Roi, par pouces et par
lignes, et dans deux fois vingt-quatre heures vous
aurez un cercueil tout à fait gentil et exécuté *Au
dernier goût du jour*, pour parler comme votre enseigne.

— Taisez-vous donc, Compère Hugonnet, dit Nanine en grondant doucement le Vieillard ; vous qui
vivez sans cesse avec les morts, pouvez-vous bien
parler de tout cela, sur un pareil ton de plaisan-
terie ?

— Hé ! ma chère enfant, dit le vieux fossoyeur, que cette réflexion de Nanine ne rendit pas beaucoup plus grave, c'est précisément parce que je vis, depuis plus de trente ans, dans la compagnie de Messieurs les Trépassés, que je parle aussi jovialement de ce qui concerne mes paisibles administrés. Car, sachez-le bien, ma chère fille, ce n'est que parmi les vivants que l'on est exposé à prendre de la mauvaise humeur. Avec les morts, rien de pareil. Chez eux, les jours se suivent et se ressemblent exactement ; jamais de sédition, jamais de révolte dans mon tranquille royaume ; pas de *Maillotins* non plus que de *Cabochiens ;* chacun y reste à sa place sans chercher à prendre celle de son voisin ; les plus irréconciliables ennemis y dorment côte à côte dans l'oubli des injures ; les époux les plus mal assortis y font bon ménage ; les beaux et les laids y ont mêmes figures ; les riches et les pauvres mêmes revenus ; et, il faut bien que tous ensemble ils aient le cœur content et l'esprit en repos, car nul d'entre eux, je vous l'affirme, ne s'est encore plaint que son lit fût mal bassiné, ou qu'il eût la tête trop basse et les pieds trop hauts ; ou qu'enfin, quelque voisin, mauvais coucheur, lui ait donné une bourrade dans les hypocondres, ou un coup de talon dans le gras des mollets.

— Décidément, Compère, vous voulez me faire venir l'eau à la bouche de votre marchandise ; mais, malgré toute votre éloquence, trouvez bon que, jusqu'à nouvel ordre, je préfère une simple cotte de bure à deux lés. à vos jolis pourpoints à cinq planches. Ce sera donc partie remise, si vous voulez bien le permettre.

— De tout mon cœur, je vous assure !

— Et maintenant, pour parler raison, veuillez me conduire près de Monsieur le Gonfalonier de Saint-Jacques, qui m'a donné rendez-vous ici pour ce soir...

— Et qui vous attend dans la salle basse, qui est au bout de ce corridor. Venez, charmante fille, je vais vous en montrer le chemin, et j'ai quelque idée, ajouta-t-il avec une intention tout à fait malicieuse, dont Nanine ne comprit que plus tard le véritable sens, que vous ne vous repentirez point d'avoir fait ce joli chemin-là dans ma compagnie.

Et l'original petit Vicillard, qui marchait le dos fortement voûté, alla frapper à la porte qui faisait le fond de cet étroit couloir. Cette porte s'ouvrit aussitôt, et Orfano parut sur le seuil, tenant une lampe à la main.

—Ah ! vous voilà, chère Damoiselle, dit Monsieur le Gonfalonier, visiblement joyeux de l'arrivée de Nanine. Entrez, je vous prie !

La jeune fille remercia le Vieillard avec un sourire des plus affectueux, et elle franchit le pas de la porte, qui se referma aussitôt sur elle.

L'aspect de la salle demi-circulaire, dans laquelle elle se trouva, était de nature à piquer, et piqua, en effet, très vivement sa curiosité. Dans le pourtour de cette salle, et au pied du mur, étaient placés par rang de taille, une centaine, pour le moins, de ces *pourpoints à cinq planches*, dont le Compère Hugonnet Charnailles parlait tout à l'heure. Tous ces cercueils, qui étaient en bois de chêne et symétriquement rangés, portaient leurs numéros d'ordre inscrits à l'encre noire sur l'extrémité qui faisait face au spectateur, et au-dessous de ce numéro, le prix de chacun d'eux était marqué à la craie rouge. C'est ainsi que le cercueil d'un très petit enfant y était coté 3 sols 6 deniers parisis, tandis que celui d'un homme de la plus forte taille atteignait jusqu'à 22 et 24 sols de la même monnaie.

Mais, disons de suite, que le lugubre spectacle de tous ces cercueils, dont la présence n'avait, après tout, rien qui dût par trop la surprendre, surtout en songeant au logis dans lequel elle se trouvait, ne fut point ce qui causa le plus d'étonnement à notre jolie mercière-épinglière. Et quand nous allons avoir énuméré les étranges objets qui s'offrirent à sa vue, on conviendra que toute autre personne, à sa place, aurait pu être à la fois surprise et intriguée au point où le fut Mlle Anne Grugeon.

Qu'on se figure réunis dans cet endroit, les uns étalés sur les cercueils dont nous venons de parler, et les autres déposés sur une longue table qui était placée au milieu de la salle ; ceux-ci accrochés à la muraille et ceux-là jetés pêle-mêle sur le pavé, les différents habits, les ornements, les armes, les instruments et les emblèmes, qui servent à distinguer et caractériser tous les âges, tous les rangs, toutes les conditions, toutes les dignités, et tous les états de la grande famille humaine, depuis le plus humble artisan jusqu'au plus fier potentat. C'est ainsi qu'une couronne impériale y brillait à côté d'un bourrelet d'enfant, et que la tiare du Souverain Pontife s'y dressait auprès du coqueluchon d'un moine mendiant. Ici se voyait un sceptre accosté par une houlette, une

crosse d'évêque reposant sur une marotte de fou,
un bâton prévôtal en croix avec une broche de cuisi-
nier et une main de Justice étendue sur un fléau à
battre le grain. Là-bas, le manteau d'hermine pendait
à côté de la robe de bure, la poulaine de satin gisait
près de la mule à semelle de bois, un bourrelet brodé
de pierreries se carrait à côté d'un vieux-couvre-chef,
et un chapeau de mariée étalait sa fleur d'oranger
près du voile et de la guimpe d'une nonnain.

A voir ainsi réunies et confondues, dans cette demeure du Compère Hugonnet Charnailles, le maître
fossoyeur des Saints-Innocents, toutes ces marques
distinctives de l'orgueil à la fois et de la misère des
hommes, on aurait pu être tenté de croire que chacun
d'eux, au moment de descendre dans la tombe, avait
abandonné au ministre de la mort les attributs de
son rang, de même que le guerrier qui a été vaincu
rend son épée entre les mains de son vainqueur.

Disons de suite, pour ne pas tenir le lecteur en
suspend, que ce curieux vestiaire était simplement,
ce qu'en langage de théâtre on appellerait aujour-
d'hui, un *magasin de costumes et d'accessoires*, et que
tous ces objets, entassés pêle-mêle et dans un désordre qui ne laissait pas que d'être fort pittoresque,
étaient destinés à la représentation prochaine de la
Danse Macabre. Et pour expliquer la présence de ces
objets dans la demeure du Compère Hugonnet Charnailles, il suffira de dire que les acteurs anglais qui
devaient figurer dans ce singulier drame, alors inconnu en France, étaient venus se loger dans l'Hôtel-
lerie du maître fossoyeur des Saints-Innocents.

D'après cela, on devine facilement que les sceptres,

les couronnes, les mitres, et les autres ornements de prix, y étaient faits de carton, ou de bois recouvert de papier doré, et que les rubis et les joyaux qui les décoraient y étaient en pierres fausses et en verroteries de couleur.

— Par sainte Anne! ma patronne, qu'est-ce que c'est que tout cela, s'écria Nanine avec force gestes de surprise, et dans quel lieu sommes-nous donc, Messire?

— Chère Damoiselle, lui répondit Orfano, vous êtes dans la propre salle basse dont votre vieil ami, le Juif Lombard, faisait sa demeure, et vous voyez qu'Isaac Lévy ne pouvait pas choisir une retraite qui le mît mieux que celle-ci à l'abri des sergents de la Prévôté.

— En effet, il n'avait ici rien à redouter des archers et des arbalétriers de Monsieur le Prévôt. Mais, dites-moi, Messire, à quoi donc pouvaient lui servir tous ces habits chamarrés d'or et tous ces ornements couverts de joyaux? Est-ce qu'il en faisait aussi le commerce, comme pour les patenôtres?

— Nenni, chère Damoiselle. Toute cette étrange friperie, que vous voyez étalée devant nous, ne lui appartenait point; et, tout à l'heure, je vous apprendrai à quel usage elle est destinée. Mais, auparavant, tirez-moi vite de l'inquiétude où j'ai été, durant tout le jour, au sujet de ma bien-aimée Sabine. En avez-vous appris des nouvelles, qu'a-t-elle dit, qu'a-t-elle fait, et les terribles émotions de cette nuit ne l'ont-elles pas rendue malade?

— Messire, dit la jeune fille en s'asseyant sur l'escabeau qu'Orfano lui présentait, je puis dire, sans me

flatter, que la commission dont vous m'avez chargée
ne pouvait pas être remise en de meilleures mains que
les miennes, attendu que, non-seulement, j'ai appris
des nouvelles de cette noble et charmante Damoiselle,
mais encore que je l'ai vue et que je lui ai parlé.

— En vérité! s'écria Monsieur le Gonfalonier, trans-
porté de joie, et comment avez-vous pu pénétrer jusqu'à elle?

— Je vais vous dire cela.

— Voyons donc!

— Et d'abord, il faut que vous sachiez qu'il n'est
bruit, dans tout le quartier Saint-Jacques-la-Bou-
cherie, que de l'horrible catastrophe dont on croit
que vous avez été la victime durant la nuit dernière.

— Que voulez-vous dire?

— Je veux dire que tout le monde, et Pierre Candrin aussi bien que les autres, est convaincu que vous
avez péri, et que votre corps a été réduit en cendres
par le tonnerre qui est tombé sur le haut de la Tour
Saint-Jacques.

— Mais, qui peut faire supposer qu'une pareille
catastrophe ait réellement eu lieu?

— L'état dans lequel on a trouvé l'intérieur de
votre prison aérienne, dans laquelle vous auriez certainement été tué, si votre évasion avait été retardée
d'une heure seulement.

— Et qu'a-t-on trouvé là de si extraordinaire?

— On y a trouvé la verrière de votre fenêtre entièrement défoncée, votre banc de chêne réduit en
éclats, ainsi que votre Bible dont les feuillets étaient
déchirés en des milliers de petits morceaux.

— Sans compter, dit Orfano en riant, que mon

coquemar à l'eau n'a pas dû être retrouvé dans un
meilleur état?

— Bien certainement! Mais, ce n'est pas tout: en
voyant que la porte de l'escalier de la Tour qui, de
la Terrasse-aux-Chapelles conduit dans l'Église, était
toute grande ouverte, et, en retrouvant également
ouverte la verrière de la fenêtre des Fonts Baptismaux, tout le monde s'est accordé à penser que le
tonnerre, après être tombé sur la Logette de l'Évêque,
était descendu le long de la Tour, qu'il avait forcé la
porte de l'escalier, avait traversé le bas de la nef et
s'était échappé par la fenêtre qui a vue sur la rue des
Écrivains. Et, ce qui a fait l'objet de l'étonnement
général, c'est que le feu du ciel n'a pas cassé une
seule vitre de la verrière des Fonts Baptismaux,
tandis qu'il a plié et tordu outrageusement la tringle
de fer qui supporte l'enseigne de Maître Nicolas Flamel, mon vieil orlot de propriétaire.

— Ainsi, dit Orfano, il n'est resté aucune trace de
mon évasion, et personne n'a le moindre soupçon de
ce qui s'est passé?

— Je vous répète que chacun croit, de la meil-
leure foi du monde, que vous avez été fatalement réduit en cendres par le tonnerre. C'est, au reste, de la
propre bouche de Brigitte La Voirin que je tiens ces
détails, et vous pouvez juger à quel point cette pauvre
vieille femme vous était attachée, car en nous faisant ce récit, à ma mère et à moi, elle pleurait à
chaudes larmes et disait:

— Pauvre Orfano, pauvre jeune homme, faut-il
que la sévérité de dom Pierre lui ait ainsi coûté la
vie! Et dire que je ne le verrai plus, ce cher enfant,

moi qui l'avais élevé dès la bercerolle et qui l'aimais aussi tendrement que s'il eût été mon fils !

— Bonne Brigitte, dit M. le Gonfalonier, je reconnais bien là son brave et digne cœur ! Mais, Sabine, parlez-moi donc de Sabine, je vous en prie ?

— Dès le point du jour, reprit Nanine, la gouvernante de l'Archiprêtre étant entrée chez sa jeune maîtresse, a trouvé celle-ci dans un état digne de pitié. La pauvre Damoiselle, pâle, les yeux baignés de larmes et prise de sanglots convulsifs, paraissait être plongée dans une sorte d'égarement qui causa la plus grande frayeur à la vieille Brigitte, si bien que celle-ci courut, incontinent, chercher l'oncle de Mlle de Champ-Rosé. Mais quand l'Archiprêtre eut pénétré dans le Logis de sa nièce, les sanglots et les larmes ont redoublé, elle s'est cachée aussitôt le visage dans les coussins de son lit, et Pierre Candrin, pas plus que sa vieille gouvernante, n'a pu obtenir un mot, un signe qui pût lui apprendre de quel mal sa nièce était attaquée.

— Pauvre Sabine ! je ne comprends que trop bien à quel mouvement de répulsion et d'horreur son cœur obéissait à la vue de l'assassin d'Isaac Lévy.

— C'est alors que l'Archiprêtre envoya quérir en toute hâte maître Simon Allegret, le savant médecin de Monseigneur l'Évêque, qui, dès qu'il eut tâté le pouls à la malade, n'hésita pas à affirmer qu'elle avait été atteinte par le feu du ciel, et qu'il était à craindre que sa raison n'en fût ébranlée pour longtemps. En entendant cette partie du récit qui, ainsi que je vous l'ai dit, nous était fait par la vieille gouvernante, une idée subite me vint à l'esprit.

— Commère La Voirin, dis-je à la bonne femme, il n'en faut pas douter, c'est le feu du ciel qui aura brouillé cette nuit les idées à votre jeune Damoiselle. Mais que peut faire à cela, je vous le demande, toute l'apothicairerie de maître Simon Allegret? Rien du tout, c'est positif.

Quant à moi, au contraire, continuai-je en montrant cette bague que vous voyez à mon doigt, je puis, avec cet anneau constellé, qui a touché la châsse du bienheureux saint Lambert, dans la ville de Maëstricht, procurer la guérison à votre jeune maîtresse; car il faut que vous sachiez que cet anneau est tout-puissant contre les maux occasionnés par le tonnerre, et contre les morsures faites par les chiens enragés.

— Bravo! chère Nanine, dit Monsieur le Gonfalonier, je vois que votre imaginative n'est jamais prise en défaut.

— Pour cette fois du moins elle m'a heureusement servi, car, à peine avais-je prononcé ces paroles, que la vieille gouvernante, heureuse de l'espoir que je faisais briller à ses yeux, me conduisit dans le logis de Mlle de Champ-Rosé. Quand je fus arrivée au chevet du lit de la jeune fille, je pris une de ses mains, et dans le temps que je m'efforçais de faire passer à son doigt l'anneau que j'avais retiré du mien, je lui dis bien bas et en me penchant vers son oreille :

« Madamoiselle, je viens de la part de Monsieur le Gonfalonier, qui m'a mis dans sa confidence, et qui meurt d'inquiétude d'apprendre de vos nouvelles. »

J'avais à peine parlé, que la jeune fille, cessant

aussitôt de sangloter, tourna son visage vers moi et me dit, en serrant affectueusement mes mains dans les siennes :

« Oh ! soyez la bienvenue, soyez bénie, chère Damoiselle ; car c'est Dieu qui vous a envoyée vers moi pour me soulager dans mes maux. »

A ce spectacle inattendu, la vieille Brigitte se mit à crier au miracle de toutes ses forces, et elle sortit pour aller quérir du monde. C'est alors que, profitant de son absence, je calmai votre chère fiancée en l'assurant qu'il ne vous était rien arrivé de fâcheux, et que nous allions travailler, vous et moi, à la tirer des mains de l'odieux prêtre dans la demeure duquel elle ne pouvait rester désormais sans y mourir d'effroi. J'ajoutai que, chaque jour, je reviendrais la visiter, et qu'ainsi vous pourriez avoir des nouvelles l'un de l'autre, sans que personne pût se douter de notre commune intelligence. Puis, quand les importuns arrivèrent, prenant un ton plus grave encore que celui de maître Simon Allegret, que je traitai, par ma foi, d'âne bâté lui et ses confrères, j'ordonnai qu'on laissât la malade dans la solitude la plus complète, qu'on éloignât d'elle toute espèce d'émotion ; je repris mon anneau, et je sortis en déclarant que je reviendrais demain matin, ce que je ne manquerai pas de faire, vous le pensez bien.

— Ah ! ma chère Nanine, dit Orfano en prenant et en serrant les mains de la jeune fille, quelle joie vous me mettez dans le cœur en me parlant ainsi, et quelle reconnaissance je vous aurai éternellement pour ce que vous avez fait là !

— Ne vous ai-je pas dit ce matin, Monsieur le

Gonfalonier, que je savais servir chaudement les personnes que j'aime ?

— Oh ! oui, et je sais maintenant quel noble cœur est le vôtre. Aussi, suis-je vraiment heureux d'être le premier à vous annoncer la surprenante nouvelle du bonheur qui vous arrive.

— Quoi donc, Messire, dit Nanine fort intriguée par ces paroles d'Orfano ?

Pour toute réponse, le jeune homme quitta son escabelle, et il alla fouiller dans le ventre d'un des cercueils d'Hugonnet Charnailles, d'où il retira un coffret en fer, qu'il vint poser sur la table en face de Nanine. Puis, après avoir fait jouer la clé qui était dans la serrure du petit meuble, il en souleva le couvercle, et prenant la lampe d'une main, de l'autre il fit signe à Nanine de venir examiner ce que ce coffret contenait.

— Regardez cela ! lui dit-il.

La jeune fille, de plus en plus intriguée, s'approcha vivement, et elle fut, en un instant, éblouie par l'éclat et par les feux dont brillaient les diamants et les pierres précieuses, dont ce petit coffre était à moitié rempli.

— Oh ! mon Dieu ! dit-elle en devenant tout à coup pâle d'émotion et de surprise, car elle soupçonnait déjà la vérité ; est-ce que ce sont là autant de joyaux vrais et de rubis fins ?

— Eh ! mais, pourquoi pas ? dit Orfano, qui jouissait déjà du trouble de la jolie Mercière, et qui ne voulait rien perdre de la joie que la pauvre enfant n'allait pas manquer d'éprouver.

— Mais alors, cela doit valoir un prix fabuleux ?

—Toutes ces gemmes et toutes ces pierres précieuses, estimées au plus bas prix, ne doivent pas valoir moins de cinquante à soixante mille écus d'or à la couronne.

— Et à qui appartiennent-elles, messire ?

— Hier encore, dit Orfano d'une voix grave et lente, elles étaient la propriété d'Isaac Lévy, le Marchand de patenôtres ; aujourd'hui, ce trésor appartient à la Damoiselle Anne Grugeon, mercière-épinglière établie sous les Charniers des Saints-Innocents.

— A moi ? s'écria Nanine.

— A vous-même !

— Oh ! mais, c'est un rêve, exclama la jeune fille en portant la main à son front ; cela n'est pas possible, et vous me dites cela pour m'éprouver, Messire !

— Tenez, chère Nanine, dit Orfano en tirant de sa poche un parchemin qu'il présenta tout déplié à la jeune fille, lisez ceci et le doute ne vous sera plus possible.

La jolie mercière s'approcha vivement, et d'une voix presqu'éteinte, tant l'émotion qui s'était emparée d'elle était grande, elle lut les quelques lignes ci-dessous :

« Je lègue et donne en toute propriété, comme
» un témoignage de l'affection que je lui porte, à
» Anne Grugeon, la mercière-épinglière établie sous
» la quatrième arcade du petit Corridor des Char-
» niers, au cimetière des Saints-Innocents, tout ce
» qui m'appartiendra au jour de mon décès, tant en

» diamants, coraux, pierreries et autres joyaux,
» qu'en espèces d'or ou d'argent. »

« Faict à Paris, ce Jeudy 23° jour du mois d'Août
de l'année 1414. »

« ISAAC LÉVY. »

— O généreux vieillard ! s'écria la jeune fille en
tombant à genoux aussitôt qu'elle eut terminé cette
lecture, et en levant vers le ciel ses yeux remplis
d'une flamme céleste, au nom de mon enfant et au
mien, soyez béni, à jamais béni !

Puis, se relevant vivement et saisissant entre ses
deux petites mains sa taille dont les fins contours
commençaient à s'arrondir sous l'effort incessant de
la fécondité.

— Pauvre cher petit être, s'écria-t-elle avec des
larmes de joie qui tremblaient au bord de ses paupières, te voilà sauvé, tu auras un nom, tu auras un
père, tu ne seras pas un de ces malheureux bâtards
abandonnés de tous, et qui n'ont que la honte et le
désespoir pour héritage.

En ce moment d'exaltation ses regards rencon-
trèrent ceux d'Orfano, et songeant tout-à-coup à ce
que son langage avait de cruel et de blessant pour le
pauvre jeune homme qui se trouvait dans la classe
des êtres disgraciés dont elle parlait :

— Oh ! pardonnez-moi, Monsieur le Gonfalonier,
lui dit-elle, les affreuses paroles qui viennent de
m'échapper ; mais, soyez-en persuadé, mon intention
n'était nullement de vous offenser !

— Je ne saurais vous en vouloir, ma bonne Nanine, car ce n'est pas vous qui êtes injuste en ce moment, c'est la Société elle-même, dont les barbares préjugés frappent, dès leur naissance, les malheureux êtres qu'elle devrait entourer, au contraire, de sa sollicitude la plus tendre, et de sa protection la plus éclairée. N'est-ce donc pas assez que ces pauvres orphelins soient sans nom, sans famille et sans fortune, et fallait-il encore, pour comble de disgrâce, qu'elle les couvrît de son mépris et qu'elle les rejetât, pour ainsi dire, hors de son sein !

— Sans nom, sans famille et sans fortune ! répéta Nanine machinalement et comme absorbée dans ses propres réflexions.

Puis, tout à coup, la jeune fille se rapprochant du jeune homme, lui prit les mains dans les siennes, arrêta sur les yeux d'Orfano ses deux beaux grands yeux si francs et si expressifs, et d'une voix, où elle semblait avoir fait passer son âme tout entière :

— Monsieur le Gonfalonier, lui dit-elle vivement, voulez-vous qu'il ne manque plus rien à mon bonheur ?

— Si je le veux, chère Nanine ? En pouvez-vous douter ?

— Eh bien ! il faut qu'à l'instant vous partagiez ce trésor avec moi, continua-t-elle en montrant le coffret aux pierreries.

— Que me proposez-vous là, ma chère amie ?

— Une chose toute simple, toute naturelle, et qu'à ma place vous n'auriez pas manqué de faire vous-même. Ce trésor n'est-il pas d'ailleurs suffisant pour nous enrichir l'un et l'autre, et je vous recon-

nais autant, si non même plus de droits que moi à
sa possession. N'est-ce pas vous, en effet, qui avez
été au secours du pauvre vieillard lâchement assassiné? N'est-ce pas vous qui l'avez racheté de la damnation éternelle en lui donnant le baptême? N'est-ce
pas vous, enfin, qui avez accepté la mission de venger sa mort? Vous le voyez donc bien, tout plaide
en faveur de vos droits; et, en fin de compte, puisque ce trésor m'a été légué par Isaac Lévy en toute
propriété, je veux que vous en acceptiez la moitié,
je vous l'ordonne, ou plutôt je vous le demande en
grâce, je vous en prie à genoux.

Et la jeune fille, joignant le geste aux paroles, se
jeta aux pieds d'Orfano.

Celui-ci, ému de tant de générosité, s'empressa
de la relever.

— Chère Nanine, lui dit-il, vous venez de me donner de votre amitié une preuve qui me sera éternellement chère. Mais sachez bien que je ne puis ni ne
dois accepter l'offre généreuse que vous me faites. Ce
trésor ne vous appartient pas à vous seule. Il appartient surtout à votre enfant, et votre devoir est de n'en
rien distraire, puisque c'est à l'aide de cette grande
fortune que vous pouvez combler la distance qui vous
sépare de votre séducteur; puisque ce n'est qu'en lui
faisant un chemin sur un pont d'or que le Vicomte
passera par-dessus les préjugés d'une mésalliance et
consentira à légitimer la naissance de son enfant.

— C'est vrai, dit tristement Nanine, je ne dois pas
oublier que ce legs, qui m'a été fait par Isaac Lévy,
est la rançon de mon honneur.

— Quant à la façon dont vous pouvez acquitter la

dette de reconnaissance que vous avez contractée vis-à-vis de votre bienfaiteur, c'est à moi de vous l'apprendre, et c'est ce que je vais faire à l'instant.

Et Monsieur le Gonfalonier, tirant de sa poitrine un cahier de parchemin couvert d'une écriture fortement blanchie par le temps, fit asseoir la jeune fille en face de lui et lui donna lecture du contenu de cet écrit, qui avait été tout entier tracé de la main du vieux Juif Lombard. C'était, le lecteur l'a déjà deviné, la relation détaillée du crime, que le Marchand de patenôtres dénonçait à Monsieur le Lieutenant Criminel, dans le parchemin scellé qui avait été remis par lui entre les mains de Mlle Anne Grugeon.

Quand cette lecture fut achevée, Orfano expliqua à Nanine le plan de conduite qu'il avait adopté, et il lui fit connaître le rôle qu'elle aurait à remplir elle-même, pour lui venir en aide dans la mission vengeresse qu'il avait acceptée.

Quand il eut donné à la jeune fille ses instructions, qui n'étaient encore que provisoires, et qu'il se réservait de compléter ou de modifier jusqu'au moment où elles devraient être mises en pratique, Orfano plaça le testament d'Isaac Lévy dans le coffret aux pierreries, qu'il ferma à la clef, et il remit cette clef entre les mains de notre jolie marchande.

Durant les scènes dont nous venons de faire le récit, le temps avait fui avec rapidité, et Nanine ne compta pas sans étonnement les onze heures qui sonnèrent tout à coup à l'horloge du Grand-Châtelet.

— Voici l'heure de nous mettre en marche, dit Monsieur le Gonfalonier à la jeune fille ; prenez votre coffret et suivez-moi.

Ils sortirent alors tous les deux de la salle basse, et, dans le corridor, ils trouvèrent le Compère Hugonnet Charnailles qui les attendait, portant une pioche et une bêche sur son épaule droite.

— Eh bien ! charmante fille, dit à Nanine le vieux fossoyeur avec ce même sourire jovial que nous lui avons vu au début de ce Chapitre, avais-je tort de vous dire que vous ne vous repentiriez point d'avoir fait ce chemin dans ma compagnie ?

— Nenni ! Compère, dit-elle avec un sourire des plus reconnaissants, et, plus tard, je vous donnerai la preuve que je n'aurai point oublié le brave guide qui m'a ainsi montré le chemin de la Fortune.

— En attendant, prenons celui de votre logis, et, ajouta-t-il en montrant les sinistres instruments qu'il portait sur son épaule, marchez sous ma garde sans crainte des vivants, car ceux-là sont morts d'avance à qui je touche du bout de ma bêche ou de ma pioche.

Et nos trois personnages, sortant de la vieille tour de Louis le Gros, se mirent en marche vers le cimetière des Saints-Innocents. Lorsqu'ils furent arrivés vers le chevet de l'église du même nom, lequel, nous le savons déjà, faisait saillie sur la rue Saint-Denis, Nanine, tirant une clef de sa gorgerette, ouvrit la porte de son arrière-boutique, et, tous les trois, ils pénétrèrent dans la petite salle que nous connaissons.

Quelques instants plus tard, Orfano et le Compère Hugonnet Charnailles, munis d'une lanterne sourde qu'ils avaient allumée chez notre jolie mercière, se glissaient sans bruit à travers les tombeaux et les mausolées du cimetière, jusqu'à cette superbe croix

de marbre qui portait ces mots, gravés en creux, pour
unique inscription :

SEPVLTVRE DE JEAN DE TARENNE

et qui était connue dans le public sous le nom de *la
Croix de Tarenne.*

Là, après s'être préalablement orienté et avoir pris
certaines mesures, le vieux fossoyeur, saisissant sa
pioche, se mit à ouvrir, avec une vigueur et une
adresse qu'on n'aurait certes pas attendus d'un homme
de son âge, une tranchée profonde contre l'une des
faces latérales de cette sépulture, et en donnant à
cette tranchée une direction oblique telle qu'elle devait infailliblement aboutir jusqu'au cercueil dans
lequel avait été jadis inhumé le corps du riche changeur.

Quant à notre jolie mercière-épinglière, elle avait
d'abord mis son coffret en lieu de sûreté, puis elle
avait soufflé sa lumière ; et, debout, le visage collé à
l'une des vitres de sa boutique, elle avait suivi attentivement, quoique de loin et sans bien l'apercevoir, le travail exécuté par le Compère Hugonnet
Charnailles.

Au moment où la demie de deux heures après minuit sonnait à l'Église des Saints-Innocents, elle vit
Orfano qui accourait de son côté. Aussitôt elle ouvrit
la porte de son Charnier, et le jeune homme entra
tout ému.

— Eh bien ? lui demanda Nanine.

— Le clou doré est à la même place où il a été fiché il y a vingt ans.

— Que Dieu en soit béni! s'écria la jeune fille.

— Et que sa colère retombe sur les coupables, ajouta Orfano!

Une heure plus tard, la tranchée ouverte par le Compère Hugonnet Charnailles était refermée, et deux hommes, dont l'un marchait ayant la taille fortement voûtée et portant une pioche et une bêche sur l'épaule droite, débouchaient sur la Place de l'Apport de Paris, et disparaissaient, sans bruit, à l'entrée du Cul-de-sac du Chat-Blanc.

FIN DU DEUXIÈME VOLUME.

TABLE DES MATIÈRES

CONTENUES DANS LE DEUXIÈME VOLUME.

PARIS. — IMPRIMERIE DE DUBUISSON ET Cᵉ, 5, RUE COQ-HÉRON.